HEYNE <

Das Buch

Recht und Ordnung! Das verkörpert die Spitze von New Yorks feiner Gesellschaft – der Club der Hundert, die mächtigsten Männern der Stadt – nach außen hin. Doch in ihren eigenen Kreisen spielen sie Spiele mit Verurteilten, die mit den geltenden Rechtsmitteln ihrer Ansicht nach nicht ausreichend bestraft sind. Und so organisieren sie unter der Oberfläche der glänzenden Großstadtfassade in den Tunneln der Stadt regelrechte Menschenjagden, die in angesehenen Jagdtrophäen enden. Einer dieser Gejagten wird der junge Architekturstudent Jeff Converse, der fälschlicherweise des Raubüberfalls an einer jungen Frau für schuldig befunden und zu einem Jahr Freiheitsstrafe verurteilt wird. Auf der Fahrt ins Gefängnis wird der Polizeiwagen gerammt und Jeff von einem Unbekannten durch unterirdische Gänge in die Katakomben der Stadt geführt. Dort bekommen sie die Spielregeln einer bestialischen Treibjagd erklärt: Gewinnen sie das Spiel und erreichen die Oberfläche der Stadt, sind sie frei, andernfalls wartet der Tod auf sie. In lange vergessenen, dunklen Tunneln irren die beiden ohne Waffen, Essen oder Wasser ziellos umher, stets verfolgt von angeheuerten Obdachlosen, bedroht von Ratten, Insekten und weiteren Gefahren der Unterwelt.

Der Autor

John Saul wurde 1942 in Pasadena, Kalifornien, geboren. Er studierte Theaterwissenschaften und Anthropologie, ehe er Krimis zu schreiben begann. Doch erst als er das Genre wechselte, hatte er Erfolg: 1977 erschien sein erster Horrorroman *Wehe, wenn sie wiederkehren*, der sofort zum Bestseller wurde. John Saul lebt in Bellevue, Washington. Zuletzt erschienen bei Heyne *Die Wächter* (01/9092), *Blitze des Bösen* (01/9963) und *Jäger des Grauens* (01/13353).

JOHN SAUL

Der Club der Gerechten

Roman

Aus dem Amerikanischen
von Edith Walter

WILHELM HEYNE VERLAG
MÜNCHEN

HEYNE ALLGEMEINE REIHE
Nr. 01/13829

Die Originalausgabe
THE MANHATTAN HUNT CLUB
erschien 2001 by The Ballantine Publishing Group

Umwelthinweis:
Dieses Buch wurde auf
chlor- und säurefreiem Papier gedruckt.

Taschenbucherstausgabe 08/2003

Der Wilhelm Heyne Verlag ist ein Verlag der
Ullstein Heyne List GmbH & Co. KG
Printed in Germany 2003
Umschlagillustration: The Image Bank/Siqui Sanchez
Umschlaggestaltung: Nele Schütz Design, München
Satz: Buch-Werkstatt GmbH, Bad Aibling
Druck und Bindung: Bercker, Kevelaer

ISBN: 3-453-87005-0

Für Ralph und Paulette – mit Dank
für fünfundzwanzig Jahre der Freundschaft.

Prolog

Die Zeit hatte endgültig ihre Bedeutung verloren.

Wochen konnten vergangen sein. Oder Monate.

Aber nicht Tage, denn die Erinnerungen an sein früheres Leben verblassten in dem Nebel, der in seinem Kopf wogte. Jahre jedoch auch nicht, denn die Erinnerungen hatten noch Form und Struktur, Farbe und Geruch.

Ein Baum.

Nicht irgendein Baum – der Nussbaum hinter dem Haus, in dem er aufgewachsen war. Dem kleinen Jungen war der Baum riesengroß vorgekommen, die niedrigsten Äste so weit oben, dass sein Daddy ihn hochheben musste, damit er sie anfassen konnte. Als er groß genug war, kletterte er den Stamm mit der rauen Rinde hinauf und hinein in den weit gespannten Baldachin – einmal hatte er sogar ein Baumhaus gebaut, wo er sich an trägen Sommernachmittagen verstecken konnte. Die Sonne fiel gefiltert durch das Laubgewölbe, und die ganze Welt schien in hellstem Grün zu flimmern.

In der Zypressenhecke, die den Hof umgab, ließen sich, wenn die Sonne unterging, ein paar hundert Spatzen mit fast unhörbarem Rascheln zum Schlafen nieder, bis sein Hund – eine kleine schwarze Töle namens Cinder – anfing hin und her zu rennen und mit schrillem Gekläff die Stille zu zerstören. Wie von einem Windstoß durcheinander gewirbeltes Herbstlaub stoben die Vögel aus der Hecke zum Himmel auf, hoben sich wie gemalt vom dunkelnden Blau ab, fielen dann langsam zurück und wurden im nächsten Augenblick wieder aufgejagt.

Das waren seine lebhaftesten Erinnerungen, denn sie waren die ältesten, und obwohl er nicht alt war, spielte ihm sein Gehirn schon Streiche wie bei alten Leuten. Warum erinnerte er sich so deutlich an diesen Baum, nahezu zwanzig Jahren zurück, erinnerte sich jedoch kaum an das letzte Zimmer, in dem er gewohnt hatte?

Vielleicht, weil er sich an dieses Zimmer nicht erinnern wollte?

Er blieb in der Dunkelheit stehen, die ihn jetzt umgab, und in seinem Kopf tauchten undeutliche Konturen auf. Ein winziges Zimmer, beinahe ausgefüllt von einem einzigen durchgelegenen Bett, einem Metalltisch mit abgestoßener Emailplatte. Die Stufen, die in das Zimmer führten, stanken nach Urin; ein Geruch, der zum Teil überlagert wurde von dem nach schalem Zigarettenrauch. Das hatte ihm kein Kopfzerbrechen bereitet – er hatte schon früher in solchen Zimmern gehaust. Dann verließ er eines Tages das Zimmer auf Nimmerwiedersehen. Es war ihm egal – er konnte die Miete sowieso nicht bezahlen, und der Mistkerl von Vermieter, der in der verdreckten Souterrainwohnung hauste, hätte in ein, zwei Tagen wahrscheinlich die Schlösser ausgetauscht.

Danach gab es nicht mehr viel, an das er sich erinnerte.

Er war eine Zeit lang durch die Straßen gewandert, und das war gar nicht so übel gewesen. Wenigstens brauchte er kein Geld für Miete rauszuwerfen. Aber dann wurde es allmählich kalt, und ein- oder zweimal hatte er in einer Unterkunft Schutz gesucht. Nicht draußen auf der Insel – wie zum Henker hieß sie doch gleich? Wie irgendein Kaufhaus aus einer längst vergangenen Zeit.

Wards. Das war's – Wards Island.

Da hinaus wollte er nicht. Obwohl es dort kaum schlimmer sein konnte als an einigen Orten, die er gesehen hatte, seit er Big Ted in die Unterwelt der Grand Central Station gefolgt war.

Sie hatten im Untergeschoss bei einer Imbissbude herumgelungert, als zwei Transit Cops anfingen sie merkwürdig zu mustern.

»Komm mit«, murmelte Big Ted, und er war hinter ihm hergetrottet – hinunter auf den Bahnsteig bei Gleis zwei.

Auf der gegenüberliegenden Seite gab es ein merkwürdiges Durcheinander aus Mauern und Rohren und Leitern. Die Hälfte der Mauern schien eingestürzt, und die meisten Leitern sahen so aus, als führten sie nirgendwohin. Big Ted sprang vom Bahnsteig aufs Gleis, überquerte es und stieg auf der anderen Seite eine Leiter hinauf. Er selbst zögerte zuerst, dann hörte er jemand etwas schreien und wartete nicht mehr ab, wollte nicht wissen, was sie wollten. Rasch folgte er Ted über das Gleis und die Leiter hinauf und war gerade noch imstande, sich festzuhalten, als der Mann vor ihm bückend durch eine Tür schlüpfte.

Ted führte ihn durch mehrere Räume, kletterte dann ein paar Rohre hinauf und arbeitete sich in die Dunkelheit vor. Hinter ihnen wurde noch immer geschrien, und das trieb ihn weiter, hinter Big Ted her.

Anfangs war es irgendwie lustig – eine Art Abenteuer. Er wollte ein paar Tage mit Big Ted herumziehen und dann woanders hingehen. Vielleicht sogar weg aus der Stadt. Aber zwei Tage später fing es an zu schneien, und in den Tunnels war es warm.

Nun ja, wenigstens nicht eisig kalt.

Wenn man vorsichtig war, konnte man die Männertoilette bei der Oyster Bar um die Ecke benutzen, falls man nicht zu lange blieb und die Transit Cops nicht allzu schlecht gelaunt waren. Aber nachdem er gerade noch davongekommen war, als sie Big Ted schnappten, verbrachte er mehr Zeit in den Tunnels als draußen.

Er gewöhnte sich daran. Es war nicht annähernd so dunkel, wie es anfangs schien, und es gab auch mehr Licht als er gedacht hatte. Nach einer Weile gewöhnte er sich sogar an den Lärm. »Wie das sanfte Rollen der Meeresbrandung«, hatte Annie Thompson in ihrem leicht näselnden Tonfall gesagt, den auch zwei Jahre in den Straßen New Yorks nicht härter gemacht hatten. »Es schläfert dich ein, als würdest du bei Hilton Head am Strand liegen.« Er glaubte nicht, dass sie je in Hilton Head gelebt hatte, aber wahrscheinlich hätte sie ihm auch nicht geglaubt, dass er in Kalifornien aufgewachsen war. Es war nicht wichtig.

Wichtig war nur, dass sie beide noch am Leben waren.

Oder als lebendig durchgingen. Die meiste Zeit gab es keinen großen Unterschied zwischen Tag und Nacht, es sei denn, man hielt sich unter einem der Gitter auf, die sich in einen Park oder dergleichen öffneten; doch seit ein paar Tagen – vielleicht sogar seit einer Woche hatte er sich von den Gittern fern gehalten.

Von den Gittern, den U-Bahnhöfen, den Zugbahnhöfen, den unterirdischen Kanälen und den Tunneleingängen. Nichts war mehr sicher.

Gar nichts mehr.

Freunde auch nicht.

Vor ein paar Tagen, vielleicht noch vor einer Woche hatte er Freunde gehabt. Annie Thompson und Ike und das Mädchen … an dessen Namen er sich nicht erinnern konnte. War sowieso nicht mehr wichtig, seit sie hinter ihm her waren.

»Sie.«

Die Sache war nur, er wusste nicht, wer »sie« waren. Bis zu dem Moment, in dem der Wahnsinn anfing, hatte er »sie« für seine Freunde gehalten.

Doch als er eines Tages aus den Tunnels rauskam, klaute er eine Handtasche.

Es war ganz einfach – er hatte Big Ted oft genug dabei beobachtet. Die Frau, der er die Tasche klaute, versuchte nicht einmal, sie festzuhalten.

Sie schrie auch nicht um Hilfe.

Zwei Stunden später, noch immer draußen, traf er Annie Thompson. Sie war da gewesen, in der U-Bahnstation, in der er die Tasche geklaut hatte, und hatte alles gesehen. Aber anstatt ihn zu fragen, wie viel Geld er ergattert hatte, oder ihn aufzufordern, mit ihr zu teilen, was er vielleicht sogar getan hätte, rüffelte sie ihn. »Bist du verrückt? Warum hast du das gemacht?« Sie redete weiter, doch er hörte nicht zu. Abgelenkt durch ein Mädchen, das eben aus der großen Kirche auf der Amsterdam Avenue kam, fragte er sich, wie es wäre, mit diesem Mädchen zu sprechen. Er wollte sie nicht anfassen oder so, o nein. Nur mit ihr reden. Also ignorierte er Annie, bis er sie später wieder traf – er wusste nicht mehr genau, wann das war –, und sie ihn warnte. »Verschwinde lieber«, sagte sie. »Glaubst du wirklich, du könntest damit davonkommen? Jetzt sind sie hinter dir her.«

Er hatte ihr nicht geglaubt, bis er das nächste Mal versucht hatte, durch eine der U-Bahnstationen an die Oberfläche zu kommen und ein paar von Ikes Freunden ihm ihre Messer gezeigt hatten.

Am Ausdruck ihrer Augen erkannte er, dass sie nicht spaßten.

Seither war er auf der Flucht.

Und er war immer tiefer gestiegen, Leitern hinuntergeklettert, wo er sie fand, durch Regenrohre gekrochen, in die er kaum hineinpasste, auf dem Bauch durch schleimige Gänge gerutscht, die so eng waren, dass er es gar nicht geschafft hätte, wären sie nicht so glatt und schlickig gewesen.

Jetzt lag er auf einem Mauervorsprung über einem Durchgang, in dem es so dunkel war, dass er, wenn er seine Taschenlampe abschaltete, die Hand vor den Augen nicht sah. Die Batterien wurden schwächer, und selbst wenn das nicht der Fall gewesen wäre, konnte er nicht riskieren, dass der schwache Schein ihn verriet.

In der Dunkelheit eine Bewegung. Etwas, was es auch war, huschte ihm über die Hand.

In der Ferne das Donnern eines Zuges.

Im Dunkeln ein roter Blitz.

Das Donnern des Zuges wurde lauter.

Er presste sich an die Mauer, hielt instinktiv den Atem an. Der ganze Gang bebte, als irgendwo über ihm dröhnend der Zug vorüberfuhr. Das Donnern verhallte langsam, der Gang bebte nicht mehr, es wurde still.

Er entspannte sich.

Er holte Atem, und fauliger Gestank stieg ihm in die Nase.

Wieder ein rotes Glimmen, diesmal aus der anderen Richtung.

Jetzt konnte er zwei rote Punkte ausmachen, die wie glühende Insekten über den Boden krochen. Sie näherten sich einander und schienen einen Augenblick verwirrt. Dann bewegten sich beide glühenden Punkte auf ihn zu.

Er versuchte sich auf dem Vorsprung noch mehr zusammenzukauern, aber der feuchte, kalte, harte Beton ließ es nicht zu.

Einen Augenblick verlor er die glühenden Punkte aus den Augen, dann schaute er hinunter.

Sie saßen beide auf seiner Brust, dicht beieinander.

Die Schüsse hörte er nicht mehr. Lange bevor das Krachen der Schüsse seine Ohren erreichte, drang ihm eine Kugel ins Herz, und die andere zerfetzte ihm die Wirbelsäule.

Sogar noch im letzten Sekundenbruchteil vor seinem Tod wusste er nicht, warum es passierte.

Er wusste nur, dass es niemand verhindern konnte.

1. Kapitel

TÖTET IHN, BETETE CINDY ALLEN LAUTLOS. TÖTET IHN UND LASST MICH WISSEN, DASS ES VORBEI IST.

Bill spürte ihre Spannung und nahm ihre Hand. »Sie werden ihn für immer einsperren«, sagte er leise. »Sie werden ihn einsperren, und du wirst nie wieder Angst haben müssen.«

Obwohl sie Bill die Hand drückte, als hätten seine Worte sie getröstet, wusste Cindy, dass sie nicht zutrafen. Sie würde ihr Leben lang Angst haben.

Angst, allein auf die Straße zu gehen – wenn sie jemals wieder gehen konnte.

Angst, Fremden ins Gesicht zu schauen; Angst vor dem, was sie in diesen Gesichtern sehen würde: Mitleid und Abscheu und Verlegenheit.

Sie fürchtete sich sogar davor, Bill anzusehen, Schatten dieser Empfindungen in *seinen* Augen zu entdecken.

All das wegen des Mannes, dessen Gesicht jetzt den Bildschirm des Fernsehers am Fußende ihres Bettes ausfüllte.

Sie versuchte ihren Zorn und ihre Angst einen Moment zu verdrängen, versuchte das Gesicht von Jeff Converse leidenschaftslos zu betrachten. Es war ein gut aussehendes Gesicht – sie musste es zugeben. Klar geschnittene, regelmäßige Züge.

Nicht das Gesicht eines Monsters. Nichts, aber auch gar nichts an Jeff Converses Äußeren ließ darauf schließen, wie unvorstellbar brutal er war. Nicht das dunkle wellige Haar, nicht die warmen braunen Augen, nicht sein Gesichtsausdruck. Das Bild auf dem Fernsehschirm, das Bild des Mannes, gegen den sie vor Gericht ausgesagt hatte. Jeff Converse sah genauso verängstigt aus wie Cindy Allen es war. Aber *ihre* Angst war echt.

Die seine nur eine Lüge mehr, wie alle Lügen, die er vor Gericht erzählt hatte.

»Und wenn der Richter ihm glaubt?«, flüsterte sie und merkte nicht, dass sie laut gesprochen hatte.

»Er wird ihm nicht glauben«, beschwichtigte Bill. »Die Geschworenen haben ihm nicht geglaubt, und der Richter wird es auch nicht tun. Er wird Converse geben, was er verdient.«

Wird er nicht, dachte Cindy. Er mag Jeff Converse ins Gefängnis schicken, aber er wird ihm nicht antun, was Converse mir angetan hat.

Jeff Converses Gesicht verschwand vom Bildschirm, wich dem der hübschen Blondine, die die Frühnachrichten moderierte. Cindy schaute weg, ihr Blick schweifte zu dem Spiegel über dem Toilettentisch; sie hatte Bill gezwungen, ihn so niedrig an die Wand zu hängen, damit sie sich sehen konnte wie andere sie sahen.

»Es wird alles gut«, hatte Bill ihr versichert, bemüht, sie zu beruhigen, als sie das erste Mal in den Spiegel geschaut hatte, nachdem die Verbände entfernt worden waren. »Ich habe mit dem Doktor gesprochen, und er hat mir gesagt, er könne fast alle Schäden beseitigen. Aber es wird seine Zeit brauchen.«

Zeit und fünf Operationen und mehr Geld als sie und Bill in einem Jahr verdienten.

Doch selbst dann, selbst wenn sie das Geld aufbrachten und sie alle Prozeduren über sich ergehen ließ, die der Arzt für plastische Chirurgie ihr aufgezählt hatte, würde sie nicht gesund sein. Ihre Züge mochten dann vielleicht wieder Ähnlichkeit mit dem Gesicht aufweisen, das bis zu jenem furchtbaren Abend vor sechs Monaten das ihre gewesen war. Aber auch wenn sie die äußeren Narben reparieren konnten – es fertigbrachten, den zerschmetterten Backenknochen und das zermalmte Kinn wieder aufzubauen, die Unterlippe wiederherzustellen, die fast abgerissen war, als er ihr Gesicht in den Beton gehämmert und ihr fünf Zähne im Unter- und vier im Oberkiefer ausgeschlagen hatte –, die Narben in ihrem Innern würden sie nie ausmerzen können. Selbst wenn sie eine Möglichkeit fänden, den Schaden an ihrer Wirbelsäule zu heilen, der es ihr unmöglich machte zu gehen, würde sie es nicht schaffen, sich auf der Straße je wieder sicher zu fühlen.

Diese Sicherheit hatte Jeff Converse ihr genommen.

Sie war unterwegs gewesen, um sich mit Bill zu treffen. Es war spät, aber nicht so spät. Er musste arbeiten, genau wie sie, und sie hatten sich um zehn zum Abendessen verabredet.

Die U-Bahn war fast leer gewesen – nur ein Platz besetzt, als sie an der Rector Street einstieg. Und auch dieser Passagier stieg an der Forty-second aus. Dann hatte sie den Wagen für sich allein, und das war ihr nur Recht. Wenn sie allein war, konnte sie sich auf das IPO, das Initial Public Offering konzentrieren, das sie analysieren musste, bevor sie Montagmorgen ihre endgültige Empfehlung aussprechen würde. Als sie zur 110th Street kam, hatte sie sich ein halbes Dutzend Fragen vorgemerkt, die sie mit Bill beim Essen durchgehen wollte.

Die Station war fast genauso verlassen wie die Rector Street. Den einzelnen Mann, der auf dem Bahnsteig stand und auf einen Zug nach Downtown wartete, bemerkte sie kaum.

Gerade wollte sie die Treppe hinaufgehen, als sie spürte, wie sich ihr ein Arm um den Hals schlang, spürte, wie eine Hand sich auf ihren Mund presste. Sie wurde zurückgerissen und bis zum nördlichsten Ende des verlassenen Bahnsteigs geschleift.

Dann wurde ihr Gesicht das erste Mal verunstaltet, so fest auf den gekachelten Boden gerammt, dass ihr Nasenbein splitterte und das Blut zu strömen begann. Völlig betäubt hatte sie nicht die Kraft gehabt, sich zu wehren, als der Mann anfing an ihrer Kleidung zu zerren. Schließlich wehrte sie sich aber doch. Sie rollte sich herum, sodass sie ihn vor sich sah, aber er war zu stark für sie. Er hämmerte ihr Gesicht in den Boden des Bahnsteigs, als versuche er den Kopf einer Puppe zu zerschmettern, und sekundenlang verlor sie das Bewusstsein. Als sie wieder zu sich kam, lag sie auf dem Rücken, und obwohl ihre Augen schon zuschwollen und im eigenen Blut schwammen, sah sie ganz deutlich sein Gesicht.

Die braunen Augen, die sie betrachteten.

Das dichte dunkle Haar.

Sie schlug wild um sich, bohrte ihm die Fingernägel ins Gesicht. Zugleich fand sie ihre Stimme wieder und schrie. Sie versuchte sich von ihm wegzuwälzen, aber etwas stimmte nicht mit ihrem Körper – sie konnte die Beine nicht bewegen.

Sie schrie wieder und immer wieder, und nach einer Ewigkeit, während der sie glaubte, gleich sterben zu müssen, tauchte Hilfe auf.

Jäh wurde die Gestalt über ihr weggerissen, und im nächsten Moment war sie von Menschen umringt. Zwei Transit Cops fragten sie, was passiert sei, doch da war der Schmerz schon unerträglich, und als sie sah, dass zwei andere Transit Cops den Mann wegschleppten, wurde sie abermals bewusstlos.

Im Krankenhaus wachte sie wieder auf.

Als es ihr besser ging, zeigten sie ihr Fotos von einem Dutzend Männer.

Sie erkannte ihn sofort.

Sie würde ihn nie vergessen.

»Ich will dabei sein«, sagte sie jetzt, als auf dem Bildschirm noch einmal ein Bild von Jeff Converse erschien. »Wenn der Richter das Urteil verkündet, will ich dabei sein.«

»Das musst du nicht, Cindy«, erwiderte Bill, aber Cindy Allen war fest entschlossen.

»Ich will ihn sehen. Ich will die Angst in seinen Augen sehen.« Ohne auf Bills Hilfe zu warten, begann sie ihren zerbrochenen Körper aus dem Bett in den Rollstuhl zu hieven, der daneben stand. »Und am beängstigendsten ist für mich, dass ich mir wünsche, ich könnte zusehen, wenn sie ihn töten.«

Carolyn Randall fühlte die Spannung in ihrem teuer eingerichteten Frühstückszimmer, nachdem die Nachrichtenmoderatorin ihre Story über die Verurteilung von Jeff Converse beendet hatte. Als Jeffs Gesicht auf dem Bildschirm erschienen war, hatte sie automatisch nach der Fernbedienung gegriffen, aber sie war nicht schnell genug gewesen. Der blonden Moderatorin – die, davon war Carolyn überzeugt, bei einer Veranstaltung der Krebs-Gesellschaft vor zwei Wochen mit ihrem Mann geflirtet hatte – war schon Jeff Converses Name über die Lippen gekommen, und ihre Stieftochter hatte sich sofort umgedreht, um zuzusehen.

»Warum seid ihr beide nur so wild darauf, euch jeden Bericht über diese grässliche Sache anzuschauen?«, fragte Carolyn, als die Nachrichten von Werbung unterbrochen wurden. »Es ist vorbei. Ihr müsst loslassen.«

»Es ist nicht vorbei«, antwortete Heather leicht verärgert und ohne zu zögern. »Es wird erst vorbei sein, wenn sie Jeff gehen lassen.«

»›Sie‹, wie du es ausdrückst, werden ihn nicht gehen lassen, solange seine Schuldlosigkeit nicht bewiesen ist«, sagte Perry Randall in dem beschwichtigenden Ton, den er, wie Heather wusste, gewöhnlich bei beschränkten Zeugen anwandte, die keine Ahnung von den Fakten hatten. »Und da er nicht unschuldig ist, wird das meiner Ansicht nach nie geschehen.«

»Du weißt nicht ...«, begann Heather, doch ihr Vater unterbrach sie, bevor sie den Satz beenden konnte.

»Ich kenne die Fakten des Falles«, erinnerte er sie. »Ich habe den Polizeibericht von Converses Festnahme gelesen, und obwohl ich mich aus naheliegenden Gründen als befangen von dem Fall zurückgezogen habe, heißt das nicht, dass ich ihn nicht sorgfältig untersucht hätte.« An der Art, wie seine Tochter die Zähne zusammenbiss, erkannte er, dass seine Argumente auch an diesem Morgen nicht auf fruchtbareren Boden fallen würden als an anderen Tagen, seit man Jeff Converse wegen des Überfalls auf Cynthia Allen noch am Tatort festgenommen hatte. Es war sein eigener Eigensinn, der sich in ihr offenbarte. »Ich weiß, was du empfindest, Heather, doch wenn man sich bei Gericht von Gefühlen überwältigen ließe, wären unsere Gefängnisse leer. Es gibt auf Rikers Island – oder auch sonstwo, vermute ich – keinen einzigen Mann, der nicht eine Freundin hat, die beschwört, dass er unschuldig ist.«

»Aber Jeff *ist* unschuldig!« ereiferte sich Heather. »Du musst mir glauben, Daddy, dass er nicht fähig ist zu tun, was man ihm vorwirft.«

Perry Randall zog die linke Braue hoch. »Das kann ich nicht, Heather, ich kenne ihn doch gar nicht richtig.«

Heather hatte das Gefühl, an der Flut wütender Worte ersticken zu müssen, die sich in ihrer Kehle zusammenballten. Sie unterdrückte sie jedoch. Was hatte es für einen Sinn, jetzt mit ihrem Vater zu streiten? Seine Meinung war nicht zu erschüttern – sie stand fest, seit sie mit ihm telefoniert hatte, nachdem Jeff festgenommen worden war.

Sie hatte ihn in der Hoffnung – nein, in der *Gewissheit* angerufen, dass er mit jemand sprechen und alles in Ordnung bringen könnte. Sie hätte es besser wissen müssen, das war ihr jetzt klar. Waren es nicht die kühlen, analytischen Antworten ihres Vaters zu jedem emotionalen Thema gewesen, die ihre Mutter aus dem Haus getrieben hatten? Dennoch war sie, als sie ihn um Hilfe bat, auf seine Reaktion nicht gefasst gewesen.

»Ich möchte, dass du sofort nach Hause kommst«, hatte er gesagt. »Das Letzte, was ich jetzt brauche …«

»Was du brauchst?«, hatte sie erwidert. »Daddy, Jeff ist im Gefängnis!«

»Was meiner Erfahrung nach bedeutet, dass er etwas angestellt haben muss, um hineinzukommen«, antwortete der Vater. Dann fuhr er, weil er ihren Schmerz spürte, etwas sanfter fort: »Ich kümmere mich morgen früh darum. Die Polizei wird einige Zeit brauchen, um ihre Protokolle zu schreiben, aber morgen früh müsste das Material im Büro vorliegen. Ich schaue es mir an – will sehen, was die Leute denken. Dann werde ich überlegen, was ich tun kann.«

Also war Heather nach Hause gekommen.

Nur hatte sie in dem großen Apartment mit Blick auf den Central Park nicht mehr das Gefühl, zu Hause zu sein. Es war kein Zuhause mehr, seit ihre Mutter vor einem Dutzend Jahre fortgegangen war; sie selbst war damals elf gewesen.

»Fortgegangen.« Was für eine hübsche, beschönigende Umschreibung. Nun, da sie dreiundzwanzig war, wusste sie, dass »fortgebracht« besser das beschrieben hätte, was tatsächlich geschehen war. Sie hatte es nicht selbst gesehen, hatte jedoch im Lauf der Jahre eine ziemlich genaue Vorstellung von dem bekommen, was vorgefallen war. Damals hatte sie nur gewusst, dass sie an einem ganz gewöhnlichen Tag aus der Schule gekommen und die Mutter nicht mehr da gewesen war. »Sie muss sich nur einmal richtig ausruhen«, hatte man ihr gesagt.

Es stellte sich heraus, dass die Mutter sich in einem Krankenhaus »ausruhte«.

In keinem normalen Krankenhaus wie Lenox Hill drüben in der Nähe der Lexington, oder der Manhattan Augen- Ohren- und Hals-Klinik unten an der Sixty-fourth.

Das Krankenhaus, in dem sich die Mutter aufhielt, sah eher nach einem Kurheim als nach einem Krankenhaus aus und lag draußen auf dem Land. Aber es war kein Kurheim: Der Vater hatte seine Frau wegen ihrer Trunk- und Tablettensucht hingeschickt.

Anfangs hatte Charlotte Randall ihrem Kind versprochen, bald wieder nach Hause zu kommen. »Es dauert nur eine Weile, Herzchen«, sagte sie, als Heather sie das erste Mal besuchte. Doch sie war nie wieder nach Hause gekommen. »Ich kann einfach nicht«, erklärte sie. »Wenn du älter bist, wirst du es verstehen.«

Die Scheidung ging in aller Stille über die Bühne – der Vater sorgte dafür.

Und die Mutter hatte New York verlassen – auch dafür hatte der Vater gesorgt.

Charlotte lebte jetzt in San Francisco. Mit Achtzehn war Heather trotz der Einwände des Vaters hinübergeflogen und hatte sie besucht. An dem Morgen, an dem sie ankam, war die Mutter nüchtern, aber zum Lunch trank sie ein Glas Weißwein. »Schau mich nicht so an, Liebling«, sagte sie beim ersten Schluck mit spröder Stimme und allzu strahlendem Lächeln. »Es ist nur ein Glas. Ich bin keine Alkoholikerin.« Doch es war nicht nur *ein* Glas gewesen; es war nur das *erste*. Beim Abendessen versuchte die Mutter nicht einmal mehr zu leugnen. »Warum sollte ich nicht trinken? Ich mag zwar in San Francisco wohnen, aber dein Vater kontrolliert noch immer mein Leben.«

»Warum lässt du es zu?«, fragte Heather.

Die Mutter schüttelte den Kopf. »Es ist nicht so einfach – wenn du älter bist, wirst du es verstehen.« Diese Reise nach San Francisco zerstörte alle Illusionen, die Heather sich in den Jahren der Trennung über die Mutter gemacht hatte.

Jetzt, mit dreiundzwanzig, verstand sie es, wie die Mutter ihr prophezeit hatte. In gewisser Weise beherrschte der Vater sie genauso wie er Charlotte beherrscht hatte.

Heather wohnte noch immer in dem weitläufigen Apartment auf der Fifth Avenue, studierte noch immer an der Columbia.

Noch immer von ihrem Vater unterstützt, lebte sie noch immer in seinem Haus. Sie wusste jedoch, es würde ein Ende haben, sobald Jeff mit dem Architekturstudium fertig war und sie heiraten könnten. Und dann der furchtbare Abend, an dem sie in seinem Apartment auf Jeff wartete und er nicht nach Hause kam. Sicher, dass etwas passiert sein musste, fing sie schließlich an, herumzutelefonieren.

Zuerst rief sie die Krankenhäuser an. St. Luke's, die Klinik auf dem Columbus, das Westside Medical Center.

Und dann die Polizeistation auf der West 100th Street.

»Wir haben einen Jeffrey Converse hier«, hatte ihr der diensthabende Sergeant gesagt, sich aber geweigert, ihr am Telefon nähere Einzelheiten mitzuteilen.

Bis Heather selbst in die Polizeistation kam, dachte sie, es müsse sich um einen schrecklichen Irrtum handeln. Jeff, das Gesicht zerkratzt, die Kleidung blutverschmiert, hatte sie durch die Gitterstäbe der Einzelzelle in der Kriminalabteilung hilflos angesehen. »Ich habe versucht einer Frau zu helfen«, sagte er. »Ich habe nur versucht, ihr zu helfen.«

Und der Albtraum hatte angefangen.

Der Albtraum, gegen den ihr Vater, der stellvertretende Bezirksstaatsanwalt, nichts unternommen hatte. »Ich kann nichts tun«, sagte er ihr am nächsten Tag. »Ich habe mir den Fall angesehen, und das Opfer hat den Täter eindeutig identifiziert. Sie ist sicher, dass es Jeff war.«

»Es muss doch etwas geben …«, begann Heather, aber der Vater unterbrach sie.

»Mein Job ist es, Menschen wie Jeff Converse anzuklagen, nicht zu verteidigen. Es tut mir Leid, aber ich kann nichts machen.«

Heather wusste jedoch, dass mehr dahinter steckte. Der Vater wollte für Jeff nichts tun.

Er hatte nie gewollt, dass sie mit Jeff ging.

Er wollte ganz gewiss nicht, dass sie Jeff heiratete.

Er wollte aber Bezirksstaatsanwalt werden, ein Ehrgeiz, der bei den nächsten Wahlen durchaus erfüllt werden konnte. Es sei denn, etwas Peinliches passierte – zum Beispiel, wenn er bei einem Fall, der in der Öffentlichkeit großes Aufsehen erregte, auf der falschen Seite stand.

Und weil der Täter gegen Cynthia Allen mit so unvorstellbarer Grausamkeit vorgegangen war, erregte Jeffs Fall größtes Aufsehen. Für Perry Randall war es schlimm genug, dass seine Tochter mit Jeffrey Converse gegangen war. Undenkbar, auch nur den Anschein zu erwecken, dass er ihn verteidigte.

»Aber er hat es nicht getan«, flüsterte Heather jetzt. »Ich weiß, dass er es nicht getan hat.« Sie hätte ebenso gut gar nichts sagen können, denn der Vater hatte sich wieder hinter seiner Zeitung verschanzt.

Keith Converse streckte die Hand nach dem Knopf des Radios in seinem Laster aus, überlegte es sich aber noch, bevor seine Finger ihn berührten. Er wusste, was geschehen würde, wenn er einschaltete: Seine Frau würde im Gebet nur lange genug innehalten, um ihn mit einem vorwurfsvollen Blick zu messen, und obwohl sie nichts sagen würde, wäre ihre Botschaft unmissverständlich:

Machst du dir denn überhaupt keine Sorgen um Jeff?, würde ihr Blick so deutlich sagen, als habe sie die Worte laut ausgesprochen.

Es würde nichts nützen, wenn er sich bemühte, ihr zu erklären, wie sehr er sich um ihren gemeinsamen Sohn sorgte. Sie hatte sich eine feste Meinung gebildet, und den Versuch, sie vom Gegenteil zu überzeugen, hatte er schon vor Monaten aufgegeben.

»Es ist Gottes Wille«, hatte sie seufzend entgegnet, als er ihr gesagt hatte, dass Jeff verhaftet worden war.

Gottes Wille.

Keith wusste nicht mehr, wie oft er diese Phrase in den letzten Jahren gehört hatte. Mit diesem Kommentar verweigerte Mary ihm jede Diskussion über Probleme, ganz gleich welcher Art.

Er kannte den Ursprung, wusste genauso wie sie, wo alles angefangen hatte. Schließlich hatten sie beide die Schule St. Mary besucht, waren beide, während sie heranwuchsen, jeden Sonntag pflichtbewusst in die Kirche St. Francis gegangen.

Als sie jung waren, schien Mary die Kirche ebenso locker zu nehmen wie er. Doch das änderte sich nach der ersten gemeinsamen Nacht, in der Jeff gezeugt wurde. Eine erstickend dicke Decke katholischen Schuldbewusstseins hatte sich in dem Augenblick auf Mary gesenkt, in dem sie feststellte, dass sie schwanger war.

Keith hatte angenommen, das werde sich ändern, sobald sie verheiratet waren, und er hatte dafür gesorgt, dass sie sofort heirateten. Acht Monate später, als Jeff geboren wurde, sagten sie allen, er sei eine Frühgeburt, und da er ein kleines Baby war, akzeptierte man die Lüge.

Nur Mary nicht.

Zwar war sie nach Jeffs Geburt abweisend und verschlossen gewesen, aber Keith hatte sich keine Sorgen gemacht. Er dachte, sie habe eben mit dem Baby zu viel zu tun. Doch als Jeff anfing zu laufen, wurde sie noch abweisender. Und als Jeff in die Schule kam, schliefen sie nur noch einmal im Monat miteinander – wenn man es überhaupt miteinander schlafen nennen konnte. Dann passierte es ungefähr nur einmal im Jahr, und als Jeff in die High-School kam, hatte Keith fast vergessen, wie es war, mit Mary ehelichen Verkehr zu haben. In anderer Beziehung war sie ihm ein gute Frau gewesen. Ihr Haus war blitzblank, und sie hatte gut für sie alle gesorgt. Aber mit jedem Jahr schien sie sich weiter in sich selbst zurückzuziehen, verbrachte immer mehr Zeit mit Gebeten.

Und immer, wenn etwas passierte, sagte sie, es sei Gottes Wille. Sagte, sie würden bestraft, weil sie gesündigt hatten.

Das tat weh – tat sehr weh. Es war, als sage sie, Jeff hätte nicht geboren werden dürfen.

Keith hatte überlegt, ob er darauf bestehen sollte, sich gemeinsam mit ihr irgendwo beraten zu lassen. Doch als er es einmal vorschlug, war ihr Pfarrer der Einzige, mit dem Mary bereit war zu sprechen, und Keith konnte sich nicht vorstellen, wie ihnen das helfen sollte. Also schwieg er, konzentrierte sich auf den Erfolg seiner Baufirma und hoffte, die Dinge würden mit der Zeit besser werden. Als Jeff aufs College kam, verkündete ihm Mary, sie werde ihn verlassen.

»Es ist Gottes Wille«, sagte sie. »Wir haben eine furchtbare

Sünde begangen, ich habe Buße getan, und Gott hat mir vergeben.«

Wie üblich hatte es auch diesmal keine Diskussion gegeben. Keith wusste, dass er mit seinen Lieferanten, seinen Subunternehmern und seinen Kunden streiten konnte, nicht aber mit Mary.

Dem Willen Gottes konnte er nicht widersprechen.

Also zog sie aus, und er irrte in dem kleinen Haus in Bridgehampton umher, das plötzlich viel zu groß und zu leer schien und versuchte sich daran zu gewöhnen, dass beide nicht mehr da waren – sein Sohn und seine Frau.

Es war nicht leicht, aber er schaffte es. Doch seit sie Jeff verhaftet hatten, war es viel schlimmer geworden.

Als Jeff ihn nach seiner Verhaftung anrief, war Keith überzeugt, es müsse sich um einen schrecklichen Irrtum handeln. Jeff war immer ein guter Junge gewesen – war nie, wie die meisten anderen Kids, in Schwierigkeiten geraten. Und dann sperrten sie ihn ein und warfen ihm Dinge vor, die – das wusste Keith – sein Sohn nie und nimmer getan haben konnte.

Den ganzen Herbst über wankte Keiths Glaube an Jeff nicht ein einziges Mal, auch dann nicht, als er und Mary die Aussage des Opfers hörten. Er holte Mary ab, und sie gingen gemeinsam zur Verhandlung. Keith wusste, dass die Frau sich irren musste – obwohl sie von dem, was sich ereignet hatte, felsenfest überzeugt schien.

Auch wenn das Opfer im Gerichtssaal auf Jeff zeigte und sagte: »Das ist der Mann, der mich überfallen hat. Ich werde das Gesicht nicht vergessen, solange ich lebe.«

Als die Jury Jeff für schuldig befand, war Keith noch immer überzeugt, dass es ein Irrtum war. Er war sicher, dass alles wieder in Ordnung kommen würde – man musste Berufung einlegen, Jeff würde freikommen, und sie könnten weiterleben wie bisher.

Aber Jeff war nicht freigekommen.

Und Keith begann, ganz gegen seinen Willen, Mary die Schuld an dem zu geben, was geschehen war.

Als jetzt der Verkehr auf dem New Island Expressway völlig zum Erliegen kam, sah er sie an.

»Wir kommen zu spät.«

Mary seufzte. »Ich nehme an, auch das ist meine Schuld.«

Keiths Finger umklammerten das Lenkrad fester. »Ich habe nicht gesagt, dass du schuld bist. Warum musst du nur alles so auf deine Person nehmen?«

»Persönlich nehmen«, korrigierte sie ihn.

Sei bloß still, sagte sich Keith. *Es ist ohnehin egal, ob wir zu spät kommen. Es ändert nichts.* Aber Jeff würde es nicht egal sein. »Ich hätte schon gestern Abend kommen sollen«, sagte er leise vor sich hin. »Ich hätte schon längst dort sein müssen.«

Mary Converse hielt es für sinnlos, ihrem Mann zu antworten. Tatsächlich war sie es müde, überhaupt mit Keith zu reden. Wenn er nur so stark gewesen wäre wie sie …

Sie hielt in ihren Gedanken inne, denn sie wusste, dass Keith ihren Glauben nicht teilte, nie teilen würde. Anfangs war sie, wie Keith, überzeugt gewesen, dass ihr Sohn unschuldig war. Dann hatte sie sich mit dem auseinandergesetzt, was Jeff widerfahren war. Eine Zeit lang hatte sie sich selbst die Schuld gegeben, geglaubt, dass es sich nicht ereignet hätte, wären sie und Keith vor so vielen Jahren nicht der Sünde verfallen.

Denn dann hätte Jeff sich nicht in Schwierigkeiten gebracht.

Nachdem er schuldig gesprochen worden war, fühlte sie selbst sich so schuldig, dass sie sich fast wünschte, einfach sterben zu können. Aber dann hatte sie mit Pfarrer Noonan darüber geredet, der ihr erklärt hatte, sie sei für nichts verantwortlich, was Jeff getan hatte. Ihre Aufgabe sei es nun, Jeff wissen zu lassen, dass sie ihm vergab.

Ihm vergab und ihn liebte, wie Gott ihm vergab und ihn liebte.

In ihrem Glauben hatte sie Frieden gefunden, hatte hingenommen, was ihr auferlegt war.

Keith hingegen versuchte noch immer, Jeffs Schuld zu leugnen, bestand darauf, dass es ein Irrtum sein müsse, weigerte sich zu akzeptieren, dass alles, was geschah, Gottes Wille war. Im tiefsten Herzen wusste Mary es besser: Jeff war in Sünde gezeugt und empfangen worden, seine Seele von dem Augenblick an verderbt, in dem sie schwach genug gewesen war, Keith Converses niedrigsten Instinkten nachzugeben. Die Sünden des Vaters wurden jetzt auf den Sohn übertragen, und sie konnte es nur annehmen und beten – nicht nur für ihre Seele, sondern auch für die von Jeff.

Der Verkehrsstau löste sich so schnell auf wie er sich gebildet hatte, und während sie auf dem Brooklyn-Queens-Expressway nach Süden fuhren, glitten Marys Finger über die Perlen ihres Rosenkranzes, und sie begann wieder zu beten.

Gottes Wille wird geschehen, betete sie lautlos. *Gottes Wille wird geschehen …*

2. Kapitel

Für Jeff Converse hatte jeder Morgen das gleiche furchtbare Gesicht. Jede Morgendämmerung, die während der letzten fünf Monate angebrochen war, hatte die flüchtige Hoffnung mitgebracht, dass er endlich aus dem schrecklichen Albtraum erwachen werde, zu dem sein Leben geworden war. Aber wenn der tröstliche Schlaf ihn in den Tag entließ, entglitt ihm die Hoffnung, dass er aus einem bösen Traum erwachte.

Der Knoten aus Angst, der sich bei seiner Festnahme in seinem Magen gebildet hatte, zog sich immer fester zusammen, während er überlegte, welche Schrecken der neue Tag wohl mit sich bringen konnte.

Anfangs hatte er angenommen, es würde in ein paar Minuten vorbei sein – würde eine oder zwei Stunden dauern, im äußersten Fall. Als sie ihn in der Polizeistation auf der West 100th Street in die Zelle der Schwerkriminellen sperrten, hatte er sich mehr neugierig als ängstlich umgesehen. Schließlich war, was ihm passiert war, ganz offensichtlich ein Irrtum.

Er hatte der Frau in der U-Bahnstation nur helfen wollen.

Zuerst hatte er sie kaum gesehen – wollte eben, vom Bahnsteig kommend, die Treppe hinaufsteigen, als er etwas hörte. Und er war stehen geblieben.

Hätte er es nur ignoriert und wäre weitergegangen; hätte er den unterdrückten Schrei genauso überhört wie die Alarmanlagen der

Autos, die auf der Straße ständig loswimmerten, wäre alles in Ordnung gewesen.

Aber ein Schrei war keine Alarmanlage, und ohne zu überlegen hatte er sich von der Treppe abgewandt und war zum Ende des Bahnsteigs gelaufen.

Was er in dem schattenlosen, grell fluoreszierenden Licht, das die weiß gekachelte U-Bahnstation erhellte, zu sehen bekam, war eindeutig: Eine Frau, die mit dem Gesicht nach unten ausgestreckt auf dem Boden lag.

Ein Mann, der Jeff den Rücken zukehrte, kniete neben ihr und zerrte an ihrer Kleidung.

Jeff kam gar nicht auf die Idee, sich abzuwenden. Stattdessen begann er zu rennen, auf den knienden Mann zu, und schrie aus voller Lunge so laut er konnte. Erschrocken blickte der Mann über die Schulter zurück und stand dann auf. Aber als Jeff sich auf ihn stürzte, drehte der Mann sich nicht zu ihm um, verteidigte sich nicht. Zu Jeffs Überraschung sprang er vom Bahnsteig auf die U-Bahngleise und verschwand im dunklen Tunnel. Als Jeff die Frau erreichte, war der Angreifer fort. In der Ferne hörte Jeff das Donnern eines näher kommenden Zugs, doch er ignorierte das Geräusch, richtete seine ganze Aufmerksamkeit auf die Frau.

Sie lag noch immer mit dem Gesicht nach unten. Jeff nahm ihr Handgelenk und fühlte ihr den Puls. Als die Arterie unter seinen Fingern pochte, drehte er die Frau vorsichtig um.

Ihre Nase war zerschmettert, ihr Unterkiefer angeschwollen, und ihr Gesicht war blutüberströmt. Während der Zug donnernd einfuhr und anhielt, öffnete die Frau die Augen. Sie fixierte ihn eine Sekunde und schien plötzlich wieder lebendig zu werden. Sie schrie und kratzte ihm mit den Fingernägeln einer Hand das Gesicht auf. Er packte ihr Handgelenk, und sie hob die andere Hand, kratzte ihn. Jeff hatte keine Ahnung, wie lange der Kampf dauerte – vielleicht nur Sekunden, vielleicht eine halbe Minute. Noch während er versuchte, die wild um sich schlagende Frau unter sich festzuhalten, packten ihn zwei Hände an den Schultern und zerrten ihn von ihr weg.

»Sie ist verletzt …«, begann Jeff. »Jemand …« Doch bevor er zu

Ende sprechen konnte, wurde er grob mit dem Gesicht nach unten auf den Bahnsteig geworfen.

Seine Arme wurden nach hinten gerissen.

Und der Albtraum begann.

Als sich die Handschellen um seine Gelenke schlossen, erklärte ihm jemand, er müsse nichts sagen.

Sie brachten ihn in die Polizeistation auf der West 100th Street.

Wieder sagte man ihm, er habe das Recht zu schweigen, aber da er wusste, dass er nur versucht hatte, der Frau auf dem U-Bahnsteig zu helfen, kam er gar nicht auf die Idee, einen Anwalt zu verlangen, bevor er berichtete, was geschehen war. Er erzählte ihnen alles – und erzählte es ihnen immer wieder, auch als er in die Räder des Systems geriet.

Inzwischen hatten sie ihm seine Uhr, seinen Fakultätsring, die Schlüssel und die Brieftasche abgenommen; ein Computer hatte seine Fingerabdrücke überprüft, und sie hatten festgestellt, dass er nicht vorbestraft war. Als sie ihn endlich in den Verhörraum der Kriminalabteilung setzten und noch einmal aufforderten, genau zu schildern, was passiert war, hatte er die Geschichte schon drei- oder viermal erzählt.

Auch noch als sie ihn in die Haftzelle der Kriminalabteilung sperrten, war er überzeugt, dass es bald vorbei sein würde. Sobald die Frau vom Bahnsteig sich beruhigt hatte, würde sie sich erinnern.

Sie würde der Polizei alles sagen.

Und dann würde es ein Ende haben.

Als sie ihn fragten, ob er jemand anrufen wolle, dachte er zuerst an seine Eltern, überlegte es sich dann aber anders – beide waren so weit draußen auf Long Island, was konnten sie schon tun? Außerdem war alles ein Irrtum, warum sollten sie sich die ganze Nacht sorgen, wenn er am Morgen doch wieder zu Hause sein würde. Endlich entschied er sich für Heather Randall, sicher, dass sie noch in seinem Apartment auf ihn wartete. Aber noch ehe er anrufen konnte, erschien sie selbst in der Polizeistation.

»Mein Vater soll sich um die Sache kümmern und feststellen, was los ist«, sagte sie. »Mach dir keine Sorgen, wir holen dich in einer Stunde raus.«

Aber sie hatten ihn nicht herausgeholt. Die Polizei ließ ihn nach einer Stunde wieder mit Heather sprechen, und sie informierte ihn über den Stand der Dinge.

»Die Frau wird operiert, doch das Letzte, was sie gesagt hat, war, dass du sie überfallen hast.«

»Aber das ist nicht wahr!«, protestierte Jeff. »Ich habe versucht, ihr zu helfen.«

»Natürlich wolltest du ihr helfen«, versicherte ihm Heather. »Und ich bin sicher, wenn sie der Frau morgen Fotos zeigen, wird sie wissen, dass du es nicht warst.«

Doch als die Polizei der Frau am nächsten Morgen ein Dutzend Fotos zeigte, legte sie den Finger sofort auf Jeffs Bild. Obwohl ihr Gesicht und ihr Kiefer dick verbunden waren, gab sie klar und deutlich zu verstehen, dass er der Mann war, der auf dem Bahnsteig der U-Bahnstation über sie hergefallen war.

Also hatten sie ihn nach Downtown gebracht.

Das seltsam losgelöste Gefühl, das ihn in der Nacht überkommen hatte, in der er verhaftet worden war, wich echter Angst, als man ihn in die Haftanstalt, das Manhattan House of Detention, verlegte.

Wenn er später darüber nachdachte, verschwamm der größte Teil dieses Tages im Nebel. Er erinnerte sich nur, dass er durch ein Labyrinth vergitterter Tore befördert wurde und auf einer schmalen, steilen Treppe zwei Stockwerke hinaufsteigen musste, auf der seine Schritte widerhallten – und die Schritte von Dutzenden anderer Leute, die langsam durch die Mühle des Gesetzes geschleust wurden.

Im Lift hing der schwere, unverwechselbare Geruch von Weihrauch.

Er erinnerte sich an einen Gang mit Zellen, in denen die zwielichtig und verkommen aussehenden Gestalten saßen, deren Blicke er auf der Straße oder in der U-Bahn immer gemieden hatte. Jetzt starrten sie ihn an, riefen ihm etwas zu, wollten wissen, was er getan hatte.

Er sagte nichts.

Schließlich wurde er durch ein anderes Treppenhaus hinuntergeführt und in einem der Gänge in eine Art Käfig gesperrt. Perfekt quadratisch geschnitten, enthielt der winzige Raum nur einen vergammelten Plastikstuhl.

Er setzte sich.

Er hatte keine Ahnung, wie lange er wartete. Seine Armbanduhr lag – zusammen mit den anderen Sachen, die sie ihm am Abend vorher abgenommen hatten – noch immer in dem Umschlag, und weit und breit war keine Uhr zu sehen.

Endlich führte man ihn in den Gerichtssaal, und der Albtraum wurde noch monströser.

Obwohl er an diesem Morgen, an dem das Urteil gefällt werden sollte, im Criminal Courts Building neben dem Detention Center in einem anderen Käfig vor einem anderen Gerichtssaal wartete, lag der einzige sichtbare Unterschied in dem Stockwerk, in dem er sich befand. Als er angeklagt und die Anklageschrift verlesen worden war – die Anklagen reichten von tätlichem Angriff bis zu versuchter Vergewaltigung und versuchtem Mord –, war das in einem der unteren Stockwerke geschehen. Damals, vor fast einem halben Jahr, hatte er noch hoch fliegende Hoffnungen gehegt. Bestimmt würde Cynthia Allen ihren Irrtum erkennen und man würde das Verfahren einstellen. Aber es war nicht eingestellt worden. Die beiden Cops, gefolgt von zwei Leuten, die aus der einfahrenden U-Bahn ausgestiegen waren, und schließlich Cynthia Allen selbst sagten aus, was sie an diesem Abend zu sehen geglaubt hatten. Während er Cynthia Allen zuhörte – sie saß in dem Rollstuhl, an den sie seit dem Überfall gefesselt war, und ihr Gesicht war sogar nach den ersten kosmetischen Operationen noch immer entstellt –, wurde ihm klar, dass man ihn verurteilen würde.

Und ihm wurde auch klar, dass er, wenn er auf der Geschworenenbank säße, anstatt hinter dem Tisch des Verteidigers, selbst jedes Wort geglaubt hätte, das sie sagte.

»Ich habe ihn gesehen«, flüsterte sie und schaute ihn jetzt wieder an, bevor sie sich erneut den Geschworenen zuwandte. »Er lag auf mir – er versuchte mich …« Ihre Stimme erstarb, und ihr Schweigen war viel eindrucksvoller und überzeugender als Worte.

Dann wurde er in den Zeugenstand gerufen. Als er dort saß – in dem Hemd mit dem viel zu weit gewordenen Kragen und einem Jackett, das um seinen hageren Körper schlotterte, wusste er, dass die Jury ihm kein Wort glaubte. Egal, was er sagte.

Er hatte den Zweifel in ihren Augen gesehen, als er ihnen von dem Mann erzählte, der mit der Hast einer Küchenschabe, die aus dem Licht flüchtet, in dem tintenschwarzen Tunnel untergetaucht war.

Während der ganzen Zeit saßen seine Eltern Seite an Seite in der ersten von sechs für das Publikum reservierten, harten hölzernen Bankreihen – Bankreihen, die ihn an Kirchenbänke erinnerten. Immer wenn er sie ansah, lächelten sie ermutigend, als dächten sie, dass sich ihr Glaube an seine Unschuld irgendwie auf die Jury übertragen werde. Was sie nicht sehen konnten – er aber schon –, war Cindy Allens Familie, die hinter dem Anklagevertreter saß, ihm gegenüber. Das Lächeln seiner Eltern konterten sie mit Blicken puren Hasses. Obwohl sie geschockt schienen, weil er von seiner Schuldlosigkeit so überzeugt war, hatte Jeff das dumpfe Gefühl, dass das Urteil unvermeidbar war, dass dieser Albtraum nie enden werde.

Als er jetzt darauf wartete, dass die dritte Phase seine Prozesses begann, versuchte er, einen Funken Hoffnung aufzubringen, fand aber keinen.

Sein Körper, früher einmal so voller Energie, schien jetzt völlig erschöpft. Mit dreiundzwanzig fühlte er sich wie ein alter Mann.

Vor sechs Monaten noch hatte sich das Leben wie eine Landschaft mit unendlichen Horizonten vor ihm erstreckt; jetzt sah er nur noch endlose Tage vor sich, gefangen hinter den Gitterstäben einer Gefängniszelle.

Als er am Morgen in eines der halb blinden polierten Metallstücke geblickt hatte, das ihm in dem Gebäude, die »Gruft« genannt, als Spiegel diente, hatte er sich lange angestarrt – das blasse Gesicht, den mageren Hals, die eingefallene Brust, die dunklen Ringe der Erschöpfung unter den Augen. *Ich sehe genauso aus wie das, wofür sie mich halten,* hatte er gedacht. *Ich sehe aus, als gehörte ich ins Gefängnis.*

Die Tür zum Gerichtssaal öffnete sich, und Sam Weisman erschien. In den Monaten seit Prozessbeginn hatte Jeff gelernt, aus

Haltung und Miene seines Anwalts mehr herauszulesen als aus dem, was er sagte. Weisman war sechzig und hatte dichtes schneeweißes Haar; seine Schultern neigten dazu, nach vorn zu sacken, als trügen sie die Last eines jeden Falles, den er vertrat. »Sie sind so weit«, sagte er, und obwohl seine Stimme neutral klang, haftete seiner Haltung etwas an, das Jeff zu dem Gedanken verführte, es könnte vielleicht doch noch eine Wendung zum Besseren bevorstehen.

»Wie sieht es aus, Sam?«, fragte er, als der Gefängnisaufseher die Tür des Gitterkäfigs aufsperrte und weit öffnete.

Weisman zögerte, als wäge er seine Antwort sorgfältig ab. Dann zuckte er jedoch nur mit den Schultern. »Keine Ahnung«, sagte er. »Ich hab nur so'n Gefühl, wissen Sie.«

Die Hoffnung, die kurz in Jeff aufgeflackert war, erlosch sofort wieder. Sam Weisman hatte ebenfalls »so'n Gefühl« gehabt, als die Jury länger als einen Tag weggeblieben war, und mit genau »so'nem Gefühl« hatte er sie am nächsten Nachmittag auf die Geschworenenbank zurückkehren sehen. Doch die Jury hatte Jeff in jedem Punkt für schuldig befunden, in dem er angeklagt worden war.

So viel zu Weismans »Gefühlen«.

Nachdem man ihm die Handschellen abgenommen hatte, betrat Jeff den Gerichtssaal; Sam Weisman ging direkt hinter ihm.

Plötzlich fühlte Jeff sich desorientiert. Sie waren alle da – die Ankläger an ihrem Tisch, Sam Weismans Assistent an dem daneben.

Dieselben Leute saßen auf den Zuschauerbänken – seine Eltern hinter dem Tisch der Verteidigung und Cynthia Allens Eltern hinter dem Tisch des Anklägers. Im Hintergrund dieselben Reporter, die während des ganzen Verfahrens da gewesen waren, bereit für den letzten Akt.

Und Heather Randall saß, wie an jedem Tag seit Prozessbeginn, allein am äußersten Ende der Bank, auf der seine Eltern Platz genommen hatten.

»Warum sitzt du nicht bei meinen Leuten?«, hatte er sie gefragt, als sie ihn nach dem langen ersten Gerichtstag besuchte. Heather hatte zurückhaltend mit den Schultern gezuckt, und ihr Gesicht hatte die undurchdringliche Miene angenommen, hinter der sie sich immer verschanzte, wenn sie etwas verbarg. Ihm wurde klar, dass er die Antwort auf seine Frage kannte. »Dad gibt dir die Schuld, nicht wahr? Er denkt, wenn du nicht gewesen wärst, wäre ich in Bridgehampton geblieben.«

»Wärst du denn nicht?«, fragte sie.

Jeff schüttelte den Kopf. »Genauso gut könnte er Mom die Schuld geben – sie war diejenige, die dafür gesorgt hat, dass ich aufs College ging.«

»Es ist leichter, Außenstehende zu verurteilen«, antwortete Heather. »Und der Himmel weiß, für deinen Vater werde ich das immer sein.«

»Er wird seine Meinung ändern. Wenn das hier vorüber ist, wird er schon sehen.«

Und jetzt, heute Morgen, *war* alles vorbei, doch Keith Converse hatte seine Meinung offensichtlich nicht geändert.

Aber eines war im Gerichtssaal heute anders: Außer an dem Tag, an dem sie ausgesagt hatte, war zum ersten Mal Cynthia Allen anwesend. Klein und hilflos saß sie stoisch in ihrem Rollstuhl. Hinter ihr, die Hände auf ihren Schultern, als wolle er sie vor weiterem Schaden beschützen, stand ihr Mann. Cynthia umfing mit einer Hand die ihres Mannes, ihre andere ruhte in der ihres Vaters, der neben ihrem Stuhl auf der Bank saß. Alle drei starrten Jeff mit so eisiger Kälte an, dass ihn fröstelte. Auf dem Weg zum Tisch des Verteidigers hielt er dennoch Cynthias Blick fest und betete, dass sie sich vielleicht doch noch erinnerte, in seinen Augen las, dass er ihr nur hatte helfen wollen.

Doch er sah nur, wie sehr sie ihn hasste.

Er ließ sich auf einen abgenutzten Holzstuhl nieder, musste aber sofort wieder aufstehen, als der Gerichtsbeamte mit dröhnender Stimme zu sprechen begann und sich die Tür des Richterzimmers öffnete. Einen Augenblick später sank Jeff, nachdem Richter Otto Vandenberg sich hinter dem Richtertisch niedergelassen hatte, auf seinen Stuhl zurück.

Vandenberg, ein großer, grauhaariger Mann, dessen Körper in der schwarzen Robe noch raumeinnehmender aussah, begann in den Papieren zu wühlen, die vor ihm lagen. Endlich sah er Jeff über seine Halbbrille hinweg forschend an. »Angeklagter, erheben Sie sich«, sagte er so leise, dass die Leute sich anstrengen mussten, um ihn zu verstehen, aber dennoch mit solcher Autorität, dass nie jemand auch nur ein einziges Wort überhörte, das er äußerte.

Jeff stand auf, und Sam Weisman mit ihm.

»Haben Sie noch etwas zu sagen, bevor ich das Urteil verkünde?«, fragte der Richter.

Jeff zögerte. Sollte er noch einmal versuchen, den Richter zu überzeugen, dass er unschuldig war? Was würde es nützen? Die Jury hatte bereits entschieden. Aber eines hatte er noch zu sagen – etwas, das er während des Prozesses nie hatte sagen können. Er drehte sich um und sah Cynthia wieder in die Augen. »Es tut mir Leid«, sagte er leise, »es tut mir Leid, dass ich nicht ein paar Minuten früher gekommen bin, denn dann wäre Ihnen nichts geschehen.« Er hielt ihren Blick fest, bis sie den ihren senkte. Dann wandte er sich wieder dem Richter zu.

Otto Vandenberg ließ sich nicht anmerken, dass er Jeffs Worte gehört hatte.

»Ich habe mir alle Aussagen in diesem Fall angehört und die Empfehlungen von Anklage und Verteidigung gelesen. Die Verbrechen, die man Ihnen zur Last gelegt hat, sind in der Tat sehr, sehr schwer und können nicht leicht genommen werden. Ich habe jedoch auch die Tatsache in Betracht gezogen, dass in diesem Fall – wie in vielen anderen – ein Wort gegen das andere steht. Ebenso habe ich in Betracht gezogen, dass Sie vor diesem Fall ein vorbildlicher Bürger waren und keines der psychologischen Gutachten darauf hindeutet, dass Sie etwas anderes sind als ein völlig normaler junger Mann.«

Die Flamme der Hoffnung loderte in Jeff wieder auf.

»Ich verurteile Sie daher zu einer Haftstrafe von nicht mehr als einem Jahr, abzüglich der Untersuchungshaft, die Sie bereits verbüßt haben ...«

Sieben Monate! In sieben Monaten würde er wieder frei sein. Vielleicht sogar noch früher.

»Ich hatte Recht!«, hörte Jeff seinen Verteidiger jubelnd flüstern. »Ich hatte so'n Gefühl, und ich hatte Recht! Er hat Ihnen geglaubt, Jeff!«

Aber dann hörte er eine andere Stimme, die sich im Hintergrund des Gerichtssaals wütend erhob.

Die Stimme von Cynthia Allens Ehemann.

»Ein Jahr?«, brüllte er. »Nach allem, was er getan hat, geben Sie ihm ein Jahr? Ich schwöre zu Gott, ich sollte ihn eigenhändig umbringen!«

Jeff fuhr herum und sah den Mann an.

»Das wäre es, was Sie verdienen«, fuhr Bill Allen fort. »Sie müssten tot sein.« Ehe jemand auf seine Worte reagieren konnte, drehte er den Rollstuhl seiner Frau um und schob ihn aus dem Gerichtssaal.

»Wie meinst du das – du willst nichts dagegen tun?«, fragte Keith Converse. Obwohl seine Stimme ruhig blieb, verriet die Anspannung seines Gesichts den Zorn über das Urteil, das der Richter verkündet hatte.

»Du musst dich beruhigen, Keith«, sagte Mary und betrachtete nervös die Ader, die auf Keiths Stirn pochte. »Es nützt dir nichts, wenn du die Beherrschung verlierst.«

Keiths Augen schweiften durch das Konferenzzimmer. Jeff saß an einem Ende eines schäbigen Tisches, Sam Weisman auf seiner linken, Heather Randall auf seiner rechten Seite. Mary saß mit völlig unbeteiligtem Gesicht ihrem Sohn gegenüber, während ein Gefängniswärter an der Tür stand. »Und was, glaubst du, kann an diesem Punkt noch helfen?«

Als sei außer ihm niemand im Raum mit dem Fall vertraut, begann Keith die Ereignisse der vergangenen Monate aufzuzählen. »Zuerst nehmen sie Jeff fest, während er versucht dieser Frau zu helfen. Und anstatt ihn wieder freizulassen und ihm einen Orden zu verleihen, wie es sich gehört hätte, klagen sie ihn aller Verbrechen an, die ihnen gerade einfallen. Dann sprechen sie ihn schuldig, nur weil diese Frau halb tot aussieht und allen Leid tut.« Er hob die Hand gegen den Protest, den, wie er sah, Mary erheben wollte. »Ich sage nicht, dass sie mir nicht Leid tut, weil ihr das geschehen ist. Aber du weißt genau, dass sich die Jury von ihr im Rollstuhl beeinflussen ließ, und jetzt muss Jeff für etwas, das er nicht getan hat, ein Jahr im Gefängnis absitzen. Und ist das Opfer glücklich, weil jemand bestraft wurde? O nein – ihr Mann droht, Jeff umzubringen.« Er schüttelte empört den Kopf und sah Sam Weisman an. »Sie sind doch Anwalt – können wir ihn nicht verklagen? Er darf Jeff doch nicht einfach so bedrohen, oder?«

»Er war aufgeregt, Dad«, sagte Jeff, bevor Weisman antworten konnte. »Er hat es nicht wortwörtlich gemeint.«

»Guter Gott, hört euch das an!« Keith seufzte und schüttelte den Kopf. »Ich schwöre, manchmal verstehe ich dich wirklich nicht. Man hat dich wegen eines Kapitalverbrechens verurteilt, und es stört dich nicht im Geringsten, dass jemand dir angedroht hat, dich zu töten. Begreifst du denn nicht, in was für einer Klemme du sitzt?«

Jeff presste die Lippen zusammen. »Ich weiß vermutlich besser als du, was es bedeutet, Dad«, sagte er. Unbewusst legte er die Hand auf Heathers Hand, und seine Finger griffen fester zu, als seine Gefühle ihn zu überwältigen drohten. »Es ist vorbei, Dad – sie haben mich schuldig gesprochen, und dagegen kann man nichts tun. Ich war zur falschen Zeit am falschen Ort. Jetzt möchte ich nur noch die nächsten sieben Monate überstehen und dann mein Leben fortsetzen.«

»Welches Leben?«, fragte Keith und ließ müde die Schultern nach vorn fallen. »Du glaubst wirklich, dass sie dich an der Columbia weiter studieren lassen?«

»Keith, nicht«, bat Mary. »Wir sollten Jeff unterstützen und nicht …« Ihre Stimme ging in dem Schluchzen unter, das sie bis jetzt hatte zurückhalten können. »O Gott«, flüsterte sie und wandte sich von ihrem Mann ab und dem Sohn zu. »Es tut mir Leid, Jeff. Ich hatte mir geschworen, nicht zusammenzubrechen, ganz gleich was passiert.«

»Ist schon okay, Mom«, sagte Jeff. »Wenn ich Glück habe, bin ich vielleicht in fünf Monaten wieder draußen.« Er zwang sich zu einem schiefen Lächeln. »He, denk dir einfach, ich bin für ein Semester nach Europa oder sonst wohin gegangen.«

Heather entriss ihm ihre Hand. »Wie kannst du nur darüber Witze machen? Hast du eine Ahnung, wie dann draußen sein wird? Daddy sagt …«

Als sie Perry Randall erwähnte, wandte Keith sich ihr mit zornig blitzenden Augen zu. »Ihr *Daddy*? Glauben Sie wirklich es interessiert uns, was Ihr *Daddy* zu sagen hat?« Heather prallte zurück, doch Keith redete weiter, hatte endlich ein Ziel gefunden, an dem er Frustration und Wut auslassen konnte, die sich in den Monaten seit Jeffs Verhaftung in ihm aufgestaut hatten. »Ist Ihnen jemals der Gedanke gekommen, dass ein Wort Ihres Vaters der Sache schon vor langer Zeit hätte ein Ende machen können?«

»Er konnte nicht ...«, begann Heather, aber Keith schnitt ihr das Wort ab.

»Die Justiz muss kein Strafverfahren einleiten, wenn niemand es will. Schließlich laufen die schlimmsten Verbrecher in dieser Stadt frei herum, weil sie gute Kumpel von Typen wie Ihrem Vater sind. Denken Sie, ich hätte nicht gewusst, warum er gegen diese Schweinerei nichts unternommen hat? Weil Leute wie er denken, es sei total unwichtig, was Leuten wie uns passiert. Wenn Jeffs Leben ruiniert ist – was soll's? Ihrem Vater ist es egal.«

Heather sprang mit funkelnden Augen auf. »Wenn Sie das denken ...«, begann sie, unterbrach sich dann jedoch selbst. Zwischen ihrem und Jeffs Vater hatte es seit langer Zeit Spannungen gegeben – Spannungen, die schlimmer geworden waren, als Jeff und sie sich ineinander verliebt hatten. *»Er ist nicht von unserer Art«*, sagte ihr Vater immer wieder. *»Leute wie wir heiraten eben nur Leute wie wir – nicht den Sohn eines Handwerkers.«* Und sie wusste, dass Keith irgendwie derselben Meinung war – dass er sie für eine Schickeriapflanze hielt, die einen Luxus fordern würde, den Jeff ihr nie bieten konnte. Sie und Jeff hatten es längst aufgegeben, mit ihren Vätern über dieses Thema zu sprechen, und jetzt war gewiss nicht die richtige Zeit, es wieder auszugraben.

Sie bückte sich und küsste Jeff. »Ich gehe lieber«, sagte sie müde. »Vielleicht erlaubt man mir, später wiederzukommen.«

Jeff streckte die Hand nach ihrem Arm aus, berührte ihn jedoch nicht. »Wir sind hier nicht im Krankenhaus.«

Ihre Blicke trafen sich, dann schweiften Heathers Augen einen Moment zu Keith Converse ab. Als er nichts sagte, setzte sie sich wieder. »Es tut mir Leid«, sagte sie leise. »Ich dachte nur, mein Vater ...«

»Ist schon okay«, fiel Jeff ihr ins Wort. Er warf seinem Vater einen Blick zu. »Hör zu, Dad, an dem was passiert ist, ist keiner schuld. Nicht Heather, nicht ihr Vater, nicht ich. Es ist einfach geschehen. Versuchen wir also, es durchzustehen, okay?« Keith Converse presste die Lippen zusammen, doch er sagte nichts. »Es hätte viel schlimmer kommen können. Wie, wenn ich zu zwanzig Jahren verurteilt worden wäre?«

»Und bei guter Führung kann er schon nach fünf Monaten wieder draußen sein«, fügte Sam Weisman hinzu.

»Er sollte überhaupt nicht reinkommen«, erklärte Keith.

Jeff stand auf und ging zu seinem Vater, fühlte wie der erstarrte, als er ihn umarmte. »Ich werd's überstehen, Dad, und du auch. Im Moment kannst du aber nichts tun. Du wirst dich einfach mit den Dingen abfinden müssen.«

Keith umarmte seinen Sohn ebenfalls. »Du wirst es durchstehen«, sagte er mit vor Bewegung heiserer Stimme. »Lass dich von ihnen nicht fertig machen, okay?«

»Ganz bestimmt nicht, Dad,«

Jeff hielt den Vater noch ein paar Sekunden fest, dann führte der Gefängniswärter ihn hinaus.

3. Kapitel

Eve Harris hätte das Summen ihrer Gegensprechanlage am liebsten überhört. Wie immer war der Tag ein paar Stunden zu kurz gewesen, und obwohl sie ihr Bestes getan hatte, um sich an ihren Stundenplan zu halten, war es ihr nicht gelungen – auch wie immer. Zuerst hatte die Sitzung des Stadtrats eine Stunde länger gedauert als vorgesehen, was nicht schlimm gewesen wäre, denn sie hatte am ersten Tag ihrer ersten Amtsperiode beim Stadtrat gelernt, dass keine Sitzung dieses Verwaltungsapparates jemals rechtzeitig enden würde. Zu viele Egos wollten das letzte Wort haben.

Es waren die Treffen mit den Wählern, die ihren Stundenplan stets völlig durcheinander brachten, denn obwohl Eve durchaus fähig war, die Sermone der größten Wichtigtuer unter ihren Stadtratskollegen an sich vorbeirauschen zu lassen, war sie absolut nicht imstande, ein Meeting mit den Massen von New Yorks nicht Wahlberechtigten abzubrechen oder sich gegen ihre Klagen taub zu stellen. Während der ersten beiden Amtsperioden hatte sie sich den Ruf erworben, nicht nur in dem am leichtesten zugänglichen Büro des Stadtrats zu sitzen, sondern auch die offensten Ohren zu haben.

Wenn ihre Wähler redeten – egal wie unartikuliert –, hörte Eve Harris zu. So war es immer gewesen, seit ihrem ersten Tag in der Public School in der 126th Street in Harlem; schon damals schienen alle anderen Kids mit ihren Problemen zu ihr zu kommen, und das hatte sich fortgesetzt bis zu ihrer Graduierung an der Columbia University, die sie magna cum laude in zwei Hauptfächern, Soziologie und Städteplanung, abgeschlossen hatte. Nichts hatte sich geändert, auch nicht nachdem sie Lincoln Cosgrove geheiratet, ihre Mutter aus Harlem herausgeholt und in ihrem Apartment zwei Blocks südlich der Columbia untergebracht hatte; sie selbst war in Lincs riesiges Duplex auf dem Riverside Drive gezogen. Ihren Job bei der Stadt behielt sie bei und tat, was sie konnte, um den Ärmsten das Leben leichter zu machen. Endlose Stunden verbrachte sie damit, so viele Probleme zu lösen wie möglich, und ebenso viele Stunden, sich Probleme anzuhören, für die es keine Lösungen zu geben schien.

Aber Eve Harris, die es sogar abgelehnt hatte, ihren Namen mit Bindestrich mit dem von Linc zu verbinden – geschweige denn, den ihren aufzugeben –, hatte immer behauptet, in einer Stadt so komplex wie New York könne es keine unlösbaren Probleme geben, so schwierig sie auch scheinen mochten. Man musste ganz einfach die richtigen Köpfe finden, sie mit den Problemen vertraut machen und die Lösungen in die Tat umsetzen. Deshalb hatte Eve sich ein Jahr nach Lincs Tod – sein Herz hatte an ihrem allerersten gemeinsamen Urlaubstag am Strand von Jamaika ganz einfach aufgehört zu schlagen – einverstanden erklärt, für den Stadtrat zu kandidieren. Sie bestritt den Wahlkampf mit ihrem eigenen Geld und lehnte es ab, Geldspenden von mehr als zehn Dollar anzunehmen; am Ende hatte sie mehr Stimmen gehabt als alle anderen Kandidaten zusammengenommen.

Seit damals stand die Tür ihres Büros für alle Menschen offen, die keinen anderen Zugang zu den Machtstrukturen ihrer Stadt fanden.

Sie arbeitete selten weniger als sechzehn Stunden täglich und nahm keinen Tag Urlaub. Und jeden Tag schien es, als gebe es noch mehr Probleme, die man angehen sollte, und immer weniger Zeit, um sie zu lösen.

Die Gegensprechanlage summte ein zweites Mal, und Eve drückte auf die Sprechtaste. »Was gibt es, Tommy?«

»Kanal Vier«, sagte Tommy. »Sie wollen es bestimmt sehen.«

Kaum den Blick von der endgültigen Fassung der Rede abwendend, die sie heute Abend halten wollte, schaltete Eve den Fernseher ein und suchte Kanal Vier. Sie erkannte das Gesicht auf dem Schirm – Cindy Allen, die vergangenen Herbst in der U-Bahnstation 110th Street beinahe ermordet worden wäre. Doch es war nicht Cindy, die sprach, sondern ihr Mann. »… genauso gut hätte man ihn freisprechen können! Wie soll sich irgendjemand auf der Straße noch sicher fühlen, wenn …«

Die Augen noch immer auf ihr Manuskript gerichtet, schaltete Eve Harris den Fernseher aus und drückte auf die Sprechtaste. »Wie viel hat er bekommen?«, fragte sie ohne Einleitung. Nach fünf Jahren als ihr Assistent würde Tommy haargenau wissen, was sie meinte.

»Er kommt in sieben Monaten wieder raus, in fünf bei guter Führung.«

Eve seufzte schwer – wäre Jeff Converse ein Schwarzer gewesen, kein Weißer, hätte er Glück gehabt, nach fünfzehn Jahren freizukommen. Und von morgen früh an würden Familien und Freunde ihrer halben Wählerschaft in ihrem Büro anrufen und fragen, warum ihre Söhne, Liebhaber und Väter jahrelang im Knast sitzen mussten, während man dem weißen Jungen nur mal schnell auf die Finger klopfte.

Und Eve wusste, dass sie keine Antworten bereit hätte.

Es war einfach nur eine Unfairness mehr.

Eine Sache mehr, an der sie arbeiten musste.

Sie schob das Redemanuskript weg und wählte die Nummer des Bezirksstaatsanwalts. »Was meinen Sie zu dem Jeff Converse-Urteil?«, fragte sie, als Perry Randall sich meldete. Sie hörte ihm fast fünf Minuten zu und schüttelte dann den Kopf. »Was soll ich meinen Leuten sagen, Perry?«, fragte sie. »Und ganz nebenbei – meiner Mama? Sie wohnt nur einen Block von der U-Bahnstation entfernt.« Sie wartete nicht auf Antwort, denn sie wusste, auch der Staatsanwalt würde keine haben. »Oh, ich gebe nicht Ihnen die Schuld. Das wäre doch falsch, oder?« Sie legte auf und starrte dann kopfschüttelnd den Apparat an.

»Das ist der Haken«, sagte sie leise vor sich hin. »Nie ist irgendjemand schuld.«

Und das, wurde ihr klar, als sie zu ihrer Rede zurückkehrte, war genau der Grund, warum alles, was sie tat, so wichtig war.

Um acht Uhr abends peitschte der Wind kalte Regenschauer durch den Foley Square und den Park um das Rathaus, doch Eve Harris dachte gar nicht daran, ein Taxi zu rufen, geschweige denn einen der städtischen Dienstwagen zu benutzen, die ihr immer zur Verfügung standen. Sie lief stattdessen zur U-Bahn; den Kopf gesenkt, stemmte sie sich Wind und Regen entgegen und flitzte zusammen mit ein paar Leuten, die ebenfalls drei Stunden länger als die Kollegen im Büro geblieben waren, die Treppe hinunter. Nach einem Taxi Ausschau zu halten oder einen Dienstwagen zu nehmen hätte auch nicht geholfen – die Taxis waren alle in dem schwarzen Loch verschwunden, das sie jedes Mal, Minuten nachdem die ersten Regentropfen gefallen waren, aufzusaugen schien, und mit dem Wagen hätte sie zum Waldorf-Astoria doppelt so lange gebraucht wie mit der U-Bahn. Sie zog ihre MetroCard mit geübtem Schwung durch den Entwerter, schob sich durch das Drehkreuz und lief hinunter zu dem Bahnsteig, von dem der Zug abfuhr, der sie praktisch bis unter das Hotel bringen würde. Als er ratternd und rumpelnd anhielt, warf Eve einen Blick auf ihre Uhr. Zum Dinner kam sie zwar zu spät, doch das war nicht schlimm, die meisten Leute, über die sie heute Abend sprechen wollte, erhielten kein Abendessen. Warum sollte sie dann eins bekommen? Sie wusste jedoch, dass sie auf dem Podium stehen würde, sobald Monsignore McGuire bereit wäre, sie vorzustellen. Alles okay also. Sie stieg in den Wagen, ließ sich auf einen leeren Platz sinken und wollte ihre Rede eben ein letztes Mal durchlesen, als eine heisere Stimme sie ansprach.

»Sie sin' Miz Harris, nich' wa'?«

Die Frau hielt sich an einer der Haltestangen in der Mitte des Wagens fest, vielleicht um nicht zu schwanken, wenn der Zug losfuhr, eher aber, um sich gegen den billigen Rotwein zur Wehr zu setzen, aus dem offensichtlich ihr Abendessen bestanden hatte. Die Flasche – der Hals ragte aus einer zerknitterten und fleckigen Papertüte – hielt sie noch immer fest umklammert, setzte sie, noch während sie Eve aus trüben, blutunterlaufenen Augen anstarrte, an die Lippen und nahm einen weiteren Schluck. Ein paar Tropfen der dunkelroten Flüssigkeit tröpfelten ihr übers Kinn, dann hielt sie Eve die Flasche entgegen. »Mögen Sie'n Schluck?«, sagte sie, halb fragend, halb herausfordernd.

Eve spürte, dass der Mann neben ihr unbehaglich auf seinem Platz herumrutschte und brauchte ihn nicht anzusehen, um zu wissen, dass er seine Zeitung jetzt so hielt, dass er die schäbig gekleidete Frau nicht anzusehen brauchte, die ihre ganze weltliche Habe in einem Plastikbeutel mit sich zu tragen schien, der so zerrissen war, dass an einem halben Dutzend Stellen dreckiges Zeug herausquoll. Hinter der Frau sah Eve zwei andere Leute zurückweichen, bevor die Frau sich ihnen zuwenden konnte.

Eve zögerte einen Moment und sah dann die Frau sehr direkt an. »Nichts, was ich im Moment lieber hätte«, sagte sie. »Aber ich bin unterwegs, um eine Rede zu halten und weiß nicht so recht, ob ich vorher was trinken sollte.« Die Frau schien ihre Worte abzuwägen, sie von allen Seiten zu betrachten, als enthielten sie einen verborgenen Sinn. Als der Zug vor dem Halt in der Canal Street langsamer wurde, stand der Mann neben Eve auf und marschierte zur Tür am anderen Ende des Wagens; offensichtlich fürchtete er, der Frau, die sich noch immer an die Haltestange klammerte, zu nahe zu kommen. Als ein anderer Mann langsam auf den leeren Platz zuging, klopfte Eve darauf und lächelte die Frau an. »Warum setzen Sie sich nicht?«

Die Augen der Frau weiteten sich leicht, sie warf einen hastigen Blick auf die eine und dann auf die andere Seite, als könne sie nicht glauben, dass Eve sie meinte. Ein halbes Dutzend Leute war aufmerksam geworden und sah zu; die Frau schien drauf und dran, wegzulaufen. »Stellen Sie wenigstens Ihren Beutel einen Moment ab. Er sieht schwer aus.«

Endlich fasste die Frau einen Entschluss. Sie ließ sich auf den Sitz neben Eve fallen, stellte den Beutel zwischen ihre Beine und legte die Hand so vorsichtig darauf, als sei es ein Diamantenkoffer. »Die meisten Leute schauen weg«, sagte sie.

Eve faltete das Manuskript ihrer Rede zusammen, schob es in ihre riesige Umhängetasche, von der sie sich nie trennte, und kramte darin herum, bis sie fand, was sie suchte – einen großen Müllbeutel aus reißfestem Material und mit einer Schnur zum Zuziehen. »Vielleicht sollten wir Ihren Beutel da hineintun«, schlug sie vor. »Es könnte ziemlich stark regnen, wenn Sie aussteigen.«

»Steig vielleich' erst morgen früh aus«, antwortete die Frau aufsässig.

Eve zuckte mit den Schultern. »Laut Wetterbericht könnte es tagelang regnen. Außerdem – ist es nicht immer wieder nett, neues Gepäck zu haben?«

Plötzlich lächelte die Frau und ließ ihren Beutel lange genug los, um Eve die Hand entgegenzustrecken. »Schätz, es stimmt, was alle über Sie sagen, Miz Harris. Mein Name is' Edna Fisk. Aber alle nennen mich Eddie.«

»Mich nennen alle Eve«, erwiderte die Stadträtin. »Wenigstens meine Freunde tun es.«

Fünf oder sechs Stationen lang schwatzte Eve Harris freundschaftlich mit Edna Fisk, die während des Gesprächs ihre Weinflasche leerte, sorgfältig die leere Flasche wieder zuschraubte und zu ihren anderen Habseligkeiten in den Beutel schob. »Ich heb sie nich' auf«, erklärte sie ungefragt. »Ich hasse Abfall. Sobald ich aussteige, werfe ich sie in 'ne Mülltonne.«

»Ich wünschte, mehr Leute wären wie Sie«, stellte Eve fest. Einen Augenblick später blickten beide Frauen böse einem Mann nach, der, als er beim nächsten Halt ausstieg, eine zerdrückte und fettige Papiertüte auf seinem Platz liegen ließ. »Manche Leute sind richtige Schweine«, sagte Eve, stand auf, holte die Tüte und setzte sich dann wieder neben Edna. »Werfen Sie das weg oder soll ich …?«

»Ich nehm sie«, sagte Edna freundlich und schob die fettige Tüte zu ihrer leeren Weinflasche. Dann lächelte sie scheu, und zwischen ihren Schneidezähnen wurde eine schwarze Lücke sichtbar. »Und wenn ich das neue Gepäckstück behalten könnt', wär' ich wirklich dankbar.« Als der Zug bei der Fifty-first Street langsamer wurde, half Eve ihr, den schäbigen Beutel in dem Neuen unterzubringen. »Schätze, ich hab' richtig gehört«, sagte sie, als Eve aufstand und zur Tür ging. »Sie sind keine, die lang' predigt.«

Eve Harris hob die Brauen. »Oh, ich predige schon. Aber ich hebe mir meine Predigten für die auf, die sie nötig haben.« Sie zögerte und fuhr dann fort: »Es gibt da ein paar Stellen, zu denen Sie gehen könnten, wissen Sie ...« Doch als Edna Fisks Augen trüb wurden und sie den Kopf schüttelte, verstummte Eve. Der Zug hielt quietschend an, und die Türen öffneten sich. »War nett, mit Ihnen zu reden«, sagte sie im Aussteigen. Sie wandte sich zur Treppe, die Wagentüren schlossen sich, und der Zug fuhr an. Eve blickte auf und sah durchs Fenster, dass Edna Fisk sie anschaute.

Anschaute und lächelte.

Als Eve zwanzig Minuten später auf dem Podium des Ballsaals stand, in dem die Wohltätigkeitsveranstaltung zugunsten des Montrose Shelter für Obdachlose stattfand, brauchte sie nicht einmal einen Blick auf die Rede zu werfen, die sie geschrieben hatte.

»Heute Abend«, begann sie, »hat mir eine Frau zugelächelt. Eine Frau namens Edna Fisk. Über die möchte ich Ihnen etwas erzählen.«

Eine halbe Stunde später beendete sie ihre Rede bei lebhaftem Applaus; dann wurden eifrig Scheckbücher gezückt. Monsignor Terrence McGuire beugte sich zu ihr hinüber und flüsterte ihr ins Ohr: »Ich muss schon sagen, Eve, Sie verstehen es aber, die Leute zu beschwatzen – auf Ihre Ideen wäre nicht mal mein Vater gekommen. Und Sie haben mehr Mut als sonst jemand, den ich kenne. Aber alle Leute da unten in der U-Bahn sind nicht so wie Ihre Edna Fisk – viele sind gefährlich –, und wenn Ihnen da unten was zustößt, würden Sie Montrose House gar nichts mehr nützen können.«

»Mir wird nichts zustoßen«, versicherte ihm Eve. »Ich bin schon als kleines Mädchen mit der U-Bahn gefahren, und nie ist etwas geschehen.«

»Tja, da haben Sie ganz einfach Glück gehabt«, fuhr der nicht mehr junge Priester fort. »Schreckliche Dinge geschehen da unten. Da war zum Beispiel die Frau, die vergangenen Herbst oben auf der West Side fast ermordet wurde ...«

»Das war keiner von meinen Schützlingen«, warf Eve ein. »Soweit ich mich erinnere, war es ein Architekturstudent von der Columbia.«

»Er war es nicht!«, mischte eine zornige Stimme sich ein. »Jeff hat es nicht getan!«

Der Priester und die Stadträtin drehten sich zu der jungen Frau um, die zusammen mit Perry und Carolyn Randall hinter ihnen stand.

»Heather …«, sagte der Stellvertretende Bezirksstaatanwalt warnend, doch die junge Frau ignorierte ihn.

»Es war jemand anders«, sagte sie. »Jeff hat versucht, Cynthia Allen zu helfen. Der Mann, der sie überfallen hatte, verschwand im U-Bahntunnel. Jeff hat gesagt, er habe wie einer von den Obdachlosen ausgesehen.«

Perry Randalls Hand umklammerte den Arm der jungen Frau fester. »Meine Tochter«, sagte er zu Eve mit einem gezwungenen Lächeln. »Sie hat nur gesagt, sie wolle Sie kennen lernen.« Er wandte sich Heather zu. »Das ist Stadträtin Harris, Heather.«

Eve reichte Heather Randall die Hand. »Sie kennen den jungen Mann?«

Heather nickte. »Ich werde ihn heiraten.«

Eves Blick flog zu Perry Randall, und während sie noch nach einer Antwort suchte, rettete er sie.

»Sie bekommen ganz bestimmt eine Einladung, Eve«, sagte er gerade leichthin genug, um seinen Worten jede Schärfe zu nehmen. »Inzwischen würde ich gern etwas trinken, glaube ich. Eine großartige Rede, Eve«, fügte er hinzu. »Sie können in diesem Jahr auf zehntausend von mir rechnen.«

»Und ich werde Sie beim Wort nehmen«, versicherte ihm Eve.

Aber als sich die Menge wieder um sie drängte, ertappte Eve sich dabei, wie sie Heather Randall nachsah, die zur Bar ging, und erinnerte sich ihrer Worte: *»Jeff hat gesagt, er habe wie einer von den Obdachlosen ausgesehen.«* Einer von den Obdachlosen … Warum möchten die Leute immer alles den Obdachlosen in die Schuhe schieben?, fragte sie sich.

Warum mussten die Obdachlosen immer die Suppe auslöffeln?

Aber Eve kannte die Antwort auf ihre Frage schon – die Obdachlosen mussten ihren Kopf hinhalten, weil sie niemand hatten, der sie verteidigte.

Dann musste sie eben noch härter arbeiten.

4. Kapitel

JoAnna Gardner musterte den Mann, der auf der Koje hinter den Gitterstäben lag. Im Moment sah er völlig harmlos aus. Seine Hände – schlanke, beinahe feminine Finger – waren über der Brust gefaltet, die sich im regelmäßigen Rhythmus seines Schlafes langsam hob und senkte. Seine Lider, die den Tic hatten, ständig zu zucken, wenn er wach war, bewegten sich jetzt kaum und verbargen die Flamme des Zorns, vor der JoAnna am liebsten zurückgewichen wäre, wenn sein Blick direkt auf sie fiel.

Jagger.

So hieß er – Jagger. Er hatte auch einen Vornamen, aber wie alle anderen auf Rikers Island benutzte sie ihn nie.

Sie benutzte auch nicht den Spitznamen, den die anderen Gefangenen ihm gegeben hatten, als er in der allgemeinen Abteilung eingesessen war.

The Dragger. Der Zauderer.

Jagger the Dragger.

Zuerst hatte sie es nicht richtig verstanden; als sie es das erste Mal hörte, vermutete sie, er müsse die Gewohnheit haben, alles hinauszuzögern. Das taten viel Gefangene – sie füllten die langen Stunden ihrer Strafe mit noch längeren Geschichten, erzählten, warum sie überhaupt nicht hierher gehörten, oder dehnten ihre Arbeit in der Küche, der Wäscherei oder im Speisesaal so lange wie möglich aus, um nicht in ihre Zellen zurück zu müssen. Aber so war Jagger nicht zu seinem Spitznamen gekommen. Er hatte ihn aus einem viel stichhaltigeren Grund erhalten.

Anfangs hatte JoAnna die Story nicht geglaubt. Sie nahm an, es handle sich nur um eines jener Gerüchte, die jeden Tag in den Zellenblocks kursierten und sich von Mal zu Mal ausgefallener und sonderbarer anhörten. Aber dann hatte sie die Fotografie gesehen.

Sie zeigte einen Toten inmitten einer großen Blutlache, die beinahe ganz den abgenutzten Teppich bedeckte, auf dem er lag. Es war nicht schwierig festzustellen, woher das viele Blut gekommen war: Der Tote war so furchtbar verstümmelt, dass man nicht mehr erkannte, ob es Mann oder Frau war.

Das Gesicht war mit Make-up verschmiert, so dick und grell aufgetragen, dass es wie das Werk eines Kindes aussah.

Die muskulösen Arme der Leiche waren in die Ärmel einer Frauenbluse gezwängt worden – einer Bluse, die so klein war, dass die Ärmel in Fetzen herunterhingen. Es gab auch einen Rock, provisorisch um die Taille der Leiche gewickelt.

»Jagger hat ihn, nachdem er ihn umgebracht hatte, in Frauenkleidung gesteckt wie eine Drag Queen – einen Transvestiten«, erklärte die Person, die JoAnna das Foto zeigte. »Schätze, er wollte so tun, als hätt er 'n Mädchen gevögelt.«

JoAnna drehte sich der Magen um, und sie ließ das Foto fallen, als könne allein die Berührung sie mit dem Irrsinn infizieren, der darauf dargestellt war.

Jetzt, in seiner Zelle schlafend, sah der Dragger absolut harmlos aus.

Sie wusste jedoch, dass er es nicht war.

Denn wäre er es, wäre Bobby Breen noch am Leben. Aber Bobby Breen lebte nicht mehr. JoAnna selbst hatte gestern seinen Leichnam gefunden, in der großen Küche, in der er und Jagger gearbeitet hatten, in einen Schrank gezwängt. Splitternackt, die Genitalien mit derselben Dose weggehackt, mit der ihm die Kehle aufgeschlitzt worden war; seine Wangen und Lippen waren mit Traubensaft purpurrot verschmiert, und als behelfsmäßigen Rock hatte der Täter ihm eine Schürze umgebunden.

Jagger hatte kein einziges Wort über das verloren, was in dem

Schrank gefunden worden war. Tatsächlich hatte er überhaupt nichts gesagt – kein einziges Wort.

»Sie wollen ihn *Downtown,* zur Beurteilung«, hatte man JoAnna vor einer Stunde mitgeteilt, als der Captain ihr den Befehl überbracht hatte, Jagger aus dem Gefängnis in ein Krankenhaus zu verlegen. »Keine Ahnung, warum sie sich die Mühe machen. Wenn sie wissen wollen, ob er verrückt ist, brauchen sie nur mich zu fragen.«

Oder mich, hatte JoAnna gedacht. Gesagt hatte sie es nicht. Stattdessen hatte sie auf die Uhr gesehen – es war zwar nach Mitternacht, aber noch längst nicht vier Uhr morgens, der Zeitpunkt, zu dem man die Gefangenen, die nach *Downtown* überstellt werden sollten, gewöhnlich weckte. »Warum jetzt?«

Der Captain zuckte mit den Schultern. »Ich nehme an, man will ihn verschwinden lassen, bevor jemand Gelegenheit hat, etwas gegen ihn zu unternehmen. Breen war allgemein beliebt – Jagger wird von allen gehasst. Also, was bleibt uns übrig?«

Daher stand JoAnna Gartner jetzt vor Jaggers Zelle im zweiten Stock der Central Punitive Unit.

»Es ist Zeit.« Obwohl sie leise sprach, um die anderen Gefangenen nicht zu wecken, die vielleicht schliefen, riss Jagger die Augen auf. Er fuhr hoch und starrte sie an, und wie immer musste JoAnna sich gegen das überwältigende Verlangen wehren, vor dem verzehrenden Zorn zurückzuweichen, der in dem Mann brannte.

»Stehen Sie auf und drehen Sie sich um, Rücken zur Tür, die Hände hinter dem Rücken.«

Jaggers Augen schweiften ganz kurz zu JoAnnas Helfer ab, Ruiz, der ein paar Meter entfernt stand und mit einer Videokamera jede Sekunde der Überstellung filmte. Jagger gehorchte wortlos. Als er sich zu seiner vollen Größe von einssechsundneunzig aufrichtete – die Gestalt massig, fast zweihundertfünfzig Pfund tätowierter Muskeln –, überragte er JoAnna wie ein Berg, und wieder musste sie sich beherrschen, um nicht vor ihm zurückzuweichen.

Erst nachdem sie ihm die Hände auf dem Rücken mit Handschellen gefesselt hatte, öffnete JoAnna die Tür. Er wollte sich umdrehen, aber JoAnna griff nach der Kette zwischen den Handfesseln und hob seine Arme gerade hoch genug an, um ihm zu verstehen zu geben, wie weh es tun würde, wenn sie sie höher hob. »Wir wollen es ganz ruhig und langsam angehen lassen«, sagte sie.

Von Ruiz' Kameraobjektiv begleitet, steuerte sie Jagger aus der Zelle und die Treppe zum Hauptstockwerk hinunter.

Direkt hinter dem Eingang zur CPU blieb sie stehen, während zwei andere Beamte Jagger Fußfesseln verpassten, eine Kette um die Taille legten und seine Hände vor seinen Körper brachten, wo sie an die Kette angeschlossen wurden. Dann bewegten sie sich langsam auf den Haupteingang zu und warteten, bis jedes der mit Stahlgittern gesicherten Tore sich hinter ihnen geschlossen hatte, bevor das nächste aufging.

Zwanzig Minuten nach Mitternacht traten sie aus dem Gebäude, wo ein schwarzer Kleinbus wartete. Ein Captain und ein Beamter der Emergency Service Unit nahmen den Gefangenen in Empfang. Zwanzig Minuten später hielt der Kleinbus vor dem Eingang der Notfall-Abteilung des Krankenhauses. Vier uniformierte Pfleger erwarteten sie mit einer Krankentrage. Die beiden Gefängnisbeamten stiegen aus, einer beobachtete den verlassenen Gehsteig nach beiden Richtungen, während der andere das Vorhängeschloss an der Hecktür des Transporters aufsperrte.

Jagger stieg aus.

»Legen Sie sich auf die Trage«, sagte ein Pfleger.

Als Jagger nicht sofort gehorchte, versetzte einer der Beamten ihm mit dem Lauf der MP-5, die er im Arm hielt, einen Stoß. »Haben Sie nicht gehört?«

Mit vor Zorn glühenden Augen legte Jagger sich auf die Trage.

Die Pfleger zogen die Haltegurte fest an.

Zwei gingen der Trage voraus, zwei schoben sie schnell durch den Eingang, einen langen Flur entlang und in einen wartenden Aufzug.

Die Tür schloss sich, aber anstatt auf einen Knopf zu drücken, der den Aufzug nach oben in die Kranken-Abteilungen brachte, steckte einer der Pfleger einen Schlüssel in ein Schloss, drehte ihn herum und drückte auf einen Knopf, der den Aufzug nach unten schickte.

Im zweiten Untergeschoss schoben sie die Trage durch einen langen Flur bis ans Ende, durch zwei dunkle Räume und schließlich in einen dritten, der nur von einer einzigen Glühbirne erleuchtet wurde, die in einem Metallkäfig von der Decke hing.

Am anderen Ende gab es eine Metalltür.

Einer der beiden Pfleger holt einen Schlüssel heraus und sperrte die Tür auf.

Dahinter war nur Dunkelheit.

5. Kapitel

Falls Jeff überhaupt geschlafen hatte, waren weder Körper noch Geist zur Ruhe gekommen. Die dünne Matratze, die auf dem kalten Metall der Pritsche lag, war kaum weicher als der Stahl selbst; seine linke Hüfte war taub, sein ganzer Rücken fühlte sich wund an, und seine linke Schulter schmerzte von dem Gewicht, das sie die ganze Nacht getragen hatte. Jeder Muskel seines Körpers schien jetzt schwächer zu sein als am Abend vorher, als sei er stundenlang gerannt anstatt zu schlafen. Sein Geist fühlte sich nicht besser an als sein Körper, denn während die endlosen Minuten dahinkrochen, legte sich die furchtbare Realität dessen, was geschehen war, noch lähmender auf sein Bewusstsein. Anfangs hatte sein Kopf sich geweigert, die Wahrheit zu akzeptieren, hatte sich noch immer an einen jämmerlichen Funken Hoffnung geklammert, dass sogar noch jetzt, nachdem Prozess und Urteilsverkündung vorüber waren, etwas geschehen werde, das ihn aus der surrealen Welt erlöste, in der er gefangen war. Aber als die Geräusche der Nacht – die Schreie und Flüche zorniger Gefangener, das laute Klirren vergitterter Türen, als der Nachtdienst seine Routinegänge absolvierte – ihn nicht schlafen ließen, war die Hoffnung schließlich erstorben, und die Wahrheit begann seinen Geist so wirksam zu peinigen wie die kalte Zelle und die harte Pritsche seinen Körper.

Vielleicht hätte ich sie einfach umbringen sollen, sagte er sich. Dann hätte sein Wort gegen eine Tote gestanden. Wäre das nicht was gewesen? Nach einem Mord wegzulaufen, anstatt im Knast zu landen, weil man versucht hatte zu helfen. Aber zum Teufel damit – die Jungs, denen er im Gefängnis begegnet war, hatten Recht: Wenn sie dich mal geschnappt haben, ist's vorbei. Schuldig oder unschuldig – es hieß, die Cops gegen dich, und die Cops gewannen immer. Also musste er es durchstehen. Er würde seine Zeit absitzen, sich alle Schwierigkeiten vom Hals halten und sobald wie möglich rauskommen. Und dann …

Aber daran konnte er nicht einmal denken. Konnte nur an den gähnenden Abgrund denken, der vor ihm lag. Ein Abgrund, in den er gestürzt zu werden drohte und in dem es nichts gab außer Zellenblocks, Langeweile und ständiger Angst.

Um ihn herum wurden Stimmen laut, Zellentüren knallten. Er stand auf und zog seine Sachen an – es waren dieselben, die er seit einer Woche trug; Heather hatte sie ihm gebracht und die anderen nach Hause mitgenommen.

Heute hätte sie ihm wieder frische gebracht, nur wurde er heute nach Rikers verlegt.

Sein Körper funktionierte wie benommen, mehr aus Gewohnheit denn aus bewusstem Antrieb, und er befolgte die Morgenroutine, bis er eine Stunde später vor einer der Zellen in einer endlos langen Reihe stand. Er trug Handschellen und zwei C.O's flankierten ihn, doch kein anderer Gefangener war zu sehen. Dann öffnete sich die Tür, und er trat hinaus in die Durchgangsschleuse zwischen Detention Center und dem Criminal Courts Building. Obwohl die Morgendämmerung noch nicht ganz angebrochen war, wurde die Dunkelheit in dem von schweren Toren umgebenen Hof von Flutlichtern verdrängt, und er konnte die Brücke sehen, die zwei Stockwerke höher den Hof überspannte und die beiden Gebäude verband. In der Nähe des Eingangs zum Gerichtsgebäude wartete ein Bus, der den ersten Schwung von Gefangenen von Rikers Island gebracht hatte, denen heute der Prozess gemacht wurde.

Während der nächsten Stunden würden sie in den Durchgangszellen warten müssen wie er an dem endlos langen Tag seines Prozesses gewartet hatte.

Bevor er das Gebäude betrat, drehte der letzte Gefangene sich um und starrte Jeff an. Dem Mann war klar, wohin Jeff an diesem Morgen gebracht werden sollte; er lächelte und fuhr sich mit der Zunge anzüglich über die Lippen. Nach einem kurzen Blinzeln in Jeffs Richtung reagierte er auf den leichten Stoß des Wärters und betrat das Gerichtsgebäude.

Wenige Meter entfernt, von zwei weiteren C.O's bewacht, parkte ein fensterloser schwarzer Ford-Kleinbus. »Ziemlich vornehm«, stellte einer der Beamten fest und verzog die Lippen zu einem sarkastischen Grinsen. »Ihre Privatlimousine.«

Jeff schwieg; er hatte inzwischen gelernt, dass er auf Scherze der Beamten nicht eingehen durfte.

Während die beiden Wärter vom Detention ihn zu dem Wagen begleiteten, öffneten die beiden anderen die Hecktür. Jeff zog den Kopf ein, kletterte in den Transporter und setzte sich auf die erste Bank. Ein schwarz lackiertes Metallgitter trennte ihn von der nächsten Bank, zu der man nur durch eine seitliche Tür gelangte. Vor diesem Gitter war ein nächstes und eine andere Bank, davor ein weiteres und dann die Fahrerkabine. Als Jeff sich, noch immer mit Handschellen gefesselt, setzte, knallte hinter ihm die Tür zu, und das Vorhängeschloss klickte gegen das schwarze Heck.

Gleich darauf schob sich einer der Beamten hinter das Steuer, und der andere stieg auf der Beifahrerseite ein.

Obwohl es durch die drei engmaschigen Gitter und die Windschutzscheibe kaum zu sehen war, beobachtete Jeff, wie das große Tor aufschwang, das der Kleinbus passierte und gleich darauf nach rechts abbog. Einen Block später bog er links ab und fuhr dann drei Blocks geradeaus. Als der Wagen abermals nach links abbog, erhaschte Jeff einen Blick auf das Straßenschild.

Elizabeth Street.

In den letzten Minuten vor Tagesanbruch war die Straße fast leer, bis auf ein paar schwerfällig dahinrumpelnde Laster; die Ampel vor ihnen wurde grün, und der Transporter beschleunigte. Ein paar Blocks weiter wurde er jedoch wieder langsamer.

Der Fahrer bog rechts ab, und endlich wusste Jeff, wohin sie fuhren – geradeaus vor ihnen konnte er die Williamsburg Bridge erkennen.

Die Ampel an der Bowery sprang auf Grün, der Fahrer trat das Gaspedal tiefer durch, und der Kleinbus wurde wieder schneller.

Als sie jedoch die Bowery überquerten, knallte etwas in die Flanke des Wagens und drückte die Schiebetür auf der Beifahrerseite ein. Der Kleinbus brach seitlich aus und drehte sich um die eigene Achse. Er legte einen Feuerhydranten um und prallte dann frontal in einen Laster, der auf der Westseite der Bowery parkte. Durch den ersten Aufprall vom Sitz geschleudert, wurde Jeff von dem Gitter vor ihm zurückgeworfen. Im nächsten Augenblick knallte er mit der Schulter gegen die Seitenwand des Transporters, und als sein Rücken sich verdrehte, schoss ihm ein scharfer Schmerz von der verletzten Schulter durch den ganzen Arm.

Eine Kakophonie schreiender Stimmen übertönte das Geräusch des Wassers, das wie ein Geysir aus dem beschädigten Hydranten in die Höhe schoss und den Kleinbus überflutete. Dann wurde die Hecktür aufgerissen. »Raus mit dir, Arschloch!« befahl eine raue Stimme.

Mit brummendem Schädel und von dem Blut halb geblendet, das ihm aus einer Stirnwunde strömte, taumelte Jeff aus dem Wagen.

Unsicher stand er auf der Straße. Der Hydrant versprühte noch immer Wasser, und eine Menge schäbig gekleideter Leute schien buchstäblich aus dem Nichts aufgetaucht zu sein. Während die Leute herumwimmelten, packte jemand Jeffs Arm und flüsterte ihm eindringlich ins Ohr: »Sprich nicht – denk nicht – tu gar nix nicht. Halt dich einfach hinter mir, vielleicht können wir dich hier rauskriegen.«

Sein Gehirn war zwar genauso benebelt wie seine Augen von dem noch immer strömenden Blut geblendet wurden, aber er zögerte nicht. Ihm war nur klar, dass er, zum ersten Mal seit Monaten, frei war von der klaustrophobischen Enge vergitterter Zellen, verschlossener Räume und plombierter Transportfahrzeuge. Gierig sog er die kalte Morgenluft in die Lungen und torkelte über die Kreuzung zum nur wenige Meter entfernten Eingang der U-Bahn.

Erst auf der obersten Stufe der Treppe, die zur U-Bahnstation hinunterführte, blieb er stehen. Um ihn herum waberten die Schatten der schwindenden Nacht. Der Wassergeysir aus dem niedergewalzten Hydranten schoss noch immer in die Höhe. Unter Jeff lag die hell erleuchtete, fensterlose Krypta der U-Bahnstation.

Wenn er rannte, konnte er in Dunkelheit und Stille untertauchen.

Er konnte allein sein – zum ersten Mal seit Monaten.

Die Dunkelheit, die Stille und – vor allem – die Luft zerrten an ihm, aber gerade als er den ersten Schritt machen wollte, wurde alles anders.

Eine Sirene und dann eine zweite zerrissen die Stille. Einen Augenblick später begann eine dritte zu jaulen.

Alle kamen auf ihn zu, umzingelten gewissermaßen die surrealistische Szene vor ihm.

Dann geschah es.

Der Kleinbus explodierte, und ein Feuerball schoss in die Luft. Instinkt gewann die Oberhand. Der Eingang der U-Bahnstation schützte ihn vor umherfliegenden Trümmern, und Jeff stolperte die Treppe hinunter.

Alles passierte in wenigen Sekunden. Der Mann, der ihn aus dem Transporter gezerrt hatte, setzte schon mit einer Flanke über das Drehkreuz der verlassenen Station. Jeff folgte, rannte die beiden nächsten Treppenabsätze hinunter und erreichte den Bahnsteig genau in dem Moment, in dem ein Zug nach *Downtown* anhielt. Die Türen öffneten sich, und Jeff lief darauf zu.

»Wohl total meschugge, Mann! Die U-Bahnpolizei kriegt dich spätestens nach fünf Minuten!«, rief der Mann, hinter dem er hergelaufen war. Er zog Jeff am Arm zum Ende des Bahnsteigs. »Komm schon!«, schrie er. »Schnell, bevor ein anderer Zug hält!«

Jeff stolperte hinter ihm her, noch immer zu benommen, um klar zu denken, aber als sie ans Bahnsteigende kamen, blieb er abrupt stehen. Hier war nichts außer einer blanken Mauer.

Er drehte sich um und schaute in die andere Richtung. Der Zug fuhr wieder, seine Rücklichter verschwanden schnell. Auf dem Bahnsteig war nur noch eine Person: ein Penner, der mit dem Rücken an eine Säule gelehnt auf dem Boden saß. Jeff hörte etwas ganz in seiner Nähe, und als er sich umdrehte, schien der Mann, dem er gefolgt war, verschwunden zu sein. Dann wieder die Stimme:

»Beweg dich, verdammt!«

Gleichzeitig hörte Jeff am anderen Ende des Bahnsteigs polternde Schritte.

Als sie lauter wurden, sprang er aufs Gleis hinunter und rannte in den Tunnel.

Die Dunkelheit verschluckte ihn sofort.

6. Kapitel

Keith Converse kam eben aus der Dusche, als das Telefon klingelte. Sicher, dass es der Vorarbeiter war, der den Umbau des Leverette leitete – das mit seinem Etat von über zwei Millionen sein bisher größtes Projekt war –, hielt er sich nicht einmal damit auf, nach einem Handtuch zu greifen, sondern lief an den Apparat im Schlafzimmer, um abzuheben, bevor der Anrufbeantworter im Erdgeschoss sich einschaltete. »Ja?«

»Mr. Converse? Mr. Keith Converse?«

Die Stimme hatte einen Unterton berechneter Ruhe, die Keith sofort wachsam aufhorchen ließ, und als er sorgfältig seine Antwort formulierte, überlief ihn ein Frösteln. »Hier spricht Keith Converse. Und wer sind Sie?«

»Mein Name ist Mark Ralston. Ich bin Captain im Manhattan Detention Center. Ich bedaure, Ihnen mitteilen zu müssen, dass es einen Unfall gegeben hat …«

Noch immer klatschnass und jetzt vor Kälte zitternd, ließ Keith sich aufs Bett fallen, während Ralston ihm berichtete, was mit dem Kleinbus passiert war, in dem sein Sohn aus den Tombs nach Rikers Island gebracht werden sollte.

»Wollen Sie mir sagen, dass er tot ist?«, unterbrach Keith, bevor Ralston es ausgesprochen hatte. »Heißt das etwa, dass mein Sohn tot ist?«

»Es hat einen Unfall gegeben, Mr. Converse …«, begann Captain Ralston von neuem, noch immer mit der Absicht, Keith die Nachricht so vorsichtig wie möglich zu übermitteln. Aber wieder unterbrach ihn Keith.

»Ich komme sofort. Ich will wissen, was passiert ist, und jemand sollte mir die verdammt richtigen Antworten geben können.« Er knallte den Hörer auf, bevor Ralston noch etwas sagen konnte.

Tot. Wie konnte Jeff tot sein? Es war unmöglich!

Keith saß noch immer auf dem Bett, zu benommen, um zu akzeptieren, was man ihm gesagt hatte, als das Telefon abermals klingelte. Diesmal ignorierte er es, und nach dem vierten Klingeln verstummte es, als der Anrufbeantworter in der Küche sich einschaltete.

Mary.

Er musste es Mary sagen.

Er griff nach dem Telefon, zögerte dann aber. Wie konnte er ihr sagen, was geschehen war, wenn er selbst es noch nicht wusste? Aber mit ihr sprechen musste er, musste ihr irgendetwas mitteilen. Seine Hand umschloss den Hörer, und sein Finger zitterte, als er die Nummer eintippte. Er überlegte noch immer, als ihr Anrufbeantworter sich einschaltete und er ihre Stimme hörte, ihr heiterer Ton genauso falsch und gezwungen wie die Hoffnung, die er seiner Nachricht unterlegte. »Ich bin's, Babe«, begann er, unbewusst den Kosenamen benutzend, mit dem er sie in den vielen Jahren gerufen hatte, als er glaubte, ihre Ehe habe noch eine Überlebenschance, den er jedoch seit dem Tag, an dem sie ihn verlassen hatte, sorgfältig vermied. »Es ist etwas passiert, und ich muss in die City fahren, um festzustellen, was genau es ist …« Seine Stimme erstarb, als er nach etwas suchte, das er noch sagen konnte. »Es hat irgendeinen Unfall gegeben, und Jeff … Nun ja …« Plötzlich überwältigte ihn das Gefühl, das er unterdrückte, seit er mitten im Gespräch mit Captain Ralston den Hörer aufgeknallt hatte. Seine Stimme brach, und Tränen schossen ihm in die Augen. »Hör zu, ich muss jetzt los – muss feststellen, was passiert ist. Ich ruf später wieder an.«

Er lief ins Badezimmer zurück, rieb sich mit dem Handtuch trocken und zog sich an. Fünf Minuten später war er aus dem Haus und stieg in seinen Pickup, der nicht nur als Transportmittel, sondern auch als mobiles Büro diente. Als er ungefähr den halben Express Way hinter sich hatte, bog er in ein McDonald's ab, bestellte einen McMuffin und Kaffee und rief seinen Vorarbeiter an, während der Pickup langsam auf den Ausgabeschalter zurollte. »Ich bin den ganzen Tag nicht da. Gibt es etwas, mit dem du nicht fertig wirst?«

»Was ist los?«, fragte Vic DiMarco. »Deine Stimme klingt so merkwürdig.«

»Nicht jetzt«, sagte Keith. »Kümmere dich einfach um alles, okay? Und wenn Mary anruft, sag ihr nur, dass ich mit ihr sprechen werde, sobald ich etwas weiß.«

»Warum sollte sie nicht ganz einfach dich anrufen?«

»Weil ich das Scheißding jetzt abschalte«, sagte Keith mürrisch. »Niemand wird mich eine Zeit lang erreichen können, also musst du mich vertreten.« Seine Stimme klang plötzlich scharf. »Das kannst du doch? Dazu habe ich dich schließlich eingestellt.«

DiMarco ignorierte Keiths verärgerten Ton. »Willst du mir nicht sagen, was los ist?«

»Ich sag es dir, sobald ich's weiß«, antwortete Keith mürrisch. Beim Ausgabeschalter angekommen, schaltete er das Telefon aus, schob der grauhaarigen Frau ein paar Münzen über den Tresen und holte sich die Tüte in den Wagen. Mit einer Hand steuernd, nahm er das fettige Sandwich aus der Tüte. Er kaute schon, als er merkte, dass er nicht einmal den ersten Bissen hinunterschlucken, geschweige denn das ganze Ding essen konnte. Er ließ das Sandwich in die Tüte zurückfallen, nahm einen Schluck von dem lauwarmen Kaffee und spülte den Bissen aus Ei, Wurst und Muffin hinunter. Als er den Truck wieder auf die Schnellverkehrsstraße lenkte, war der Becher leer.

Ein schon vertrautes Frösteln überlief ihn, als er das Manhattan House betrat. *»Manhattan House«*, sagte er leise vor sich hin. *»Was soll das? Wollen sie bei den Leuten den Eindruck erwecken, es sei ein Hotel und kein Gefängnis?«*

Das erste Mal hatte er das Gebäude vor fast einem halben Jahr betreten – und eine merkwürdige Kälte verspürt, an die er sich nie gewöhnen konnte. Das Gebäude schien Teil einer Welt, die ihm fast unbegreiflich war. Außer einer Reihe gut gekleideter Leute, die er für Anwälte hielt, war die quirlige Menschenmenge in der Lobby von der Art, wie er sie bisher nur aus dem Fernsehen kannte.

Menschen, die man in Bridgehampton allein wegen ihrer Kleidung festgenommen hätte – wären sie überhaupt jemals dort aufgetaucht.

Die Jungen sahen alle zornig aus. Zornig und arm. In den Augen, die nicht von Drogen glasig waren, schwelte die Wut, und wenn sie ihn ansahen – was sie selten taten –, wusste Keith, dass er auf sie genauso exotisch wirkte wie sie auf ihn.

Die älteren Leute – Leute seines Alters, die, wie er, nur gekommen waren, um mit ihren Kindern zu sprechen – wirkten niedergeschlagen. Die meisten schienen mit dem Gefängnis und den hier üblichen Prozeduren so vertraut wie er mit den Bauvorschriften in Suffolk County.

Bei seinem dritten Besuch hatte Keith die Menschen in der Lobby so wenig beachtet wie sie ihn.

Heute musste er nicht einmal mehr an die Prozeduren denken – wie jeder andere »Stammgast« leerte er automatisch seine Taschen, passierte den Metalldetektor und tauschte seinen Führerschein gegen ein Besucherabzeichen ein. Die Miene des Beamten, der ihn in Captain Mark Ralstons winziges Büro begleitete, wirkte genauso gelassen wie vor Stunden Captain Ralstons Stimme am Telefon. Das Büro war mit derselben kränklich grüngelben Farbe gestrichen wie die meisten Wände des Gebäudes.

Keith ignorierte die Hand, die Ralston ihm im Aufstehen bot. Sein zorniger Blick bohrte sich förmlich in die Augen des Captains. »Ich will wissen, was passiert ist.«

Ralston ließ die Hand sinken, und obwohl Keith Converse noch stand, ließ er sich wieder auf seinen Stuhl hinter dem Schreibtisch nieder. »Ich kann Ihnen sagen, was passiert ist«, erklärte er. »Nicht sagen kann ich Ihnen, warum es passierte.« Er hielt inne, und Keith setzte sich endlich auf den hölzernen Stuhl, dem einzigen Möbelstück im Raum, auf dem keine Aktenstöße lagen. Schweigend hörte er zu, während Ralston ihm berichtete, was er wusste. »Zwei unserer Beamten waren mit Ihrem Sohn unterwegs nach Rikers, als ein Wagen ihren Kleinbus rammte. Der Wagen überschlug sich und fing Feuer.« Keith zuckte zusammen, und Ralston ballte die Hände. »Niemand konnte etwas tun, Mr. Converse. Die beiden Gefängnisbeamten saßen ebenfalls in dem Transporter fest. Keiner hat überlebt.«

Keiner hat überlebt.

Die Worte schienen in der Luft zu hängen, wurden einmal und noch einmal von den Wänden zurückgeworfen, schlugen auf Keiths Kopf ein wie ein Vorschlaghammer. Als er die Worte begriffen hatte, starb auch die Hoffnung, die seit Ralstons Anruf in ihm noch lebendig geblieben war. »Ich möchte ihn sehen«, sagte er ruhig. Wieder heftete er den Blick auf Ralston, aber diesmal sah der Captain nur den Schmerz darin. »Ich möchte meinen Sohn sehen.«

Ralston zögerte. Er hatte bereits die Leichen der beiden Beamten gesehen, die in dem brennenden Wagen gestorben waren, und fragte sich, ob Keith Converse stark genug sein würde, um den Anblick seines Sohnes zu ertragen. Doch er wusste, dass der Mann genauso entschlossen war wie er selbst vor ein paar Stunden. Die Leichen anzuschauen – dem Tod buchstäblich ins Gesicht zu sehen – war für Ralston die einzige Möglichkeit gewesen, die Realität zu akzeptieren – zu akzeptieren, was mit seinen beiden Leuten geschehen war, und er wusste, dass es für Keith Converse nicht anders sein würde.

»Er ist beim ärztlichen Leichenbeschauer«, sagte Ralston endlich und fing an, die Adresse auf die Rückseite einer seiner Visitenkarten zu schreiben. Dann überlegte er es sich anders. »Ich bring Sie hin.«

Keith Converse biss die Zähne zusammen, als der Gehilfe des Gerichtsmediziners die Schublade herauszog, in der sein toter Sohn lag. Doch als der Mann sich anschickte, das Laken zurückzuschlagen, zögerte Keith und wandte sich beinahe ab. Der Gehilfe schien sein Zögern zu spüren und sah ihn an, wie um zu fragen, ob er das wirklich wolle. Keith nickte. Der Gehilfe zog das Laken weg.

Ein Gesicht – oder das, was einmal ein Gesicht gewesen war –

in helles, fluoreszierendes Licht getaucht. Die Haut weggebrannt, die Augen nur noch verkohlte Höhlen.

Die Nase war zerschmettert, und hinter einer lippenlosen Grimasse sah man abgebrochene Zähne.

Die Reste der Kleidung, die nicht verbrannt waren, hatte man sorgfältig entfernt. Für Keith hatte die Nacktheit dieses Leichnams etwas Obszönes, und er musste gegen das zwanghafte Verlangen ankämpfen, sich abzuwenden. Aber er konnte nicht. Er musste Jeff ansehen, musste ihn ein letztes Mal ansehen.

Als der Gehilfe schließlich die leblose Gestalt wieder mit dem Laken bedeckte, ertappte Keith sich dabei, dass er, zum ersten Mal seit Jahren, ein Kreuz schlug und für die Seele seines Sohnes ein lautloses Gebet sprach.

»Es tut mir sehr Leid, Mr.Converse«, sagte Mark Ralston leise im Hinausgehen.

Keith sprach erst wieder, als sie vor dem Leichenschauhaus auf der Straße standen. »Ich kann's nicht glauben«, sagte er. Er sog die Luft tief in die Lungen und atmete stoßweise aus, als versuche er nicht nur den üblen Geruch des Formaldehyds loszuwerden, der in der Luft gehangen hatte, sondern auch das schreckliche Bild, das die letzte Erinnerung an seinen Sohn war und immer bleiben würde.

»Wenn es etwas gäbe, das ich tun könnte …«, begann Ralston. Er suchte einen Moment nach den richtigen Worten, gab dann jedoch auf, denn er wusste, dass es nichts gab, was Keith Converse getröstet hätte.

Keith schüttelte den Kopf. »Ich bin bestimmt bald wieder okay, muss mich nur daran gewöhnen.« Er holte noch einmal tief Atem, und diesmal durchlief ein Schauder seinen ganzen Körper. »Und ich muss mir überlegen, wie ich es seiner Mutter beibringen kann.«

»Es ist hart«, sagte Ralston. »Ich wünschte nur, es gäbe etwas, das ich tun könnte …«

Keith blickte auf und sah ihn scharf an. »Es hat etwas gegeben«, sagte er. »Es hat etwas gegeben, und ihr alle hättet es tun können. Ihr hättet herausfinden können, wer Cynthia Allen wirklich überfallen hat.« Mit einer ruckartigen Bewegung des Kopfes wies er auf das Leichenschauhaus. »Dann wäre mein Sohn noch am Leben, nicht wahr?« Er schaute Mark Ralston in die Augen. »Zum Teufel mit Ihnen, Ralston. Geht doch alle zum Teufel.« Er drehte sich um und entfernte sich rasch die Straße hinunter.

Etwas hatte an Keith genagt, hatte im Hintergrund seines Bewusstseins für Unruhe gesorgt, seit er wieder in seinen Truck gestiegen und zu der langen Fahrt nach Bridgehampton aufgebrochen war. Etwas, das er im Leichenschauhaus gesehen hatte.

Es hatte mit Jeffs Leichnam zu tun.

Eigentlich hatte er sich an den furchtbaren Anblick nicht mehr erinnern wollen, hatte gehofft, ihn aus seinem Bewusstsein zu löschen. Aber so sehr er es auch versuchte, er kam immer wieder. Kam wieder und peinigte ihn.

Und dann, als er gerade die Schnellstraße verließ, wusste er plötzlich, was es war.

Es war nicht etwas, das er gesehen – sondern etwas, das er *nicht* gesehen hatte!

Eine Tätowierung – das kleine Bild einer Sonne, die über einer Pyramide aufging –, zu der Jeff sich im Frühling vor zwei Jahren auf einem Ferientrip in die Karibik von seinen Freunden hatte überreden lassen. Sie war ihm dicht unter der Hüfte in die Haut gestochen worden. »Ich war gar nicht sicher, ob ich es überhaupt wollte«, hatte er erklärt, als er das Tattoo schließlich seinem Vater zeigte. »Hier kann es wenigstens keiner sehen, wenn ich nicht will. Und wenn ich's eines Tages abscheulich finde – oder Heather es hasst –, kann ich's mit einem Laser entfernen lassen.«

Heather hatte es nicht gehasst und Jeff ebenso wenig, soweit Keith wusste.

Aber der Leichnam, den er im Leichenschauhaus gesehen hatte, war nicht tätowiert gewesen.

Keiths Herz raste jetzt, und er umklammerte das Steuer so fest, dass seine Knöchel weiß hervortraten, als er vor der roten Ampel am Ende der Zufahrt anhielt. Widerstrebend holte er das Bild von Jeffs Leichnam aus seiner Erinnerung.

Einer der wenigen nicht verkohlten Körperteile war die Leistengegend gewesen. Wie eine braune Grenze, hatte er gedacht, als das Laken gehoben wurde und er den furchtbaren Kontrast zwischen der schlimm verbrannten Haut über der Taille und der weniger verbrannten Haut unterhalb sah, wo sie vom schweren Stoff der Jeans geschützt worden war.

Da war kein Tattoo gewesen.

Und das bedeutete …

Nein, ich irre mich, sagte sich Keith und erlaubte sich nicht, den Gedanken zu Ende zu führen. *Er hat es sich doch entfernen lassen, muss es getan haben …*

Aber selbst wenn es so war – hätte nicht eine Narbe zurückbleiben müssen?

Und da war keine Narbe – keine, die er gesehen hatte. Und wenn kein Tattoo da war und keine Narbe, dann …

Wieder verbot er sich, den Gedanken zu Ende zu denken, doch als die Ampel grün wurde und der Wagen hinter ihm zu hupen begann, saß er ganz einfach da, unfähig irgendetwas zu tun.

Der Gedanke dachte sich selbst zu Ende.

Er ist nicht tot.

Wenn Jeff die Tätowierung nicht hatte entfernen lassen, dann handelte es sich bei dem Toten im Leichenschauhaus nicht um Jeff.

Mit bebenden Händen griff er zum Mobiltelefon, schaltete es ein und suchte in seinem Gedächtnis nach Heather Randalls Nummer. Er tippte sie ein und wartete dann nervös auf die Verbindung.

Ein Anrufbeantworter meldete sich.

»Hier spricht Keith Converse«, sagte er. »Rufen Sie mich bitte so bald wie möglich an, Heather. Ich muss wissen, ob Jeff noch sein Tattoo hatte. Das mit der Sonne, die über einer Pyramide aufgeht.«

Er hinterließ die Nummer seines Mobiltelefons und legte auf.

Doch diesmal schaltete er das Gerät nicht aus.

Er ließ es eingeschaltet und betete darum, dass es bald läuten möge.

7. Kapitel

Das Telefon klingelte kaum eine Minute nachdem er die Verbindung mit dem Anrufbeantworter in Perry Randalls Apartment unterbrochen hatte. Er schnappte sich das Handy, klappte es auf und presste es ans Ohr. »Heather? Sagen Sie mir bitte, dass Jeff sein Tattoo nicht entfernen ließ.«

Doch nicht Heather antwortete, es war seine Frau. »Sein Tattoo?«, sagte Mary. »Was redest du da, Keith? Was ist passiert?«

Keith ignorierte ihre Frage. »Mary? Wo bist du?«

»Zu Hause. Aber …«

»Bleib da«, sagte Keith. »Ich bin in zehn Minuten bei dir. Bin eben von der Schnellstraße runter.«

Marys Stimme nahm einen gereizten Unterton an. »Sag es mir jetzt, Keith. Ich versuche seit Stunden, dich anzurufen, aber dein Telefon …«

»Ich hatte es abgestellt«, erwiderte Keith. »Versuch dich zu beruhigen, Mary.«

»Ich bin ruhig«, sagte Mary, und ihre Stimme wurde noch eine Spur lauter. »Aber was erwartest du? Du erzählst mir … Oh, da kommt ein anderes Gespräch herein …«

»Nimm es an, Mary. Bis du damit durch bist, bin ich bei dir.«

Er klappte das Telefon zu, bevor sie noch etwas sagen konnte, und schon nach acht Minuten – nicht erst nach den versprochenen zehn – lenkte er den Truck in eine freie Parklücke vor der

Kunstgalerie auf der Hoquaquogue Road und eilte den schmalen Weg hinunter, der zu Marys kleinem Apartment führte. In der offenen Tür stand mit aschgrauem Gesicht seine Frau.

»Er ist tot«, murmelte sie. »Und du hast es mir nicht gesagt.« Er legte den Arm um sie, doch sie entzog sich ihm. »Was ist passiert?«, fragte sie. »Sie haben erklärt, es sei ein Unfall gewesen.«

»Das haben sie mir auch gesagt«, antwortete Keith und umfasste wieder ihre Schultern. »Sie wollten ihn nach Rikers Island bringen, dann hat ein paar Blocks vor der Auffahrt zur Williamsburg Bridge ein Wagen den Transporter gerammt. Und der fing Feuer.« Keith fühlte, wie Mary erstarrte, als sie sich für seine nächsten Worte wappnete. »Sie konnten ihn nicht rausholen.«

»Das war Gottes Vergeltung.« Mary stöhnte leise. »Es ist Gottes ...«

»Es ist nicht Gottes Vergeltung«, fiel Keith ihr ins Wort. »Gott hatte nichts damit zu tun!« Mary zuckte zurück, als habe er sie geschlagen, doch er ignorierte es. »Und da gibt es noch etwas. Als ich ihn sah ...«

Mary wich zurück. Ihre Augen wurden groß. »Du hast ihn *gesehen?«,* fragte sie. »Was redest du da?«

»Ich wollte mit dem Beamten reden«, sagte er. »Ich musste herausfinden, was geschehen war und ich ...« Er zögerte und fuhr dann fort: »Ich musste ihn selbst sehen.«

Zum ersten Mal streckte Mary die Hand aus und berührte Keith, ihre Finger blieben einen Augenblick auf seinem Arm liegen. »Du hättest mich mitnehmen sollen«, sagte sie. »Ich hätte bei dir sein sollen.«

Sich des entsetzlichen Anblicks erinnernd, zu dem er sich gezwungen hatte – das verkohlte Fleisch und die zerstörten Züge –, schüttelte Keith den Kopf. »Nein«, sagte er mit rauer Stimme, während er um Beherrschung rang. »Niemand sollte sehen müssen, was ich gesehen habe. Aber ...« Seine Stimme erstarb. Er war drauf und dran gewesen, ihr von dem Tattoo und dem Zweifel zu erzählen, der in ihm geweckt worden war, doch jetzt fragte er sich, ob er es wirklich sollte. Wenn er es ihr sagte und sich irrte ... Das Klingeln seines Mobiltelefons unterbrach seine Gedanken.

»Ich habe eben gehört, was geschehen ist«, sagte Heather Randall mit zitternder Stimme. »Daddy hat mich angerufen – er hat gesagt, es sei ein schrecklicher Unfall gewesen, aber … ich kann – ich kann's einfach nicht glauben – nicht Jeff! Er …«

»Heather, hören Sie mich an«, fiel Keith ihr ins Wort. »Erinnern Sie sich an Jeffs Tattoo?«

»Sein Tattoo?«, wiederholte sie. Es klang benommen, als habe sie nicht ganz verstanden, was er gesagt hatte.

»Die Pyramide. Die Pyramide und die Sonne.«

Es folgte ein kurzes Schweigen, als habe sie noch immer nicht verstanden, aber dann erwiderte sie: »Natürlich erinnere ich mich.«

Während seine Frau ihn neugierig anstarrte, schlug Keiths Puls schneller, wie vor einer Weile im Wagen. »Und – hatte er es noch?«

»Ob er es noch hatte?«, fragte Heather ratlos. »Natürlich hatte er es noch. Warum denn nicht?«

Keith sagte so neutral wie möglich: »Die Leute lassen sich so etwas manchmal entfernen.«

»Jeff nicht. Er liebte sein Tattoo.«

»Und Sie sind sicher, dass er es noch hatte?«, wiederholte Keith eindringlich.

»Natürlich bin ich mir sicher«, antwortete Heather. »Ich meine … Mr. Converse, was ist los? Warum ist Jeffs Tattoo so wichtig?«

Keith zögerte – einerseits wollte er Heather von dem Gedanken berichten, der sich in seinem Kopf eingenistet hatte, aber ebenso groß war sein Wunsch, ihr falsche Hoffnungen zu ersparen – falls es sich herausstellte, dass er sich irrte. Doch Marys Gesichtsausdruck machte ihm klar, dass es schon zu spät war, und was sie sagte, bestätigte es ihm.

»Was ist los, Keith?«, fragte Mary. »Warum fragst du nach dem Tattoo?«

Keith zögerte, dann sagte er es ihr: »Ich bin fast sicher, die Leiche, die ich heute Morgen sah, war nicht tätowiert.«

»Du meinst – es war vielleicht gar nicht Jeff?« Mary hatte sofort begriffen, was er meinte.

»Ich weiß es nicht«, sagte Keith, der noch immer versuchte, Mary und Heather zu schützen, falls er sich irrte.

»Ich will es sehen«, sagte Mary. »Ich muss es selbst sehen.«

Ungefähr zwei Stunden später stand Keith wieder im Leichenschauhaus vor der Schublade, in der die Leiche lag, die er am Morgen betrachtet hatte. Diesmal aber hatte er Mary auf der einen und Heather Randall auf der anderen Seite.

»Ich muss ihn selbst sehen«, hatte auch Heather gesagt, die direkt hinter der Eingangstür des Leichenschauhauses auf sie gewartet hatte. Und wie bei Mary waren alle Bemühungen von Keith gescheitert, sie von ihrem Entschluss abzubringen. Wie Mary hatte auch Heather darauf bestanden.

Als die Schublade jetzt herausgezogen wurde, bohrten sich ihre Finger in den Muskel seines linken Arms. Der Gehilfe – ein anderer als heute Morgen – zog das Laken zurück, und Mary stöhnte erstickt auf vor Entsetzen. Sie wandte sich ab, stützte sich auf ihren Mann und kämpfte gegen die Übelkeit an, die in ihr aufgestiegen war.

Der Gehilfe sah Keith fragend an. Dessen Magen verkrampfte sich, als er wieder hinunterschaute auf die verkohlten Überreste, die heute Morgen aus dem brennenden Autowrack gezogen worden waren.

Seine Augen richteten sich auf die Stelle, an der das Tattoo hätte sein sollen.

Doch alles, was er sah, war verbranntes Fleisch.

8. Kapitel

Er war nicht verrückt.

Ganz egal, was alle sagten, Francis Jagger wusste, dass er nicht verrückt war.

Er hatte das Mädchen töten müssen. Er hatte sogar versucht, sie zu warnen. Als sie sie kennen lernten, hatte er sie vor Jimmy gewarnt. Ihr gesagt, dass sie sich von Jimmy fern halten müsse.

Aber sie hatte es nicht getan.

Stattdessen war sie richtig nett zu ihm gewesen.

Er hatte auch Jimmy ihretwegen gewarnt. Ihm gesagt, sie sei ganz genauso wie seine Mutter.

Jimmy hatte ihn nur angelächelt, wie immer. »Ach, komm schon, Jag – du erinnerst dich doch nicht mal mehr an deine Mutter.«

Doch er erinnerte sich. Er erinnerte sich, dass sie sich, als er ein kleiner Junge war – sogar noch bevor er in die Schule ging –, mit einem Kerl namens Ted herumgetrieben hatte.

Und schon als er Ted das erste Mal traf, hatte er gewusst, was geschehen würde.

»Keine Sorge, Francie«, sagte seine Mutter ihm immer wieder. »Er nimmt mich dir nicht weg.«

»Nenn mich nicht so. Das is'n Mädchenname.«

»Ist es nicht. Und selbst wenn er's wäre, wo ist das Problem?« Sie hob ihn auf und schwenkte ihn durch die Luft. »Bist du nicht hübsch genug, um mein kleines Mädchen zu sein?«

Der Nachbarsjunge hatte es gehört und angefangen, ihn auch Francie zu nennen. Später sogar Francine.

Er hatte es gehasst. Und er hätte den Jungen auch daran gehindert; nur war, als er eines Tages aus der Schule kam, noch bevor er sich genau überlegt hatte, was zu tun wäre, seine Mutter fort gewesen.

Seine Mutter mit Ted und mit Sack und Pack.

Er wartete darauf, dass sie zurückkam und bemühte sich, nicht zu weinen, aß, was er im Kühlschrank fand und blieb die ganze Nacht wach, damit er bereit war, wenn sie ihn holen kam.

Er wartete den ganzen nächsten Tag und auch die nächste Nacht, aber die Mutter war nicht mehr nach Hause gekommen.

Endlich war eine Fremde erschienen, hatte ihn mitgenommen und zu jemand gebracht, bei dem er leben sollte.

Dann hatte er bei vielen Leuten gelebt, war aus einem Haus in ein anderes gezogen, war nie lange genug in einem geblieben, um das Gefühl zu haben, dass er dazugehörte. Inzwischen waren alle Leute, die ihn ein paar Wochen aufgenommen hatten – aber nie länger als ein paar Monate – in seinem Kopf miteinander verschmolzen. Selbst wenn jemand ihn gefragt hätte, wäre es ihm nicht möglich gewesen, den Gesichtern die richtigen Namen zuzuordnen.

Der einzige Mensch, an den er sich erinnerte – an den er sich sogar erinnern wollte –, war Jimmy.

Er hatte Jimmy vor drei Jahren kennen gelernt und sofort gewusst, dass sie Freunde werden würden. Das lag zum Teil an Jimmys Lächeln – und daran, was er dabei empfand. Ähnliches hatte er nicht mehr empfunden, seit die Mutter fortgegangen war. Er und Jimmy fingen sofort an zusammen rumzuhängen; sie betranken sich, warfen manchmal Drogen ein und streiften einfach so durch die Straßen. Jimmy hatte kein Zimmer, also nahm Jagger ihn bei sich auf. Er hätte ihm sogar das Bett überlassen und auf dem Sofa geschlafen, aber Jimmy sagte, das Bett sei für beide groß genug, und das hätte fast alles kaputt gemacht. Eine Sekunde lang hatte er das Gefühl gehabt, Jimmy umbringen zu müssen, aber dann riss er sich zusammen. »Ich bin keine Schwuchtel«, sagte er, und seine Stimme zitterte vor kaum unterdrücktem Zorn.

Jimmys Lächeln erlosch. »Hey, Mann, das hab ich nie behauptet. Hab nur gesagt, das Bett ist groß genug. Kein Problem, okay?«

Und es war okay gewesen – es war okay gewesen bis zu dem Moment, in dem sie Cherie trafen. »Wird französisch geschrieben«, sagte sie sofort, als wär ihm das nicht egal. »Es bedeutet Liebling.« Sie lächelte Jimmy an, als sie das sagte, und Jimmy lächelte zurück.

Da wusste Jagger, dass sie mit Jimmy weggehen würde, so wie seine Mutter mit Ted weggegangen war. Aber er hatte es nicht zugelassen. Er hatte gewusst, wann sie es planten – hatte es den ganzen Tag gewusst. An der Art, wie sie sich ansahen, wie sie miteinander redeten, wenn sie glaubten, er höre nicht zu. Doch er hatte genau gewusst, was sie vorhatten.

Er hatte es Jimmy sogar gesagt: »Du gehst weg, nicht wahr? Du gehst mit ihr weg, genau wie meine Mom mit Ted weggegangen ist.«

»Was laberst du da, Mann?«, fragte Jimmy, aber in seinen Augen war ein Ausdruck, der Jagger verriet, dass ihm ganz klar war, wovon Jagger redete. »Warum sollte ich mit ihr weggehen wollen? Du bist mein Kumpel, Jag. Es heißt nach wie vor du und ich.«

Jimmy hatte ihm zugelächelt, und Jagger wollte ihm gern glauben – wollte ihm lieber glauben als alles andere. Aber er konnte es nicht, und an diesem Abend, als sie ein bisschen Dope rauchten, das Cherie irgendwo aufgetrieben hatte, fing er an, die Dinge ganz, ganz klar zu sehen.

Er sah Jimmy immer wieder an – seine Augen, den schlanken Körper und wie er lächelte.

Er fing an zu denken, wie hübsch er war.

Fast hübsch genug, um ihn zu küssen.

Sofort hatte er sich diesen Gedanken aus dem Kopf gerissen. Wo zum Teufel war er überhaupt hergekommen? Er war keine Schwuchtel.

Doch je mehr er sich bemühte, nicht daran zu denken, umso mehr dachte er daran, obwohl er wusste, dass es ganz falsch war.

Jimmy war ein Kerl, zum Kuckuck. Er hatte einen Schwanz.

Aber hätte er keinen und hätte er Titten wie Cherie ...

Er zog noch einmal kräftig an dem Joint, den sie sich teilten, und dann begann alles irgendwie im Nebel zu verschwimmen. Er konnte sich nicht erinnern, was danach geschehen war, nur dass er Jimmy anfassen wollte. Ihn wirklich richtig fest anfassen.

Aber es war falsch – total falsch! Er war ein Kerl wie alle anderen.

Dann überlegte er, wie er's richtig machen konnte. Er musste die Dinge nur zurechtrücken. Musste Jimmy töten.

Cherie war eingeschlafen, und jetzt lächelte Jimmy wieder ihn an, lächelte auf die Art, bei der es Jagger ganz komisch im Bauch wurde, bei der seine Eier anfingen wehzutun und er einen Steifen kriegte.

»Komm schon«, flüsterte Jimmy. »Komm schon, Jag – du bist mein Kumpel. Du weißt, was du willst. Also komm und hol's dir.« Er hatte sich auf dem Fußboden auf den Rücken gelegt, und Jagger wusste, dass Jimmy wollte, dass er es tat.

Jimmy wollte, dass er es in Ordnung brachte, damit sie zusammen sein konnten.

Das Messer glitt ganz leicht in Jimmy hinein – glitt einfach durch sein Hemd, an seinen Rippen vorbei in sein Herz. Es tat Jimmy nicht weh – Jagger hätte ihm nie wehtun wollen. Jimmy sah sekundenlang nur irgendwie überrascht aus und lag dann ganz still, ausgestreckt auf dem Rücken und sah ihn an.

Und er lächelte noch immer, daher wusste Jagger, dass es okay war.

Als Nächstes ließ er das Messer in Cherie hineingleiten. Sie wachte nicht einmal auf – sie lag einfach da, aber ihre Titten hoben sich nicht mehr, wie sie's getan hatten, als sie atmete.

Er zog beide aus, sehr vorsichtig, um Jimmy nicht zu stören. Dann schnitt er Cherie die Titten ab und legte sie Jimmy behutsam auf die Brust.

Jetzt kam der schlimmste Teil. Er wollte Jimmys Schwanz nicht anfassen – wollte ihn nicht einmal ansehen. Aber um ihn abzuschneiden, musste er es tun. Er war viel größer als sein eigener, und es schien unendlich lange zu dauern, ihn abzusäbeln. Aber endlich schaffte er es, und dann war alles in Ordnung.

Jimmy sah nicht mehr wie ein Kerl aus – er sah aus wie ein Mädchen.

Ein hübsches Mädchen.

Genau wie das Mädchen, das seine Mutter sich statt seiner gewünscht hätte.

Jagger zog sich aus und legte sich neben Jimmy.

Er streichelte Jimmys Gesicht mit dem Finger, zog sein Lächeln um die Mundwinkel nach, strich ihm eine Locke aus der Stirn.

Er küsste Jimmy, zart zuerst, dann härter.

Er presste sich ganz fest an Jimmy, presste ihre Körper aneinander, rieb sich an Jimmys kräftigem Torso, bis …

Danach konnte er sich an nichts mehr erinnern – nicht bis die Polizei kam.

Er sagte ihnen, es sei nicht seine Schuld, sondern die von Jimmy und Cherie. Wenn Jimmy nicht geplant hätte, mit Cherie wegzugehen …

Aber sie sperrten ihn trotzdem ein, sperrten ihn ins Gefängnis.

Sperrten ihn ein und sagten ihm, er käme nie wieder raus.

Und da war er bis zu dem Abend geblieben, an dem sie ihn geholt hatten. Er hatte kein Wort gesagt, als sie ihn aus der Zelle führten und in den Kleinbus setzten, aber er passte auf und hörte, wohin sie ihn brachten.

In ein Krankenhaus.

Es musste etwas mit Bobby Breen zu tun haben. Jagger hatte Bobby Breen fast so gern gehabt wie Jimmy. Und Bobby Breen hatte auch ihn gemocht. Aber etwas war mit Bobby passiert – etwas, woran Jagger sich nicht recht erinnern konnte. Sie waren in einer der kleinen Kammern hinter der Küche, in der sie beide arbeiteten, zusammen gewesen – waren sich richtig nah. Dann war mit Bobby etwas passiert. Er verwandelte sich in eine Frau – in eine schöne Frau. Jagger wollte die Frau küssen, wollte sie lieben.

Und sie hatte es zugelassen. Hatte ihn alles tun lassen, was er tun wollte.

Sie hatte sich nicht gerührt, nicht versucht, ihn wegzustoßen.

Sie hatte ganz einfach auf dem Boden gelegen, sehr still, und er hatte sie noch lange angesehen, nachdem er sie geliebt hatte, hatte sie nur angesehen. Sie war schön – noch schöner als Bobby Breen. An das, was später kam, erinnerte er sich nicht so genau. Ein paar Leute fragten ihn, was er getan hatte, aber er hatte nichts gesagt, denn er wusste, dass sie ihm ohnehin nicht zuhören würden.

Sie hatten ihn ins Krankenhaus gebracht, aber anstatt ihn in ein Zimmer zu legen, hatten sie ihn in den Keller geführt. Da war ihm allmählich aufgegangen, dass vielleicht etwas nicht in Ordnung war und er hatte endlich gesprochen. »Wo, verdammt, sind wir?«, fragte er. »Was geht hier vor?«

Aber anstatt ihm zu antworten, schlug ihn einer seiner Begleiter – schlug ihn so hart, dass er das Bewusstsein verlor. Das Nächste, woran er sich erinnerte, war, dass er in dem Raum aufwachte, in dem er jetzt saß.

Ein Raum ohne Fenster, in dem es nach Urin, Scheiße und Müll stank. Auf dem Boden lagen ein paar schimmlige Matratzen, und es gab nur eine Lichtquelle – eine nackte Glühbirne, die an einem Kabel von der Decke hing.

Die einzige Tür war von draußen versperrt.

Jagger hatte keine Ahnung, wie lange er in diesem Raum blieb – ahnte nicht, wie spät und welcher Tag es war – nicht einmal ob es Tag war oder Nacht. Ab und zu öffneten dieselben Typen, die ihn ins Krankenhaus gebracht hatten, die Tür und gaben ihm etwas zu essen. Meist war es altbackenes Brot, aber manchmal war auch ein bisschen Fleisch dabei, und meistens gaben sie ihm eine alte, mit Wasser gefüllte Dose, damit er das Essen runterspülen konnte.

Jedesmal, wenn sie kamen, fragte er, was eigentlich los sei, aber sie sagten es ihm nie. »Wirst du schon merken«, war alles, was sie jemals sagten. »Und wenn du's merkst, wird es dir gefallen – wird es dir mächtig gefallen.«

Jetzt hörte er sie wieder kommen, hörte ihre Schritte vor der Tür. Der Schlüssel drehte sich im Schloss, und der Riegel glitt zurück.

Die Tür schwang auf, ein Mann wurde hereingeschoben, und dann schloss sich die Tür wieder.

Schloss sich und wurde verriegelt.

Jagger sah den Mann an. Er war jung – zwei- oder dreiundzwanzig vielleicht.

Ungefähr so alt wie Jimmy gewesen war.

Aber er hatte keine blauen Augen wie Jimmy. Seine Augen waren braun.

Braun wie die Augen von Jaggers Mutter.

Und er hatte auch lockiges Haar wie seine Mutter.

Und er sah verängstigt aus.

»Hast du'n Namen?«, fragte Jagger.

Der Mann zögerte und nickte dann. »Jeff.«

»Jeff«, wiederholte Jagger, fast als spreche er zu sich selbst. Dann nickte er. »Gefällt mir. Gefällt mir mächtig.«

9. Kapitel

Mary und Keith schwiegen auf der Rückfahrt nach Bridgehampton; es war jedoch nicht das ungezwungene, vertraute Schweigen zweier Menschen, die so viele gemeinsame Jahre hinter sich hatten, dass sie fähig waren, die Stimmung des anderen ohne Worte zu erfühlen. Die Stille zwischen ihnen war viel eher ein Graben, ein Abgrund, der mit den Jahren immer breiter geworden war, sodass sie nicht einmal nach einer Tragödie wie der, die sie heute getroffen hatte, diesen Abgrund überbrücken konnten.

Und doch hatte Mary das Gefühl, etwas sagen zu müssen. Keiths Schmerz war im Truck beinahe greifbar, und sie wusste, dass er nicht den Trost des Glaubens hatte, der ihm helfen konnte, diesen Schmerz allein zu ertragen. Daher wandte sie, nachdem sie jedes ihr bekannte Gebet zu Jeffs Erlösung gesprochen hatte, ihre Aufmerksamkeit dem Mann zu, der so viele Jahre ihr Ehemann gewesen war.

»Ich weiß, wie schwer das für dich ist, Keith«, sagte sie leise, »aber wenn du IHN nur ließest, würde der Herr dir helfen, jede Last zu ertragen, die er dir auferlegt.« Sie biss sich auf die Lippen, denn sie wusste, dass ihre nächsten Worte Keith verletzen würden, sie wusste aber auch, dass sie gesagt werden mussten. »Es ist unseretwegen geschehen. Vor so vielen Jahren, als ich dir erlaubte ...« Sie verstummte, nicht mehr bereit, die Worte laut auszusprechen. »Nun, du weißt, wovon ich rede. Es ist unsere Schuld – alles.«

Keith antwortete nicht sofort, schaute nur zu ihr hinüber und schüttelte bekümmert den Kopf. »Um Himmels willen, Mary!« Er seufzte. »Warum willst du dir die Schuld geben? Wir haben nichts Unrechtes getan, ganz gleich, was Father Noonan sagt. Und Jeff hat ganz bestimmt nichts verbrochen.«

»Wenn er nichts verbrochen hat …«, begann Mary, doch Keith ließ sie nicht zu Ende sprechen.

»Komm mir nicht mit dem Schmarrn über die Jury oder Cynthia Allen oder sonst was«, sagte er grollend. »Jeff hat dieser Frau nichts getan. Auf keinen Fall.« Endlich sah er sie ganz direkt an. »Und der Tote im Leichenschauhaus? Das war nicht Jeff.«

Die Worte trafen Mary wie ein Hieb in den Magen. Nicht Jeff? Was redete er da?

Doch sie verstand natürlich –, der Schmerz über das, was sie beide getroffen hatte, war zu unerträglich für ihn. Aber es zu leugnen – zu tun, als sei nichts geschehen – würde die Qual nur verlängern und schlimmer machen, wenn er die Tatsache schließlich doch akzeptieren musste. Mary nahm die Hand ihres Mannes. »Keith, du warst da – du hast ihn gesehen. Es wird dir nicht helfen, wenn du versuchst so zu tun, als ob …«

Heftig entzog Keith ihr die Hand. »So tun?«, unterbrach er sie. »Was meinst du mit ›so tun‹? Ich sage dir, Mary – es war nicht Jeff, den wir dort gesehen haben.«

Mary prallte zurück. »Um Himmels willen! Was redest du … was sagst du da?«

Keith wandte die Augen lange genug von der Straße ab, um ihr einen ärgerlichen Blick zuzuwerfen. »Ich sage dir, dass es nicht Jeff war. Als ich heute Morgen das Leichenschauhaus aufsuchte, zeigte man mir eine andere Leiche.«

Mary wurde schwindlig. Eine andere Leiche? Wie meinte er das?

»Das Tattoo«, sagte er rau. »Jeff hatte ein Tattoo, und dieser Tote hatte keins.«

»Ich weiß, das Jeff ein Tattoo hatte«, antwortete Mary, bemüht zu ergründen, was er meinte. »Aber es war nicht mehr da. Es war …« Sie zögerte, als sie das Bild von Jeffs verbranntem und entstelltem Körper wieder vor sich sah. »Die Haut ist verbrannt,

Keith«, gelang es ihr schließlich hervorzustoßen. »Das heißt nicht, dass es nicht da war.«

»Aber heute Morgen war diese Stelle nicht verbrannt«, antwortete Keith. Seine Hände umklammerten das Steuer fester, und ohne es zu merken, trat er das Gaspedal weiter durch. »Als ich heute Morgen vor dem Leichnam stand, war dieser Teil nicht verbrannt.« Seine Stimme hob sich. »Und da war kein Tattoo zu sehen, Mary! Ich sage dir ...«

»Pass auf!«, schrie Mary, als der Truck auf den Wagen vor ihnen aufzufahren drohte. »Du musst dich beruhigen! Willst du uns auch umbringen?«

Keith drosselte die Geschwindigkeit und nahm dann Marys Hand. Diesmal jedoch war sie es, die sie ihm entzog und bis zur Tür zurückwich, um so weit wie möglich von ihm entfernt zu sein. »Er ist tot, Keith«, sagte sie, und ihre Stimme zitterte. »Jeff ist tot, und du musst dich damit abfinden.«

»Ich muss mich mit nichts anderem abfinden als mit der Wahrheit. Und ich sag dir, das war nicht Jeff, den sie uns dort gezeigt haben.«

Mary lag eine zornige Antwort auf der Zunge, doch sie biss sich auf die Lippen – biss ganz fest zu, bis ihr Zorn abgeklungen war. Als sie wieder sprach, blickte sie starr geradeaus. »Bring mich nach Hause. Bring mich ganz einfach nach Hause. Ich weiß nicht, was du denkst, und ich will es nicht wissen.«

»Ich denke ...«, begann Keith, aber Mary fiel ihm ins Wort.

»Unser Sohn ist heute Morgen gestorben«, erklärte sie. »Ich muss mich daran gewöhnen. Ich muss die Bürde hinnehmen, die mir auferlegt wurde. Ich weiß nicht, wie ich es schaffen kann, aber fertigbringen muss ich es. Und das kann ich nicht, wenn du versuchst, so zu tun, als sei es nicht geschehen. Also fahr mich einfach nur nach Hause, Keith. Fahr mich nach Hause, und sprich nicht mehr mit mir.«

Wieder schwiegen sie, und diesmal versuchten weder Mary noch Keith, das Schweigen zu brechen.

10. Kapitel

Bis heute war es Jeff nicht klar gewesen, dass er sich vor dem Dunkel fürchtete. Aber bis zu diesem Tag hatte er echte Dunkelheit auch noch nie erlebt, die Art von Dunkelheit, bei der man sich fragt, ob man je wieder etwas sehen wird, die einen umhüllt wie ein Leichentuch und einen sowohl erstickt als auch blind macht. Er hatte keine Ahnung, wo er war – keine Ahnung, wie lange er schon hier war. Er wusste nur, dass die einzige schwache Birne, die von der Decke hing, für ihn einen Hoffnungsschimmer bedeutete und ihn davor bewahrte, den Verstand zu verlieren.

Er hatte einen Fehler gemacht, das begriff er jetzt. Als der Mann, dem er die Treppe hinunter in die Bowery U-Bahnstation gefolgt war, vom Bahnsteig sprang und in das schattenhafte Dunkel des Tunnels eingetaucht war, hätte er bleiben sollen, wo er war – hätte auf die Polizei warten sollen, die dicht hinter ihm auftauchte. Aber er hatte nicht überlegt – hatte keine Zeit gehabt zu überlegen. Und war seinen Instinkten gefolgt.

Und die Instinkte, die aus dem primitivsten Teil seines Gehirns aufstiegen, waren die eines gejagten wilden Tieres. Er hatte kehrt gemacht und war in den U-Bahntunnel geflohen, fürchtete sich plötzlich weniger vor dem Mann, der ihn die Treppe heruntergeführt hatte, als vor den Menschen, die auf dem Bahnsteig auf ihn zustürmten. Er rannte über das Gleis, bemühte sich verzweifelt, mit der Gestalt vor ihm Schritt zu halten – einer unklaren Silhouette, die nur ab und zu für eine oder zwei Sekunden im Licht der winzigen Lampen sichtbar wurde, die im Tunnel die einzige Beleuchtung darstellten. Fast wäre er mit dem Mann zusammengeprallt, denn er hatte nicht gemerkt, dass er stehen geblieben war.

Über das Keuchen seines eigenen Atems und das Hämmern seines Herzens hinweg hörte er ein Geräusch.

Ein bekanntes Rumpeln, das allmählich lauter wurde.

In der Ferne tauchte ein Licht auf.

»Runter vom Gleis!« brüllte der Mann. »Sofort!«

Jeff wollte nach links vom Gleis springen, doch der Mann packte ihn am Arm. »Hierher!«

Halb führte, halb zerrte er Jeff zu einem schmalen Steg hinauf und zog ihn dann hinter sich in eine flache Nische in der Betonwand des Tunnels, wo sie sich eng aneinanderdrängten.

Das Rumpeln wurde zu einem beängstigenden Dröhnen, und der Lichtpunkt wuchs zu einem Strahl, der sich in den dunklen Tunnel bohrte. Jeff wich zurück und presste sich gegen den kalten Beton.

Der Zug raste so nah vorbei, dass es Jeff, wenn er die Hand ausgestreckt hätte, möglich gewesen wäre, das Glas und das Metall des Monsters zu berühren. Aufwirbelnder Staub hüllte sie ein, und als Jeff Atem holte, atmete er Staub mit ein, begann zu würgen und zu husten. Automatisch hob er die Hand, doch der Mann neben ihm fing sie ein, bevor sie den rasenden Zug streifen konnte. Plötzlich war es vorbei, das Dröhnen entfernte sich so schnell wie es gekommen war.

Noch immer an dem Staub würgend, den der Zug aufgewirbelt hatte, ließ sich Jeff schlaff gegen die Mauer sinken und hörte endlich auf zu husten.

»Das erste Mal ist es immer am schlimmsten«, sagte der Mann neben ihm. »Nach einer Weil lernst du, den Atem anzuhalten – dann macht dir der Staub nicht mehr so zu schaffen. Komm, gehen wir weiter.«

So sicher, als hätte er eine Straße vor sich, sprang der Mann aufs Gleis zurück. Jeff folgte, und nach einer Weile bückte sich sein Begleiter in einen Gang, der nach links führte, dann ging es eine Leiter hinauf und durch eine Reihe von Gängen mit vielen Röhren an den Wänden.

Jeff hatte keine Ahnung, wie lange sie in den Tunnels unterwegs noch wie weit sie gegangen waren. Es gab keine Möglichkeit, die Zeit festzustellen, und schon nachdem er die erste Leiter hinaufgeklettert war, wusste er nicht mehr, wo er war; wusste nur, dass er rettungslos verloren wäre, wenn er nicht mit dem Mann Schritt hielte.

Irgendwo unter der Stadt verloren.

Verloren in der Dunkelheit.

Als er sich, der Erschöpfung nahe, fragte, ob er es noch weiter schaffen könnte, kamen sie zu einer schweren Metalltür. Der Mann öffnete sie und schob ihn durch. Hinter ihm schloss sich die Tür mit einem dumpfen Schlag.

Zuerst war das Licht in dem Raum so hell, dass es Jeff blendete. Aber schon nach Sekunden, als seine Augen sich anpassten, merkte er, dass er nicht allein war. Es war ein zweiter Mann im Raum – ein Mann, der ein paar Jahre älter war als er.

Ein paar Jahre älter, viel kräftiger und vielleicht zehn Zentimeter größer. Er war wenigstens fünfzig Pfund schwerer als Jeff, und keines der zusätzlichen Pfunde sah nach Fett aus.

Jeff erkannte den orangefarbenen Overall, wie ihn die Insassen von Rikers Island nach der Verurteilung trugen. Den gleichen hätte auch er jetzt getragen, wäre der Kleinbus nicht von dem Auto gerammt worden.

»Hast du'n Namen?«, fragte der Mann.

Er zögerte, nickte dann. »Jeff.«

»Jeff«, wiederholte der Mann leise, wie zu sich selbst. Dann wiegte er den Kopf. »Gefällt mir. Gefällt mir mächtig.«

Der Mann lächelte ihn an und enthüllte dabei eine Zahnlücke. »Ich bin Jagger«, sagte er. Sein Lächeln verschwand, und er musterte Jeffs Kleidung. »Du kommst nich aus'm Knast, oder?«, fragte er misstrauisch. »Denn wennde denkst, ich geh wieder z'rück, musste dir 'ne Menge Hilfe holen. Ich geh nich wieder rein.«

Rasch schüttelte Jeff den Kopf, als er sah, dass Jagger die rechte Hand zu einer riesigen Faust ballte. »Ich bring dich nirgendwohin. Ich weiß nicht einmal, wo wir sind.«

»Im Krankenhaus«, erklärte ihm Jagger und ließ sich auf die Matratze sinken, außer der es im Raum nichts gab.

»Im Krankenhaus?«, fragte Jeff. »In welchem Krankenhaus?«

»In das sie mich gebracht haben.«

»Wann war das?«

Jagger runzelte die Stirn, schüttelte dann den Kopf und zuckte mit den Schultern. »Weiß nich. Manchmal isses schwer zu denken, weißte?« Er lächelte wieder und klopfte auf die Matratze neben sich. »Willste dich nich setzen?«

Jeff zögerte und schüttelte den Kopf; seine Hand schloss sich um den Türknauf hinter ihm.

Zwar ließ der Knauf sich drehen, doch die Tür war verriegelt.

Jagger rappelte sich vom Fußboden hoch und machte einen Schritt auf Jeff zu. Seine Stimme wurde tiefer und bekam einen drohenden Unterton. »Du gehst nich. Ich will nich, dassde gehst.«

Jeff glaubte zu wissen, von welchem Krankenhaus Jagger gesprochen hatte. Es musste das Bellevue sein. Er hatte in den Tombs einiges darüber gehört. »Lieber wäre ich draußen in Rikers«, sagten die meisten mit leichtem Schaudern. »Da draußen sind wenigstens nicht alle irr.« Aber warum hatten sie Jagger ins Bellevue gebracht? Und, vor allem, warum war er überhaupt in Rikers gewesen?

»Ich gehe nirgendwohin«, sagte er, als Jagger wieder die Hand zur Faust ballte. Er entfernte sich von der Tür, und Jaggers Hand wurde schlaff.

Das war vor einer Stunde gewesen – oder vor zwei Stunden. Vielleicht war es auch schon länger her. Jeff wusste es nicht. Er hatte sich schließlich auf den Boden gesetzt und sich an die Wand gelehnt. Er dachte, dass er möglicherweise sogar für ein paar Minuten eingeschlafen wäre, konnte sich dessen aber ebenso wenig sicher sein wie der Dauer seines Aufenthalts hier unten. Doch als er die Augen aufschlug, saß Jagger auf der Matratze und beobachtete ihn. Jeff tat jeder Muskel weh, und die Kälte des Betons schien in seine Knochen eingesickert zu sein.

Dann war das Licht ausgegangen, und die schreckliche Dunkelheit hatte ihn umschlossen.

Dunkelheit und Stille.

Eine Dunkelheit so undurchdringlich und schwer, dass er daran zu ersticken glaubte, und eine so vollkommene Stille, dass es ihm schien, er werde nie wieder etwas hören.

Im nächsten Augenblick spürte er etwas.

Etwas huschte auf ihn zu.

»Jagger?«, sagte er, und seine Stimme klang in der Dunkelheit unnatürlich laut.

»Yeah«, antwortete Jagger krächzend.

Es klang, als sitze oder liege er noch auf der Matratze auf der anderen Seite des Raums.

Dann lief Jeff etwas über das Bein, und als er danach schlug, berührte er etwas Weiches, Pelziges, das quiekte, als es ein oder zwei Meter entfernt an die Wand prallte.

Eine Ratte!

Jeff zog die Beine an und stand auf.

Dann hörte er etwas anderes.

Eine Stimme draußen vor der Tür.

»Geht von der Tür weg. Setzt euch beide auf die Matratze und rührt euch nicht. Eine Bewegung, und die Tür geht wieder zu, und das Licht bleibt ausgeschaltet. Ich zähle bis zehn.«

Der Mann begann zu zählen, und Jeff war einen Moment wie gelähmt. Wo war die Matratze? Wie sollte er sie finden? »Jagger«, flüsterte er, »wo bist du?«

»Hier drüben«, murmelte Jagger.

Zögernd machte Jeff einen Schritt in die Richtung, aus der Jaggers Stimme kam, und dann einen zweiten. »Sag was«, zischte er in die Finsternis. Aber anstatt etwas zu sagen, streckte Jagger die riesige Hand aus, berührte Jeffs Bein und umschloss es dann. »Alles okay«, sagte er, »ich hab dich.«

Als der Mann draußen zehn zählte, sank Jeff auf die Matratze.

Die Tür ging auf; ein greller Halogenstrahl durchschnitt die Schwärze und blendete Jeff genauso wirkungsvoll wie kurz vorher die Dunkelheit.

»Willkommen beim Spiel«, sagte die Stimme. »Gewinnst du, bist du frei. Verlierst du, bist du tot.«

Etwas wurde auf den Boden gestellt.

Der Halogenstrahl verschwand, und der Raum tauchte wieder in Schwärze ein.

Der Türriegel wurde klirrend vorgeschoben.

Und dann wurde das Licht wieder eingeschaltet.

Neben der Tür stand eine große Emailschüssel, darin etwas, das wie Eintopf aussah. Die Griffe zweier Löffel ragten aus der glitschigen Masse heraus. Und neben der Schüssel stand eine Feldflasche.

Jagger stand auf, holte die Schüssel auf die Matratze und stellte sie in die Mitte zwischen sich und Jeff. Dann bot er Jeff einen Löffel an.

Jeff schüttelte den Kopf.

Jagger zuckte mit den Schultern und begann zu essen.

Während Jeff ihm beim Essen zusah, dachte er über die Worte nach, die im Dunkeln gesprochen worden waren: *Gewinnst du, bist du frei. Verlierst du, bist du tot.*

Seine Augen schweiften von Jagger zu der einsamen Glühbirne über ihm.

Gewinnst du, bist du frei. Verlierst du, bist du tot.

Und wenn das Licht ausging …

Jeff wusste, was geschehen würde, wenn das Licht ausging. Die schreckliche, erstickende Dunkelheit würde ihn einschließen, und was immer sich in dieser Dunkelheit verbarg, würde wieder auf ihn zukriechen.

Lautlos wiederholte er für sich die Worte: *Willkommen beim Spiel. Gewinnst du, bist du frei.*

Verlierst du, bist du tot.

11. Kapitel

Keith Converse fühlte sich, als habe er die ganze Nacht kein Auge zugetan. Den Abend vorher hatte er allein verbracht, was keine gute Idee gewesen war. Er hatte fast einen Viertelliter Scotch konsumiert – nicht den guten, den er und Mary immer für Gäste bereitgehalten hatten. Es war das billige Zeug gewesen, das er im Haus hatte, wenn ihm nach der Arbeit nach einem Drink zumute war. Der Whisky brannte und kratzte so im Hals, dass er bis zum vergangenen Abend nie mehr als ein oder zwei Glas hatte trinken können und für gewöhnlich den Rest des zweiten dann wegschüttete. Gestern Abend jedoch hatte er nichts weggeschüttet. Er hatte einfach weiter getrunken und gehofft, der Alkohol werde irgendwann das Bild des verbrannten Leichnams in ihm auslöschen, den er gesehen hatte.

Des Leichnams, von dem jeder ihm sagte, es sei der seines Sohnes.

Den ganzen Abend, während er dagesessen, getrunken und versucht hatte zu vergessen, musste er immer wieder an das denken, was Mary gesagt hatte: *»Er ist tot, Keith … Jeff ist tot, und du musst dich damit abfinden.«*

Doch alles, was er sah, egal wie viel Scotch er hinunterwürgte, war das Stück Haut, das am Morgen unversehrt und am Nachmittag so schlimm verbrannt gewesen war, dass man kein Tattoo gesehen hätte, selbst wenn eins da gewesen wäre.

Irgendwann nach Mitternacht hatte er sich gezwungen, ins Bett zu gehen, aber das Stück unversehrter Haut blieb ihm so deutlich im Gedächtnis, als werde es von irgendwo her angestrahlt. Das Stückchen Haut, wo das Tattoo sein sollte.

Als die Sonne aufging, gab Keith den Versuch zu schlafen auf. Er versuchte den Kopf mit einer kalten Dusche klar zu bekommen, doch seine Zweifel waren zu absoluter Sicherheit erstarrt.

Der Tote, den sie ihm gezeigt hatten, war nicht Jeff.

Was also war passiert?

Handelte es sich um einen Irrtum?

Konnten sie ihm den falschen Leichnam gezeigt haben?

War es möglich, dass im Leichenschauhaus ein zweites Brandopfer aufbewahrt wurde? Während die Kaffeemaschine summte, ging Keith in den winzigen Alkoven des Wohnzimmers, der sein Büro war, und loggte sich im Internet ein. Er suchte überall, wo er nur konnte, überprüfte die Archive jeder Agentur in der Umgebung. In der letzten Woche war in ganz New York nur eine Person bei einem Brand gestorben.

Jeff.

Also hatten sie ihm nicht den falschen Leichnam gezeigt.

Was ging da vor?

Er trank drei Tassen Kaffee, während in seinem hämmernden Schädel das Für und Wider tobte. Mary musste Recht haben – er weigerte sich einfach, die Realität anzuerkennen und griff nach jedem Strohhalm, gleichgültig wie dünn er sein mochte. Aber egal, wie sehr er es auch versuchte, eine innere Stimme beharrte darauf, dass etwas nicht stimmte, dass es nicht Jeffs Leichnam gewesen war, den er im Leichenschauhaus gesehen hatte, gleichgültig wie unmöglich das zu sein schien.

Wieder im Truck und wieder auf der Schnellstraße, raste er zurück in die City. Diesmal fuhr er jedoch nicht zum Büro des Rechtsmediziners, sondern zum Polizeirevier in der Elizabeth Street.

Er parkte in einer Garage im Block nördlich des Polizeigebäudes und ging auf einem Gehsteig nach Süden, auf dem sich schon um neun Uhr morgens die Menschen drängten. Grüne Zwillingskugeln kennzeichneten das Gebäude. Abgesehen davon war es ein völlig unscheinbarer, schmutzig weißer Bau, auffällig nur durch die zweiflügelige Eingangstür, die in einem so verwaschenen Blau gestrichen war, dass Keith sich fragte, ob ein Farbenblinder diesen Ton gewählt hatte oder – und das war wahrscheinlicher – ob die Stadt billig den Restposten einer Farbe eingekauft hatte, die keiner sonst haben wollte. Die blaue Tür stand offen, er ging hindurch und kam in einen kleinen Vorraum und zu einer inneren, bis zur Hälfte verglasten Eichentür, wobei er sich automatisch nach Metalldetektoren umsah, die in fast jedem offiziellen Gebäude standen, das er seit dem Morgen, an dem Jeff verhaftet worden war, betreten hatte. Doch es gab nur mehrere Schreibtische in einem neutralen Grau – von denen zwei besetzt waren –, und ein paar Streifenpolizisten, die schwatzend herumstanden. Auf der rechten Seite fand er den langen, kunstvoll geschnitzten Eichentresen, der das Nervenzentrum der Station darstellte.

Der diensthabende Sergeant hörte sich seine Bitte mit ausdruckslosem Gesicht an. »Hab ich richtig verstanden?« sagte er, als Keith zu Ende gesprochen hatte. »Sie wollen den Bericht über den Unfall sehen, der gestern Morgen oben an der Kreuzung Delaney und Bowery passiert ist?« Als Keith nickte, runzelte der Sergeant die Stirn. »Und wieso?«

Keith war auf die Frage vorbereitet. »Es war mein Sohn, der da ums Leben gekommen ist«, sagte er ruhig, ohne sich auch nur im Geringsten seine Zweifel an der Identität seines Sohnes anmerken zu lassen. »Ich möchte nur wissen, was ihm passiert ist, das ist alles.«

Der diensthabende Sergeant schaute zu zwei Streifenpolizisten hinüber, die eben zur Tür hinaus wollten. »Hey, Ryan, wart ihr nicht bei dieser furchtbaren Sache gestern Morgen dabei, du und Fernandez?«

Der Streifenbeamte kam herüber, und Keith stellte sich vor. »Ich möchte einfach nur wissen, was passiert ist. Mein Sohn ...« Seine Stimme erstarb, und er ließ die letzten Worte unausgesprochen.

»'s war sein Junge, der dort gestorben ist«, sagte der Diensthabende, nun endlich mit einem Unterton von Mitgefühl. »Willst du ihm erzählen, was passiert ist?«

Johnny Ryan schüttelte den Kopf. »Da ist nicht so viel zu erzählen«, sagte er. »Als ich hinkam, hat der Kleinbus bereits gebrannt. Irgendein alter Schrotthaufen ist mit ihm zusammengeprallt.«

»Was war mit dem Fahrer des anderen Wagens?«, fragte Keith. »Wurde er nicht verletzt?«

Ryan zuckte mit den Schultern. »Wenn er's war, hat ihn das nicht gehindert, weiterzufahren. Er war weg, bevor ihn irgendjemand richtig sehen konnte. Aber keine Sorge, wir finden ihn.«

Der andere Streifenbeamte, laut Namensschild Enrico Fernandez, schüttelte mürrisch den Kopf. »Na, ich weiß nicht, wie – das Vehikel war am Abend vorher von einem Parkplatz in Queens gestohlen worden. Wir vermuten, es war'n Halbwüchsiger auf 'ner Spritztour, doch ohne Zeugen …« Er zuckte hilflos mit den Schultern.

»Aber jemand *muss* es beobachtet haben«, drängte Keith. »Ich meine, mitten in New York City …«

»Waren Sie schon mal morgens halb sechs dort? Sie könnten mit einer Kanone in die Bowery reinballern und würden niemand treffen. Bei den Einzigen, die um diese Zeit unterwegs waren, handelte es sich um zwei Alkis, und von denen sagt keiner ein Wort. Der eine behauptet, er habe in einer Mülltonne rumgesucht, und der andere hat fest geschlafen. Sagt, er sei erst aufgewacht, als das Ding in die Luft flog.« Dann fiel ihm ein, mit wem er sprach, und er versuchte das Gesagt abzumildern. »Ich meine …«

»Also hat überhaupt niemand den Unfall beobachtet?«, fragte Keith.

»Das heißt nicht, dass wir nicht weitersuchen«, entgegnete Fernandez, ein wenig zu schnell. »Hören Sie, wir wollen genau wie Sie wissen, was passiert ist. Es war nicht nur Ihr Sohn. Der Kerl hat auch zwei Gefängnisbeamte umgebracht.«

Aber ein Gefangener auf dem Weg nach Rikers Island ist nicht wichtig, sagte sich Keith. »Wissen Sie zufällig, wie die beiden Betrunkenen heißen?«

»Einer der beiden war Al Kelly«, sagte Johnny Ryan, offensichtlich erleichtert, dass er dem Mann, dessen Sohn gestern gestorben war, wenigstens etwas sagen konnte – egal wie unbedeutend.

»Kelly lungert fast immer an der Ecke rum. Er hat graues Haar – richtig lang. Ist vielleicht zwei, drei Zentimeter größer als Sie. Gewöhnlich trägt er drei oder vier Pullover übereinander und 'n Mantel, und wenn er um zehn Uhr morgens nicht betrunken ist, haben sie den falschen Typen.« Er sah Fernandez an. »Erinnerst du dich an den anderen?«

»Das war Peterson, nicht wahr? Oder so ähnlich. Erinnere mich nicht, ihn dort schon mal gesehen zu haben, doch das heißt nicht, dass er nicht mehr vorhanden ist.« Er wandte sich an den Diensthabenden. »Gibt es einen Grund, warum er den Bericht nicht sehen darf?«

Der Sergeant zuckte mit den Schultern. »Nicht dass ich wüsste.« Er zeigte auf einen der Schreibtische. »Fragen Sie Sayers. Sagen Sie ihm einfach, was Sie wollen, und er wird's Ihnen geben.«

Keith wandte sich wieder an die beiden Streifenbeamten. »Steht da was drin, was ihr mir noch nicht gesagt habt?«

»Nicht viel.« Ryan schüttelte seufzend den Kopf. »Ich wünschte, da wär was – wirklich. Ein paar Jungs von oben sind dran an der Sache, vielleicht finden wir den Kerl also doch noch.«

»Sind sie hier?« fragte Keith. »Die Jungs von oben?«

Der Sergeant warf einen Blick auf das Schwarze Brett an der gegenüberliegenden Wand und schüttelte den Kopf. »Vielleicht in einer halben Stunde oder so. Sie können dort drüben warten.« Er wies mit dem Kopf auf eine Bank vor der Täfelung, die in demselben scheußlichen Blau gestrichen war wie die Eingangstür, und griff dann nach einem Telefon, das angefangen hatte zu klingeln. »Fünftes Revier, Sergeant McCormick.«

»Vielleicht komme ich später wieder«, sagte Keith.

Aber als er das Gebäude verließ, war er ziemlich sicher, dass er nicht zurückkommen würde.

12. Kapitel

Der Morgen sah viel wärmer aus als er war, und Keith zog im kalten Wind, der durch die Elizabeth Street blies, die Schultern hoch. Er lief die Kenmare hinauf, die an der Ecke der Bowery in die Delancey mündete. Obwohl er noch ein paar Blocks von der Ansammlung massiver grauer Steinbauten der Stadtverwaltung entfernt war, hätte er genauso gut in eine andere Welt eingedrungen sein können. Die Elizabeth Street säumten höchstens vier bis fünf Stock hohe Gebäude mit Läden im Erdgeschoss und zwischen den Feuerleitern gespannten Wäscheleinen in den oberen Etagen. Die Hälfte der Läden schienen Lebensmittelgeschäfte zu sein, wenn ihm die chinesischen Früchte und Gemüse, die sie feilboten, auch meist unbekannt waren. Er musste sich durch eine wimmelnde Menschenmasse drängen; Menschen, die weder nickten noch lächelten, geschweige denn zur Seite traten, um ihn durchzulassen. Einmal blökte ihn eine Autohupe an, als er auf die Fahrbahn tappte, um einer Bande hart aussehender Halbwüchsiger mit Ringen in Ohren, Lippen und Nasen auszuweichen. Doch ausgerechnet einer dieser Teenager, denen er aus dem Weg gehen wollte, packte ihn am Arm und riss ihn eine Sekunde, bevor das Taxi ihn umgefahren hätte, auf den Gehsteig zurück.

»Pass doch auf, Mann! Willste dich umbringen?«, fragte der Junge.

»Danke«, sagte Keith, stellte jedoch fest, dass niemand mehr da war, bei dem er sich bedanken konnte; der Junge und seine Freunde waren schon meterweit weg, und es war, als gebe es ihn gar nicht mehr. Als er sich von ihnen abwandte, prallte er mit einem stämmigen Mann zusammen, der eine Mülltonne auf einen Laster lud. Der Müllmann beachtete ihn kaum und arbeitete weiter, als sei nichts geschehen.

In der Mitte des nächsten Blocks tat Keith sein Bestes, die Leute um sich herum zu ignorieren und konzentrierte sich stattdessen auf den Gehsteig direkt vor ihm. Zweimal hatte er den Fehler gemacht, an einer Kreuzung auf grünes Licht zu warten und war von der Menge, die mit Ampeln nichts am Hut hatte, fast niedergetrampelt worden. Beim dritten Block entdeckte er den Trick, den alle anderen schon zu kennen schienen – wenn man die Taxis nicht anschaute, fuhren sie einen nicht um. Tatsächlich machten sich die Taxifahrer nicht einmal die Mühe, ihn anzuhupen oder zu fluchen, sondern ließen ihn die Fahrbahn genauso ungestraft überqueren wie die Einheimischen.

An der Ecke der Kenmare wandte er sich nach rechts zur Bowery und Delancey – der Kreuzung, an der sich der Unfall ereignet hatte. Er wusste nicht recht, was er erwartet hatte, aber die unklare Enttäuschung, die er empfand, als er sah, dass an dieser Ecke das Leben völlig normal dahinfloss, sagte ihm, dass er etwas erwartet haben musste.

Das lebhafte Treiben der asiatischen Gemeinde in der Elizabeth Street wurde plötzlich abgelöst von Firmen für Restaurant-Ausstattung; nur eine einzige Pizzeria schien aus einer Zeit übrig geblieben, in der das Viertel vorwiegend italienisch gewesen war. Schaufenster um Schaufenster stellte Küchengeräte, Gläser für Bars und Möbel aus; und dass es so viele Beleuchtungskörper gab, hätte Keith sich nicht einmal im Traum vorstellen können. Der Gehsteig war beinahe menschenleer, und über den Geschäften lagen keine Wohnungen.

Keine Fenster, aus denen Frühaufsteher hätten beobachten können, was gestern Morgen passiert war.

Es war einfach nur eine weitere unpersönliche Straßenkreuzung in der City; die Wagen fuhren nach Osten in die Delancey und zur Williamsburg Bridge und warteten ungeduldig an den

Ampeln, während der Verkehrsstrom auf der Bowery nach Norden und Süden flutete.

Nicht das geringste Anzeichen eines Unfalls, außer den mit Brettern vernagelten Fenstern der Restaurant-Ausstattungs-Firma, in die der Kleinbus hineingerast war, nachdem der Wagen ihn gestreift hatte.

Keine Anzeichen dafür, dass hier Menschen vor etwas mehr als vierundzwanzig Stunden gestorben waren.

An diesem Morgen, an dem absurderweise die Sonne auf die Stelle schien, wo der schwarze Transporter verbrannt war, schien es fast unmöglich, dass es geschehen sein konnte. Keith stand einen Moment an der Südwest-Ecke und versuchte sich die Szene vom vergangenen Morgen vorzustellen. Der Kleinbus war von Westen gekommen und auf die Brücke zugefahren. Und der Wagen, der mit ihm zusammengeprallt war, musste auf der Bowery sehr schnell in nördlicher Richtung gefahren sein. Keith hatte eine ziemlich genaue Vorstellung davon, wie schwer ein Ford-Kleinbus war, konnte aber nur vermuten, welcher Gewalt es bedurfte, die Tür eines gepanzerten Wagens einzudrücken und ihn so zu treffen, dass er quer über die Straße schleuderte und in die Fenster des Gebäudes knallte. Nachdem er den Kleinbus getroffen hatte, musste sein eigener Schwung den Laster gewissermaßen weiter nach Norden katapultiert haben, denn eigentlich hätte er nach dem Zusammenprall in östlicher Richtung wegschlittern müssen.

Keith überquerte die Straße und entdeckte ungefähr zwanzig Meter weiter eine Mauer, die aussah, als sei an ihr ein Wagen entlanggeschrammt und habe tiefe Wunden in ihre Oberfläche gerissen. Unbewusst strich er mit den Fingern über die Spuren, die der schleudernde Wagen zurückgelassen hatte, und blickte zu der Stelle zurück, wo der Kleinbus verbrannt war.

»Mann, das war v'lleicht was, Mann«, nuschelte jemand.

Erschrocken schaute Keith hinunter und sah, zusammengekauert im Eingang eines leeren Ladens, eine Gestalt, in so viele zerrissene und dreckige Lumpen gehüllt, dass sie fast unsichtbar war. Ein Mann. Aus trüben Augen, die so stark blutunterlaufen waren, dass man ihre Farbe nicht mehr erkennen konnte, starrte er Keith an. Unter den Dreckschichten, die seine Haut bedeckten, breitete sich ein ganzes Netzwerk geplatzter Adern und krätzigen Schorfs aus.

»Hättste sehn solln, Mann – ’s reinste Höllenfeuer war das, Mann.«

Keiths Pulsschlag beschleunigte sich, und er hockte sich nieder. »Du warst gestern Morgen hier?«, fragte er. »Als der Kleinbus brannte?«

Der Mann verzog die Lippen zu einer schiefen Grimasse, und ein halbes Dutzend abgebrochener Zahnstummel wurde sichtbar. »Wo hätt ich’n sonst sein solln?« Seine Triefaugen fixierten Keith. »Haste ’n paar Bucks übrig für mich? Hab schon ’ne ganze Weile nix mehr gegessen.«

An jedem anderen Tag wäre Keith einfach weitergegangen, hätte den Mann wahrscheinlich nicht einmal angesehen. In Bridgehampton hätte dieser Mensch sich höchstens ein paar Minuten auf der Straße aufhalten können, dann wäre schon die lokale Polizeimacht erschienen – falls man Bill Chapin und seine drei Deputies eine Macht nennen konnte – und hätte ihn mit einer einfachen Fahrkarte in einen Bus nach Manhattan verfrachtet. Auf keinen Fall wäre ihm erlaubt worden, lange genug in den Straßen der Stadt herumzulungern, um einigen der wohlhabenderen Bürger vor die Füße zu laufen und ihnen das Wochenende zu vermiesen.

Aber das war kein gewöhnlicher Tag, und Keith hielt sich nicht in den vertrauten Grenzen von Bridgehampton auf, so dass er, anstatt aufzustehen und weiterzugehen, seine Brieftasche herauszog.

Sie klappte wie immer automatisch bei Jeffs Graduierungs-Foto auf, das vor fast einem Jahr aufgenommen worden war.

Keiths Magen verkrampfte sich beim Anblick des Fotos. Er nahm einen Fünf-Dollarschein aus der Brieftasche und drehte sich dann zu dem Mann herum. »Hast du diese Person gesehen?«, fragte er. »Gestern Morgen?«

Der Betrunkene musterte das Foto. »Ne«, murmelte er. »Soll’n das sein?«

»Mein Sohn«, sagte Keith. »Er war …« Er verstummte abrupt und klappte die Brieftasche wieder zu. Ihm kam zum Bewusstsein, wie absurd diese Szene war. Wie konnte er dem Mann erklären – einem Mann, so tief gesunken, dass er um zehn Uhr morgens betrunken in einem Hauseingang lag –, was er hier tat? Warum sollte dieser Mensch ihm zuhören oder sich sogar interessieren für das, was er sagte?

Was tat er *selbst* überhaupt hier?

Er haschte nach einem Strohhalm, genau wie Mary gesagt hatte.

Der Betrunkene, dessen Augen an dem Fünf-Dollarschein klebten, nuschelte: »Der einzigste Kerl, den ich gesehn hab, war der ausm Transporter.«

Wieder schlug Keiths Herz schneller. »Der Fahrer?«

Der Mann zuckte mit den Schultern. »Ne – wen kümmert der schon?« Er runzelte die Stirn und griff dann zögernd nach Keiths Brieftasche. »Zeig mir das Foto noch mal.«

Keith klappte die Brieftasche erneut auf, hielt sie aber so, dass der Penner nicht danach greifen konnte. Der Mann beugte sich vor, und Keith zuckte zusammen, weil sein Atem – eine Mischung aus schalem Wein und Tabak – ihn zu ersticken drohte.

»Ich weiß nich«, sagte der Mann endlich. Keith zückte die Fünf-Dollarnote. »Könnt's v'lleicht gewesen sein«, fuhr der Betrunkene fort. »V'lleicht aber auch nich.« Keith gab ihm den Fünfer. »Sie warn da drüben …« Er zeigte vage in die Richtung des Feuerhydranten. »Un' ich hab hier gesessen. Un' ich konnt se nich richtig sehn, bevor se zur U-Bahn runtergingen.«

»Zur U-Bahn?«, wiederholte Keith. »Wer ist zur U-Bahn runtergegangen?«

Der Mann seufzte, als erkläre er etwas einem Kind, das nicht richtig zuhörte. »Hab ich doch gesagt. Der Typ, den Scratch ausm Transporter rausgeholt hat.« Etwas auf der anderen Straßenseite fiel dem Betrunkenen ins Auge, und er rappelte sich auf. »Muss los«, brummte er, aber Keith hielt ihn am Arm fest.

»Scratch? Wer ist Scratch?«

Die Augen des Mannes weiteten sich und schweiften wieder zur anderen Straßenseite. »Weiß nich«, murmelte er. »Weiß nich, von was de red'st.« Er riss sich von Keith los und humpelte dann die Straße entlang, mit einer Hand den Kragen seiner dreckigen

Jacke umklammernd, mit der anderen den Fünf-Dollarschein tief in die Tasche versenkend. Während er zur Ecke schlurfte, suchte Keith die Straße ab, um festzustellen, was den Penner so erschreckt haben konnte.

Aber er sah nur drei Obdachlose – eine Frau und zwei Männer –, die den Gehsteig entlanggingen. Die Frau schob einen Einkaufswagen vor sich her, der nichts als ein Lumpenbündel zu enthalten schien. Die kleine Gruppe sah eher mitleiderregend als beängstigend aus. Keith schüttelte den Kopf, um das Bild das Jammers los zu werden – nicht ganz ohne Schuldbewusstsein, weil er nichts tun würde, um den Leuten das Leben irgendwie zu erleichtern.

Die U-Bahn.

Der Mann hatte gesagt, »Scratch« habe jemand aus dem Kleinbus – jemand, der Jeff gewesen sein konnte – zur U-Bahn gebracht.

An der Ecke sah er das Schild und die Treppe, die zu dem unterirdischen Bahnhof führte.

Er ging darauf zu.

Al Kelly blickte über die Schulter zurück. Der Mann, der ihm die fünf Dollar gegeben hatte, entfernte sich in entgegengesetzter Richtung, aber auf der anderen Straßenseite kamen Louise und Harry immer näher. Den Typen, der bei ihnen war, kannte Al nicht, aber das machte nichts – er sah nach Schwierigkeiten aus. Sah aus, als gehöre er nicht an die Oberfläche. Al schauderte, wenn er nur daran dachte, wie einige Leute lebten. Okay, er rollte sich ab und zu in einem Eingang zusammen oder schlief drüben in der Chrystie Street im Park – zumindest bei schönem Wetter. War es schlecht, schlief er drinnen, ging in eines der Asyle, auch wenn er sich dort ein paar Predigten anhören oder sagen musste, er werde versuchen, sich zu säubern und einen Job zu finden. Doch wenigstens lebte er noch wie ein menschliches Wesen, nicht wie eine Ratte, die in den Abwasserkanälen hauste.

Natürlich hatte Louise ihm erklärt, es sei gar nicht so schlimm, nicht, wenn man wusste, wohin man gehen konnte, doch ihm war ganz und gar nicht danach, auszuprobieren, ob sie die Wahrheit sagte. Egal, was passierte – egal, wie schlimm es wurde –, er würde an der Oberfläche bleiben.

Wieder warf er einen Blick hinter sich. Louise und Harry und der andere hatten jetzt die Straße überquert, und er war überzeugt, dass er wusste, was sie wollten.

Die fünf Bucks, die der Tourist ihm gegeben hatte.

Scheiße!

Er hätte vorsichtiger sein, den Geldschein mit der Faust umschließen oder wenigstens so vorsichtig sein sollen, sich umzusehen, als er ihn nahm – das Letzte, was man wollte, war Geld in der Tasche zu haben.

Er bog in die Rivington Street ab, überquerte sie schräg, tauchte, um nicht gesehen zu werden, rasch in die Freeman Alley ein und steuerte auf die Sackgasse in halber Höhe der Straße zu. Vielleicht würden Louise und Harry ihn dort nicht entdecken, aber selbst wenn sie es taten, fand er vorher vielleicht einen Platz, an dem er das Geld verstecken – oder sie und ihren Freund abschütteln konnte. Er beeilte sich, doch die Blase an der offenen Stelle seines rechten Fußes schmerzte heute besonders schlimm, und er konnte sich nicht schnell genug bewegen. Zwar erreichte er die Sackgasse noch, doch im nächsten Moment legte ihm Harry die Hand auf die Schulter und drehte ihn um.

»He, Al, machste denn?«

Hastig blickte Al von Harry zu dem anderen Mann und dann wieder zurück zu Harry. »Nix. Will nur schaun, ob ich was zu essen finde.«

»Warum kaufste dir nix?«, fragte der andere. »Du hast doch Geld, oder?«

»Ich hab nix«, protestierte Al, doch Harrys Hand packte seine Schulter fester.

»Wir haben dich gesehn, Al«, sagte Harry. »Haben dich mit diesem Typen reden sehn und gesehn, dass er dir Geld gegeben hat. Über was habt ihr denn geredet, Al?«

Al Kelly seufzte schwer – es hatte keinen Sinn, so zu tun, als habe er das Geld nicht. Dann würden sie nur seine Taschen durchwühlen und ihn zusammenschlagen, weil er sie zwang, danach zu suchen. Er zog den Fünfer heraus und reichte ihn Harry.

»Okay, da haste es.« Er wollte weitergehen, aber der andere Mann verstellte ihm den Weg.

»Harry hat dich was gefragt, Al. Willste ihm nicht antworten?«

Al zuckte mit den Schultern. »Er hat mich nur nach was gefragt, was ich gestern gesehn hab, das is alles.«

Die Augen des Mannes wurden schmal. »Und was haste ihm erzählt?«

»Nich viel. Nur dass der Typ zur U-Bahn runtergegangen is.«

Harry umfasste seine rechte Schulter noch fester, und der andere Mann griff in seine Tasche. Als er sie herauszog, sah Al eine Messerklinge blitzen.

»Warum haste das gemacht, Al?«, fragte Harry, und es klang beinahe traurig.

»Was is schon dabei?«, protestierte Al. »Er war kein Cop – nur'n Typ, der seinen Jungen sucht. Ich …«

Bevor er noch etwas anderes sagen konnte, spürte er etwas ganz Merkwürdiges im Bauch, als habe ihm jemand einen Stoß versetzt. Er schaute an sich hinunter, und tatsächlich presste der andere ihm die Faust auf den Bauch. Aber wo war das Messer?

Dann führte der andere die Faust ruckartig nach oben, und jetzt wusste Al Kelly, wo das Messer war. Es steckte tief in seinen Eingeweiden, und die Klinge bewegte sich nach oben, zerfetzte sein Fleisch und die inneren Organe.

Al versuchte sich loszureißen, aber es war viel zu spät. Nur ein blubbernder, kehliger Laut kam aus seinem Mund.

Harry hielt ihn aufrecht, während das Messer durch seine Lungen schnitt und die Spitze sich ihm ins Herz bohrte. Dann zog der andere Mann das Messer aus Al Kellys leblosem Körper, Harry ließ ihn zu Boden gleiten und lehnte ihn an eine Tür.

Eine Tür, die fast den gleichen Farbton hatte wie das Blut, das aus Al Kellys Leichnam sickerte.

Harry schob den Fünfdollar-Schein in die Tasche und kehrte dann mit dem anderen auf die Straße zurück, wo Louise auf sie wartete.

Jemand, der in die Sackgasse hineinschaute, würde nur Al Kellys Füße sehen und annehmen, da schlafe ein Trunkenbold seinen Rausch aus.

Das konnte man glauben, bis man entdeckte, dass er in einer großen Lache seines eigenen Blutes saß.

Keith nahm auf dem Weg zur U-Bahn immer zwei Stufen auf einmal und fischte in seiner Tasche nach Kleingeld. Er hatte keine Ahnung, wie viel ein Ticket jetzt kostete – er war zwanzig Jahre lang nicht mehr mit der U-Bahn gefahren. Hastig sah er sich nach dem Fahrkartenschalter um, sah stattdessen aber nur mehrere Geldautomaten. Die Stirn runzelnd ging er zu einem Automaten, las die Angaben, drückte auf ein paar Knöpfe und schob fünf Dollar in den Schlitz. Eine Sekunde später spuckte der Apparat eine Plastikkarte aus. Mit der Karte in der Hand ging Keith zum Drehkreuz, blieb dann aber stehen.

Was glaubte er denn, auf dem Bahnsteig zu finden?

Glaubte er, Jeff könnte dort unten auf ihn warten?

Wenn es überhaupt Jeff gewesen war, den der alte Trunkenbold auf dem Gehsteig gesehen hatte. Wahrscheinlich hatte er die Geschichte nur erfunden, weil Keith ihm mit der Fünfdollar-Note vor der Nase herumgewedelt hatte.

Aber der Penner hatte gesagt, jemand sei aus der Hecktür des Wagens herausgekommen. Und nicht nur herausgekommen – der Betrunkene hatte gesagt: *»Scratch hat'n ausm Kleinbus rausgezogen.«*

Nicht »ausgestiegen« oder »herausgelassen«. *»Rausgezogen«*.

Aber nach dem Brand war jemand im Kleinbus gewesen – jemand, der verbrannt war.

Jemand, bei dem es sich, wie sie ihm gesagt hatten, um Jeff gehandelt habe.

Oder er irrte sich, und der Betrunkene war entweder verwirrt oder hatte die Geschichte einfach erfunden, um an die fünf Dollar zu kommen.

Alles hing von dem Toten in der Gerichtsmedizin ab. Wenn er Recht hatte und es nicht Jeffs Leiche war, dann stimmte die Erzählung des Penners vielleicht. Vielleicht hatte jemand Jeff aus dem Kleinbus herausgelassen, bevor der Wagen brannte. Aber er musste es wissen – musste mit letzter Sicherheit wissen, ob es Jeffs Leichnam war oder nicht. Und jetzt erkannte er, dass es eine Möglichkeit gab – sie hatte ihm schon die ganze Zeit vorgeschwebt.

Wenn sie behaupteten, es sei Jeffs Leichnam, dann würden sie ihn freigeben müssen. Er war Jeffs Vater, nicht wahr? Wenn sie also mit der Autopsie fertig waren, ihre Untersuchungen abgeschlossen hatten, mussten sie ihm den Leichnam überlassen.

Und dann konnte er seine eigenen Tests vornehmen lassen.

DNA-Tests.

Er machte kehrt und lief die Treppe fast so schnell wieder hinauf wie er sie heruntergestiegen war, rief ein Taxi, das an der Bowery vor einer Ampel angehalten hatte und war kaum fünf Minuten später wieder in der Gerichtsmedizin.

»Ich möchte auf einen Leichnam Anspruch erheben«, sagte er zu der Frau am Empfang. »Den Leichnam meines Sohnes.«

Nicht das leiseste Zeichen von Mitgefühl oder auch nur Interesse zeigte sich im Gesicht der Frau. Wortlos schob sie ihm ein Formular über den Tresen zu.

Keith füllte es aus, drehte es um und schob es zurück.

Die Frau musterte es und blickte dann stirnrunzelnd wieder auf. »Es geht um den Fall Converse?«, fragte sie. »Jeff Converse?«

Keith nickte. »Gibt es ein Problem? Ich möchte nur, dass sein Leichnam in ein Beerdigungsinstitut überführt wird, sobald Sie hier alles erledigt haben.«

Die Frau wandte sich ihrem Computer zu, tippte auf ein paar Tasten und runzelte die Stirn noch mehr. »Er ist leider nicht mehr hier.«

»Nicht hier?«, entgegnete Keith. Ihm wurde schwindlig. Was ging da vor? Wie war es möglich, dass der Leichnam nicht hier war? Aber die Frau erklärte es ihm bereits.

»Er wurde gestern Nachmittag freigegeben«, sagte sie.

»Freigegeben?« wiederholte Keith. »Was soll das heißen, freigegeben?«

Die Frau blickte kein einziges Mal von ihrem Bildschirm auf. »An eine Mary Converse.«

Verärgert kniff Keith die Augen zusammen. »Wie konnten Sie das tun? Ich bin sein Vater, um Himmels willen. Wieso hat man mich nicht angerufen?«

Die Frau zuckte hilflos mit den Schultern. »In unseren Unterlagen ist Mrs. Converse als nächste Verwandte angeführt. Entweder sie – oder ein gewisser Keith Converse.« Sie sah ihn fast desinteressiert an. »Das sind vermutlich Sie?«

»Richtig geraten«, erwiderte Keith unwirsch. »Und Sie tun gut daran, mir sofort denjenigen zu holen, der das genehmigt hat.« Der Gesichtsausdruck der Frau verhärtete sich, und Keith erkannte seinen Fehler. »Hören Sie«, sagte er und versuchte, sie zu beschwichtigen. »Ich habe es wirklich nicht so gemeint, wie es sich angehört hat. Aber er war mein Sohn! Es kommt mir wie …«

Die Frau schien ein wenig besänftigt. »Es tut mir Leid«, sagte sie, »doch unsere Untersuchungen waren abgeschlossen. Wenn Sie wollen, kann ich Ihnen sagen, wohin der Leichnam geschickt wurde.« Bevor Keith antworten konnte, flogen ihre flinken Finger noch einmal über die Tastatur. »Ah, hier hab ich es.« Sie notierte die Adresse auf eine Karte und schob sie über den Tresen. »Vogler's«, sagte sie. »Oben auf der Sixth Street, in der Nähe der Fifth, glaub ich. Sie haben den Leichnam um … lassen sie mich sehen – ja, hier haben wir's. Um siebzehn Uhr dreiundzwanzig abgeholt.«

Sie lächelte strahlend, als könne es ihn irgendwie trösten, dass sie ihm die genaue Minute sagen konnte, zu der der Leichnam die Gerichtsmedizin verlassen hatte.

Keith war jedoch schon an der Tür und wählte, wieder im Freien, sofort Marys Nummer.

»Was zum Teufel hast du gemacht?«, fragte er. »Würdest du mir zum Teufel sagen, was da vorgeht?«

Mary, die verstand, was geschehen sein musste, seufzte schwer. »Wahrscheinlich hätte ich dich anrufen sollen, aber ich wollte ganz einfach einen neuen Streit vermeiden. Und da ich weiß, was du empfindest – was du denkst …« Sie verstummte für einen Moment und fuhr dann fort: »Habe ich beschlossen, mich selbst darum zu kümmern.« Ihre Stimme nahm den leicht überheblichen Unterton an, der – wie er wusste – bedeutete, dass sie sich jetzt in den Mantel ihrer Religion hüllen würde – Schutz und undurchdringlicher Schild zugleich. »Er war *mein* Sohn, und egal, was er getan hat, ich fühle mich ihm verpflichtet. Nächste Woche findet in St. Barnabas ein Gedenkgottesdienst statt.«

Keith runzelte die Stirn. »Ein Gedenkgottesdienst?« Was redete sie da? Warum gab es keine Beerdigung, wenn sie überzeugt war, dass es sich bei dem Toten um Jeff handelte? Sie beantwortete diese Frage, bevor er sie stellen konnte.

»Ich war der Meinung, dass eine Beerdigung zu schwer wäre – zu schwer für alle. Und nun, da er nicht mehr da ist …«

Keiths Zorn schwoll an, als ihre Stimme erstarb. Aber obwohl sie es nicht selbst tun würde, hatte er keine Schwierigkeiten, ihren Gedanken zu Ende zu denken: *Nun, da er nicht mehr da ist, muss ich mich nicht mehr um ihn kümmern.* »Wo ist der Leichnam?« fragte er. »Noch bei Vogler's?«

Wieder antwortete sie nicht sofort; bis sie schließlich sagte: »Es gibt keinen Leichnam, Keith.« Ihr Stimme brach. »Ich – ich habe ihn einäschern lassen. Nach allem, was geschehen ist, konnte ich den Gedanken einfach nicht ertragen, dass – nun ja …« Wieder ein kurzes Schweigen, ehe sie fortfuhr: »Es schien mir einfach am besten so, das ist alles.«

Aber Keith hörte nicht mehr zu.

Eingeäschert.

Den Leichnam – wer immer es war – gab es nicht mehr, und damit war jede Möglichkeit verschwunden, zu beweisen, ob es sich um Jeff gehandelt hatte oder nicht.

Also waren die Worte des Trunkenbolds alles, was er noch hatte.

Und eine U-Bahnstation.

Er fragte sich, ob er einfach nach Hause gehen und versuchen sollte zu tun, was Mary wollte – versuchen sollte zu akzeptieren, was geschehen war. Zögernd machte er sich auf den Weg zu dem Parkhaus, in dem er den Wagen abgestellt hatte. Doch anstatt dort hineinzugehen, ging er weiter.

Ging weiter, bis er wieder bei der U-Bahnstation in der Delancey Street war.

13. Kapitel

Um neunzehn Uhr war Eve Harris mit ihrer Arbeit vier Stunden im Rückstand. Was nicht überraschend war, wenn man bedachte, dass sie es geschafft hatte, zwei Komiteesitzungen in den Tag hineinzuquetschen; außerdem einen Lunch mit dem Bürgermeister einzunehmen und einen sorgfältig geplanten, aber scheinbar rein zufälligen Besuch bei Perry Randall zu absolvieren – bei dem es ihr gelungen war, ihm den Scheck abzuluchsen, den er ihr am Abend vorher versprochen hatte. Im Augenblick beendete sie ein Treffen in der Delancey Street, im Montrose House, wo sie Perry Randalls Scheck mit größtem Vergnügen selbst abgeliefert hatte.

»Hast du übrigens schon von Al Kelly gehört?«, fragte Sheila Hay, als Eve in den Mantel schlüpfte. Die Stadträtin hob fragend die Brauen, und Sheila strich sich unbewusst eine Strähne ihrer vorzeitig ergrauten Haare aus der Stirn, nahm die Brille ab und ließ sie, wie am Ende jeder Zusammenkunft, an ihrer Kette auf den üppigen Busen fallen. »Louise und Harry haben ihn heute Morgen in einer Seitengasse gefunden.«

Die Worte hingen in der Luft: *»Haben ihn gefunden.«*

Nicht *»haben seine Leiche gefunden«* oder auch nur *»haben ihn tot aufgefunden«*.

Einfach *»haben ihn gefunden«*.

Alles andere wurde als selbstverständlich vorausgesetzt.

In was für einer Welt leben wir eigentlich?, fragte sich Eve. Was für eine Welt ist das, in der wir als selbstverständlich voraussetzen, dass jemand, der gefunden wird, zwangsläufig tot ist? Doch sie wusste, was für eine Welt es war – die Welt, mit der sie es ihr Leben lang zu tun gehabt hatte. »Haben sie auch gesagt, was ihm passiert ist?«, fragte sie.

Sheila schüttelte den Kopf, resigniert und traurig zugleich. »Du weißt doch, wie so was läuft – wer fragt schon danach, wenn keiner da ist, der Theater macht.«

Wieder wusste Eve haargenau, was gemeint war, ohne dass es ausgesprochen werden musste. »Hat die Polizei sich ihn überhaupt angesehen?«

Sheila verdrehte die Augen. »Klar, das ist doch ihr Job, oder? Und ich wette, ich kann dir auch genau sagen, was in ihrem Bericht steht – ›Täter unbekannt‹. Es wird außerdem genug Blabla drinstehen, damit es wie'n richtiger Bericht aussieht, und damit hat sich's.« Sie sah Eve mit einer großen Trauer im Blick an. »Wer könnte auch behaupten, dass sie sich irren – wahrscheinlich *war* es irgendein Junkie, der Geld gesucht hat, und wie viele Tausende davon haben wir? Als ob Al Geld gehabt hätte! Er hatte nicht mal ein Loch, in dem er wohnen konnte, um Himmels willen.«

»Louise und Harry haben nichts gesehen?«

Sheila zuckte mit den Schultern. »Ach, komm schon, Eve. Du weißt doch, wie sie sind – selbst wenn sie es gesehen hätten, würden sie's der Polizei nicht sagen. Oder mir. Und auch nicht dir. Sie trauen uns nicht.«

»Gibt es einen Grund, warum sie uns trauen sollten?«, fragte Eve, sah dann den Schmerz in Sheilas Augen und milderte ihre Worte hastig ab. »Ich meine nicht dich, Sheila. Aber du weißt doch, wie es ist ... Ich meine, sie leben wie die Tiere, und alles, was sie jemals zu hören kriegen, sind Versprechungen. Nichts ändert sich wirklich. Diese Ärmsten ...« Sie unterbrach sich hastig. »Wozu erzähl ich dir das? Du weißt es genauso gut wie ich.«

Nachdem sie sich von Sheila verabschiedet hatte, überlegte sie, ob sie ins Büro zurückfahren sollte, entschied sich dann jedoch dagegen. Die Nachrichten, die sie dort vorfinden würde, konnten auch noch bis morgen warten, und die beiden Berichte, die sie bis morgen früh lesen musste – einer, in dem es um das soziale

Wohnbauprogramm ging, und der andere über die Mängel in den bereits vorhandenen sozialen Wohnbauten –, lagen bereits in ihrer stets präsenten Ledertasche, die sie an einem Schulterriemen trug. Zwar musste sie die Akten nicht erst lesen, um zu wissen, was drinstand, da sie ziemlich sicher war, dass beide Berichte mehr Lobbyisten-Geschwätz als Tatsachen enthielten. Sie hatte sogar erwogen, sie ungelesen auf ihrem Schreibtisch liegen zu lassen, doch schließlich war sie der Stimme ihres Gewissens gefolgt, also hatte sie die dicken Ordner in die Tasche gestopft.

Zwei Minuten später lief sie die Treppe zur U-Bahnstation hinunter und sah sich, als sie das Drehkreuz passierte, kaum um. Obwohl die Rushhour vorüber war, warteten noch immer ein paar Dutzend Leute auf Züge, und Eve ging bis zum anderen Ende des Bahnsteigs, wo sich die Menschen nicht so drängten. Dann griff sie in ihre Tasche und zog einen der beiden Ordner heraus. Sie wollte eben anfangen ihn durchzublättern, als sie ein Stück weiter weg eine eindringliche Stimme hörte.

»Ich frage nur, ob Sie gestern Morgen hier waren!« Es klang schrill, beinahe zornig. »Kurz nach fünf.«

»Und warum interessiert dich das?«, sagte eine andere Stimme, die noch zorniger klang als die erste. »Ich kann überall sein, wo ich will.«

Eve blickte von ihrem Bericht auf und sah zwei Männer. Einer von ihnen, ein Schwarzer, etwa zwischen vierzig und sechzig, trug die »Uniform« der Obdachlosen: mehrere Schichten unförmiger Kleidungsstücke, alle fadenscheinig, keins davon sauber.

Der andere – der, den sie zuerst gehört hatte – sah aus, als sei er von außerhalb, obwohl Eve nicht genau hätte sagen können, warum sie das dachte. Da war nur etwas an seiner Khakihose, seinem Jeanshemd und seinen Arbeitsstiefeln – oder vielleicht auch an der Selbstverständlichkeit, mit der er sie trug –, was ihr verriet, dass er nicht in der City lebte. Und trotzdem glaubte sie, ihn von irgendwoher zu kennen.

»Ich habe nicht gesagt, Sie hätten nicht das Recht gehabt, hier zu sein«, hörte sie den Mann von außerhalb sagen. »Ich frage nur …«

»Du hast kein Recht!«, fiel ihm der andere mit lauter werdender Stimme ins Wort.

Eve schob den Ordner wieder in die Tasche und ging auf die beiden Männer zu. »Kann ich helfen?«, fragte sie.

Der Schwarze fuhr herum, seine Augen glühten, aber das Feuer erstarb schnell und wurde durch einen Ausdruck der Unsicherheit ersetzt. »Ich hab das Recht, hier zu sein«, sagte er. »Es ist ein öffentlicher Ort, richtig? Also hab ich das Recht, hier zu sein.«

»Natürlich hast du das«, sagte Eve beschwichtigend. »Du hast das gleiche Recht wie alle anderen.«

»Siehste?«, sagte der Schwarze und drehte sich wieder zu dem anderen um. »Ich hab dir gesagt, ich hab das Recht.«

»Ich behaupte doch gar nicht, dass Sie es nicht haben«, sagte der Mann hartnäckig. »Ich bitte Sie nur, sich ein Foto anzusehen.« Er hielt dem Schwarzen die Brieftasche hin, und Eve warf einen Blick auf die Fotografie.

Plötzlich wusste sie, woher sie den Mann kannte. Sie hatte ihn vorgestern in den Nachrichten gesehen, als man über das Urteil gegen Jeff Converse berichtet hatte.

»Sie sind sein Vater«, sagte sie. »Sie sind der Vater von Jeff Converse.«

Keith hob die Brauen. »Sie kennen meinen Sohn?«

»Ich weiß, dass er fast ein Mädchen umgebracht hätte, und weiß, dass er dafür nur ein Jahr Gefängnis bekommen hat.« Doch dann änderte sich Eves Stimme, wurde sanfter. »Und ich habe gehört, dass er gestern bei einem Unfall ums Leben kam.« Sie zögerte, sagte dann: »Das alles muss sehr schwer für Sie gewesen sein.«

Keith kniff die Augen zusammen. »Was wirklich schwierig ist ...« Er unterbrach sich, als ihm klar wurde, dass er mit einer ihm völlig Fremden redete. »Es gibt da nur so viel, was ich nicht begreife, das ist alles.«

Eve runzelte die Stirn. »Ich bin nicht sicher, ob ich verstehe, was Sie da sagen.«

»Ich fürchte, ich weiß es ebenso wenig«, entgegnete Keith grimmig. »Aber etwas, das ich schnell herausfinde, ist klar – bisher gibt es in dieser Stadt außer mir keine verdammte Person, die interessiert daran ist, ob es wirklich mein Sohn war, der gestern früh sterben musste.«

Hatte Heather Randall nicht behauptet, Jeff Converse könne

das Verbrechen nicht begangen haben, für das er verurteilt worden war? Spontan entschied Eve, dass die Berichte in ihrer Tasche warten mussten, und streckte die Hand aus. »Ich bin Eve Harris«, sagte sie. »Vielleicht sollten wir uns mal unterhalten.«

Obwohl er wusste, dass er geschlafen hatte – er vermutete, dass es mehrere Stunden gewesen sein mussten –, war Jeff so müde, als sei er tagelang wach gewesen. Die feuchte Kälte der Betonwände und des Fußbodens des unterirdischen Gelasses war ihm in jeden Knochen gedrungen, und sein Gehirn schien von verwirrendem Nebel umlagert.

Ein Grund dafür war die einfache Tatsache, dass er keine Ahnung mehr hatte, wie spät es war. Es war so lange her, seit man ihm erlaubt hatte, eine Uhr zu tragen, dass er sie jetzt gar nicht mehr vermisste – tatsächlich hatte er im Gefängnis auch keine Uhr gebraucht. Was hatte es für einen Sinn, eine Uhr zu tragen, wenn alles, was geschah, nach dem Stundenplan irgendeiner Institution ablief und es nicht wichtig war, ob man die Zeit im Auge behielt oder nicht.

Jemand sagte einem, wann man aufzustehen hatte.

Jemand sagte einem, wann man zu essen hatte.

Jemand sagte einem, wohin man gehen musste, und sorgte dafür, dass man dort ankam.

Jemand sagte einem sogar, wann man schlafen musste, vorausgesetzt, man konnte im Gefängnis überhaupt schlafen.

Aber seit er in diesem fensterlosen Raum eingeschlossen war, gab es nichts, wonach man die Zeit bestimmen konnte, außer dass gelegentlich der Mann erschien, dem er – und das war ein großer Fehler gewesen – in den U-Bahntunnel gefolgt war und der offenbar Scratch hieß. Auch wenn das Licht brannte, wie vor kurzem, war ihm jedes Gefühl für Zeit abhanden gekommen.

Ab und zu wurde etwas zu essen gebracht, immer in Form der gleichen eintopfähnlichen Pampe, die man ihm und Jagger am ersten Tag vorgesetzt hatte. Meistens wurde Scratch von zwei Männern begleitet, wenn er das Essen brachte, und das letzte Mal hatte Jeff einen von ihnen gefragt, wie viel Uhr es sei.

»Tieren ist es egal, wie spät es ist«, antwortete der Mann.

»Ich bin kein Tier«, entgegnete Jeff. »Ich bin ein Mensch.«

Der Mann kicherte – es klang tief und hohl und eher drohend als erheitert. »Das denkst du!«

Die Tür wurde wieder geschlossen, der Riegel vorgeschoben, und er und Jagger hockten sich nieder, um gemeinsam die Schüssel des nach Wild schmeckenden Eintopfs hinunterzuwürgen.

Nachdem sie gegessen hatten – vielleicht eine Stunde oder auch zwei Stunden später –, war er eingeschlafen.

Jetzt war er wieder wach, der ganze Körper tat ihm weh und sein Hirn war benebelt.

Und jemand beobachtete ihn.

Jagger.

Als es das erste Mal passiert war, hatte der große Mann, als Jeff aufwachte, vor ihm auf dem Boden gekauert und hatte sich langsam hin und her gewiegt, während er ihm starr in die Augen sah.

Hatte sich gewiegt und etwas gesummt, das fast wie ein Wiegenlied klang.

Jeff hatte sich weggerollt, rasch aufgesetzt und automatisch die Beine an die Brust gezogen.

Jagger hatte die Augen zusammengekniffen. »Was is los?«, hatte er gefragt. »Haste Angst vor mir?«

Jeff hatte gezögert und dann, obwohl er Angst hatte, den Kopf geschüttelt. Tatsächlich musste er sich überwinden, nicht noch weiter wegzurutschen, als Jaggers kalte blaue Augen sich weiterhin in die seinen bohrten.

Jagger schaute in die gegenüberliegende Ecke und sagte: »Da hat 'ne Ratte rumgeschnuppert – dachte mir, du hätt'st es nich so gern, wenn sie über dich spaziern tät.«

Jeff bekam Gänsehaut, wenn er nur daran dachte, und die Angst, die ihn bei dem durchdringenden Blick des anderen überkommen hatte, wich ein wenig. »Danke«, sagte er. »Schätze, ich bin einfach nervös.«

Jetzt hörte Jeff wieder das Wiegenlied, und selbst mit geschlossenen Augen fühlte er, dass Jagger ihn beobachtete.

Dann hörte er, noch bevor er sich wegrollen konnte, dass der Türriegel zurückgeschoben wurde. Jaggers seltsame Melodie verstummte.

Einen Augenblick später ging die Tür auf.

Scratch kam herein, gefolgt von zwei anderen Männern, beide ähnlich gekleidet wie Scratch, der eine ausgefranste, verdreckte Hose, ein zerrissenes Hemd und ein so fleckiges und schmieriges Jackett trug, dass man die Farbe nicht mehr erkannte.

Einer der Männer hatte sich einen schmutzigen Wollschal um den Hals geschlungen, der andere trug eine Strumpfmütze mit so vielen Löchern, dass große Büschel seiner verfilzten Haare herausschauten.

»Tja, ich schätze, es is Zeit«, sagte Scratch gedehnt. »Seid ihr so weit?«

Jeff und Jagger sahen sich an und wandten sich dann misstrauisch Scratch zu. »So weit – wozu?«, fragte Jeff endlich.

Scratch verzog die Lippen zu einem schiefen Lächeln. »Für das Spiel.« Als weder Jeff noch Jagger etwas sagte, schnippte Scratch mit den Fingern, und einer der beiden Männer warf ein Bündel in Richtung der Matratze.

Jagger fing es in der Luft auf, bevor es landete.

»Gute Reflexe«, stellte Scratch fest. »Das wird ihnen gefallen.«

Als Jagger das Bündel aufzureißen begann, sagte Scratch. »Mehr bekommt ihr nicht. Und vergesst nicht die Spielregeln. Schafft ihr's an die Oberfläche, habt ihr gewonnen. Wenn nicht, verliert ihr.«

Misstrauisch kniff Jeff die Augen zusammen. »Wie kann ich gewinnen? Die Polizei wird mich suchen.«

Scratch schüttelte den Kopf. »Wird sie nicht – soweit es sie betrifft, bist du tot.« Er warf Jagger einen Blick zu. »Beide seid ihr tot. Wenn ihr also rauskommen solltet, wird euch niemand suchen, keinen von euch.« Sein kaltes Lächeln verwandelte sich in ein spöttisches Grinsen. »*Wenn* ihr rauskommt.« Er zeigte mit dem Daumen auf den dritten Mann, der einen Schritt nach vorn machte und die rechte Hand aus der Tasche zog.

In der Hand hielt er eine schwere Pistole.

»Das ist eine Fünfundvierziger«, erklärte Scratch. »Und Billy ist ein richtig guter Schütze. Seht es also als Versteckspiel, okay? Wenn wir weg sind, zählt ihr ganz, ganz langsam bis hundert. Bei hundert seid ihr dann allein. Aber wenn ihr zu früh durch diese

Tür kommt, wird es Billy ein Vergnügen sein, euch ein paar Löcher in den Pelz zu brennen.«

Einige Sekunden später waren sie gegangen, doch obwohl sie die Tür hinter sich zumachten, schoben sie nicht den Riegel vor. Jeff ging zur Tür und presste das Ohr dagegen, während Jagger fortfuhr, das Bündel aufzureißen. Alles, was er fand, waren zwei Taschenlampen und Kleidung für zwei, die genauso zerlumpt, aber noch dreckiger war als die, die Scratch und die beiden anderen getragen hatten. Jeff wurde von dem Gestank übel, den die Sachen verbreiteten, doch Jagger war schon dabei, seinen orangefarbenen Overall auszuziehen. Er warf ihn in eine Ecke, suchte sich die größte Hose aus dem Bündel aus, zog sie an und schob den Rest des Bündels mit einem Fußtritt Jeff zu. »Egal wie sehr das Zeug stinkt«, sagte er. »Es is nich orange, und es steht nich Rikers Island drauf.« Er zog die übrigen dreckigen Sachen an, griff nach einer Taschenlampe und ging zur Tür.

»Woher weißt du, dass sie nicht auf dich schießen werden, sobald du rauskommst?«

»Kann auch nich schlimmer sein als hier zu sitzen und sich zu fragen, was passiern wird«, antwortete Jagger. Er öffnete die Tür, zögerte einen Moment und trat dann in die Dunkelheit hinaus.

Nichts geschah.

»Kommste?«, fragte er. »Weil ich warte nich.«

Hastig entledigte Jeff sich seiner Gefängniskleidung und zog die Sachen an, die noch auf dem Boden lagen. Dann hob er die Taschenlampe auf. Er wollte sie einschalten, überlegte es sich dann aber anders. Wenn die Batterien der einen verbraucht waren, wäre es gut, wenn die andere noch funktionierte.

Er ging durch die Tür und spähte in die Dunkelheit, die sich nach beiden Seiten erstreckte. »Wohin?«, fragte er.

»Hinauf«, antwortete Jagger. »Bloß wir haben keine Leiter.«

Irgendwo in der Dunkelheit zur Rechten hörten sie etwas.

Es klang wie ein Schuss, dem ein Schrei folgte.

»Schaun wir, dass wir hier rauskommen, verdammt«, sagte Jagger. Ohne auf Antwort zu warten, entfernte er sich schnell nach links, hinein in die Dunkelheit. Einen Augenblick später, bevor Jagger ganz verschwunden war, folgte ihm Jeff.

14. Kapitel

Keith und Eve Harris saßen in einer Kneipe – Mike's oder Jimmy's oder so ähnlich – an einem kleinen Tisch, auf dem ein rot kariertes Tischtuch lag. Ein echtes Leinentischtuch mit den entsprechenden Flecken, die das bewiesen. Jeder Tisch in dem winzigen Lokal war besetzt, und die Leute standen in Dreierreihen an der Bar, die sich über die ganze Wand einer Längsseite erstreckte. Vorhänge nahmen zum Teil die Sicht auf den Gehsteig draußen, sodass man den Eindruck hatte, ein stetiger Strom körperloser Köpfe ziehe vorbei. Das Stimmengemurmel war so laut, dass Keith sich anstrengen musste, um Eve Harris zu verstehen, doch derselbe Lärmpegel war auch willkommene Geräuschkulisse, die sie abschirmte und die sie in einem ruhigeren Restaurant nicht gehabt hätten.

Keiths Blicke waren in den fünf Minuten, seit sie ihn in die Kneipe geführt, ein Glas Rotwein für sich, einen Scotch on the Rocks für ihn bestellt und ihm ihre Karte gegeben hatte, wenigstens ein Dutzend Mal zwischen Frau und Visitenkarte hin und her geflitzt. »Ist das echt?«, hatte er gefragt, nachdem er den Titel unter dem Namen gelesen hatte.

»Es ist echt«, hatte der Kellner eingeworfen. »Schön, Sie wiederzusehen, Ms. Harris.«

»Schön, Sie wiederzusehen, Justin. Alles in Ordnung?«

»Ich arbeite noch, nicht wahr?«, erwiderte der Kellner und

wandte sich dann an Keith. »Ohne Ms. Harris wäre ich jetzt wahrscheinlich schon tot. Sie können sich nicht einmal vorstellen, wie ich gelebt habe, bevor ich sie kannte. Die Getränke kommen in einer Minute.«

Genau eine Minute hatte es gedauert, und in dieser Minute hatte Eve Harris Keith erzählt, sie habe für den Kellner nicht viel getan – habe ihn nur getroffen, als er auf dem Foley Square bettelte und ihn schließlich, nachdem sie fast einen Monat lang öfters mit ihm geredet habe, gefragt, was er mit seinem Leben anfangen wolle. »Er sagte, er wolle endlich einmal wieder richtig sauber sein und einen richtigen Job finden. Also habe ich ihn zum Einkaufen mitgenommen. Wir haben ihm neue Kleidung gekauft und die Haare schneiden lassen. Dann habe ich ihn zu Jimmy geschickt, und seither arbeitet er.« Justin erschien mit den Drinks, und Eve Harris grinste ihn spitzbübisch an. »Wenn er Mist baut, wird er natürlich der beste Kellner sein, der jemals in einer Kiste auf dem Foley Square lebte.«

»Keine Sorge, ich baue keinen Mist«, versicherte Justin ihr, ebenfalls grinsend.

Als sie jetzt wieder allein waren, sagte Keith: »Ich verstehe nicht, warum Sie sich dafür interessieren.« Er spürte, dass Eve Harris ihn, bevor sie antwortete, genauso aufmerksam studierte wie er es getan hatte.

Sie trank einen Schluck von ihrem Rotwein, schien zu einem Entschluss zu kommen und beugte sich dann auf ihrem Stuhl vor. »Ich weiß, wer Ihr Sohn ist, was er getan hat und was ihm zugestoßen ist«, sagte sie. »Ich weiß auch, dass Perry Randalls Tochter ihn für unschuldig hält und ihn heiraten wollte. Was ich nicht begreife, ist, was Sie in der U-Bahnstation wollten, als Sie die Leute fragten, ob sie Ihren Sohn gesehen hätten. Er ist doch tot, nicht wahr?«

So knapp er konnte berichtete er, was er im Gerichtsmedizinischen Institut gesehen und was der Trunkenbold auf der Bowery ihm erzählt hatte.

»Und Sie haben ihm geglaubt?«, fragte Eve.

»Warum sollte ich nicht?«, fragte Keith, fast aufbrausend.

Traurig schüttelte sie den Kopf. »Mr. Converse, in dieser Stadt leben im Wesentlichen drei verschiedene Typen auf der Straße: die Süchtigen, die Verrückten und die Unbehausten.« Sie lächelte ein wenig, als sie den ratlosen Ausdruck auf Keiths Gesicht sah. »›Unbehauste‹ ist *ihr* Ausdruck, nicht der meine. Einige dieser Leute betrachten die Straßen als ihr Heim, also sind sie ihrer Meinung nach nicht obdachlos. Unbehaust, aber nicht obdachlos. Viele dieser Gruppen überschneiden sich natürlich – die meisten Süchtigen und Verrückten sind obdachlos, aber nicht alle Obdachlosen sind verrückt oder süchtig.« Sie wies mit dem Kopf auf Justin, der eifrig auf einem frei gewordenen Tisch herumwischte. »Viele dieser Obdachlosen brauchen einfach nur eine Chance. Aber ein paar der Übrigen …« Sie breitete mit einer hilflosen Geste die Hände aus. »Ich wünschte, ich könnte sagen, sie hätten ganz einfach Pech, aber ich habe zu lange hier gelebt und viel zu viel gesehen. Und ich habe gelernt, dass die Süchtigen Ihnen alles erzählen würden, von dem sie glauben, damit könnten sie ein bisschen Geld lockermachen.« Sie fixierte ihn mit einem Blick, der ihm verriet, dass sie es wissen würde, wenn er nicht die Wahrheit sagte. »Also, wie viel haben Sie ihm gegeben?«

Keith kam sich absolut idiotisch vor. »Fünf Dollar«, gab er zu.

»Sagen Sie mir, wie er ausgesehen hat. Und genau – schäbige Kleidung und graues Haar wird nicht genügen. So sieht die Hälfte der Penner aus, die ich kenne.«

Keith rief sich sein Gespräch mit dem betrunkenen Penner ins Gedächtnis und beschrieb alles, woran er sich erinnerte. Als er geendet hatte, nickte Eve Harris grimmig.

»Al Kelly.« Sie seufzte. »Wenigstens weiß ich jetzt, was mit ihm geschehen ist.« Sie holte tief Atem. »Mr. Converse, lassen Sie sich von mir ein paar Dinge über diese Stadt erzählen …« Sie sprach ruhig, und als sie fertig war, umklammerte Keith mit beiden Händen sein inzwischen leeres Glas.

»Sie meinen, es sei meine Schuld, dass Al Kelly gestorben ist?«, fragte er und signalisierte Justin, er solle ihm nachschenken. »Sie meinen, er wäre noch am Leben, wenn ich ihm nicht die fünf Dollar gegeben hätte?«

Eve zuckte mit den Schultern. »Vielleicht, vielleicht auch nicht. Aber man sollte Süchtigen kein Geld geben. Trinker und Junkies –

sie sind alle gleich. Sie lügen, betrügen und stehlen, um zu kriegen, was sie wollen. Und es klingt, als hätten Sie sich Als Lüge für fünf Dollar erkauft. Ein paar andere Leute sehen, wie das Geld den Besitzer wechselt, und ein paar Minuten später ist Al tot. Zählen Sie eins und eins zusammen.«

Jetzt verfiel Keith in ein langes Schweigen. Vor dem Fenster wurde es allmählich dunkel, und ein kalt aussehender Regen fiel. Die Bar selbst war jetzt so überfüllt, dass der Kellner mit dem Drink für Keith kaum durchkam. Keith stellte sich wieder den Bahnsteig der U-Bahn vor und erinnerte sich an das Dröhnen der Züge, die den ganzen langen Nachmittag alle paar Minuten die Station passierten, während er Jeffs Foto allen möglichen Leuten unter die Nase gehalten hatte. Die meisten – die gut Gekleideten, die etwas vorhatten – warfen kaum einen Blick auf das Foto. Sie kehrten ihm den Rücken zu und lehnten es ab, seine Existenz überhaupt wahrzunehmen.

Nur die Penner – die zerlumpten Männer und Frauen, die nichts Besseres zu tun hatten – waren bereit gewesen, mit ihm zu sprechen.

Und jetzt erklärte ihm Eve Harris, dass die meisten logen und es mit der Wahrheit alles andere als genau nahmen.

Wie Al Kelly, der bestimmt gelogen hatte. Und wegen ein paar lausiger Dollar umgebracht worden war.

Und selbst wenn Al Kelly nicht gelogen hätte, wie sollte er Jeff finden? Wenn sein Sohn es bis in die U-Bahnstation geschafft hatte, konnte er irgendeinen Zug bestiegen haben und sonst wohin gefahren sein.

Vielleicht hatte Eve Harris Recht – vielleicht sollte er aufgeben und nach Hause fahren. Dann fiel ihm jedoch ein, dass es noch eine Möglichkeit gab. »Kennen Sie viele?«, fragte er. »Leute von der Straße?«

»Jeder in der Stadt kennt sie«, antwortete Eve. »Ich nehme mir nur die Zeit, mit einigen zu sprechen.« Sie lächelte ironisch. »Ich denke, sie halten mich irgendwie für ihre Stimme im Stadtrat – der Himmel weiß, dass sie keine andere haben, und kein anderer wird es tun, wenn ich nicht für sie eintrete.«

»Haben Sie irgendwann mal jemand namens Scratch getroffen?«

Eve schüttelte den Kopf. »Glaub nicht. Wer ist das?«

»Der Mann, der laut Al Kelly meinen Sohn zur U-Bahn runtergebracht hat.«

»Ich glaube, es gibt ihn ebenso wenig wie alles andere, das Al Kelly angeblich gesehen hat.« Sie warf einen Blick auf ihre Uhr, trank ihren Rotwein aus und stand auf. »Ich weiß nicht, ob Ihr Sohn schuldig war oder nicht, aber ich glaube zu verstehen, wie sehr Sie jetzt leiden. Also werde ich mich deshalb mit ein paar Leuten unterhalten, und vielleicht finden wir jemand, der etwas von diesem ›Scratch‹ gehört hat. Rufen Sie mich morgen an?«

Keith stand auf. »Heißt das, dass Sie mir glauben? Dass Jeff noch am Leben sein könnte?«

»Es kommt nicht darauf an, was ich glaube«, sagte Eve. »Aber Sie leiden an dem, was Sie glauben. Und Sie werden erst aufhören zu leiden, wenn Sie Gewissheit haben.«

Und damit ging sie.

Keiner der Männer sprach; das brauchten sie auch nicht.

Sie wussten alle, warum sie da waren, was sie zu tun hatten und was sie tun würden …

Stumm entledigten sie sich der Kleidung, die sie getragen hatten, als sie kamen, und begannen genauso stumm die Sachen anzuziehen, die sie während des abendlichen Abenteuers tragen würden. Zuerst die Socken und die Handschuhe. Die Socken waren dick, um ihre Füße in den dünnen, biegsamen Schuhen warm zu halten, die sie tragen mussten. Die Handschuhe waren dünn, damit ihre Finger so beweglich wie möglich blieben.

Socken und Handschuhe waren schwarz.

Als nächstes kamen die isolierten, mit Kevlar gefütterten Nylonoveralls, die die Männer nicht nur gegen die Kälte schützen sollten.

Dann die Schuhe und die Schimasken, genauso schwarz wie die Socken und die Handschuhe und die Overalls.

Erst als sie ganz angezogen waren, als jeder Zoll ihrer Haut von mattem, stumpf schwarzem Material bedeckt war, begannen sie sich zu bewaffnen.

Jeder trug ein Messer, das am Unterschenkel befestigt wurde, wo man es, wenn man sich bückte, leicht erreichen konnte.

Die meisten Schusswaffen waren Steyr Mannlicher, SSG-PI Modelle; wegen ihrer Genauigkeit, ihres kurzen Laufs und der Möglichkeit geschätzt, entweder eine Mündungsfeuerbremse oder einen Schalldämpfer aufzusetzen. Ausgerüstet mit der zweiten Generation der Zielfernrohre, die bei jedem Licht klare Sicht boten und mit deren Infrarot-Equipment man jedes Ziel anvisieren konnte, wogen die Waffen dennoch kaum zehn Pfund.

Einige Jäger trugen die weit weniger komplizierte, aber genauso wirkungsvolle M-14A1s, die bei den Marines beliebteste Heckenschützen-Waffe.

Zur gegenseitigen Verständigung waren sie mit Ericson-GE-Sprechfunkgeräten ausgerüstet, die sie bisher allerdings nur selten gebraucht hatten.

Nachdem jeder Mann fertig angezogen war, nickte er zum Zeichen seiner Bereitschaft.

Erst dann schloss der Anführer – der nicht anders aussah als die anderen – die schwere Tür in der hinteren Wand auf. Er öffnete sie weit und trat zur Seite. »Ich bin Sperber«, sagte er. Dann flüsterte er jedem Mann, der an ihm vorbeiging, einen Codenamen zu. Heute Abend waren es zufälligerweise lauter Vogelnamen.

»Adler.«

»Falke.«

»Strauß.«

»Weihe.«

»Milan.«

Hinter der schweren Tür, die der Anführer wieder schloss und versperrte, lag ein breiter Tunnel voller Heizungsrohre. Schwaches Licht – kahle Birnen in schweren Metallkäfigen – erhellte alle dreißig Meter den Tunnel, und nicht einmal die Zwischenräume waren ganz dunkel. »Ebene vier, Sektor zwei«, sagte der Anführer. »Zweiergruppen. Adler und Strauß. Falke und Weihe. Milan kommt mit mir.«

Rasch entfernten sich die Männer in nördlicher Richtung, huschten durch die Lichtflecken wie Kakerlaken, die in den Schutz der Dunkelheit flüchteten. Bald wandten sie sich nach Westen, und jetzt wurde der Tunnel enger, die Decke niedriger, die Lichter waren weiter voneinander entfernt. Die Männer jedoch kannten sich in den Tunnels unter den Straßen fast genauso gut aus wie in den Straßen selbst, und sie wurden nicht langsamer, als sie immer tiefer in das Labyrinth vordrangen. Bisher hatten sie es nicht nötig gehabt, miteinander zu sprechen, denn jeder wusste haargenau, wo sie sich befanden. Die echte Herausforderung kam erst in einer halben Stunde, wenn sie zu einer Ebene hinunterstiegen, auf der noch keiner von ihnen gewesen war.

Wenn sie Glück hatten, würde ein Mitglied ihrer Gruppe heute Abend die Trophäe erringen.

Wahrscheinlicher war jedoch, dass es auch heute nur auf eine Erkundung hinauslief, wie gewöhnlich, wenn sie anfingen, ein neues Territorium zu erforschen. Die Teams würden sich trennen, jedes eine Skizze der Gänge erstellen, die sie untersuchten, die Seitengänge und Schächte erkunden und sich mit dem Terrain vertraut machen.

Für viele war die Erkundung genauso befriedigend wie die Erringung der Trophäe, obwohl der Abschuss am Ende immer der ultimative Preis sein würde.

»Also wie, verdammt, sollen wir hier rauskommen?«

Jeff hörte die Furcht hinter Jaggers zornigen Worten – es war die gleiche Furcht, die auch seine Hoffnung erstickt hatte.

Hinauf!

Mehr mussten sie nicht tun – sie mussten nur hinauf an die Oberfläche. Doch als er versuchte, sich zu erinnern, auf welchem Weg er in den schrecklichen Raum gekommen war, als er versuchte, sich der Abzweigungen und Biegungen in den Tunnels unter der Stadt zu entsinnen, gelang es ihm nicht. Er hatte keine Ahnung, wo sie sein mochten – keine Ahnung, wie weit sie von der U-Bahnstation entfernt waren.

Jagger hatte gesagt, sie hätten ihn vom Krankenhaus heruntergebracht, von dem Jeff vermutete, es sei das Bellevue …, aber wer wusste, wie weit man Jagger vielleicht vom Krankenhaus weggebracht hatte?

Überdies hatte er keine Ahnung, wie tief unter der Stadt sie sich befanden.

Da der Schuss – und der Schrei, der ihm sofort gefolgt war – ihnen die Richtung ihrer Flucht vorgegeben hatten, gingen sie geradeaus weiter. Der Tunnel, gerade hoch genug, dass Jeff aufrecht gehen konnte, schien aus natürlichem Fels herausgehauen. Den Boden entlang verliefen Rohre, große Rohre – Hauptwasserleitungen, dessen war Jeff sicher. Er war auch ziemlich sicher, dass sie unter einer der Hauptstraßen nach Norden oder Süden unterwegs sein mussten.

Nicht unter der Park Avenue – die Pendlerzüge von der Grand Central fuhren unter der Park Avenue.

Es sei denn, sie befanden sich südlich der Station. Die Züge in die Vorstädte fuhren alle in nördlicher Richtung, oder? Er zermarterte sich das Hirn, versuchte sich zu erinnern. Aber es gab jeden Tag so viele Züge, die in die City herein- und aus der City hinausfuhren – und nicht nur von der Grand Central, auch von der Pennsylvania Station.

Und die U-Bahnen.

Wie viele gab es?

Dutzende.

Und wie viele Tunnel außer den U-Bahntunnels gab es noch unter der Stadt?

Hunderte.

Er erinnerte sich dunkel an ein Seminar, das er vergangenen Herbst besucht hatte. Es kam ihm wie ein anderes Leben vor – *war in einem anderen Leben gewesen.* Abende mit Heather Randall in seinem winzigen Apartment in der 109th Street westlich vom Broadway.

Ein Leben, das jetzt so weit entfernt war, dass sogar die Erinnerungen jemand anders zu gehören schienen. Doch dann wurde die Erinnerung an das Seminar – ein Semester über urbane Infrastruktur – deutlicher, und er konnte fast die Stimme des Professors hören.

»Niemand weiß mehr so recht, was unter den Straßen von Manhattan ist. Viele Leute kennen Teile davon – es gibt Karten des Wassersystems, Karten der Gas-Hauptleitungen und der U-Bahn-Systeme und des elektrischen Verbundnetzes. Aber es gibt keine Gesamtübersicht.«

Während sie dem Schein der Taschenlampe folgten, der schon schwächer zu werden schien, hatte Jeff versucht, nach oben zu blicken und einen Schacht zu suchen, der sie an die Oberfläche bringen würde.

Jetzt hatten sie einen gefunden. Direkt über seinem Kopf begann ein schmaler Schacht mit einer in bröckelndem Beton verankerten rostigen Leiter.

»Einer von uns muss da hinauf, um zu sehen, wohin der Schacht führt«, sagte er.

Jagger schüttelte den Kopf. »Ich geh nich. Könnt alles Mögliche sein da oben.«

»Was also willst du tun, einfach weitergehen? Früher oder später müssen wir hinauf.«

Jagger spähte in den Einstieg des Schachts. »Schaut nich so aus, als ob er wohin führt.«

»Irgendwohin muss er führen – warum wäre er sonst da?« Er streckte den Arm aus und ergriff die erste Sprosse der Leiter. »Schieb mich an.« Als wiege er nicht mehr als ein Kind, hob Jagger ihn so hoch, dass er den Fuß auf die unterste Sprosse setzen konnte. »Schalte deine Lampe aus«, sagte er, während er seine eigene anknipste. »Hat keinen Sinn, Batterien zu vergeuden.«

»Was is, wennde nich zurückkommst?«, fragte Jagger.

»Ich komme zurück« sagte Jeff. »Glaubst du, ich möchte allein hier unten sein? Bleib hier, und ich bin in ein paar Minuten wieder da.«

Er fing an, die rostige Leiter hinaufzuklettern. Obwohl er wusste, dass er es sich nur einbildete, glaubte er, dass der Schacht immer enger wurde, ihn umklammerte, bis er das Gefühl hatte, nicht mehr atmen zu können. Panik stieg in ihm auf. Wie wenn er auf einmal feststeckte …

Das wird nicht geschehen, sagte er sich.

Doch je höher er stieg, um so schlimmer wurde die Klaustrophobie. Seine Haut war jetzt feuchtkalt, und seine Brust fühlte sich an, als werde sie von einer Boa constrictor umklammert.

Er nahm seinen ganzen Mut gegen die aufsteigende Panik zusammen und kletterte weiter.

Dann spürte er etwas über sich.

Etwas war da, in der Dunkelheit über ihm.

Er richtete den Lichtstrahl nach oben.

Zwei rote Augen funkelten.

Eine Ratte, nur einen knappen Meter entfernt.

Er versuchte zurückzuweichen, sein Körper zuckte unwillkürlich nach hinten. Mit dem Rücken prallte er gegen die Wand des Schachtes und mit einem Knie knallte er gegen eine Sprosse. Die Ratte zischte ihn zähnefletschend an, verschwand plötzlich, und einen Augenblick gab Jeff der Panik nach, die in ihm immer stärker geworden war, seit er begonnen hatte, die Leiter hinaufzuklettern.

Wo war sie verschwunden? Wohin *konnte* sie verschwunden sein?

Herunter! Sie kam zu ihm herunter! Verzweifelt die Taschenlampe schwenkend suchte er die Ratte, doch sie war nicht mehr da. Dann, als seine Panik nachließ, entdeckte er einen oder anderthalb Meter über seinem Kopf einen Seitengang. Die Hoffnung, die von Klaustrophobie und Panik fast erstickt worden war, flackerte wieder auf, und er stieg weiter, bis er den neuen Gang einsehen konnte.

Weit entfernt entdeckte er etwas, das die Angst, die er eben noch gefühlt hatte, fast völlig zerstreute.

Licht. Weit weg, kaum zu sehen, aber ganz deutlich.

Ein Ausweg.

15. Kapitel

»Komm schon, Jinx, du kennst die Regeln. Mach hinne.«

Das Mädchen blickte von der verschmierten Zeitschrift kaum auf, die sie vor kaum zwanzig Minuten aus einer Mülltonne gefischt hatte. »Soll'n das? Hat Mickymaus Angst, ich könnt sie beklauen?« Sie rutschte ein Stückchen weg, als der Polizist näher kam. »He, komm schon, Paulie, hab ich dir schon mal was getan?«

Paul Hagen, der in seiner zwanzigjährigen Laufbahn die meiste Zeit auf dem Times Square Streife gegangen war und jetzt erst anfing, an einen Ruhestand zu denken, der nicht damit begann, dass er angeschossen oder aufgeschlitzt wurde, konnte sich nicht entsinnen, wie viele Jinxes er im Lauf der Jahre gesehen hatte. Und sie hatte Recht – sie hatte ihm nie etwas getan. Und noch vor fünf Jahren hätte er sich wahrscheinlich nicht dazu herabgelassen, mit ihr zu sprechen, es sei denn, er hätte sie mit der Hand in der Tasche eines Touristen erwischt. Doch das war fünf Jahre her, und jetzt war heute, und der Times Square war nicht mehr das, was er einmal gewesen war. In vieler Hinsicht vermisste Paul Hagen die alten Zeiten, in denen der Times Square *Ground zero* für alle war, die sonst nirgendwo in der Stadt überleben konnten, ein Ort, an dem sie sich auf ihre eigene Weise ein Leben einrichten und mit den anderen Losern herumlungern konnten. Hagen hatte es gelernt, diese Betrachtungsweise zu akzeptieren, schon während der ersten beiden Jahre seines Streifendienstes. Es gab zwei

Sorten Mensch auf der Welt: Ordentliche Leute, die ein geregeltes Leben führten, und Penner.

Er war ein ordentlicher Mensch.

Bei Jinx und bei allen, die ohne erkennbare Erwerbstätigkeit, ohne feste Adresse, ohne Vergangenheit und ohne Aussichten auf dem Times Square gestrandet waren, handelte es sich um Penner. So lief es nun einmal in der Welt. Penner lungerten auf dem Times Square herum, und alle wussten es. New York wusste es. Die Touristen wussten es. Was immer man wollte – ob es nun eine bestimmte Menge verbotener Drogen in den Sechzigern war oder eine schnelle *line,* eine Unze Crack in jüngerer Vergangenheit –, auf dem Times Square war es zu haben. Suchte man einen billigen Drink, einen schmutzigen Film oder wollte sich von einer Drag Queen einen blasen lassen – alles da, vierundzwanzig Stunden täglich, sieben Tage die Woche. Sein Job – zumindest wie Hagen ihn sah – war es nicht, dem Einhalt zu gebieten, sondern unter den Dealern eine gewisse Ordnung zu halten. Vielleicht war das meiste in der übrigen Stadt ungesetzlich, aber der Times Square hatte seine eigenen Gesetze.

Die Touristen kamen auf den Times Square, um Dinge zu sehen, die sie daheim nie zu sehen bekamen, und wenn man ihnen das Geld aus der Tasche klaute oder sie eine Geschlechtskrankheit nach Hause brachten – he, so war eben das Leben in der großen Stadt. Die Stadt wusste es, die Touristen wussten es, und alle waren glücklich.

Aber nichts war mehr so wie früher.

Mickymaus kam in die Stadt und verwandelte den Times Square in ein urbanes Disneyland. Alle sagten, es sei wundervoll – die Stadt sicherer denn je. Und Paul Hagen vermutete, dass das stimmte, zumindest für die meisten Leute. Aber was war mit Leuten wie Jinx? Wohin sollte sie jetzt, nachdem man ihm gesagt hatte, er dürfe sie nicht mehr in den Straßen herumlungern lassen? Die Antwort war leicht – niemand scherte sich einen Dreck darum, wohin sie ging, solange sie unsichtbar blieb. Und sein Job, der früher darin bestanden hatte, dafür zu sorgen, dass die Jinxes nicht zu viel Schaden anrichteten, bestand jetzt darin, dafür zu sorgen, dass niemand etwas von ihrer Existenz auch nur ahnte.

Daher musste er, auch wenn er nichts gegen sie hatte, unnachsichtig gegen sie sein. »Komm schon«, sagte er. »Du weißt, was Sache ist.«

Und Jinx wusste es. Sie hatte es nicht gewusst, als sie vor drei Jahren aus Altoona in die Stadt gekommen war. Damals hatte sie nur vom Freund ihrer Mom wegkommen wollen, der entschieden hatte, dass sie, obwohl erst zwölf, viel sexier war als ihre Mutter. Und vielleicht war sie das auch. Ihre Figur war ganz bestimmt besser gewesen als die ihrer Mom, was Elvin – zum Teufel, was war Elvin überhaupt für ein Name – ihr dauernd gesagt hatte, wenn er sie jeden Abend befummelte, nachdem ihre Mom sich bewusstlos getrunken hatte. Also hatte sie Elvin niedergeschlagen, ihm mit einer der leeren Flaschen ihrer Mom eins auf den Schädel gegeben und war abgehauen. An die hundert Meilen war sie mit einem alten Kerl, der seinen Schwanz herausgeholt, aber wenigstens nicht verlangt hatte, dass sie ihn anfasste, per Anhalter gefahren. Bei einer Tankstelle in der Nähe von Milton war sie ihm ausgebüxt und hatte einen Bus genommen, der sie nach New York brachte. Anfangs trieb sie sich auf dem Busbahnhof herum, schlief auf einer Bank und aß beim Imbiss, und es war die Frau hinter dem Tresen gewesen – hatte sie nicht Marge geheißen? –, die Amber Janks ihren Spitznamen verpasst hatte. »Du armes Kind«, sagte sie, nachdem Amber ihr erzählt hatte, warum sie von zu Hause weggelaufen war. »Du hast wirklich den falschen Namen, nicht wahr? Eigentlich solltest du Jinx heißen und nicht Janks.«

Und bei Jinx war es seither geblieben; jetzt dachte sie selbst nicht mehr daran, dass sie eigentlich Amber Janks hieß.

Amber Janks war tot, aber Jinx war sehr lebendig und achtete sehr auf sich.

Sie hatte nicht lange gebraucht, um herauszukriegen, wie. Am Anfang hatten ein paar Männer gesagt, sie wollten für sie sorgen, und Jinx hatte ihnen geglaubt. Zumindest so lange, bis sie versuchten, sie ins Bett zu zerren. »Komm schon, Baby«, hatte Jimmy Ramirez zu ihr gesagt. »Mit *dem* Körper können wir ein Vermögen machen, aber du musst wissen, wie du ihn am besten einsetzt.«

Das hatte ihr schon Elvin erklärt, und Jinx hatte es gehasst. Als Jimmy anfing, ihr die Kleider herunterzureißen, hatte sie gerade lange genug getan, als helfe sie ihm dabei, bis sie das Messer in die Hand bekam, das er in der Tasche trug. Nachdem sie ein paar Tage später hörte, dass Jimmy tot war, fragte sie sich, ob sie ihn getötet hatte, kam dann aber zu dem Schluss, dass es sie nicht sehr interessierte.

Der andere Typ, der ungefähr vierzig war, gab sich überhaupt nicht so wie Jimmy. Er sah richtig nett aus, trug Jeans mit Bügelfalten und ein kariertes Hemd. Und er wollte auch nicht ihr Zuhälter sein. Er sagte, er wolle sie nur zum Essen einladen. Das hatte er auch ein paar Mal getan. Aber dann legte er, als sie bei McDonald's waren, die Hand auf ihren Oberschenkel, und sie wusste, was das bedeutete.

Diesmal stand sie nur auf und ging. Was hätte sie auch tun sollen? Ihm eines der beschissenen kleinen Plastikmesser in den Leib rammen?

Später traf sie Tillie, und alles wurde besser. Tillie hatte sie nach Hause mitgenommen – nun ja, an den Platz, den Tillie zu Hause nannte, und schon nach zwei Wochen war es auch für Jinx ein Zuhause. Es waren ganz einfach nur zwei große Räume in der Nähe der Grand Central Station, in die man über Gleis 47 in der Station selbst gelangte.

»Achte auf gar nichts«, hatte Tillie ihr gesagt, als sie den höhlenähnlichen Warteraum betraten. »Wenn du die Leute nicht anschaust, schauen sie dich auch nicht an. Wenn du nicht redest, werden sie nicht reden. Und wenn du einfach weitergehst, werden die Bahnpolizisten dich nicht beachten.«

Sie gingen durch den Wartesaal, eine Rampe hinunter und folgten einem Schild, das auf die Gleise verwies.

Endlich öffnete Tillie die Tür, die zu Gleis 47 führte und stieg die Stufen zum Bahnsteig hinunter.

Auf den Gleisen standen keine Züge, der Bahnsteig war menschenleer.

Die Luft roch muffig.

Rechts waren noch mehr Bahnsteige, noch mehr Gleise.

Links erhob sich eine niedrige Mauer, dahinter war ein Gewirr aus Rohren, Laufstegen und Leitern. Von hoch oben fiel ein schwacher Schimmer Tageslicht durch ein Gitter.

»Der kommt von der Straße da oben«, erklärte Tillie. »Wo ich früher mal gewohnt habe.«

Am Ende des Bahnsteigs warnte ein Schild die Menschen davor, weiterzugehen, aber Tilly ignorierte es, lief rasch eine nächste Rampe hinunter und dann auf die Gleise selbst. Sie überquerte Gleis 47 und kletterte über die niedrige Mauer. Als Jinx zögerte, trieb Tillie sie an.

»Es ist gar nicht so übel«, sagte sie. »Du wirst sehen.«

Zuerst hatte Jinx Todesangst und blieb dicht hinter Tillie, während sie sich durch einen, wie ihr vorkam, Dschungel aus Tunnels und Gängen kämpften.

Dann kamen sie in Tillies »Wohnung«.

Der größte Raum war ungefähr acht Quadratmeter groß; darin standen ein rostiger Ofen, ein schäbiges Sofa und um einen wackligen Tisch herum ein paar Stühle; es gab sogar einen Fernseher. »Siehst du?«, sagte Tillie. »Es ist doch wirklich nicht schlecht, oder?«

»Geht der Fernseher?« Etwas anderes zu fragen war Jinx nicht eingefallen.

Tilly zuckte mit den Schultern. »Ne, aber er macht den Raum irgendwie gemütlich. Und wer weiß?«, fügte sie mit einem zahnlückigen Grinsen hinzu. »Vielleicht kriegen wir eines Tages Kabelanschluss.«

Ein halbes Dutzend wohnten in dem Raum, und als am Abend niemand versuchte, sie ins Bett zu kriegen, beschloss Jinx zu bleiben. Sie lebte jetzt seit drei Jahren dort, und Tilly und die anderen hatten ihr eine Menge beigebracht. Sie zeigten ihr, wo die besten Mülltonnen waren, hinter den Restaurants, in denen viel Essen landete. Ein paar der Küchenhilfen packten das Essen, das sie wegwarfen, sogar ein, damit Menschen wie Tilly – und nun auch Jinx – es leichter nach Hause mitnehmen konnten.

Sie lernte, wie man schnorrte und überzeugend die Geschichte erzählte, jemand habe ihr das Bus-Ticket gestohlen, und sie brauche nur vierunddreißig Dollar, um nach Hause zu kommen. Nie hörte sie auf, sich zu wundern, wie viele Leute darauf hereinfielen.

Man musste natürlich vorsichtig sein, damit man nicht zweimal dieselbe Person anbettelte, aber selbst wenn man erwischt wurde, konnte man immer in der Menge verschwinden, und bald sah derjenige, der einen anschrie, nur wie ein Verrückter mehr aus.

Bald wurde sie auch eine geschickte Taschendiebin und war so gut darin, dass es nicht einmal Paul Hagen gelang, sie zu erwischen. Der Jammer war, dass man nicht mehr am Times Square herumhängen konnte, und jetzt verjagte Paulie sie schon zum dritten Mal in dieser Woche.

»Und wohin soll ich?«, fragte sie.

Paul Hagen zuckte mit den Schultern. »He, gib nicht mir die Schuld, ich befolge nur meine Befehle.«

Auch Jinx zuckte mit den Schultern und überquerte den Broadway, wobei sie gerade laut genug fluchte, dass er es hören konnte, aber nicht verstand, was sie sagte. Sie bog eben in die Forty-third ein, als die Person, die sie gesucht hatte, plötzlich aus einer Menge auftauchte, die ins Theater eilte, um da zu sein, bevor der Vorhang zehn Minuten nach acht aufging.

»Die Jagd fängt morgen an«, sagte die Person leise, schob Jinx einen dicken Umschlag in die Hand und verschwand wieder in der Menge.

Jinx widerstand dem Wunsch, sich umzudrehen und zu sehen, ob Paulie Hagen beobachtet hatte, wie sie den Umschlag entgegennahm; sie huschte über den Broadway, tauchte in der U-Bahn unter und war verschwunden.

Wenn Heather sich einen Tagtraum erlaubte, hielten sie und Jeff sich in seinem winzigen Apartment auf der West Side auf. Es war Sonntagmorgen, und sie trug eines seiner alten Hemden, eines, das ihr viel zu groß war. Das war in Ordnung; allein, dass sie es trug, gab ihr das Gefühl, Jeff näher zu sein. Die Sunday Times war auf dem ganzen Fußboden ausgebreitet, die Sonne strömte durch das Fenster, und wenn sie überhaupt jemals dazukamen, sich anzuziehen, gingen sie raus, um vielleicht ein Stück Hefegebäck zu kaufen, durch den Morningside Park zu spazieren und die Vögel und Eichhörnchen zu füttern.

Wie ein Film – einer der hübschen kleinen New Yorker Romantik-Filme, in denen es nie regnete –, es sei denn, die Heldin wollte im Regen spazieren gehen. Einer der Filme, in denen der Central Park eine ebenso perfekte Kulisse für Mondscheinspaziergänge wie für Raubüberfälle bot, in denen nirgends ein Betrunkener, ein Verrückter oder Schnorrer in Sicht war, geschweige denn ein Blizzard aus Müllpapier, das sich einem im vom Fluss her pfeifenden Wind um die Beine wickelte.

Doch wenn sie sich zwang, der Wirklichkeit ins Gesicht zu sehen, war alles ganz anders. Sie war wieder im Apartment ihres Vaters mit Blick auf den Central Park, und draußen war es dunkel, und Jeff war tot.

Sie wünschte, sie wäre nie ins gerichtsmedizinische Institut gegangen. Wenn sie diesen Telefonanruf von Keith Converse einfach ignoriert hätte und zu Hause geblieben wäre …

Wenn sie den Toten nur nicht gesehen hätte.

Selbst jetzt, als sie halb wach in der abendlichen Dunkelheit lag, sah sie das schreckliche Bild des zerstörten Körpers im Leichenschauhaus vor sich; des Körpers, der kaum noch als menschlich zu erkennen gewesen war. Das verkohlte Fleisch, das entstellte Gesicht, die …

Die Stelle, an der Jeffs Tattoo gewesen war.

Wie oft hatte sie die winzige Sonne mit der Fingerspitze nachgezogen?

»Es war nicht da«, hatte Keith gesagt. *»Ich sage Ihnen, heute Morgen war dieser Teil seines Körpers nicht verbrannt, und das Tattoo war nicht da.«*

Kam sie deshalb nicht darüber hinweg, war sie deshalb nicht imstande zu glauben, dass Jeff wirklich tot war? Müsste sie nicht eine große Öde in sich spüren, eine schreckliche Leere da, wo Jeffs Liebe sie immer ausgefüllt hatte? Doch sie fühlte diese Leere nicht. Stattdessen fühlte sie, was sie seit Jeffs Verhaftung immer gefühlt hatte: dass alles ein schrecklicher Irrtum war, ein Albtraum, in dem sie alle gefangen waren und aus dem sie bald aufwachen würden.

Es würde wieder Herbst sein, Jeff würde in ihrem kleinen Lieblingsrestaurant auf sie warten, und …

»Hör auf damit!« Die Worte explodierten förmlich aus Heathers Kehle, ein qualvoller Schrei. Sie umarmte sich selbst, um sich gegen die Kälte in ihrem Innern zu wappnen, trat rastlos wieder an das Fenster ihres Schlafzimmers und starrte in das Dunkel. Es war erst acht Uhr abends, warum war sie dann so erschöpft, als sei es drei Uhr morgens?

Es klopfte an der Tür des kleinen Wohnzimmers neben ihrem Schlafzimmer, und gleich darauf kam ihr Vater herein. »Wir wollen zum Essen ins Le Cirque. Hast du Lust mitzukommen?«

Le Cirque. *Le Cirque?* Wie konnte sie daran denken, ins Le Cirque oder sonst wohin zu gehen, wenn sie doch nur bei Jeff sein wollte …

»Wie, wenn es ein Irrtum war?«, hörte sie sich fragen.

Der Vater schien über die Frage erstaunt, doch dann schüttelte er den Kopf. Er ging auf sie zu, streckte die Arme aus, als wolle er sie umarmen, doch als sie vor seiner Berührung zurückschrak, ließ er die Hände sinken. »Ich weiß, es ist schwer für dich«, sagte er. »Aber glaub mir, du wirst darüber hinwegkommen. In ein paar Monaten …«

»In ein paar Monaten wird es mir genauso schlecht gehen wie jetzt, Daddy«, sagte sie, fügte, als sie den schmerzlichen Ausdruck in seinen Augen sah, jedoch sanfter hinzu: »Vielleicht fühle ich mich dann besser, ja. Aber nicht jetzt. Warum geht ihr nicht einfach ohne mich zum Essen, Carolyn und du? Ich würde ja doch keinen Bissen hinunterbringen, auch wenn ich mitginge.«

Er zögerte, küsste sie dann auf die Stirn. »Dann sehen wir uns später. Wenn du doch Hunger kriegen solltest, Dessie hat ein bisschen pochierten Lachs in den Kühlschrank getan. Versuch wenigstens eine Kleinigkeit zu essen.« Er drückte ihr tröstend die Schulter und ging.

Allein zu Hause zu sein war für Heather noch schlimmer, das fand sie bald heraus. Es war, als schlössen die Wände der Wohnung sie ein, kämen immer näher, erstickten sie. Kurz darauf ging sie auch, verließ das Haus, lief die Fifth Avenue hinunter nach …

Wohin?

Sie wusste es nicht.

»Wir werden es wissen, wenn wir da sind.«

Es war Jeffs flüsternde Stimme, die sie im Geist hörte. Das hatte er immer gesagt, wenn er an einem Sonntagnachmittag vorschlug, einen ziellosen Streifzug durch die City zu unternehmen. »Aber wohin gehen wir?«, hatte Heather immer gefragt. In ihrem perfekt geordneten Leben hatte sie stets genau gewusst, wohin sie ging und warum sie es tat. »Das Leben sollte nicht voller Überraschungen sein«, hatte ihr Vater ständig gepredigt. »Man sollte immer auf Unvorhergesehenes vorbereitet sein, aber danach zu streben, ist vergeudete Zeit.« Jeff hingegen hatte Unvorhergesehenes begeistert, er wollte immer erforschen, was er nicht kannte, sei es ein Gebäude, ein Block oder ein ganzes Stadtviertel. Wenn sie ihn fragte, wohin er gehe und warum, lachte er nur und zuckte mit den Schultern. »Woher soll ich das wissen? Wir werden es wissen, wenn wir da sind.« Und jetzt sagte er es wieder, wenn auch nur in ihrer Erinnerung.

Obwohl sie noch immer nicht wusste, wohin sie wollte, fühlte Heather sich ein bisschen besser.

Er wird es mir zeigen, sagte sie sich. *Er wird mir zeigen, wohin ich gehen soll, so wie er es immer getan hat.*

16. Kapitel

Jeff beobachtete das weit entfernt schwach glimmende Licht, und die Hoffnung wallte in ihm auf, dass es sie schnell an die Oberfläche führen würde. Obwohl seine Instinkte ihn drängten, auf das Licht zuzulaufen, der greifbaren Dunkelheit zu entrinnen, die ihn umgab, zwang er sich zu warten, bis auch Jagger die rostige Leiter heraufgeklettert war und wie eine unterirdische Kreatur, die aus ihrem Bau kroch, aus dem Schacht auftauchte. Nachdem er sich hochgestemmt hatte, begann Jeff, auf das Licht zuzugehen; sein Puls raste. Als sie aber die Lichtquelle erreichten, erlosch Jeffs Hoffnung. Das Licht kam nicht von oben, sondern von unten.

Sie standen sich im Schacht gegenüber und starrten in die Tiefe. Ungefähr zehn Meter unter ihnen sahen sie den Boden eines anderen Tunnels, und von dort strahlte das Licht aus, sickerte durch den Schacht, herauf zu ihnen – ein Leitstern der Hoffnung, so falsch wie die Signalfeuer, die früher Piraten an karibischen Küsten entzündet hatten, um Schiffe anzulocken, die dann auf den Riffen strandeten.

Selbst wenn eine Leiter da gewesen wäre, hätte keiner von beiden Lust gehabt, freiwillig hinunterzusteigen. Endlich durchbrach Jagger die Stille: »Wenn wir nur rumstehn, kommen wir nie raus.«

Jeff nickte und leuchtete mit seiner Lampe in die Dunkelheit auf beiden Seiten.

Da war nichts, kein Anzeichen für das, was hinter der Schwärze liegen mochte, und auch nicht dafür, wie lange es dauern würde, bis sie ein anderes Licht sichteten. Aus dieser Unsicherheit heraus blieben sie dicht bei der Lichtquelle, wie von einer Glühbirne hypnotisierte Nachtfalter, bis Jagger herumfuhr und sich mit einem Laut in die Finsternis stürzte, der wie Angstgeheul klang. »Wir müssen hier raus! Sofort!«

Jeff, der sich jetzt, mehr als vor der Dunkelheit, davor fürchtete, allein zu sein, stolperte hinter ihm her.

Sie gingen so schnell sie konnten, noch immer nur eine Taschenlampe benutzend, bis sie an eine Stelle kamen, an der ihr Tunnel sich mit einem anderen kreuzte; er schien, wie Jeff meinte, voller Elektrokabel. Jagger war abrupt stehen geblieben. »Wohin?«, fragte er.

In allen Richtungen nur schreckliche Dunkelheit. Jeff wandte sich nach rechts. Jagger, der seine Entscheidung nicht in Frage stellte, folgte ihm blindlings – so wie Jeff vor einer Weile Jagger gefolgt war.

Der Tunnel schien enger zu werden, und obwohl Jeff sich sagte, das müsse Einbildung sein, überkam ihn wieder die entsetzliche Klaustrophobie, die ihn im Schacht überfallen hatte.

Der Tunnel schien auf ihn einzudringen, und ein Schrei stieg ihm in die Kehle. Doch bevor er ihn hervorstoßen konnte, legte ihm Jagger seine riesige Pranke auf die Schulter, und der feste Griff brachte ihm ein wenig Erleichterung.

»Da vorn is was«, flüsterte ihm Jagger ins Ohr, die Lippen so nahe, dass Jeff den Atem des anderen fühlte.

»Wo?«, fragte Jeff ebenso leise wie Jagger.

Jagger strich ihm mit der Hand über den Mund. »Pssst«, warnte er und schaltete seine Taschenlampe aus. Das Hämmern seines Herzen klang Jeff wie ein Trommelwirbel in den Ohren; dann flüsterte Jagger wieder: »Hörst du's nich?«

Es gelang Jeff, seinen rasenden Herzschlag zu beruhigen, dann hörte er es – ganz schwach.

Ein Wimmern wie von einem verletzten Hund.

Jagger schob sich an Jeff vorbei. »Lass mich zuerst gehen«, flüsterte er.

Vorsichtig tappten sie weiter; Jagger knipste die Taschenlampe gerade lange genug an, um sicherzugehen, dass er nicht plötzlich in einen Schacht stürzte.

Das Wimmern wurde lauter.

Sie kamen zu einer anderen Kreuzung, und jetzt war das Wimmern sehr deutlich.

Kein Hund.

Ein Mensch.

Es kam von links, und Jagger schaltete das Licht wieder ein.

Das Wimmern verstummte.

Zuerst sah es nur aus wie ein Haufen dreckiger Lumpen. Dann schien das Licht in zwei Augen, und aus dem Lumpenhaufen kam ein qualvolles Stöhnen.

Jeff hinter sich, schob Jagger sich Schritt um Schritt vorwärts, bis sie dicht vor den Lumpen standen. Jagger stieß einen mit der Schuhspitze beiseite.

Das Gesicht eines Mannes, zu einer Larve puren Grauens verzerrt, blickte zu ihnen auf; die klauenähnlichen Hände kratzten im Tunnelboden, als versuche der Mann sich in den kalten Beton einzugraben. Als Jagger sich neben ihn hockte, drückte er sich an die Mauer und presste sich eine zerlumpte Decke auf den Bauch. »Geht weg«, flüsterte er. »Geht, bevor sie euch auch finden.«

»Wer?«, fragte Jeff, kauerte sich nieder und schaute dem Mann ins Gesicht. Obwohl er zuerst dachte, der Mann sei viel älter, sah er jetzt, dass er höchstens zwei- oder dreiundzwanzig war. Seine Haare waren verfilzt und zerzaust, sein Gesicht schmutzig und verschmiert. »Bevor wer uns findet?«

Der Mann verdrehte die Augen erst in die eine, dann in die andere Richtung, und zunächst dachte Jeff, er habe ihn nicht gehört. Doch dann begannen die Kiefer des Mannes zu mahlen, und Blut sickerte ihm übers Kinn. »Jäger«, flüsterte er. »Ich hab gedacht, ich bin in Sicherheit. Hab gedacht, ich ...« Seine Stimme erstarb, er lehnte sich an die Mauer, seine Brust hob und senkte sich, nach Atem ringend. Dann sagte er, die Worte brüchig wie Glasscherben: »Kann nich weg ... Sie haben gesagt, es is ein Spiel ... Haben gesagt, ich kann gewinnen. Alles, was ich tun musste, war – war ...«

Er verstummte wieder, und Jeff hörte etwas anderes. Eine Stimme, die von den Tunnelwänden verzerrt zurückgeworfen wurde.

»Hier! Schau dir das an! Er ist in diese Richtung gegangen.«

Die Augen des Mannes weiteten sich, als auch er die Stimme hörte, und wieder schien er etwas sagen zu wollen. Sein Körper erstarrte, und ein ersticktes Gurgeln kam ihm über die Lippen. Dann erschlaffte er plötzlich. Seine Hände, die noch immer die Lumpen über seinem Bauch umklammerten, fielen seitlich herunter.

Das Blut, das aus seinem Magen quoll, schimmerte rot im Licht der Taschenlampe.

Die Stimmen kamen näher, und Jeff und Jagger flohen zurück in die Dunkelheit.

Ein wunderschöner Abend für einen Spaziergang. Die Feuchtigkeit hatte sich während des Tages wie eine Decke über die Stadt gelegt, der Sommer war dahin, aber die herbstliche Kühle hatte noch nicht eingesetzt. Abende wie dieser hatten Jeff und Heather oft zu ihren stundenlangen Streifzügen ins Freie gelockt; Jeff, der sich für die Architektur begeisterte, während Heather ihn mit Geschichten darüber unterhielt, wie es war, als armes kleines reiches Mädchen im Herzen von Manhattan aufzuwachsen. Vielleicht war es das schöne Wetter, das Heather an diesem Abend verleitete, immer weiter zu gehen.

Vielleicht aber auch die Tatsache, dass es keinen Ort gab, an dem sie gerne gewesen wäre.

Auf keinen Fall wollte sie in der Nähe ihres Vaters sein.

Schmerz – Schmerz und Zorn – wühlten in ihr, als sie sich erinnerte, was er gesagt hatte, als er ihr die Nachricht von Jeffs Tod überbrachte. Er hatte sie in die Arme genommen und Worte gesprochen, die er – das vermutete sie sogar in ihrem Zorn – für tröstlich hielt. »Ich weiß, du bist außer dir, Liebling, aber du wirst darüber hinwegkommen. Es wird andere Männer geben, und ich denke, du wirst begreifen, dass dir viel Kummer erspart geblieben ist.«

Und heute hatte er sie aufgefordert, mit ihm ins Le Cirque zu gehen. Hatte er wirklich gedacht, sie könne in einem Restaurant sitzen, in dem sie nicht nur die meisten Gäste kannte, sondern so tun musste, als sei alles in Ordnung? Schließlich hatten die meisten Leute, mit denen sie aufgewachsen war, ihr deutlich zu verstehen gegeben, wie sie über Jeff Converse dachten. »Er wird dich nie richtig verstehen, meine Liebe«, hatte Jessica van Rensellier ihr vor zwei Jahren erklärt. »Durchaus in Ordnung für eine Sommerromanze, aber doch kein Partner für eine ernste Beziehung, oder? Ich meine, ist sein Vater nicht einer jener Leute, die unsere Häuser instand halten?«

Im vergangenen Jahr hatte Heather den Eindruck gewonnen, dass Jessica und die anderen, mit denen sie aufgewachsen war, versuchten, ihr aus dem Weg zu gehen. Sie hatte festgestellt, dass es ihr nichts ausmachte – die Leute, die sie durch Jeff kennen lernte, waren viel interessanter als die Le Cirque-Clique es je gewesen war. Und Carolyn war noch schlimmer als ihre einstigen Freunde. Es war ihr gelungen, Jeffs Namen in den letzten beiden Tagen nicht ein einziges Mal zu erwähnen.

Also ging Heather weiter, fort von der East Side, wo sie wahrscheinlich jemand treffen würde, den sie von der High-School kannte, jemand, der von einem Treffen der Junior League oder der DAR (Daughters of the American Revolution) nach Hause ging. Sie wanderte hinüber auf die West Side, doch erst als sie sich auf dem Broadway wiederfand, drei kurze Blocks von Jeffs Wohnhaus entfernt, wurde ihr bewusst, wohin sie gegangen war.

Fast hätte sie sich abgewandt, fast ein Taxi gerufen, das sie nach Hause brachte, als sie innehielt und sich an die Worte erinnerte: *»Wir werden es wissen, wenn wir da sind.«*

Hätte Jeff sie heute Abend geleitet? War sie deshalb den weiten Weg quer durch die Stadt und fünfzig Blocks nordwärts gelaufen? Sie schüttelte heftig den Kopf, als wolle sie sich von dem Gedanken befreien, und wurde rot, als ein Passant ihr einen komischen Blick zuwarf und sich abwandte – es war der gleiche Blick, mit dem sie manchmal einen der vielen Verrückten auf den Straßen ansah.

Aber die glauben wirklich, Stimmen zu hören, tröstete sie sich. *Ich erinnere mich nur an das, was Jeff immer gesagt hat.*

Doch obwohl sie wusste, dass es nur ihre Erinnerung war, hob Heather nicht die Hand, um ein Taxi zu rufen – von denen ein halbes Dutzend auf der Straße patrouillierte und dank des herrlichen Wetters nach Fahrgästen gierte. Stattdessen gab sie dem Drang nach, auch noch die drei letzten Blocks zu passieren und die dunklen Fenster von Jeffs Apartment zu sehen.

Nur waren die Fenster nicht dunkel, und als sie ein paar Minuten später hinaufschaute – wie immer, wenn sie gewusst hatte, dass Jeff auf sie wartete –, sah sie ihn wie immer dort stehen und zu ihr herunterblicken. Ihr Herz machte einen Sprung. Es konnte nicht sein! Es war unmöglich! Jeff war tot! Verwirrt, da sie wusste, dass unmöglich war, was sie gesehen hatte, drehte sie sich um und suchte nach jemand, der sie zum Narren gehalten haben konnte.

Als sie sich endlich selbst genug traute, um wieder zum Fenster hinaufzuschauen, war die Gestalt nicht mehr da.

Doch die Fenster waren noch immer hell.

Wer konnte es sein?

Der Hausverwalter? In dem Moment, in dem ihr der Gedanke kam, wusste sie auch schon, dass dies die Erklärung war. Sie sah ihn fast vor sich; Wally Crosley – »Crawly Wally«, Wally, der Schleicher, hatte Jeff ihn immer genannt; er war in Jeffs Apartment herumgeschlichen und hatte sich alles angeeignet, von dem er glaubte, dass es irgendeinen Wert habe. Sie griff in die Handtasche und suchte den Schlüssel, den sie so lange nicht mehr benutzt hatte. Er war noch da – ganz unten in der Tasche. Ein paar Sekunden später stieg sie das halbe Dutzend Stufen zur Haustür hinauf. Mit dem Schlüssel, den Jeff ihr vor einem Jahr gegeben hatte, öffnete sie und betrat das Haus.

Im dritten Stock zögerte sie. Wie, wenn es nicht der Verwalter ist?, fragte sie sich. Sondern jemand anders?

Sie schaute durch den Flur zum hinteren Teil des Gebäudes. Unter der Tür, die der von Jeff gegenüber lag, sickerte Licht heraus, was bedeutete, dass Tommy Adams zu Hause war. Sie überlegte, ob sie, bevor sie bei Jeff klingelte, bei ihm klingeln sollte. Wenigstens musste sie es dann nicht allein mit Crosley aufnehmen.

Heather wollte eben auf Tommys Klingel drücken, als Jeffs Tür aufging. Aber es war nicht Wally Crosley, der dastand.

Es war Keith Converse, und Heather hatte den Eindruck, dass er betrunken war. Sein Gesicht schien gerötet, sein Blick verschwommen. »Sie *waren* es«, sagte er. Und fügte, um sich deutlicher auszudrücken, hinzu: »Vorhin, unten auf der Straße.«

Heather nickte. »Ich – ich bin nur ein wenig spazieren gegangen.«

Keith hob die Brauen. »Von der Fifth bis hierher?«

Etwas in Heather wollte fort. Sie hatte gehört, wie Jeffs Vater sein konnte, wenn er trank. Würde er jetzt etwa anfangen, ihr die Schuld an dem zu geben, was Jeff geschehen war …?

»Keine Ahnung, warum ich aufgestanden bin und mich ans Fenster gestellt habe«, sagte er. »Ich saß in Jeffs Sessel und versuchte nachzudenken …« Seine Stimme wurde immer schwächer, doch dann gab er sich einen Ruck. »Irgendetwas hat mich dazu gebracht, hinunterzusehen. Vielleicht habe ich nach Jeff Ausschau gehalten.«

Heather schossen Tränen in die Augen. »Ich weiß«, flüsterte sie. »Als ich heute Abend fortging, habe ich nicht einmal gewusst, wohin ich wollte. Er hat mir immer gesagt, wir würden wissen, wohin wir wollten, wenn wir angekommen seien.« Sie schüttelte den Kopf, und ihre Hand umklammerte den Schlüssel fester. »Aber er ist nicht hier. Er …« Auch ihre Stimme verstummte, nicht fähig, die Worte auszusprechen.

»Nein, ist er nicht«, entgegnete Keith ruhig. Sie sah zu ihm auf, fing an zu sprechen, wollte ihm widersprechen, aber er hob die Hand, brachte sie zum Schweigen. »Hören Sie mir einfach zu, ja? Keiner sonst tut es. Alle anderen denken, ich bin verrückt. Doch ich habe heute Morgen mit einem Mann gesprochen. Mit einem Mann, der Jeff gestern gesehen hat.« Heather runzelte die Stirn, sagte nichts, wandte sich jedoch nicht ab. »Er hat gesehen, dass Jeff nach dem Crash aus dem Transporter stieg.«

Heather wurde die Kehle eng, sie schluckte trocken, und als Keith weitersprach, hörte sie begierig zu.

Als Eve Harris den Columbus Circle überquerte und den schwarzen Wagen mit dem Behörden-Kennzeichen schon vor dem Trump International warten sah, warf sie automatisch einen Blick auf ihre Uhr. Manche Leute ließ man warten, andere nicht, auch dann nicht, wenn man beim Stadtrat war. Carey Atkinson und

Arch Cranston gehörten zu den Leuten, die man nicht warten ließ. Chief of Police Atkinson und Deputy Police Commissioner Cranston, dessen hauptsächlich repräsentativer Job mit einer der größten politischen Spenden in der Geschichte der Stadt erkauft worden war, gehörten in jedem Fall zu den Persönlichkeiten, bei denen sie pünktlich sein sollte. Es war daher Punkt neun Uhr abends – die verabredete Zeit –, als sie die Eingangstür passierte, sich nach links wandte und das Foyer vor dem Restaurant betrat.

»Ich kann Sie sofort hineinführen, Mrs. Harris«, sagte der Maitre d', den Kopf gerade tief genug neigend, um Respekt zu bezeugen, aber ohne in Servilität zu verfallen. »Die Gentlemen sind schon hier.« Obwohl sie sich nicht verspätet hatte, wettete Eve im Stillen mit sich selbst, dass Cranston eine dumme Bemerkung über die Unpünktlichkeit der Frauen loslassen würde. Lächelnd folgte sie dem Maitre durch eine zweite Tür in das Restaurant – einen elegant schlichten Raum; das Ambiente teuer genug, sodass man nicht zu viele Tische hineinstellen musste, um auf seine Kosten zu kommen. Die Tische standen so weit voneinander entfernt, dass man wirklich ungestört war – was es in den meisten Restaurants der Stadt nicht gab. Der Ober führte sie zu einem Tisch im Hintergrund des Raumes – abseits der Fenster, die Atkinson als Sicherheitsrisiko ansah, und weit weg von der Tür, durch die jedes Mal, wenn sie geöffnet wurde, ein Windstoß hereinfegte. Eve war durchaus bereit, auf den Blick auf den Central Park zu verzichten, wenn sie dadurch der Zugluft entkam, und, wie die beiden Männer, bevorzugte sie die Privatsphäre neben der Bar.

»Das ist es, was ich an Ihnen so liebe«, sagte Arch Cranston und beugte sich vor, um sie auf die Wange zu küssen, wobei er ihren Versuch, den Kopf abzuwenden, ignorierte. »Sie sind immer pünktlich – nicht wie andere Frauen.«

Stillschweigend belohnte Eve sich für die gewonnene heimliche Wette mit fünf Dollar. »Mit Schmeichelei können Sie alles erreichen, Arch«, antwortete sie und bemäntelte ihren Ärger mit einem ihrer eigenen Klischees. Arch hatte natürlich keine Ahnung, dass sie sich über ihn lustig machte, aber als sie sich setzten, zwinkerte Carey Atkinson ihr zu.

»Also, wie wollen wir's halten?«, fragte Atkinson und winkte dem Kellner. »Wollen wir so tun, als seien wir zivilisiert und Smalltalk machen, oder gleich in medias res gehen?«

»Ich habe nie behauptet, zivilisiert zu sein«, antwortete Eve. »Auf diese Weise behalte ich meinen Sitz im Stadtrat. Aber ich bekomme allerlei zu hören, und im Moment höre ich ein paar sehr merkwürdige Dinge über einen jungen Mann, der gestern Morgen in einem Gefängnistransporter starb.«

Die beiden Männer sahen sich an, und während Cranston nervös in seinem Sessel herumrutschte, beugte Atkinson sich vor und fragte: »Und was haben Sie gehört, Eve?«

Sie sah ihnen an, dass sie ganz genau wussten, wovon sie sprach, aber sie war lange genug Politikerin, um sich darüber im Klaren zu sein, wann man eine Farce bis zum Ende durchspielen musste. »Ich habe heute Nachmittag zufällig den Vater von Jeff Converse kennen gelernt«, sagte sie. »Er scheint zu glauben, dass sein Sohn nicht tot ist.«

Atkinson entspannte sich sichtlich. »Keith Converse scheint heute viel herumgekommen zu sein. Wie ist er in Ihr Büro gelangt?«

»Ist er nicht. Ich bin ihm in der U-Bahn begegnet.« So knapp sie konnte, schilderte Eve ihnen, was passiert war. Als sie geendet hatte, sagte weder Arch Cranston noch Carey Atkinson etwas, und als das Schweigen sich immer länger dehnte, fuhr Eve fort: »Ich habe auch gehört, dass der Mann, mit dem er gesprochen hat – ein gewisser Al Kelly –, tot ist. Allem Anschein nach in einer Seitengasse erstochen, damit man ihn um die fünf Dollar erleichtern konnte, die Mr. Converse ihm dafür gegeben hatte, dass er ihm etwas über den Unfall berichtete.«

»Der Betrunkene war also Al Kelly?«, fragte Arch Cranston.

»Al Kelly hatte ein Alkoholproblem, ja«, antwortete Eve. »Das haben viele Obdachlose.« Sie sah Carey Atkinson an. »Ich vermute, Ihre Abteilung wird Al Kellys Mörder leider nicht finden können?«

Atkinson zuckte mit den Schultern und breitete hilflos die Hände aus. »Sie wissen genauso gut wie ich, dass wir nicht das Personal haben, um den Mord an jedem Penner zu untersuchen, der sich in dieser Stadt umbringen lässt.«

»Sie würden das Personal finden, wenn Ihnen die Probleme der Obdachlosen so am Herzen lägen wie mir.« Eve ließ den Blick zu Arch Cranston schweifen. »Was uns zu dem anderen Grund bringt, der uns heute Abend hier zusammengeführt hat, nicht wahr? Ich habe Sie gestern nicht bei der Wohltätigkeits-Gala für Montrose House gesehen.« Sie wandte sich wieder an den Polizeichef. »Nun ja, ich habe *nicht erwartet,* Sie dort zu treffen.«

Cranston griff in die Innentasche seines Jacketts und holte einen dicken Umschlag heraus, den Eve misstrauisch musterte. »Für Monsignore McGuire.«

»Dann schicken Sie ihn ihm«, sagte Eve und machte keine Anstalten, den Umschlag entgegenzunehmen. »Was mich mehr interessiert ist die Art, wie Ihre Abteilung unsere Leute schikaniert.« Wieder sah sie den Polizeichef an. »Wie kommt es, dass Sie nicht genug Personal haben, um herauszufinden, wer Obdachlose umbringt, aber immer über genug Leute verfügen, sie von der Straße zu vertreiben?«

Atkinson schüttelte ungeduldig den Kopf. »So viele sind es nicht ...«, begann er, aber Eve ließ ihn nicht ausreden.

»Es sind wahrscheinlich fünfzigtausend Menschen, die entweder auf oder unter den Straßen dieser Stadt leben, und das wissen Sie.«

Atkinson stellte sich stur. »Es sind nicht einmal ein Zehntel davon.«

Eve machte sich nicht die Mühe, zu antworten. Ihnen beiden war klar, dass er es besser wusste. Der Kellner kam, um ihre Bestellung aufzunehmen, und als er ging, kehrte sie zum Thema Jeff Converse zurück. »Ich habe dem Vater versprochen, mich darum zu kümmern«, sagte sie. »Ganz offensichtlich wird es mir nicht möglich sein, mit Al Kelly über das zu sprechen, was er gesehen hat, daher frage ich Sie beide – wäre es möglich, dass passiert ist, was Al Kelly Mr. Converse erzählt hat? Wenn ich ihm sage, Sie seien absolut sicher, dass sein Sohn tot ist – könnte er mir das Gegenteil beweisen?«

Atkinson schüttelte den Kopf. »Converse hat in der Gerichtsmedizin so viel Staub aufgewirbelt, dass sogar ich davon gehört habe. Und ich habe auch von Wilkerson, dem Captain vom Fifth

Precinct einiges erfahren. Mr. Converse war heute Morgen dort und wollte den Unfallbericht sehen.«

»Und hat er ihn gesehen?«, fragte Eve.

Atkinson schüttelte den Kopf. »Am Ende hat er entschieden, dass er ihn nicht zu sehen braucht. Er hat mit den Beamten gesprochen, die zu dem Unfall gerufen wurden.«

»Dann war's das?«, fragte Eve.

»Das war's«, versicherte ihr Cranston. »Wenn Converse tatsächlich noch einmal bei Ihnen auftauchen sollte, können Sie ihm sagen, es habe keinen Irrtum gegeben. Sein Sohn ist in den Flammen umgekommen.« Er schüttelte den Kopf mit der übertriebenen Trauer, die Polizisten so leicht fällt. »Eine furchtbare Sache – egal, was der Junge getan hat, einen solchen Tod hätte ich ihm nicht gewünscht.«

Eve Harris hob eine Braue, sagte jedoch nichts zu Arch Cranstons leicht durchschaubarer Unaufrichtigkeit. Dann kehrte sie zu dem Thema und dem Namen zurück, den Keith Converse erwähnt hatte.

»Es ging da auch um einen Mann namens Scratch. Laut Keith Converse hat dieser Scratch seinen Sohn in die U-Bahn hinuntergeführt.« Ihre dunklen Augen nagelten Atkinson in seinem Sessel fest. »Mir scheint, dass jemand wenigstens mit ihm reden sollte, wenn er tatsächlich existiert. Muss ich selbst mit Wilkerson sprechen?«

Atkinson seufzte schwer. »Nein, Eve. Ich lasse morgen früh im Fifth anrufen – verdammt, vielleicht sogar noch heute Abend. Aber wenn der Typ in den Tunnels haust, rechnen Sie nicht damit, dass meine Leute ihn finden.«

Diesmal machte Eve sich nicht die Mühe, das spöttische Glimmen in ihren Augen zu unterdrücken. »Oh, Himmel, nein, Carey. Ich würde gewiss nicht erwarten, dass New Yorks Elite in diesen schrecklichen Tunnels ihr Leben aufs Spiel setzt. Sie könnte ja von einer Gang randalierender, obdachloser, alleinerziehender Mütter zusammengeschlagen werden, die ihre vaterlosen Babys schwingen. Nein, dem könnten wir New Yorks Elite wirklich nicht aussetzen, oder?«

Carey Atkinson ignorierte ihre Worte, doch Arch Cranston, der die Augen durch den Raum schweifen ließ, um abzuschätzen, wie viele Leute Eves Ausbruch gehört haben mochten, tat es nicht.

»Ach, kommen Sie, Eve«, sagte er laut genug für die Frau am Nebentisch, damit sie ihn genauso deutlich hören konnte wie sie Eve Harris gehört hatte. »Lassen Sie Carey in Frieden. Sie wissen doch, was für Menschen in den Tunnels leben. Verdammt, Sie wissen es wahrscheinlich besser als unsereiner. Und Sie wissen, wie es dort unten zugeht.«

Eves Lippen lächelten, ihre Augen nicht. »Wir alle wissen, wie es dort unten aussieht«, sagte sie. »Und wir wissen, was dort los ist. Aber manchmal denke ich, ich bin die Einzige in dieser Stadt, die wirklich etwas dagegen tun will. Ihr übrigen wollt nur …« Sie unterbrach sich, denn sie wusste, dass sie anfing sich zu wiederholen wie eine gesprungene Schallplatte. Außerdem war jedem am Tisch klar, was die anderen dachten.

Sie wusste auch, dass Leute in ihren Positionen nie ihre wirklichen Wünsche in der Öffentlichkeit diskutierten.

Die Wahrheit wurde immer für Gespräche in privatester Umgebung aufbewahrt.

Und das war eine Regel, die selbst Eve Harris beibehalten wollte.

17. Kapitel

Heather Randall stand am Fenster von Jeffs Apartment, wo auch Keith gestanden hatte, als sie vor einer halben Stunde auf der Straße aufgetaucht war. An der Ecke, schräg gegenüber vom Drugstore, lag Jeffs liebstes Chinarestaurant, wo sie ihn oft in der vordersten Nische angetroffen hatte, konzentriert über ein Lehrbuch gebeugt. Jetzt verdrängte sie die Erinnerung und wandte sich vom Fenster ab.

Das Zimmer war noch genauso wie an dem Abend, an dem Jeff verhaftet worden war. Das letzte Projekt, an dem er gearbeitet hatte – der Entwurf eines kleinen Büro- und Gästehauses für einen Nachbarn ihres Vaters in den Hamptons – war noch immer an das Zeichenbrett auf dem einzigen Tisch des kleinen Raumes geheftet. Mit dem Finger zog sie die anmutigen Linien der unfertigen Zeichnung nach – Linien, denen es gelang, die Architektur des Haupthauses beizubehalten, ohne sie zu kopieren.

Die Zeichnung, wie das Zimmer selbst, schien die Zeit festgehalten zu haben, schien darauf zu warten, dass Jeff zurückkam.

Doch das war absurd – Jeff kam nicht zurück, trotz der merkwürdigen Geschichte, die sein Vater ihr eben erzählt hatte. Doch während sie abermals versuchte, Keiths Phantasien zu verdrängen, stellte sie sich vor, dass Jeff sagte: *Wir werden es wissen, wenn wir da sind.*

Sie ließ die Augen durch das Zimmer wandern. Alles, angefangen bei den Postern mit Jeffs Lieblingsgebäuden an den Wänden, bis zu den Regalen mit Büchern über Architektur, Poesie, Zoologie war ihr so vertraut wie die Dinge in ihrem Zimmer auf der Fifth Avenue. In gewisser Weise sogar noch vertrauter, denn obwohl der Raum so eng und die Möbel abgenutzt waren, hatte sie sich hier immer mehr zu Hause gefühlt als in dem höhlenähnlichen Apartment, in dem sie aufgewachsen war.

»Ich liebe dieses Zimmer«, sagte sie, fast ebenso sehr zu sich selbst wie zu Keith. Er saß rittlings auf einem schäbigen Sessel, den sie und Jeff bei einem ihrer Sonntagsspaziergänge auf einem Flohmarkt entdeckt hatten. Für fünf Dollar hatte man sich dieses Schnäppchen wirklich nicht entgehen lassen dürfen. Jeff hatte gerade begonnen, den Sessel zu restaurieren, als er verhaftet worden war. Jetzt ruhten die Hände seines Vaters auf der abgeschmirgelten Eichenlehne, und er beobachtete sie in einer Weise, die sie an Jeff erinnerte. »Wie lange wollen Sie es behalten?«, fragte sie und ließ die Augen wieder durch den Raum schweifen.

»Es gehört nicht mir, also kann ich es weder behalten noch aufgeben«, antwortete Keith. »Es gehört Jeff. Ich bezahle nur die Miete, bis er wiederkommt.«

Heather ging zum Fenster zurück und schlug die Arme um sich in unbewusster Abwehr gegen die Kälte, die plötzlich über sie hereinbrach. »So sicher sind Sie, dass er wiederkommt?«

»Wenn er tot wäre, wüsste ich's. Er ist mein Sohn. Wenn ihm etwas passiert wäre, würde ich es spüren. Und ich spüre es nicht.« Obwohl sie ihm noch immer den Rücken kehrte, spürte sie, wie seine Blicke sie durchbohrten. »Sie spüren es auch nicht«, fuhr er fort. »Deshalb sind Sie heute Abend hergekommen.«

Mit glitzernden Augen fuhr Heather herum. »Ich weiß nicht, warum ich heute Abend hergekommen bin«, begann sie. »Ich wollte – ich habe nur …« Doch dann erkannte sie, wie wahr seine Worte waren, und ihre Tränen versiegten. »Sie haben Recht«, sagte sie, jetzt ruhiger. »Ich habe nicht das Gefühl, dass er tot ist. Was also sollen wir tun?«

»Wir finden heraus, was passiert ist«, antwortete Keith. »Und wir werden ihn finden.«

Heather ließ sich Keith gegenüber auf den Stuhl sinken. »Haben Sie eine Ahnung, was Sie da sagen?«

Keith kniff die Augen zusammen und reckte das Kinn auf die gleiche Weise vor wie Jeff es getan hatte, wenn er einen Entschluss fasste.

»Was ist mit euch allen nur los?«, fragte er. »Wie kommt es, dass in dieser Stadt jeder glaubt, die Weisheit mit Löffeln gefressen zu haben und alles zu wissen, was es zu wissen gibt, und wir anderen haben keine Ahnung davon? Verzeihen Sie, aber wenn alle mich weiterhin so gönnerhaft behandeln ...«

»Gönnerhaft behandeln«, fiel Heather ihm ins Wort. »Wann habe ich Sie oder sonst jemand jemals gönnerhaft behandelt?«

»Sie alle ...«

»Wir ›alle‹? Was hat das mit ›uns allen‹ zu tun? Es geht um Jeff, vergessen? Und ich versuche nicht, so zu tun, als sei ich allwissend. Ich weiß nur, dass es in New York City nicht einfach ist, jemand zu finden. Besonders wenn er nicht gefunden werden will.«

Ein unsicheres Zucken milderte den Zorn in Keiths Zügen. »Was meinen Sie mit, er will nicht gefunden werden? Warum sollte er ...?«

Heather stand wieder auf. »Er war unterwegs ins Gefängnis, nicht wahr? Also, selbst wenn Sie Recht haben und er aus dem Kleinbus herausgekommen ist – wohin sollte er? Zur Polizei? Sie würde ihn nur ins Gefängnis zurückschicken.«

»Aber er hat nichts getan, verdammt!«

Jetzt funkelten Heathers Augen genauso zornig wie die von Keith. »Und wen interessiert das außer Ihnen und mir? Keinen. Also sagen Sie mir – selbst wenn wir Jeff finden sollten, was tun?« Sie wandte sich wieder zum Fenster und schaute in die Nacht hinaus. An der Ecke bugsierte eine schäbig gekleidete Frau einen Einkaufwagen die Stufen zu einem der Eingänge der Station der 110th Street hinunter. Sie tat es so vorsichtig, als enthalte das Drahtgestell Schachteln voller Kristall und Porzellan anstatt eines Haufens schmutziger Kleider und Decken. Die alte Frau blieb stehen, drehte sich um und schaute herauf, als spüre sie, dass Heather sie beobachtete. Einen Augenblick schien sie direkt zu dem Fenster hochzublicken, genauso wie Heather vor einer Weile zu

Keith heraufgeschaut hatte. Dann wandte die Frau sich ab und setzte ihren Weg zur U-Bahn hinunter fort.

Während Heathers Augen auf den Eingang zur U-Bahn gerichtet blieben, erinnerte sie sich vage an etwas, was Keith gesagt hatte, als er ihr erzählte, was an diesem Morgen geschehen war. Und dann wusste sie es wieder.

Sie drehte sich um. »Ich wette, bisher hat noch niemand mit ihnen gesprochen.«

Keith sah verwirrt auf. Was meinte sie?

»Mit den Obdachlosen«, sagte Heather mit wachsender Erregung, von ihrem Gedanken gepackt. »Den Leuten, die in U-Bahnhöfen und Bahnhöfen leben. Wie, wenn einer gesehen hat, was Cindy Allen an jenem Abend wirklich passiert ist?«

»Die Polizei muss mit ihnen gesprochen haben …«, begann Keith, verstummte aber, als ihm einfiel, was er am Morgen im Fifth Precinct gehört hatte. *»Es sind lauter Süchtige und Verrückte – man kann kein Wort von dem glauben, was sie sagen.«*

Heathers Stimme zitterte vor Aufregung. »Die Polizei – die ganze Stadt – geben kaum zu, dass sie existieren. Daddy sagt, dass die Polizei nicht einmal in die Tunnel geht, in denen die meisten leben. Er sagt, es wäre viel zu gefährlich. Keith, wenn nie jemand auch nur einen von ihnen gefragt hat … Versuchen wir es doch!«

Er würde sterben.

Jeff war nicht sicher, wie lange er es schon wusste – war nicht sicher, ob es einen bestimmten Moment gab, in dem ihm die schreckliche Wahrheit gedämmert, Wurzel geschlagen und angefangen hatte zu wachsen. Es war wie eine Krankheit, ein Krebs, der auf einer einzelnen Zelle einen Brückenkopf bildete, sich langsam vermehrte, sodass er, als der Tumor groß genug war, um bemerkt zu werden, nicht mehr ausgerottet werden konnte. Inzwischen jedoch war das klare Wissen um seinen bevorstehenden Tod eine feste Größe in seinem Kopf.

Die Batterien von Jaggers Taschenlampe hatten schon den Geist aufgegeben, obwohl der die Lampe noch immer fest umklammerte, als könne er irgendwie die Energie seines Körpers auf die nutzlosen Zellen übertragen. Jeffs Lampe war jetzt ihre einzige Waffe gegen die Dunkelheit. Jedes Mal, wenn er sie anknipste, schien der Strahl schwächer zu werden. Bald würde sie ganz verlöschen.

Jeff bemühte sich, den Gedanken zu vermeiden, doch er kam immer wieder und es fiel ihm immer schwerer, ihn zu ignorieren. Er wusste, was passieren würde, wenn das Licht ganz ausging. Ihre Finger würden Kontakt mit den Wänden halten müssen, damit sie sich weitertasten konnten und das Gleichgewicht nicht verloren. Aber wie lange konnten sie das durchhalten? Wie lange würde es dauern, bis sie in einen der senkrecht nach unten führenden Schächte stolperten und in eine noch tiefere Dunkelheit abstürzten?

Vielleicht würde er es, wenn das Licht erstarb, besser finden, sich hinzusetzen, sich an die Wand zu lehnen und zu warten, bis seine Seele aus der Dunkelheit der Tunnels in das endgültige Vergessen des Todes hinüberglitt. Bis dahin wäre ihm der Tod vielleicht sogar willkommen. Er begann sich vorzustellen, dass das Licht, von dem er gelesen hatte – das Licht, das Menschen am fernen Ende des Tunnels sahen, der zum Tod führte, das strahlende Licht, das aus der Ewigkeit herunterschien –, allmählich sichtbar wurde, ihm Erlösung aus dem Dunkel bot, in dem er diese letzten Stunden verbrachte.

»Da ist es wieder«, flüsterte Jagger.

Langsam drangen die Worte in Jeffs Geist ein, durchbrachen den Nebel aus Erschöpfung, Hunger und Hoffnungslosigkeit.

Wann hatte Jagger die Führung übernommen? Vor einer Stunde? Zwei Stunden? Zehn Minuten?

Als Jagger ihn das erste Mal in der Dunkelheit gepackt und gezwungen hatte, stehen zu bleiben, wobei er etwas von einem Lichtschimmer über ihnen murmelte, hatte Jeff sich bemüht zu sehen, was sein Begleiter gesehen hatte. Aber er sah nichts, und als Jagger schneller weiterging, gewiss, dass etwas direkt vor ihnen geflackert hatte, musste Jeff sich anstrengen, um mit ihm Schritt zu halten.

»Spürst du's?«, flüsterte Jagger. »Wir sind nah dran – an irgendwas.« Dann, eine Sekunde später: »Da! Vor uns! Siehst du's?« Doch trotz der Überzeugung in Jaggers Stimme hatte Jeff noch immer nichts gesehen. Er folgte Jagger trotzdem, ließ sich von ihm zu dem imaginären Leuchtfeuer führen. Was machte es schon aus, wohin sie gingen? Sie hatten sich in dem Labyrinth verirrt, und er war sicher, dass jeder Gang am Ende zu demselben Ort führen würde.

Zum Tod.

Nun, da er endlich auch ein winziges Licht sah, fragte er sich, ob es wirklich ein flackerndes Leuchtsignal in der Schwärze war oder der ersterbende Funke seiner Sterblichkeit, der im Dunkel seiner Seele glomm.

Nein, sagte er sich, *ich werde nicht sterben. Noch nicht. Ich werde leben. Ich werde leben, und ich werde hier rauskommen, und ich werde frei sein.*

Er straffte sich und richtete den Blick fest auf das schwache Licht ...

Creeper hielt das Nachtglas vor die Augen, gerade lange genug, um sich zu überzeugen, dass die beiden Gestalten sich noch durch den trüben grünen Nebel bewegten, der ausschnittsweise in dem kleinen Okular des Glases erschien. Zufrieden ließ er das High-Tech-Gerät los, das ihm an einem Lederriemen um den Hals hing. Er brauchte es nicht. Dieser Teil des Tunnel-Irrgartens war ihm so vertraut wie der Hinterhof des Hauses, in dem er aufgewachsen war.

Die Treiber hatten heute Abend gute Arbeit geleistet – die beiden Männer waren genau da, wo sie sein sollten. Noch ein paar Minuten, dann war es für Creeper Zeit, zu übernehmen.

Sogar durch das Glas hatte er erkannt, dass diese beiden Männer sich von den anderen ein wenig unterschieden.

Vielleicht nur deshalb, weil es diesmal zwei waren. Bisher war es immer nur einer gewesen, und wenn Creeper den »gefunden« hatte, war er gewöhnlich schon in einem so jämmerlichen Zustand, dass Creeper ihn fast ins Camp tragen musste. Gewöhnlich redeten sie mit sich selbst. Einmal hatten die Treiber jemand so lange in der Finsternis umherirren lassen, dass er, als Creeper ihn erreichte, wahnsinnig geworden war und etwas von Ungeheuern und Dämonen plapperte. Creeper hatte seine Pflicht getan und ihn ins Camp gebracht, doch der Mann hatte so lange in die Nacht hinein geschrien, dass Willie es am Ende nicht mehr ertragen und ihn zum Schweigen gebracht hatte.

Am nächsten Morgen musste Creeper sich auf die Suche nach zwei Treibern machen, die den Kerl an die Oberfläche transportieren sollten, bevor er anfing zu stinken. Sie warfen ihn auf die Gleise am Riverside Park, und nachdem der erste Zug ihn überrollt hatte, konnte niemand mehr feststellen, was ihm wirklich passiert war.

Aber diese beiden sahen noch kräftig aus.

Zu kräftig?

Hätte ich vielleicht jemand mitnehmen sollen?, fragte sich Creeper. Doch das war immer gefährlich – als er es das letzte Mal getan hatte, war die Beute, die zwei Männer vor sich gesehen hatte, sofort geflohen, war in der Dunkelheit verschwunden, und die Treiber hatten von vorn anfangen müssen.

Ein letztes Mal knipste er seine Lampe an, ließ sie für den Bruchteil einer Sekunde eingeschaltet und begann dann die nächste Phase der Operation.

Er lief in einen Quertunnel – einen langen, verlassenen Eisenbahntunnel, der nur von einem etwa dreißig Meter weiter entfernten schwachen orangefarbenen Schimmer erhellt wurde. Schnell lief er die Überreste der Gleise entlang, bis er zu einer kleinen Nische kam. In einer Ecke stand eine abgeschnittene Tonne unter einem Schacht, der fünf oder sechs Meter steil anstieg, bevor er in einen anderen Tunnel mündete. In dem Fass glommen die Reste des Feuers, das Creeper während der letzten vier Stunden am Leben erhalten hatte. Jetzt fütterte er es mit alten Zeitungen, die einer der Läufer heruntergebracht hatte, und schürte es mit einem Stock, damit es wieder richtig brannte. Die Glut nagte ein paar Sekunden lang an dem Papier, dann schossen Flammen in die Höhe, das Licht schwappte über, und der Tunnel wurde heller.

Creeper setzte sich, kreuzte die Beine und wartete.

Er hörte sie, bevor er sie sah.

Hörte ihre Schritte auf dem Betonboden, hörte ihr undeutliches Flüstern, während sie herauszufinden versuchten, was vor ihnen lag.

Creeper stand auf, trat aus der Nische und schaltete seine Lampe ein. Ein heller Halogenstrahl durchpflügte die Schwärze, entriss die beiden Männer dem Schutz der Dunkelheit, blendete sie.

»Bleibt sofort stehen!«, brüllte Creeper. »Ein Schritt weiter, und ihr seid tot.«

18. Kapitel

Erst in dem kalten, grellen Licht der U-Bahnstation erkannte Heather Randall, wie erschöpft Keith Converse aussah. Sein Gesicht schien seit dem Vortag, als sie ihn im ebenso unbarmherzigen Licht des Leichenschauhauses getroffen hatte, um zehn Jahre gealtert. Das sanftere Licht in Jeffs Apartment hatte die Falten gemildert, die sich nicht mehr nur in seiner Stirn, sondern auch in seinen Wangen eingegraben hatten. Die Fältchen um seine Augen waren zu tiefen Krähenfüßen geworden, als seien Kummer, Zorn und Enttäuschung, die er vor Jeffs Prozess monatelang unterdrückt und in sich verschlossen hatte, jetzt aufgebrochen wie ein Geschwür.

Der Bahnsteig war menschenleer, bis auf einen einzelnen Mann; er war offenbar eben aus dem Zug gestiegen, der auf dem Weg nach Uptown dröhnend im Tunnel verschwand. Die Frau, die Heather aus Jeffs Fenster erblickt hatte, war nicht zu sehen. Der einsame Passagier verschwand die Treppe hinauf, das Geräusch seiner Schritte verlor sich zusammen mit dem Rumpeln des Zuges in Stille.

»Sie muss in den Zug eingestiegen sein«, sagte Keith.

Doch noch während er sprach, zeigte Heather zum entgegengesetzten Ende des Bahnsteigs. »Dort!«

Im ersten Moment sah Keith gar nichts, dann erhaschte er einen Blick auf eine flüchtige Bewegung. Es war die Frau.

Sie ging nicht den Bahnsteig entlang, sondern auf den Gleisen selbst, zog sich, ihren Karren vorsichtig im Schlepp, immer weiter aus dem hellen Licht der Station zurück.

»Was macht sie denn?«, fragte Keith. »Wohin geht sie?«

Heather lief schon den Bahnsteig entlang. »Ma'am!«, rief sie, und die Fliesen warfen ihre Stimme zurück, die durch die leere Station hallte und Heathers nächste Worte fast übertönte: »Wir möchten nur einen Augenblick mit Ihnen reden!«

Die Frau warf einen kurzen Blick zurück, doch anstatt stehen zu bleiben, ging sie noch schneller, stolperte und fiel beinahe auf den Kies des Schienenbettes, fing sich aber wieder.

Jetzt rannte auch Keith. Er überholte Heather um etwa fünf Meter, bevor sie das Ende des Bahnsteigs erreichte. »Warten Sie!«, rief er. »Stopp!« Aber als er ans Ende des Bahnsteigs kam, war die alte Frau bereits in der Dunkelheit verschwunden.

Plötzlich brachen die aufgestauten Gefühle in einem verzweifelten Schrei aus Keith heraus:

»JEFF!«

Dann noch einmal, sogar noch lauter: »JEFF ...!«

Der Name seines Sohnes, verzerrt, verstrickt mit Keiths qualvoller Enttäuschung, widerhallte von den Tunnelwänden, wieder und immer wieder, verwandelte sich, klang fast wie Gelächter, verspottete, verhöhnte ihn. Und dann, nachdem sein verzweifelter Schrei ins Dunkel verklungen war, hörte er etwas.

Schwach – so schwach, dass man es kaum vernahm – glaubte er, aus der Dunkelheit ein Wort zu hören.

»Dad ...«

Ein Flüstern, das so schnell erstarb, dass Keith nicht sicher war, ob er überhaupt etwas gehört hatte, aber als er sich zu Heather umdrehte, waren ihre Augen groß geworden, und sie war sehr blass.

»Sie haben es gehört, nicht wahr?«, flüsterte er, fürchtete sich fast zu fragen.

Die Zeit blieb stehen, während er auf Heathers Antwort wartete. Als er schon glaubte, die Stille nicht länger ertragen zu können, sagte sie: »Ich habe – etwas gehört, aber ich weiß nicht, was es war.«

Dreimal noch rief Keith den Namen seines Sohnes und wartete nach jedem langsam verhallenden Ruf auf eine Antwort.

Aber es kam keine.

Obwohl es unmöglich schien, war das Licht noch schlimmer als die Dunkelheit.

Der grelle Halogenstrahl glich einem Messer, das ihm direkt ins Gehirn gedrungen war, eine stechende Helligkeit, die körperlich schmerzte. Als sie aus der Dunkelheit über ihn hergefallen war, hatte ihm das einen solchen Schock versetzt, dass er ganz still wurde – reglos. Es war die instinktive Reglosigkeit, die wilde Tiere als erste Abwehr gegen einen Räuber einsetzen. Einen Augenblick später war der Instinkt jedoch der Vernunft gewichen, und er wappnete sich gegen den Schuss, der, dessen war er sicher, dem Licht folgen würde. Als er nicht kam und eine Stimme ihm befahl, sich nicht zu rühren, hob er die Hand, um die Augen gegen das Licht zu schützen.

»Ich hab gesagt, keine Bewegung, Scheißkerl!« Die Stimme widerhallte an den Tunnelwänden und wurde als Echo zurückgeworfen.

Der Schuss kam nicht, aber irgendwo über ihnen wurde gedämpftes Rumpeln hörbar, als eine U-Bahn in einem anderen Tunnel vorüberfuhr.

»Wer seid ihr?«, fragte die Stimme, als die Geräusche des Zuges verklangen.

Jeff schaute zu Jagger hinüber, der neben ihm stand und, die Augen fest zusammenkneifend, das grelle Licht zu durchdringen versuchte. Seine riesigen Hände waren zu Fäusten geballt.

»Wir versuchen nur, einen Weg ins Freie zu finden!«, rief Jeff zurück, ohne die Frage direkt zu beantworten.

Das Licht kam näher, der grelle Strahl bannte sie genauso an Ort und Stelle, wie ein Schuss es getan hätte.

Dann erlosch das Licht so schnell, wie es aufgeleuchtet war, und Jeff wurde von einer neuen Art der Blindheit überwältigt. Jetzt hing ein schwarzer Kreis direkt vor seinen Augen, ein Kreis, der sich parallel mit seinen Augen bewegte und alles dahinter auslöschte. Der Halogenstrahl hatte sich in seine Netzhaut eingebrannt und ein Negativbild des Lichts hinterlassen, das nicht mehr da war.

»Du siehst nicht besonders viel, wie?«, spottete die Stimme, jetzt so nah, dass Jeff instinktiv zurückwich. »Verarsch mich, und ich sorg dafür, dass du nie wieder was siehst. Kapiert?«

Jeff öffnete den Mund, bereit, allem zuzustimmen, das den Schleier der Finsternis von ihm nahm, der ihn wieder einhüllte. Aber bevor er etwas sagen konnte, hörte er einen Laut, der aus der Dunkelheit zu ihm drang, dann so schnell wieder verklang, dass er glaubte, er habe sich ihn eingebildet.

Aber nein! Da war er wieder.

Unvermittelt kam ihm eine Erinnerung – aus der Zeit, als er noch klein war, vier oder fünf Jahre vielleicht. Eines Abends war er nach dem Essen noch draußen gewesen und hatte Glühwürmchen gejagt, ohne darauf zu achten, wohin er lief. Als das letzte Glühwürmchen schließlich verschwand, seinen Händen entwischte, merkte er, dass er sich verirrt hatte.

Angst und Schreck hatten ihn gepackt, verzweifelt hatte er sich im Dunkeln umgeschaut und versucht festzustellen, wo er war. Und dann, kurz bevor er in Schluchzen ausbrach, hörte er eine Stimme.

Die Stimme seines Vaters.

Die ihn aus der Dunkelheit rief.

Jetzt, in der schrecklichen Schwärze des Tunnels, hörte er die Stimme wieder.

»DAD!« Nur dieses einzige Wort brach ohne Überlegung aus seiner Kehle hervor.

Ein greller Schein stach ihm in die Augen, und einen Moment später bohrte sich eine Faust tief in seine Eingeweide.

Das Licht ging wieder aus.

»Ich hab gesagt, verarsch mich nicht«, knurrte der Unsichtbare, als Jeff auf die Knie fiel und sich den Unterleib hielt. »Also frag ich dich noch einmal – verstanden, Arschloch?«

»Ich – ich hab verstanden«, gelang es Jeff hervorzupressen.

Jagger hatte währenddessen noch nicht gesprochen. Der Mann sagte zu ihm: »Entscheide dich, Großer – benimm dich, oder du kannst anfangen, allein in der Dunkelheit rumzulaufen. Sogar

Kerle wie du kriegen Angst vor der Dunkelheit. Also frag ich dich zum letzten Mal – kapiert?«

»Hab's kapiert«, antwortete Jagger, aber Jeff hörte die Wut in seiner Stimme.

»Also, so geht's weiter«, fuhr die Stimme fort. »Ich werde das Licht wieder einschalten, und ihr beide geht vor mir her. Nicht weit, hundert Meter vielleicht. Dort hab ich 'n Schlupfwinkel. Wenn wir dort sind, werde ich mich entscheiden.«

Das Licht blitzte wieder auf, und der Unsichtbare ging um sie herum, bis er hinter ihnen war. Jetzt durchstieß der Strahl die Schwärze der Tunnel, und Jeffs Augen erholten sich langsam, zum ersten Mal seit er den Bahnsteig der U-Bahn verlassen hatte, sah er deutlich, wo er war.

Der Tunnel wurde von brüchigem und von Trockenfäule angefressenem Beton gesäumt, so alt, dass alle Sorgfalt, mit der er ursprünglich errichtet worden war, seit langem der Verwitterung anheimgefallen war. Kleine Stalaktiten hatten sich aus Kalk und Sickerwasser gebildet. Auf dem Boden des Tunnels sah man die Reste rostiger Bahngleise, doch Teile der Schienen waren ganz verschwunden, und in anderen fehlten alle Schienennägel. Die Schwellen waren so verfault, dass die wenigen verbliebenen Schienennägel aussahen, als könnte man sie mühelos herausziehen. An der Decke sah man hier und da die Reste primitiver Lampen, aber nicht nur die Birnen waren längst verschwunden, sogar die Fassungen waren zerbrochen. Das einzige Anzeichen dafür, dass es hier einmal Elektrizität gegeben hatte, waren ein paar hängende Drähte, von deren Enden man die Isolierung entfernt hatte.

»Da hinauf«, sagte der Mann hinter ihnen, als sie zu einer Nische kamen. Von Jagger gefolgt, kletterte Jeff auf die kleine Plattform.

Obwohl es hier nichts gab als ein verlöschendes Feuer in einer Mülltonne, schien die zuckende Flamme Jeff so verheißungsvoll wie das Julfeuer im Kamin eines Gasthofs in Neuengland am Weihnachtsabend.

Der Halogenstrahl verschwand plötzlich, blendete Jeff aber noch einmal sekundenlang. Als sein Blick wieder klar wurde, sah er im flackernden Licht des Feuers den Mann, der vor ein paar Minuten gedroht hatte, ihn zu töten. Mager, ausgemergelt beinahe, mit Augen, die tief in den Höhlen lagen, und teigiger Haut. Irgendwie sah sein Gesicht böse und verwildert aus. Obwohl höchstens einsfünfundsechzig groß und etwas über hundertzwanzig Pfund schwer, schien Jagger ihn nicht einzuschüchtern, geschweige denn Jeff selbst.

Und er konnte nicht älter als zwanzig sein.

»Wenn ihr mich umbringt, kommt ihr hier nie raus«, sagte er.

Jagger schien kurz seine Möglichkeiten zu erwägen, dann schweifte sein Blick durch die Nische. »Was zu essen da?«

Der dünne Mann nickte. »Mögt ihr Gleiskaninchen?«

»Ich esse, was de hast«, knurrte Jagger. »Also, wo isses?«

Der Mann wies mit dem Kopf in die Ecke. »Hinter der Tonne.« Er lächelte und entblößte dabei eine Reihe abgebrochener Zähne. »Hab heute drei erwischt – muss gewusst haben, dass ihr kommt.« Er ging um die Tonne herum, hob eine verbeulte und verkratzte Kaffeekanne auf und reichte sie Jagger. »Machst du sie sauber?«

Jagger warf einen Blick in die Kanne und fing an zu würgen. Die Kanne fiel klappernd auf den Boden, rollte auf die Gleise zu und entleerte ihren Inhalt.

Drei tote Ratten, die Köpfe zerquetscht und blutbesudelt, lagen auf dem dreckigen Beton.

Der Magere grinste breiter, als Jeff zurückwich. »Was is' los, mögt ihr keine Kaninchen?« Er holte ein Taschenmesser heraus, öffnete es, hockte sich nieder und spießte eine der Ratten auf. Die Messerspitze verschwand im Bauch der Ratte. Mit einer raschen Drehung des Handgelenks schlitzte er die Haut des Nagetiers bis zur Schnauze auf. Er ließ das Messer fallen, und die Finger einer Hand verschwanden unter dem Fell. Im nächsten Moment riss er es samt der Haut ab, sodass es lose an den Füßen der Ratte hing. Mit dem Messer schnitt er Füße und Schwanz ab und warf sie auf die Gleise.

Sofort huschte eine andere Ratte aus den Schatten heraus, schnappte sich die blutige Beute und verschwand wieder.

Der Mann nahm die Eingeweide aus dem Kadaver, ließ ihn in die Kaffeekanne zurückfallen und machte sich an das nächste Tier. In wenigen Minuten war die Arbeit erledigt – alle drei Ratten waren abgehäutet und gereinigt, die weggeworfenen Häute und Eingeweide verschwanden in dem Moment, in dem sie auf die Gleise fielen.

»Sie sind nicht so schlecht, wenn man sich mal daran gewöhnt hat«, sagte der Mann, legte einen verrosteten Rost auf die Tonne und stellte die Kaffeekanne drauf. »Schmecken wie Huhn.« Er blickte von Jeff zu Jagger, dann zurück zu Jeff. »Ihr müsst sie nicht essen. Keiner tut's, wenn er hier runterkommt.« Wieder grinste er kalt und zeigte seine abgebrochenen Zähne. »Nach einer Weile gewöhnt man sich an alles hier unten.«

19. Kapitel

Die Nacht schien dunkler geworden, als Heather und Keith aus der U-Bahnstation kamen. Auf dem Broadway drehten ein paar Taxis ihre Runden, und auf den Gehsteigen waren einige Leute unterwegs, aber als sie den langen Block entlang zu Jeffs Haus gingen, erstarb der Verkehrslärm vom Broadway, und die Straße blieb ungewöhnlich menschenleer.

Vor Jeffs Haus blieb Keith stehen und wandte sich Heather zu. »Das alles ist verrückt, nicht wahr? Ich meine, was wir tun – närrischen alten Frauen in die U-Bahn-Tunnels nachlaufen?«

Heather sah zu ihm auf. Obwohl sie zu Beginn des Abends, im Apartment, keine große Ähnlichkeit zwischen ihm und Jeff entdeckt hatte, erkannte sie jetzt, im Licht der Straßenbeleuchtung und den Schatten, die auf seinen Zügen lagen, ganz deutlich den Sohn im Vater. Vielleicht war es nur etwas in seiner Stimme oder seiner Haltung oder sogar in seiner Kinnlinie, doch was immer es war, plötzlich hatte sie das Gefühl, mit Jeff selbst hier zu stehen, die Unsicherheit in seiner Stimme zu hören, wenn er über die Zukunft sprach, über den Schmerz, den er seinem Vater würde zufügen müssen, wenn er ihm sagte, er werde nie wieder nach Bridgehampton zurückkehren, auch nicht nach Beendigung seines Studiums.

Dieser Schmerz, das wusste Heather, wäre nicht annähernd so groß gewesen wie der, den Keith jetzt erlitt.

»Ich geh wohl am besten nach Hause, und Sie sollten ebenfalls zusehen, dass Sie ein bisschen Schlaf kriegen«, sagte sie. Sie wollte sich abwenden, aber Keith streckte die Hand aus und ergriff ihren Arm.

»Sagen Sie mir, dass ich nicht spinne«, bat er. »Sagen Sie mir, dass ich Recht habe.«

»Ich weiß nicht, ob Sie Recht haben«, sagte Heather. »Aber etwas weiß ich. Ich bin nicht sicher, was es war – es scheint unmöglich, dass wir Jeffs Stimme hörten, aber ...« Sanft löste sie sich aus seinem Griff. »Wenn Sie spinnen, dann spinne ich wohl auch.« Sie wandte sich in Richtung Broadway, drehte sich aber noch einmal um und schaute ihm direkt in die Augen. »Morgen«, sagte sie. »Morgen machen wir uns wieder auf die Suche.«

»Ich warte auf Sie«, entgegnete er.

Diesmal blickte Heather nicht zurück, fühlte aber Keiths Blicke, als sie die 109th Street entlang den Lichtern und dem Lärm des Broadways entgegenlief.

»Bisschen Kleingeld?«

Eine Frage, so alltäglich, dass Heather sie fast nicht mehr hörte, aber als sie die Hand hob, um dem Taxi zu winken, das, noch zwei Blocks entfernt, auf dem Broadway näher kam, hörte sie es wieder.

»Ach, kommen Se, Lady – ham Se nich' mal 'n Quarter?«

Noch immer dem Taxi winkend, spähte Heather aus den Augenwinkeln hinunter, von wo die Stimme kam.

Ein Junge, vielleicht zehn Jahre alt, gewiss nicht älter. Er trug die bei den Obdachlosen übliche Kleidung: eine zerlumpte Hose und ein schmieriges Hemd, das hinten aus der Hose hing. Seine Haut war blass, das ungepflegte blonde Haar fiel ihm zerzaust in die Stirn.

Es waren die Augen, die sie erschreckten. Es waren nicht die Augen eines Zehnjährigen.

Sie glichen mehr den Augen eines Tieres.

Als er zu Heather hochblickte, fiel ihr auf, dass diese Augen einmal in eine Richtung und dann in die andere huschten, die Straße nach einer unsichtbaren Gefahr absuchend.

Sie schaute auf ihre Uhr. Es war fast Mitternacht. Was tat er hier? War er von zu Hause ausgerissen?

Sie dachte an die alte Frau, die im Dunkel der Tunnels verschwunden war.

Die Frau, die wahrscheinlich auch keine Familie hatte, wie dieser Junge.

Die Frau, die sich am Ende so gefürchtet hatte, dass sie nicht einmal mit jemand reden wollte, sondern es vorzog, im Dunkel und im Dreck der U-Bahntunnel zu verschwinden

In ein paar Jahren, vielleicht sogar schon nach ein paar Monaten, würde dieser Junge genauso sein.

Als das Taxi hielt, suchte Heather tief in ihrer Handtasche, bis ihre Finger einen Geldschein fanden. Sie zog ihn heraus und reichte ihn dem Jungen, ohne einen Blick darauf zu werfen. Er schnappte den Geldschein aus ihrer Hand wie ein Eichhörnchen, das sich von einem alten Mann im Central Park eine Nuss schnappt. Heather stieg in den Wagen, schloss die Tür und nannte dem Fahrer die Adresse.

Warum hab ich das getan?, fragte sie sich, als das Taxi anfuhr. *Wenn man ihnen Geld gibt, ermutigt sie das nur.*

Sie drehte sich um und schaute aus dem Heckfenster, aber der Junge war nicht mehr da.

Als sie zu Hause ankam, wusste sie genau, warum sie dem Jungen Geld gegeben hatte.

Er gehörte nun nicht mehr zu der gesichtslosen Masse der Obdachlosen, die überall um sie herum lebten.

Jetzt war er jemand – wenn sie ihn jemals wiederfand –, der ihr vielleicht helfen konnte.

Ihr helfen konnte und Keith helfen konnte.

Ihnen helfen konnte, Jeff zu finden.

»Wir müssen los«, sagte Creeper.

Jeff hatte, mit dem Rücken an die harte Betonwand gelehnt, unruhig vor sich hingedöst. Sein Magen, der heftig gegen die Mahlzeit revoltiert hatte, die Creeper ihnen vorsetzte, fing jetzt erst an, sich zu beruhigen, und das bisschen Schlaf, das er erhascht hatte, war nicht ausreichend gewesen, seine Muskelschmerzen zu lindern. Er stöhnte auf, als er die Beine streckte, die er, fast wie ein Fötus, an die Brust gezogen hatte.

Jaggers riesige Hand umschloss die seine. »Wird schon okay, Kumpel«, sagte er, Jeff in die Höhe ziehend. Das Feuer in der Tonne war niedergebrannt, und die Winkel der Nische lagen wieder im Dunkeln. Jaggers Augen huschten zu Creeper, der schon auf den alten Gleisen stand, dann schaute er mit einem Nicken auf seine andere Hand. Im schwindenden Licht des Feuers sah Jeff, dass er einen großen Schienennagel umklammerte – das spitze Ende in der Faust, der Nagelkopf eine schwere Waffe mit hakenförmigem Ende. Jagger neigte den Kopf in Creepers Richtung. »Wenn wir wohin kommen, wo wir ’n Weg raus sehn …«

Er flüsterte so leise wie möglich, doch es war sinnlos.

»Du wirst das Ding für Gleiskaninchen brauchen«, sagte Creeper und machte sich nicht einmal die Mühe, einen Blick zurückzuwerfen. »Zieh mir damit eins über, und ihr kommt hier nie raus.« Der Richtung entgegengesetzt, aus der sie gekommen waren, begann er das Gleis entlangzugehen.

Jagger beobachtete ihn misstrauisch. »V’lleicht brauchen wir ihn überhaupt nich.«

Jeff versuchte in den Tunnel hineinzuschauen, aus dem sie gekommen waren. Die Schwärze schien dort, wenn überhaupt möglich, noch tiefer geworden. Es war nur seine Einbildung, das war ihm klar – die wenigen Stunden, die ihm im Feuerschein vergönnt gewesen waren, hatten seinen Abscheu davor, in die pechschwarze Nacht der Tunnels zurückzukehren, noch verstärkt.

Er knipste seine Taschenlampe an, doch die Birne gab kaum noch Licht und verglomm schnell zu Stecknadelkopfgröße.

Wieder erinnerte er sich an die Stimme – seines Vaters Stimme? –, die aus der Schwärze zu ihm gedrungen war. *Eine Halluzination, nichts anderes.*

Dann aber dachte er an die sehr realen Stimmen, die er gehört hatte, und an den Schuss.

»Es ist besser, wenn wir mit Creeper gehen«, sagte er endlich. »Er hat wenigstens eine Lampe.«

Jagger kniff die Augen zusammen. »Ich könnt sie ihm abnehmen.«

»Selbst wenn du das tust, was machen wir, wenn die Batterie ihren Geist aufgibt?«

»V'lleicht haben wir dann schon'n Weg nach draußen gefunden.«

»Und vielleicht auch nicht«, antwortete Jeff. Er sprang auf das Gleis hinunter. »Kommst du?«

Jagger zögerte, nickte dann aber. »Ich komm mit.«

Creeper war schon etwa ein Dutzend Meter vor ihnen, und als sie sich in Bewegung setzten, warf er einen Blick über die Schulter zurück. »Ich schalte jetzt das Licht aus«, sagte er. »Bleibt einfach hinter mir.« Der helle Strahl der Halogenlampe erlosch, und als die Schwärze sie einhüllte, begannen die scharfen Krallen der Panik an Jeffs Nerven zu zerren. Er versuchte durch die Dunkelheit vorwärts zu gehen, stolperte über eine Schiene, jaulte auf vor Schmerz, als er sich den Knöchel verstauchte, und streckte dann instinktiv die Hand aus, um das Gleichgewicht nicht zu verlieren. Durch reines Glück fand er die Wand und stürzte nicht. Sofort leuchtete die Lampe wieder auf.

»Idiot«, sagte Creeper. »Taste dich an der Wand lang, dann passiert dir nix.«

Das Licht erlosch, und Jeff hörte ihn weitergehen.

Ein paar Sekunden später blitzte das Licht kurz wieder auf. Vor ihnen hörte er Creepers hallende Schritte, und sogar schon bevor das Licht ausging war ihm klar, dass der andere sich viel schneller bewegte als er und Jagger.

»Der Scheißkerl versucht uns abzuhängen«, knurrte Jagger, als das Licht das nächste Mal aufblitzte und sie feststellten, dass sie beinahe fünfzig Meter zurück waren.

»Er kann uns nicht abhängen, wenn wir's nicht zulassen«, sagte Jeff. Die Hand ausstreckend, fühlte er den rauen Beton der Wand. Durch den Kontakt ließ das Schwindelgefühl nach, das die Dunkelheit bei ihm auslöste, und er ging schneller, ignorierte das Brennen in seinem verletzten Knöchel.

Als das Licht erneut aufblitzte, war Creeper wieder nur noch wenige Meter vor ihnen.

Gleich darauf blieb er stehen und wartete auf sie.

»Wie weit müssen wir noch?«, fragte Jeff.

»Weiter nicht mehr«, sagte Creeper. »Jetz' gehn wir rauf.« Er ließ das Licht über die Tunnelwand gleiten. Hier gab es eine weitere Nische – viel kleiner als die, in der sie gegessen und sich ausgeruht hatten –, aber in dieser Nische waren Eisensprossen in den Beton eingelassen; sie bildeten eine Leiter, die senkrecht nach oben führte. »Über uns ist ein nächster Tunnel. Hauptwasserleitungen.« Ohne ein weiteres Wort begann er die Leiter hinaufzusteigen.

Um nicht in der Dunkelheit zurückzubleiben, hatten Jeff und Jagger keine andere Wahl, als ihm zu folgen.

Nach zehn Minuten – oder vielleicht einer halben Stunde oder einer ganzen – stiegen sie noch zwei Leitern hinauf und gelangten in einen dritten Tunnel.

Weit vorn entdeckte Jeff ein Licht.

Nicht das flackernde, hüpfende Licht von Taschenlampen, sondern den stetigen Schein von Beleuchtungskörpern, die an den Tunnelwänden befestigt waren.

Creeper knipste die Halogenlampe zum letzten Mal aus und ging schneller. Das Klopfen in Jeffs Knöchel schien nachzulassen, als endlich ein Ziel in Sicht kam. Sie waren in einem Gerätetunnel – Kabel, Rohre und Isolierleitungen an beiden Wänden und an der Decke. Wieder sah Jeff, an der Decke montiert, die erste Reihe schwacher Glühbirnen, jede unter Glas und durch einen Metallkäfig geschützt.

Als sie zur ersten Lampe kamen, blieb Creeper stehen und drehte sich zu ihnen um. »Willkommen in den *condos*«, sagte er mit dem gleichen Grinsen, mit dem er ihnen vor Stunden ihr Essen gezeigt hatte. »Manhattans billigste Wohnungen mit allem Komfort.« Er öffnete eine Tür in der Wand.

Jeff und Jagger zögerten. Jagger musterte die Tür, dann schweiften seine Augen zu dem schwach erleuchteten Tunnel, der sich vor ihnen erstreckte. »Ich denk, v'lleicht solln wir lieber weitergehn.«

Auch Jeff betrachtete die wie in einer Passage aufgereihten Lampen. Hinter der Tür sagte Creeper: »Wir haben Besuch.«

»Jemand, den wir kennen?« Es war die Stimme einer Frau, und Jeff glaubte, eine Spur von Humor herauszuhören.

»Ich nich. Hab sie zwei Stockwerke tiefer getroffen.«

»Dann bring sie rein – hatten Glück, dass sie nicht gestorben sind da unten. Und wir haben viel zu essen. Richtiges Essen, nicht die Gleiskaninchen, die manche Leute mögen.

Creeper tauchte wieder in der Tür auf, und mit ihm kam ein Duft, der Jeff in die Nase stieg und ihm den Mund wässrig machte; wie ein Messer bohrte sich ihm der Hunger in den Leib.

Eintopf.

Nicht der dünne, geschmacklose Eintopf, mit dem man sie während ihrer Gefangenschaft in dem Raum irgendwo in der absoluten Finsternis tief unten ernährt hatte. Es roch wie der Eintopf seiner Mutter, köstlich und würzig.

»Kommt ihr oder nicht?«, fragte Creeper.

Es war der Duft des Eintopfs, der alle Zweifel zerstreute, die Jeff gehabt haben mochte. Als er durch die Tür trat, sah er das Allerletzte, das hier zu finden er erwartet hätte.

20. Kapitel

Was Jeff auch erwartet haben mochte, als er durch die Tür trat, es entsprach nicht seinen Vorstellungen. Nicht, dass er etwas Außergewöhnliches sah – tatsächlich waren die Gegenstände im Raum absolut alltäglich.

Ein Herd, auf dessen hinterer Kochplatte der Topf mit dem köstlich duftenden Rindfleischeintopf stand.

Ein Kühlschrank, nicht neu – der avocadogrüne Lack abgeblättert, und Teile der ausgeleierten Türdichtung fehlten. Wie um zu beweisen, dass er keine Fata Morgana war, fing er in diesem Moment an zu rattern, und der Motor hustete ein paar Mal heiser, bevor er ruhig zu brummen begann.

Ein Tisch – ein richtiger Tisch mit einer Kunststoffplatte und rohrförmigen Beinen, fast identisch mit dem, der in Jeffs Apartment stand. Und um den Tisch herum ein halbes Dutzend nicht zusammenpassender Stühle. Einige waren aus bös zerkratzter Eiche, der Lack fast völlig abgeschabt. Die anderen, ursprünglich gepolstert und mit verschiedenfarbigem Vinyl bezogen, wurden jetzt fast nur noch von Klebstreifen zusammengehalten.

Gegenüber vom Herd stand ein Sofa, wie Jeff es oft in seinem Viertel gesehen hatte, auf die Straße geschleppt, damit es die Müllabfuhr mitnahm. Dieses schien ein Altersgenosse des Kühlschranks zu sein. Der billige Holzrahmen im kitschigen mediterranen Stil, der zerknautschte Samtbezug fleckig und zerrissen –

trotzdem aber waren noch Spuren der originalen Goldfarbe erhalten.

Es gab noch zwei Sessel, einer ein Lehnsessel mit einem zerbrochenen Bein. Der Schaden schien den Mann nicht zu stören, der lang ausgestreckt laut darin schnarchte.

An den fensterlosen Wänden hingen Bilder, doch wie alles andere im Raum sahen sie aus, als habe man sie weggeworfen – einige, weil die Rahmen zerbrochen und die Darstellungen es nicht wert waren, neu gerahmt zu werden; andere, weil sie nur in den Neppläden für Touristen gut ausgesehen haben mochten, wo sie ursprünglich verkauft worden waren. Alle hatten jedoch etwas gemeinsam: Sie stellten eine Landschaft dar, als dienten die Bilder als Fenster zu einer imaginären Welt an der Oberfläche. Eines zeigte eine Frühlingswiese mit im üppigen Gras äsenden Rotwild. Ein anderes einen Wald mit buntem Herbstlaub, von einem Strahl übernatürlichen Lichts entflammt, als lächle Gott selbst von einem nicht sichtbaren Himmel herunter. Den Gegensatz zu den phantastischen Bildern bildeten zwei schiefe Stehlampen ohne Schirme, die die Tristheit des Raumes noch unterstrichen.

Das Überraschendste war ein Fernseher, der, auf CNN eingestellt, in der Ecke leise vor sich hin summte.

»Gefällt euch meine Wohnung?«

Jeff riss die Augen vom Fernseher los.

Die Frau, die ihn lächelnd ansah, schien in den Sechzigern zu sein. Nur etwas über einsfünfzig groß und schwer, schien ihr Körper noch voluminöser durch die Unmenge an Kleidung, die sie trug. Ihr Rock zeigte ein Paisleymuster in leuchtenden Rot-, Purpur- und Grüntönen. Er war ihr etwa fünf Zentimeter zu lang, und sie wischte mit dem ausgefransten und vor Dreck starrenden Saum gewissermaßen ständig den Boden. Ihre dunkel burgunderfarbene Bluse wies Roststreifen auf, und auf einer Seite ihres üppigen Busens breitete sich ein riesiger Fettfleck aus. An ihrem Unterarm klirrten mindestens ein Dutzend Armreifen, und um den Hals trug sie unzählige Halsbänder und Kettchen.

Ihr Gesicht bedeckte eine dicke Make-up-Schicht, die sich in die tiefen Falten ihrer Wangen eingefressen hatte; ein blutroter Lippenstift betonte die Fältchen um ihren Mund. Die kupferfarbene Perücke konnte die grauen Strähnen nicht ganz bändigen, die sich auf ihrer Stirn krausten.

Um die Schultern trug sie eine zerlumpte schwarze Stola, der die meisten Fransen fehlten und die ihr bis unter die Taille reichte. »Nicht übel, eh?«, fragte sie und zeigte mit einer weit ausholenden Geste auf den Raum. Die Asche ihrer Zigarette fiel auf den Boden, als sie einen ausgiebigen Lungenzug machte.

»Wenn der Rauch mich nich umbringt, wird's der Krebs tun«, gackerte sie und blinzelte Jeff mit einem zahnlückigen Lächeln zu. Ihr Blick wanderte von Jeff zu Jagger, und ihr Lächeln verschwand; sie blinzelte auch nicht mehr, sondern stieß mit ihrer Zigarette in seine Richtung. »Erinnere mich nich, dich reingebeten zu haben.«

Jaggers Hand umklammerte den rostigen Schienennagel fester.

»Is schon okay, Tillie«, schmeichelte Creeper. »Hast du grad gesagt, sie könnten was zu essen haben?«

»Das war, bevor ich sie gesehn hab«, fauchte Tillie und zielte mit ihrer Zigarette wieder auf Jagger. »Jetzt hab ich ihn gesehn, und ihn will ich nich. Also schaff ihn raus.«

Jeff spürte die Spannung, die sich in Jagger staute.

»V'lleicht will ich nich gehn«, knurrte er.

Tillie kniff die Augen zusammen und spitzte die Lippen, wobei sie den Lippenstift noch mehr verschmierte. »Na ja, essen kannste was, schätze ich. Dann sehn wir weiter.« Sie sah wieder Jeff an und wies mit dem Kopf auf eine Öffnung in der Wand gegenüber. »Dort kannste dich waschen«, sagte sie. »Wenn de auf'n Eimer musst, vergiss nich, den Deckel wieder draufzutun. Möchte nich, dass es hier stinkt.«

Mit Jagger dicht auf den Fersen, ging Jeff durch die Öffnung in der Wand.

»Was'n das hier?«, knurrte Jagger, während er sich umsah. Auf einem ramponierten Tisch standen eine abgestoßene Emailschüssel – haargenau die gleiche wie Jeffs Eltern sie auf den Campingausflügen benutzt hatten, als er noch klein gewesen war – und ein dazu passender Krug. Ein Handtuch, nicht allzu schmutzig, hing an einem nicht sehr stabilen Halter, den man in den Beton gedübelt hatte.

Einzige Lichtquelle war eine nackte Birne, die an einem langen Kabel baumelte.

An der Wand über dem Tisch war ein gesprungener Spiegel angebracht, und zum ersten Mal, seit er seine Zelle in den Tombs verlassen hatte, sah Jeff sein Gesicht. Er erkannte sich selbst kaum.

Seine Haut starrte von Russ und Schmutz, und sein Haar hing fettig und schlaff herunter.

Seine Augen waren blutunterlaufen und hatten dunkle Ringe.

Auf der Stirn hatte er Pickel und am Kinn einen Schnitt – einen Schnitt, von dem er nicht einmal etwas gewusst hatte und der aussah, als werde er bald eitern.

Noch immer sein Spiegelbild anstarrend, antwortete Jeff schließlich auf Jaggers Frage. »Es ist ihr Zuhause«, sagte er. »Sie wohnen hier.«

Im Spiegel sah er, das Jagger sich grübelnd umschaute. In einem nächsten Raum hinter dem, in dem sie gerade waren, lagen mehrere Matratzen auf dem Boden – eine sogar mit Sprungfedern, wie es schien – und alle mit Decken.

Decken und Laken.

Die Erschöpfung, die Jeff verdrängt hatte, während sie durch die Tunnel irrten, bis sie über Creeper gestolpert waren, überwältigte ihn plötzlich, und er wollte nur noch eins – im Nebenraum verschwinden und sich auf ein Bett werfen.

»Un' jetz wohnen wir da«, sagte Jagger. Dann zwinkerte er Jeff zu. »Is verflucht besser als Rikers, wie?«

Jeff sagte nichts, schaute nur noch einmal in den Spiegel.

Doch was er sah, war nicht mehr sein Spiegelbild.

Was er sah, war Abschaum.

War ein Mensch der Sorte, die zu ignorieren er schon vor langer Zeit gelernt hatte.

Von der man sich abwenden, deren Existenz man einfach leugnen musste.

Malcolm Baldridge, seit so vielen Jahren nur als »Baldridge« bekannt, dass nur wenige Menschen – außer ihm selbst – wussten, dass er einen Vornamen hatte, griff tief in die Tasche nach dem einzelnen Schlüssel, der nie an dem großen Ring hing, den er in seiner privaten Pantry aufbewahrte.

Die ihm angeborene Besessenheit für Details, die Besessenheit, die ihn für seinen Job so überaus geeignet machte, veranlasste ihn zu untersuchen, ob sich jemand an der Tür zu schaffen gemacht hatte. Wie immer gab es kein Anzeichen dafür. Er steckte den Schlüssel ins Schloss, drehte ihn herum, stieß die Tür auf und schloss sie wieder, bevor er Licht machte. Eine der Röhren in der Deckenbeleuchtung flackerte ein paar Mal und überflutete dann mit den anderen den Raum mit weißem Licht – einem Licht, das sich – darauf hatte Baldridge bestanden – der Sonne angleichen musste.

Es war eine Sache der Ästhetik, und auf Ästhetik legte Baldridge großen Wert.

Tatsächlich war sein Sinn für Ästhetik eine weitere wichtige Eigenschaft, die ihn für seinen Job qualifizierte.

Bevor er etwas anderes tat, zog er dünne Latexhandschuhe an, die er immer trug, wenn er in diesem Raum arbeitete. Dann holte er aus dem Vorratsraum vom obersten Regal eine neue Neonröhre und ersetzte die schadhafte in der Deckenbeleuchtung.

Es hatte keinen Sinn, sich unnötig ablenken zu lassen, wenn die schadhafte Röhre mitten bei der Arbeit von Neuem anfing zu flackern.

Schließlich macht er sich an die Arbeit.

Wie immer lag der Kadaver genau da, wo das Team ihn an den Abenden hinlegte, an denen die Jagd erfolgreich gewesen war – auf einer Tragbahre im begehbaren Kühlschrank. Der Kühlschrank war teuer gewesen, noch teurer aber die für seine Installierung notwendigen Neuerungen, doch Baldridge hatte darauf bestanden. »Der Geruch kann manchmal unerträglich werden«, hatte er erklärt, »und das viel schneller als ihr vielleicht denkt.« Auch war, Baldridges strengen Anweisungen zufolge, an den Kadaver nicht Hand angelegt worden. »Wiederherstellung ist mein Job«, hatte er erklärt. »Man überlässt so etwas am besten den Experten.« Baldridges Urteil war unfehlbar. Er hatte bei seinem Onkel gelernt, der noch immer in New Hampshire arbeitete, und in einem Beerdigungsinstitut in Kalifornien eine weitere Ausbildung genossen. Als sein kalifornischer Arbeitgeber über die Grenze nach Arizona übergesiedelt war, weil er hoffte, wegen gewisser Unregelmäßigkeiten einer Anklage zu entgehen, war Baldridge nach New York umgezogen.

Er bekleidete seine derzeitige Stellung seit fast fünf Jahren, und obwohl nur wenige Menschen jemals die Ergebnisse seiner Arbeit zu sehen bekamen, war er zufrieden. Heute Abend pfiff er leise vor sich hin, als er die Decken entfernte, in die man den Kadaver gewickelt hatte, um den Transport vom Tatort zum Kühlschrank zu erleichtern.

Zügig fuhr er die Tragbahre aus dem Kühlschrank und entfernte eine zerfledderte Decke nach der anderen, froh – und das nicht zum ersten Mal –, dass die geschmeidigen Latexhandschuhe ihn davor bewahrten, sich die Finger an dem dreckigen Material zu beschmutzen, das die Kadaver immer bedeckte. Sorgfältig verstaute er die Decken in einem Beutel, der, bevor er ging, im Verbrennungsofen entsorgt werden würde, dann wandte er seine Aufmerksamkeit dem Kadaver selbst zu.

Männlich, vielleicht fünfundzwanzig Jahre alt – auf keinen Fall älter als Dreißig.

Der Kadaver war in einem guten Zustand. Die meisten Zähne noch intakt, die Haut leider durch drei Tattoos entstellt. Eines stellte eine Schlange dar, die sich um den linken Bizeps schlängelte, ein anderes verkündete quer über die linke Brust *Liebe für Mutter* in reich verzierten altenglischen Lettern. Das dritte sah haargenau so aus wie ein Fleischstempel und »schmückte« die rechte Hinterbacke, bescheinigte dem ganzen Hinterteil seinen Status als US GRADE-A PRIME.

Das blonde Haar war schlaff und fettig, aber wenigstens nicht zu Dreadlocks verfilzt, die Baldridge nicht nur hässlich fand, mit denen man auch nicht arbeiten konnte.

Der Kadaver trug die übliche Kleidung, und obwohl alle ästhetischen Instinkte Baldridge überreden wollten, sie aufzuschneiden und so mit ihr zu verfahren wie mit den Decken, entfernte er stattdessen vorsichtig Stück um Stück und steckte es in einen anderen Sack, der für die Wäscherei bestimmt war. Nachdem man die Kleidung gewaschen und gebügelt hatte, würde Baldridge entscheiden, ob sie sich für die letzte Präsentation eignete. Wenn nur ein paar Knöpfe fehlten oder ein Saum zu nähen war, würde er das selbst tun. Waren die Schäden jedoch allzu groß, konnte er die Sachen zu einer diskreten Schneiderin in der Nähe der Seventh Avenue unten bei den Thirties bringen und sie von ihr kopieren lassen.

Schließlich lag der Kadaver nackt auf der Bahre und musste auf den Arbeitstisch befördert werden. Baldridge ließ ihn auf den Tisch gleiten und begann sich auf die eigentliche Arbeit vorzubereiten.

Seine Messer, alle scharf wie Rasierklingen, wurden in einer mit Samt ausgeschlagenen Schublade unter der Granitplatte des Arbeitstisches aufbewahrt.

Er platzierte mehrere große Pappkartons – für die Eiscreme-Branche hergestellt, aber perfekt für Baldridges Zwecke geeignet – in einen speziell konstruierten Trog, der sich am Rand um die ganze Tischplatte herumzog.

Mit einer Digitalkamera fotografierte Baldridge den Kadaver aus allen Winkeln und nahm dann sorgfältig alle wichtigen Messungen vor. Er maß nicht nur den Umfang von Brust, Taille und Hüften, die auf den Zentimeter genau eingetragen wurden, sondern auch die Ober- und Unterarme, Oberschenkel und Waden.

Endlich zufrieden, drehte er den Kadaver um, so dass er mit dem Gesicht nach unten dalag und machte den ersten Einschnitt, der vom Scheitel bis zum Steißbein reichte. Dann begann er – mit verschiedenen Messern, von denen er die meisten selbst entworfen hatte –, dem Kadaver die Haut abzuziehen; seine Hände handhabten die Klingen schnell und fachmännisch; nie verletzte er die Haut, löste sie jedoch von jeder Fettschicht und jedem Muskel, die sie von den Knochen und den weichen Geweben trennten.

Der Rücken war verhältnismäßig einfach – glatte Flächen, ein breites Hautstück und viel Platz zum Arbeiten. Die Haut vom Hinterkopf abzuschälen war genauso leicht, obwohl Baldridge Monate gebraucht hatte, um die Ohren zu meistern; der Trick dabei war, dass man tief genug schneiden musste, sodass am Endprodukt kein Einschnitt festzustellen war. Danach war es verhältnismäßig einfach, alles abzuschälen – außer den Lippen und den

Nasenlöchern. Die Augenlider hoben sich problemlos ab, nachdem er die Membrane um die Augenhöhlen weggeschnitten hatte. Bei Lippen und Nasenlöchern musste er die gleiche Technik anwenden wie bei den Ohren – man brauchte diese Öffnungen nur tief genug auszuschneiden, sodass die losen Ränder völlig verschwanden, wenn der Wiederherstellungsprozess beendet war.

Nachdem die Haut völlig von Schädel und Gesicht entfernt war, ließ sich der Rest genauso leicht bewerkstelligen wie wenn man ellbogenlange Handschuhe von den Armen oder eine Strumpfhose von den Beinen zog. Ein wenig Sorgfalt um den Anus – mehr noch um die Genitalien –, doch das war weniger Notwendigkeit als die Befriedigung von Baldridges Stolz, da diese Teile am Endprodukt nicht sichtbar sein würden.

Als die Haut, noch immer ein ganzes unversehrtes Stück, schließlich völlig vom Körper gelöst war, inspizierte Baldridge sie noch einmal und stellte zufrieden fest, dass nur eine ganz kleine Reparatur nötig sein würde – das kleine Loch in der Stirn, durch das die Kugel ins Gehirn gedrungen war. Seine eigene Arbeit war absolut vollkommen – ohne den geringsten Schnitt, die kleinste Kerbe. Er legte die Haut zum »Gerben« in den ersten Bottich in der Reihe von Behältern an der Wand gegenüber und wandte seine Aufmerksamkeit dem restlichen Kadaver zu.

Jetzt arbeitete er sogar noch schneller, denn das meiste, das auf dem Arbeitstisch lag, war nur noch Abfall. Nach zwanzig Minuten hatte er alle Muskeln, Organe, Bänder und anderen Weichteile vom Skelett gelöst und in den großen Eiscreme-Kartons deponiert. Am Ende benutzte er sein Lieblingsmesser, um vorsichtig Kopf und Hirnstamm von der Wirbelsäule zu trennen.

Er ließ das Skelett einen Augenblick liegen und öffnete den Glasdeckel eines großen Kastens – zwei Meter zehn lang und sechzig Zentimeter breit –, der an der hinteren Wand direkt auf dem Boden zu stehen schien. Der Boden des Kastens war mit einem einfachen Gitterrost bedeckt, und auf dieses Gitter legte Baldridge das Skelett. Er schloss den Deckel das Kastens wieder und spähte durch das Glas, bis er die ersten Ameisen durch das Gitter huschen sah; sie besahen sich alles und liefen dann zurück, um ihren Fund dem Rest der riesigen Kolonie mitzuteilen, die unter dem Labor lebte. Zufrieden, dass die Ameisen eifrig mit ihrer Arbeit begannen und bis zum Morgen alles Knorpelgewebe weggefressen haben würden – wobei alle Knochen unversehrt bleiben würden –, wandte er seine Aufmerksamkeit dem Schädel zu.

Er wusste natürlich, dass es gestattet war, den Schädel mit einer chirurgischen Säge zu öffnen, doch wiederum hielt ihn sein Sinn für Ästhetik davon ab. Obwohl am Ende keine Spur seiner chirurgischen Arbeit zu sehen sein würde, hätte doch er selbst um die Unvollkommenheit dieser Arbeit gewusst, und das hätte ihn gestört. Daher fing er an, obwohl es eine gute Stunde länger dauern würde, das Gehirn durch das Foramen Magnum herauszuschneiden, wozu er eine Reihe von Messern, Löffeln und Schabern benutzte, um so viel Gewebe wie möglich von den Knochen zu entfernen.

Zunge und Augäpfel gesellten sich zur Hirnmasse in einem der Eiscremekartons.

Nachdem Baldridge das Einschussloch in der Stirn inspiziert und festgestellt hatte, dass der Schaden im Knochen minimal war, legte er den Schädel in eine eigene Ameisenbox. Auch er würde am Morgen gereinigt sein.

Die Präparierung der Haut allerdings konnte mehrere Tage dauern.

Erst wenn Skelett und Haut perfekt konserviert waren, fing Baldridges eigentliche Arbeit an. War er damit fertig, würde der Mann, der an diesem Abend in den Tunnels gestorben war, ohne Zweifel besser aussehen als jemals zuvor.

Als Baldridge den Arbeitsraum eine Stunde später verließ, war von dem Abfall nichts mehr geblieben. Die vollen Eiscremekartons waren im Verbrennungsofen verschwunden, und sogar die kleinen Rückstände, die übrig waren, nachdem das Feuer erlosch, wurden mit Wasser in die Kanalisation gespült.

Die granitene Tischplatte war ebenso fleckenlos wie der Abflusstrog.

Die Bahre war sauber geschrubbt und desinfiziert, die Latexhandschuhe in dem Feuer verbrannt, in dem das Gewebe vernichtet worden war.

Den Beutel mit der schadhaften Neonröhre in der Hand, inspizierte Baldridge seinen Arbeitsraum ein letztes Mal.

Alles war, wie es sein sollte.

In ein paar Tagen würde die Trophäe des heutigen Abends bereit sein, um ausgestellt zu werden.

Und morgen begann die nächste Jagd.

21. Kapitel

Es war nicht Freude, die Jeff nach dem Erwachen als Erstes empfand, es war die Tatsache, dass er keine Schmerzen hatte.

Er fror nicht.

Um ihn herum war es nicht stockdunkel.

Ihm tat auch nicht jeder einzelne Teil seines Körpers weh.

Zuerst dachte er, die weiche Matratze unter ihm und die warme Decke müssten ein Traum sein. Einen Augenblick gab er sich der Einbildung hin, dass er, wenn er die Augen aufschlüge, in seinem Apartment auf der West 109th Street sein und Heather in seiner kleinen Küche Rühreier zubereiten würde, während die Sonne langsam den Weg in sein Schlafzimmer fand. In ein paar Minuten würde er durch den Riverside Park joggen.

Dann öffnete er die Augen. Er lag ganz still, starrte auf die Glühbirne, die von der Decke hing. Nein, ihr Schein hatte nichts mit den zarten Farben der Morgendämmerung vor seinem Schlafzimmerfenster zu tun. Schnell hob er die Hand, um die Augen gegen das Licht abzuschirmen.

Als Nächstes hörte er ein leises Rumpeln – ein Rumpeln, das allmählich anschwoll, bis der ganze Raum um ihn herum vibrierte. Nachdem es verhallt und der Raum wieder still war, setzte er sich auf. Laken und Decken rutschten herunter. Erst jetzt bemerkte er Jagger, der auf dem Bett gegenüber saß und ihn beobachtete. Als er spürte, dass die Blicke des großen Mannes seinen Oberkörper abtasteten, griff Jeff nach dem Laken und wollte sich wieder zudecken.

»Was'n los – denkste, ich bin 'ne Tunte?«, knurrte Jagger.

Jeff schüttelte den Kopf. »Ich war nur überrascht.« Er schaute sich um und entdeckte seine Kleidung – offensichtlich gewaschen und ordentlich gefaltet – auf dem Boden neben dem Bett. Überrascht sah er Jagger an. »Hast du das gemacht?«

»Bin ich'n Dienstmädchen?«, sagte Jagger.

»Dann ... Wer war's?«

»Wen interessiert's?«, fragte Jagger. »Alles, was ich weiß, is, dass ich hungrig bin und was zu essen riech. Zieh dich an, oder willste nackig rumlaufen?« Jagger stemmte sich in die Höhe und schlurfte durch das behelfsmäßige Bad in den Wohnbereich.

Allein gelassen ließ Jeff sich auf die Matratze zurückfallen. Er lag noch eine Weile da, bis ihm dämmerte, dass das Phantasiegebilde um Rühreier kein Traum war, denn jetzt roch er sie tatsächlich. Er warf das Laken ab, zog sich an und folgte Jagger, hielt sich nur lange genug auf, um sich ein paar Hand voll Wasser ins Gesicht zu klatschen und in einen der großen Eimer zu erleichtern. Dann ging er in den Hauptraum.

Es waren ein halbes Dutzend Leute da. Einen riesigen Rührlöffel in der Hand, stand Tillie am Herd. Auf dem durchhängenden Sofa saß eine junge Frau, nicht älter als Achtzehn, und stillte ein Baby. Am Tisch standen drei Männer zwischen Dreißig und Fünfzig. Einer sah aus, als sei er betrunken, die beiden anderen hatten die glasigen Augen Drogensüchtiger; sie hielten Messer in der Hand und musterten Jagger, der in drohender Haltung dastand.

Bei der Tür, die in den Tunnel führte, kauerte verängstigt ein Mädchen. Fünfzehn vielleicht, dachte Jeff. Oder noch jünger.

»V'lleicht isser's nich«, nuschelte der Betrunkene. »V'lleicht irrt sich Jinx.«

»Ich irr mich nich«, sagte das Mädchen. Sie hielt ein Blatt Papier in der Hand. »Warum schaut ihr nich selber?« Sie sah Jeff an. »Scheiße! Da is ja auch der andere.«

Jagger machte einen Schritt auf die Männer mit den Messern zu, doch ihre Körper spannten sich sofort, und Jagger hielt hastig inne, während seine Blicke zwischen ihnen hin und her flogen.

Jinx riss die Augen weit auf. »Er wird euch umbringen.«

Jaggers Blicke ließen die messerschwingenden Männer nicht los. »Sie sagt«, wandte er sich an Jeff, »sie hat irg'nd'n Papier mit meim' Bild drauf, un die Typen da sag'n, wir müss'n hier weg.«

Jeff sah zu Jinx hinüber.

»Ein Bild? Was für ein Bild?« Er wollte auf sie zugehen, blieb jedoch stehen, als Jinx sich an die Wand drückte und einer der Junkies sagte: »Fass sie an, und deine Eingeweide lieg'n aufm Fußboden, bevor de weißt, was passiert is.«

Jeff hob beschwichtigend die Hand. »He, bleiben wir friedlich, okay? Wir tun keinem was. Ich möchte nur rauskriegen, was los ist, mehr nicht.«

»Du musst sie rausschmeißen, Tillie«, sagte Jinx. »Du weißt ...«

»Ich weiß, dass das meine Wohnung is, und ich entscheide, was hier passiert«, fiel Tillie ihr ins Wort und durchbohrte sie mit den Blicken, als wolle sie das Mächen warnen, ihr zu widersprechen. »Vergiss nich, dass ich genauso gut dich rausschmeißen kann, junge Dame.«

Einen Augenblick sah Jinx so aus, als wolle sie protestieren, sank dann aber in sich zusammen. »Ich will ja nur, dass du dir das anschaust«, sagte sie überredend.

Tillie spitzte die Lippen und schien ablehnen zu wollen, legte dann aber den Rührlöffel weg und nahm Jinx das Papier aus der Hand. Sie rollte es auf, studierte es kurz und ließ dann die Augen zwischen dem Blatt und Jagger und Jeff hin und her schweifen.

»Wollt ihr Jungs mir sagen, warum ihr gesessen habt?«, fragte sie.

Jagger kniff die Augen zusammen. »Ich hab nie nix gemacht.«

Tillie sah Jeff an, und ihm war klar, dass sie Jagger nicht glaubte.

»Ich wurde wegen versuchten Mordes verurteilt«, sagte er.

Tillie bekam schmale Augen. »Hast du's gemacht oder nich?«

Jeff zuckte mit den Schultern. »Das ist doch egal. Ich wurde angeklagt und verurteilt. Und ich war deshalb im Gefängnis.

»Wie viel haben sie dir gegeben?«

»Ein Jahr.«

Ungläubig hob Tillie die Brauen, aber ihr Blick wanderte wieder zu Jagger. »Und du?«

»Lebenslang«, sagte Jagger.

»Für was?« Während die Frage im Raum hing, ließen Tillies Augen Jagger keine Sekunde los.

Jagger schien über seine Antwort lange nachzudenken, dann runzelte er die Stirn. »Sie haben gesagt, ich hab zwei Leute umgebracht. Und angeblich hab ich im Knast auch einen umgebracht. Aber ich erinner mich nich, keinen nich umgebracht zu haben.«

Tilly betrachtete wieder das Blatt Papier, das sie Jinx abgenommen hatte, und reichte es dann Jeff. Obwohl zerdrückt und voller Dreck, ließ sich noch deutlich erkennen, wozu es diente.

Es zeigte zwei Fotografien, eine von Jagger, die andere von ihm selbst. Darunter eine kurze Beschreibung ihrer Verbrechen und des gegen sie ergangenen Urteils. Unten prangten in Druckbuchstaben vier Worte:

DIE JAGD IST ERÖFFNET

»Ihr könnt noch frühstücken«, sagte Tillie. »Aber dann müsst ihr gehen.«

»Wie können sie sich ›New Yorks Elite‹ nennen?«, fragte Heather Randall und stieß die drei Worte hervor, als habe sie einen üblen Geschmack im Mund. »Wie können sie sich Polizei – geschweige denn ›Elite‹ – nennen, wenn sie sich vor den Menschen in den Tunnels so fürchten, dass sie sich nicht einmal hineintrauen?«

Eve Harris lehnte sich im Sessel zurück, nahm die Lesebrille ab und presste die Finger an die Schläfen in dem vergeblichen Versuch, den beginnenden Kopfschmerz zu unterdrücken. Sie wünschte fast, sie hätte es abgelehnt, die beiden Leute zu empfangen, die ihr jetzt zornig gegenübersaßen. Heather Randall hockte auf der Stuhlkante, während Keith Converse vorgebeugt dahockte; die Ellenbogen auf die Knie gestützt, das Kinn auf den gefalteten Händen. Sein Blick bohrte sich in den ihren. Ihr war klar, dass er sie herausforderte, etwas in der Geschichte zu unternehmen, die er ihr am Tag vorher zu erzählen begonnen und die an diesem Vormittag eine noch merkwürdigere Wendung genommen hatte.

Eigentlich hatte sie vorgehabt, ihrer Assistentin aufzutragen, sie solle Keith Converse anrufen und ihm mitteilen, sie habe über einen Mann namens Scratch nichts erfahren können. Und das wär's dann gewesen. Aber als er, anstatt anzurufen, bei ihr im Büro erschien und Heather Randall mitbrachte, überlegte sie es sich anders. Selbst Eve Harris durfte die Tochter des Assistent District Attorney nicht so ohne weiteres abweisen, denn es konnte sehr leicht sein, dass einmal sie ihn um einen Gefallen bitten musste.

Seufzend hörte sie auf, sich die Schläfen zu massieren und sah zuerst Heather, dann Keith an. »Ich kann Ihre Frustration verstehen. Kann sie sogar nachempfinden. Gott weiß, dass die Polizei im Lauf der Jahre auch nicht immer mein bester Freund war. Andererseits bin ich nicht sicher, dass Sie richtig verstehen, womit sie es zu tun hat.«

»Mit einer Bande Obdachloser«, sagte Keith, »ihrer Meinung nach lauter Trunkenbolde, Junkies und Verrückte.« Er lächelte grimmig. »Und damit zitiere ich jemand aus dem Fifth Precinct, einen Typen namens ...«

»Ich will's gar nicht wissen«, unterbrach ihn die Stadträtin. »Es ist absolut egal, wer es war, weil die meisten ihm zustimmen würden.«

»Was heißt, dass sie sich gar nicht die Mühe gemacht hätten, auch nur mit einem von diesen Leuten zu reden, als sie im Fall Cynthia Allen ermittelten, richtig?«

Eve Harris Züge verhärteten sich. »Ich habe gedacht, Sie suchen Ihren Sohn, Mr. Harris. Wenn Sie eigentlich auf ein Wiederaufnahmeverfahren aus sind ...«

»Wir versuchen nur zu erfahren, was passiert ist.«, unterbrach Heather, die sah, dass sie drauf und dran waren, Eve Harris völlig zu konsternieren. »Ich weiß, dass wir gestern Abend in der U-Bahnstation etwas gehört haben. Ich kann nicht beschwören, dass es Jeff war – ich vermute, es könnte irgendwer gewesen sein. Aber Keith ist überzeugt, dass der Leichnam, den man uns gezeigt hat, nicht Jeff war, und ganz egal, was Cindy Allen sagt, Jeff hat an jenem Abend nicht anderes getan, als ihr zu helfen versucht.« Sie schüttelte den Kopf. »Vielleicht irren wir uns – wahrscheinlich sogar –, aber wir müssen Klarheit gewinnen. Und wir wissen nur, was Al Kelly erzählt hat.«

Eve hob die Brauen und sah Keith an. »Sie haben sich an seinen Namen erinnert?«

»Wieso sollte ich nicht?«, konterte er.

»Weil's die meisten Leute nicht tun«, antwortete Eve. »Für die meisten Leute haben die Obdachlosen überhaupt keine Identität – es ist leichter, Menschen zu ignorieren, wenn man nichts über sie weiß. Solange man keine Tatsachen kennt, kann man vermuten, was man will – egal, in welchem Zustand sie sind, es muss ihre eigene Schuld sein.« Sie sah wieder Heather an. »Deshalb wollen die Leute ihnen nicht einmal in die Augen sehen – schauen Sie jemand in die Augen, dann sehen Sie vielleicht Dinge, die Sie nicht wissen möchten. Es ist also einfacher, nicht hinzuschauen.« Als Heather nicht widersprach, wechselte Eve abrupt die Gangart. »Warum sind Sie zu mir gekommen?«, fragte sie. »Warum gehen Sie nicht zu Ihrem Vater?«

»Weil Jeff, soweit es meinen Vater betrifft …« Ihre Stimme stockte, und sie brachte es nicht fertig, weiterzusprechen. »Mein Vater hält nichts davon, einen Fall neu aufzurollen. Er hält es für Zeitverschwendung. Und als ich heute Morgen Jeffs Anwalt anrief, hat er gesagt, er habe versucht, mit ein paar Leuten in der U-Bahnstation zu reden, aber sie wollten nichts mit ihm zu tun haben. Auch er denkt, dass wir nur unsere Zeit vergeuden.«

Keith, der Eve sorgfältig beobachtet hatte, während Heather sprach, stand jetzt auf.

»Ich denke, dass auch wir hier unsere Zeit vergeuden«, sagte er. »Sehen Sie, Ms. Harris, ob Sie uns nun helfen wollen oder nicht, wir werden mit den Leuten reden, die in den Tunnels leben. Ich gehe selbst hinein, wenn ich muss. Gestern haben Sie auf mich den Eindruck gemacht, als seien Sie jemand, der mir helfen könnte. Wenn Sie's nicht tun wollen, brauchen Sie's nur zu sagen.«

Als Heather auch aufstand, fasste Eve Harris einen Entschluss. »Ich habe nicht gesagt, dass ich Ihnen nicht helfen werde«, sagte sie und schaute in ihren Terminkalender. »Um eins habe ich heute eine Verabredung. Wenn Sie mich um halb zwei im Riverside Park treffen könnten, will ich sehen, was sich tun lässt. Ich kann Ihnen nichts versprechen – diese Leute können sehr … nun, sagen wir, sie können sehr schreckhaft sein. Und das ist verständlich. Aber wenigstens kann ich Sie mit jemand bekannt machen, der eine Menge über das weiß, was in den Tunnels vorgeht.« Sie hob beschwichtigend die Hand, wie um sich vor Keiths leidenschaftlich brennenden Augen zu schützen. »Aber mehr kann ich nicht tun. Sie finden mich südlich der Marina, dann will ich versuchen, Sie weiterzureichen. Danach sind Sie allein auf sich gestellt. Abgemacht?«

»Abgemacht«, sagte Keith.

»Dann sehen wir uns um halb zwei.«

Jagger musterte Tillie mit einem hämischen Blick. »Wenn wir nich gehen wolln, weiß ich nich, wie du uns dazu zwingen könntest.« Die Muskelmasse in Nacken, Schultern und Armen trat eisenhart hervor, und obwohl er noch am Tisch saß, wo er und Jeff sich zum Essen niedergelassen hatten, wirkte er angespannt und sprungbereit. Wie ein General auf einer Kommandobrücke stand Tillie am Herd, scheinbar unbeeindruckt von Jaggers Verhalten oder Worten.

»Das ist meine Wohnung«, sagte sie. »Ich entscheide, wer bleiben darf und wer nicht.«

»Was meinste mit ›deine Wohnung‹?«, fragte Jagger herausfordernd. »Hier gehört keinem nix. Und 'ne Wohnung isses schon gar nicht. Is nix anderes als 'n beschissenes Loch, um Gottes willen. Es gehört dir nich, und wenn wir bleiben wolln, dann bleiben wir.«

»Vielleicht sollte ich dir erklären, wie die Dinge hier unten funktionieren«, antwortete Tillie, offensichtlich noch immer unberührt von der Drohung in Jaggers Stimme. »Du weißt, was 'ne Familie is?« Sie hielt inne und wartete auf Jaggers Antwort, aber er schwieg. Ihre Augen, tief in den Höhlen liegend, wurden schmal. »Ich hab dich was gefragt. Hast du's an den Ohren?«

Jagger erhob sich halb vom Stuhl. »Scheiß drauf, Alte.«

»Nur ruhig, Jag«, warnt Jeff und legte Jagger die Hand auf den Arm. Das Mädchen namens Jinx stand noch immer an der Tür, die auf die Gleise hinausging, und sah aus, als wolle es jede Sekunde flüchten. Die beiden Junkies musterten Jagger böse, die Messer in ihren Händen zuckten unruhig, erst nach einer, dann nach der anderen Seite, Schlangenzungen ähnlich, die gleich vorschnellen würden.

»Ihr benehmt euch auch, Jungs«, sagte Tillie und ließ die Augen zwischen Jagger und den beiden Süchtigen hin und her wandern. »Lester, hab ich dir und Eddie nicht die Regeln erklärt, bevor ich euch aufgenommen hab?«

Einer der Männer ließ das Messer sinken, steckte es aber noch nicht weg. »Ich kenn die Regeln«, knurrte er. »Und Eddie auch. Aber der Typ is mir nich ganz geheuer.«

»Dann nimm dir ihn wo anders vor«, sagte Tillie. Sie sah Eddie an. »Du hast noch ungefähr zwei Sekunden, Eddie.

Einen Moment war Jeff nicht sicher, ob Eddie sie überhaupt gehört hatte, dann ließ er sein Messer zuklappen und steckte es in die Tasche.

»Komm, Lester«, sagte Eddie. »Schau'n wir mal nach, ob wir Gonzales finden.«

»Aber bringt ihn ja nicht mit«, warnte Tillie. »Verstanden?«

Keiner sagte etwas, aber Lester nickte, und gleich darauf waren sie durch die Tür verschwunden.

»Na – deine Muskelmänner sind weg, und wer beschützt dich jetzt?«, fragte Jagger und ließ sich auf seinen Stuhl zurückfallen.

»Sie kommen wieder«, sagte Tillie. »Und selbst wenn sie nicht wiederkommen, es sind eine ganze Menge Leute in der Nähe.« Jagger verzog die Lippen zu einem höhnischen Grinsen, aber Tillie zuckte nur mit den Schultern. »Du denkst wohl, du bist so richtig taff, wie?«

Jetzt war es Jagger, der mit den Schultern zuckte. Er sagte nichts, neigte aber den Kopf leicht zur Seite, als lohne es sich nicht, die Frage zu beantworten.

Tillie sah fast traurig aus, als tue Jagger ihr Leid. Sie häufte eine Riesenportion Rührei aus der Bratpfanne auf einen Teller, legte ein halbes Dutzend Speckscheiben dazu und stellte den Teller vor Jagger auf den Tisch.

Jagger musterte das Essen misstrauisch. »Hab gedacht, du willst uns hier weg haben.«

»Ich hab auch gesagt, ihr könnt zuerst essen«, erwiderte Tillie. »Hier geht keiner hungrig weg. Draußen könnt ihr noch genug hungern.« Sie machte einen zweiten Teller fertig und setzte ihn Jeff vor. Dann füllte sie aus einem Topf, der auf der hinteren Herdplatte stand, einen abgestoßenen Becher mit sehr schwarz aussehendem Kaffee. Während Jeff und Jagger aßen, setzte sie sich neben den Betrunkenen und drückte ihm den Becher in die Hand. Er stieß ihn weg, doch sie schob ihn zurück. »Ich schwör bei Gott, Fritz – er schmeckt nicht schlimmer als das Zeug, das du säufst.«

»Ach, komm schon, Tillie«, winselte Fritz. »Er schmeckt wie Scheiße.«

»Vielleicht schmeckt er wie Scheiße, aber er bringt dich wenigstens nicht um«, erwiderte Tillie. Sie schaute zu Jinx hinüber, die sich noch immer nicht von der Tür weggerührt hatte. »Setz dich und iss was. Die Typen werden dir nix tun. Oder?« fügte sie für Jeff und Jagger bestimmt hinzu.

Jagger sah von seinem Teller auf und schien etwas sagen zu wollen, aber Jeff ließ ihn nicht zu Wort kommen. »Wir werden keinem was tun«, sagte er und lächelte Jinx an.

Ihre Furcht schien nachzulassen, sie ging zum Herd, tat sich das restliche Rührei und den restlichen Speck auf einen Teller und setzte sich vorsichtig neben Tillie.

»Robby gut in die Schule gekommen?«, fragte Tillie.

Jinx nickte. »Aber er wollte nich gehen. Er sagt, ein paar von den anderen Kids haben's auf ihn abgesehn.«

»Warum sollt es einer auf Robby abgesehn haben?«, meinte Tillie. »Er is'n guter Junge.«

»Die Kleider«, sagte Jinx. »Er sagt, die anderen Kids sagen, er schaut aus wie 'n Penner.«

»Arschlöcher«, sagte die Frau auf dem Sofa bitter. Das Baby war in ihren Armen eingeschlafen, jetzt legte sie es sanft auf das Sofa, stand auf und goss sich den letzten Kaffee in einen Blechbecher. »Warum können sie ihn nich in Ruh lassen?«

»Wer ist Robby?«, fragte Jeff.

Niemand sprach, und alle außer Jagger, Jeff und dem schlafenden Baby sahen Tillie an.

»Ein Kid eben«, sagte sie. »Ungefähr acht. Lebt jetz schon 'ne ganze Weile hier.«

»Er *lebt* hier?« wiederholte Jeff. »Ein kleiner Junge?«

Tillie verdrehte die Augen. »Was bist'n du für'n Doofi? Warum sollt 'n kleiner Junge nich hier leben?«

»Sind seine Eltern auch da?«

Jinx und die Mutter des Babys wechselten hastig einen Blick. »Ich glaub nich, dass du ihm das sagen sollst. Wenn die beiden je rauskommen ...«

»Sie kommen nich raus«, sagte Tillie. »Hast du schon mal gehört, dass welche rausgekommen sind?«

»Nein, aber ...«

»Kein Aber«, unterbrach sie Tillie und sah Jeff sehr direkt an. »Sie haben's euch doch gesagt, oder? Das mit'm Spiel?«

Jagger war mit dem Essen fertig und schob seinen Teller weg. Jeff spürte, wie sein Körper sich spannte und legte ihm wieder beschwichtigend die Hand auf den Arm. »Sie haben uns gesagt, wenn wir rauskommen, sind wir frei. Sie haben gesagt, wir brauchen nur an die Oberfläche ...«

»Egal, was sie gesagt haben«, fiel Tillie ihm ins Wort. »Sie werden euch töten. Nur dazu seid ihr ja hier unten.«

Jeffs Magen verkrampfte sich. »Aber warum?« fragte er. »Warum sollte uns jemand töten wollen? Und wer sind ›sie‹?«

Tillies Augen bohrten sich in die von Jeff. »Woher soll ich das wissen? Keiner sieht sie. Nich mal zu hören sind sie. Aber wir alle wissen über sie Bescheid. Und wenn sie mal einen Entschluss gefasst haben – das war's dann.«

»Doch wenn wir hinauskommen, lassen sie uns in Ruhe?«

Tillie zuckte mit den Schultern. »Das sagen sie. Aber ich hab noch nie gehört, dass einer davongekommen ist, nachdem die Jagd angefangen hat.« Ihre Augen huschten von Jeff zu Jagger. »'türlich, ich kann mich auch nich erinnern, dass sie zwei gleichzeitig gejagt haben. Wenn ihr beisammen bleibt, könnt ihr's vielleicht schaffen.«

Jagger beugte sich plötzlich vor und packte Tillie am Handgelenk. »Aber wenn wir nirgendwohin gehen?«, fragte er leise und drohend. »Wie wenn wir einfach hier bleiben?«

Falls Tillie sich überhaupt fürchtete, ließ sie es sich nicht anmerken. »Ich hab es euch schon einmal gesagt – das ist meine Wohnung, und ich entscheide, wer hier lebt. Ich habe Regeln aufgestellt, und alle müssen sich danach richten. Robby muss in die Schule gehen, und Lorena hier muss ihr Baby versorgen, und jeder muss sich um jeden kümmern. Wir sind noch nicht allzu weit unten, und ich schätze, dass Robby und Lorena und Jinx eine gute Chance haben, eines Tages an die Oberfläche zurückzugehn. Deshalb lass ich keinen hier rein, der alles durcheinander bringt – ich will, dass meine Kids rauf- und nicht runterkommen.« Sie sah Jagger böse an. »Leute wie du kommen nicht rauf. Sie kommen nur runter.« Wieder wandte sie sich an Jeff. »So isses nun mal mit den Tunnels. Wenn die Leute herkommen, denken sie, es ist nur für 'ne Weile – vielleicht für ein paar Stunden oder für eine Nacht. So bin ich hier gelandet. Ich hatte es satt, in die Grand Central zu rennen und dort auf 'ner Bank zu schlafen – bevor sie alle Bänke rausgenommen haben. Ich hatte beobachtet, wie Leute die Gleise langgingen, also hab ich's eines Abends selbst versucht. Zum ersten Mal seit Monaten konnte ich gut schlafen. Also bin ich wieder hin. Eine ganze Weile hatte ich ein kleines Nest oben in den Röhren. Und am Tag bin ich wieder raus. Aber dann haben sie angefangen, uns aus der Grand Central rauszuwerfen. Also hab ich angefangen, mich umzusehen und hab nach einer Weile dies hier gefunden.« Ihre Augen schweiften über den feuchten Beton der fensterlosen Wände, und plötzlich grinste sie. »Die Miete war in Ordnung, und ich war tief genug, um mich vor den Cops nicht fürchten zu müssen.« Sie zeigte mit dem Daumen auf Fritz, der vor sich hin zu dösen schien. »Und dann hab ich ihn gefunden, und alles wurde viel besser. Wenn Fritz nicht trinkt, gibt's nich viel, was er nich machen kann. Er ist derjenige, der gewusst hat, wie sich Elektrizität und Kabel und sogar die Wasserleitungen anzapfen lassen. Ich wette, eines Tages kriegt er's auch noch raus, wie wir'n Anschluss an die Abwasserkanälen kriegen.«

»Wenn seine Leber so lange durchhält«, sagte Jinx leise vor sich hin.

Tillie sah das Mädchen feindselig an, und Jinx verstummte. »Alle«, fuhr Tillie zu Jeff gewandt fort, »alle denken, hier unten gibt's nur Penner. Und ich will auch nich behaupten, dass es nich 'ne Menge davon gibt Aber es sind auch alle möglichen anderen Leute da. Wie Jinx hier, die von ihrem Stiefvater weg musste.« Sie wies mit dem Kopf auf Lorena, die wieder ihr Baby stillte. »Lorena war schwanger, und ihr Mann hat sie verprügelt. Und

Robbys Leute sind einfach abgehauen und haben ihn zurückgelassen.«

»Zurückgelassen?«, wiederholte Jeff, der jetzt mit dem Essen fertig war.

Tillie nickte. »Sie sind in einen Bus eingestiegen und haben ihm gesagt, er soll an der Station warten. Aber sie sind nie zurückgekommen. Jinx hat ihn auf einer Bank gefunden, auf der er gewartet hat, und hat ihn mitgenommen.«

»Warum hat sie ihn nicht … nun ja, in ein Heim gebracht oder so?«

»Warst du schon mal in so 'nem Heim? Das System hätte Robby geschluckt, und Gott weiß, was dann mit ihm passiert wär. Hier hat er wenigstens eine Familie, die ihn liebt, das weiß er. Da oben …« Sie schüttelte den Kopf. »Warum rede ich eigentlich? Alle denken, dass es da oben so großartig is, und wenn man Geld hat, isses das vielleicht auch …« Sie verstummte. Begann von neuem. »So schlimm isses hier unten gar nich. Wenigstens nich hier. Wenn das Baby alt genug is, wird Lorena sich einen Job suchen, und ich schätze, in zwei, drei Jahren wird sie wieder an der Oberfläche sein. Und Jinx wird eines Tages wieder in die Schule gehn …«

»Die High-School macht ein' fertig«, sagte Jinx.

»Dumm zu sein, macht dich noch viel fertiger«, erklärte Tillie. Sie wandte sich wieder Jeff und Jagger zu. »Ich weiß nich, was ihr zwei gemacht oder nich gemacht habt. Ich weiß nur, was auf diesem Zettel steht. Also hab ich nix dagegen, euch ein Frühstück zu geben, aber das war's dann – ich will nich, dass ihr meine Familie durcheinander bringt, und auf keinen Fall dürft ihr hier sein, wenn die Jäger euch finden.«

»Also, was solln wir machen?«, fragte Jagger.

Tillie stand auf und begann die leeren Teller wegzuräumen. »Das ist nich mein – das ist euer Problem.«

»V'lleicht *isses* dein Problem«, knurrte Jagger. »V'lleicht mach ich's zu deinem Problem.«

Tillie schüttelte den Kopf. »Blacky?«, rief sie.

Sofort wurde die Tür geöffnet, und ein Mann, noch größer als Jagger, trat ein. Hinter ihm kamen noch zwei Männer, die auch nicht viel kleiner waren.

Alle drei hatten Messer und sahen aus, als wüssten sie genau, was man damit anfangen konnte.

»Die beiden wollen gehn«, sagte Tillie und nickte zu Jeff und Jagger hinüber. »Wollt ihr sie bis zur Ecke begleiten?«

Blacky grinste. »Kein Problem. Überhaupt kein Problem.«

Noch ehe Jeff und Jagger richtig wussten, was passierte, waren die Männer hinter ihnen, und Jeff spürte eine Messerspitze im Nacken. Er hob die Hände, stand auf und ging auf die Tür zu. Blieb dann aber stehen und drehte sich zu Tillie um, obwohl Blacky ihm wieder das Messer an den Nacken presste. »Was ist mit unseren Sachen?«, fragte er. »Den Taschenlampen und Jaggers Nagel?«

Tillie überlegte. »Das is nur fair, schätze ich – ihr habt sie gehabt, als ihr gekommen seid, also könnt ihr sie mitnehmen.« Sie schickte Jinx in den Nebenraum, um die Sachen zu holen, und wandte sich dann wieder an Jeff. Sie schien über etwas nachzudenken und dann einen Entschluss zu fassen. »Eins dürft ihr nich vergessen – je tiefer ihr in die Tunnels runtersteigt, um so verrückter werden die Leute. Also, wenn's euch möglich is, geht hinauf. Aber hofft nich, dass ihr rauskommt. Keiner kommt raus, hinter dem die Jäger her sind. Niemals.«

Jinx kam zurück und reichte Jeff die Taschenlampen und den rostigen Schienennagel. Gleich darauf verließen sie den Raum. Die Tür schloss sich hinter ihnen und die Helligkeit war dahin.

Was blieb, war die Dunkelheit der Tunnels.

22. Kapitel

Keith und Heather verbrachten den ganzen Vormittag in Downtown, wanderten von einem öffentlichen Gebäude zum anderen, zeigten ihre Identifikation und passierten Metalldetektoren so oft, dass sie den Vorgang schon automatisch hinter sich brachten. Egal wo sie hinkamen, sie begegneten dem gleichen Interesse – oder vielmehr dem gleichen Mangel an Interesse.

Für die Bürokratie der Stadt schien das Problem der Obdachlosen längst gelöst. »Oh, es gibt noch immer ein paar«, wurde ihnen ein ums andere Mal von verbindlich freundlichen Gesichtern – männlichen und weiblichen – erklärt, die hinter kugelsicheren Scheiben saßen, zum Schutz gegen die Öffentlichkeit, der sie eigentlich dienen sollten. »Wir haben eine starke Wirtschaft, wissen Sie – jeder der arbeiten will, findet einen Job. Es sind einfach nicht mehr so viele wie früher.«

Oder sie bekamen zu hören: »Die Tunnel unter der Stadt? Sind Sie verrückt? Jemand müsste schon ganz den Verstand verloren haben, um dort unten zu leben! Ich meine, dort gibt es kein Licht, kein Wasser oder sonst was, nicht wahr?«

Schließlich gaben sie auf, holten sich von einem Kiosk zwischen dem Municipal Building und dem Police Headquarters ein paar Hotdogs und gingen zur U-Bahn hinunter, um nach Uptown zu fahren.

»Sie haben Recht, wissen Sie«, sagte Heather, während sie sich auf dem Bahnsteig umsah, wo sie auf den Zug warteten. Ein junger Mensch saß da und zupfte, den offenen Instrumentenkasten vor sich, leise auf einer Gitarre, aber alle anderen schienen irgendwohin zu wollen, etwas zu tun zu haben. »Es gibt wirklich nicht mehr so viele wie früher. Vor ein paar Jahren stolperte man dauernd über Schnorrer. Man konnte ihnen nicht ausweichen.«

Ein Zug fuhr ein, und sie stiegen in einen halb leeren Wagen. Als sie sich setzten, sagte Keith: »Ich glaube, ich muss mich bei Ihnen entschuldigen.«

»Bei mir? Wieso denn?«

»Tja, wissen Sie, ich war nicht allzu begeistert darüber, dass Jeff mit Ihnen ausgegangen ist …«

»Wir sind nicht nur miteinander ausgegangen«, warf Heather ein. »Wir wollten heiraten …«

Keith seufzte. »Und wie ich darüber dachte, hatte keine Bedeutung, nicht wahr?«

Heather schüttelte den Kopf. »Es war beschlossene Sache.«

»Nun, wie es sich jetzt herausstellt, schätze ich, dass Jeff Recht hatte und ich Unrecht.« Er wurde feuerrot. »Deswegen glaube ich mich bei Ihnen entschuldigen zu sollen – zu müssen. Ich hab gedacht, Sie seien nur eins dieser verwöhnten reichen Mädchen, das Jeff benutzte, um seinem Vater eins auszuwischen – eine kleine Rebellion, bevor Sie sich mit einem Park Avenue Anwalt namens Skip ein Nest bauten. Aber so ist es ganz und gar nicht, oder?«

Heather lächelte, zum ersten Mal seit Jeff verschwunden war. »Es wäre für Daddy schrecklich, Sie das sagen zu hören. Zu hören, dass es ihm missglückt ist, nach all den Jahren, in denen er versucht hat, mich zu verwöhnen …« Sie hätte um ein Haar gelacht, aber ihr verging das Lächeln, als ihr einfiel, wohin sie gingen – und warum. »Wie, wenn wir ihn nicht finden?«, fragte sie, und ihre Stimme war kaum lauter als ein Flüstern.

Darauf hatte Keith keine Antwort. Sie sprachen erst wieder, als sie am Sherman Square aus der U-Bahn stiegen und zur Seventysecond in Richtung Hudson gingen. Vom Fluss her wehte ein beißend scharfer Wind, und als sie die West End Avenue überquerten, knöpfte Heather ihren leichten Burberry Trenchcoat zu. Einen Block weiter kamen sie ans untere Ende des Riverside Drive. Direkt vor ihnen war die Zufahrt zum West Side Highway, und am Ende der Zufahrt lag der Highway selbst; es herrschte dichter Verkehr nach beiden Richtungen. Im Süden sah man ein Ende der riesigen neuen Trump-Baustelle, die sich fast eine Meile am Fluss entlang erstreckte. Im Norden dehnte sich der Riverside Park, ein grüner Gürtel über zweieinhalb Meilen bis zur 125th Street.

»Sie hat gesagt, südlich der Marina«, sagte Heather und überquerte, die Ampel ignorierend, den Riverside Drive. »Kommen Sie.«

Keith folgte ihr in den Park. Sie nahm einen Weg, der sich unter dem West Side Highway hinzog, und als sie ans Ende des steilen Anstiegs kamen, der auf der anderen Seite zum Fluss abfiel, erhaschte Keith aus den Augenwinkeln auf den südlichen Gleisen eine Bewegung. Es gab mehrere Gleise; sie verliefen unter dem Highway und dem Park und waren durch die Pfeiler, auf denen der Highway ruhte, nur teilweise sichtbar. Obwohl ein hoher Zaun die Schienen von dem schmalen Parklandstreifen am Fluss trennte, war die Betonmauer hinter den Gleisen mit Graffiti bemalt.

»Das sind die Gleise von der Penn Station«, erklärte Heather. Zwei schäbig gekleidete Männer, die am Fuß eines Pfeilers saßen, sahen auf, als sie vorbeikamen. »Und das müssen zwei von den Leuten sein, die in den Tunnels leben.« Wie zur Bestätigung standen die beiden Männer torkelnd auf und gingen in südlicher Richtung auf den Tunneleingang zu. Kurz bevor sie verschwanden, hob einer der Männer die linke Hand und streckte den Mittelfinger aus.

Die Geste sagte ihnen überdeutlich, was sie von den Tunnelbewohnern zu erwarten hatten.

Auf der rechten Seite folgten sie einer steilen Rampe, die hinunter führte. Auf halbem Weg blieb Heather stehen und zeigte auf ein kleines Zelt, das, nicht ganz fünf Meter vom Fußweg entfernt und durch ein Metallgeländer abgegrenzt, auf einem kleinen ebenen Fleck errichtet worden war. Vor dem Zelt ein wackliger Tisch, auf dem ein Petroleumkocher und eine abgestoßene Emailschüssel standen.

Eine Frau in einem langen, schmutzstarrenden Rock und einem oft geflickten Männerhemd aus Flanell kehrte sorgfältig den Zeltvorplatz.

Es war Keith peinlich, sie bei ihrer Hausarbeit zu beobachten. Die Frau blickte auf, als sie vorübergingen, aber als Heather sie anlächelte, drehte sie sich rasch um und tat, als habe sie sie nicht gesehen.

In etwa fünfzig Meter Entfernung entdeckten sie Eve Harris. Sie saß auf einer Bank und unterhielt sich mit einer Frau, die einen Rock mit Paisleymuster, eine purpurfarbene Bluse und einen zerrissenen Kolani trug. Als Heather und Keith näher kamen, stand die Stadträtin auf, aber ihre Begleiterin musterte sie misstrauisch. »Das sind die Leute, von denen ich dir erzählt habe«, sagte Eve zu ihr, nahm Heathers Hand und zog sie näher. »Heather Randall und Keith Converse. Und das«, fuhr sie fort, »ist meine gute Freundin Tillie.« Sie sah auf ihre Uhr. »Ich habe Tillie erklärt, worüber Sie mit ihr sprechen wollen, und sie hat gesagt, sie wird es sich anhören. Aber es gibt keine Garantie dafür, dass sie Ihnen helfen kann. Ist das klar?«

»Ist klar«, sagte Keith.

Offensichtlich zufrieden, bückte sich Eve Harris, umarmte Tillie und küsste sie auf die Wange. »Pass auf dich auf, hörst du?«

Tillie scheuchte sie mit einer Handbewegung weg. »Mach dir um mich keine Sorgen«, sagte sie. »Ich pass schon seit vielen, vielen Jahren auf mich auf.« Das klang zwar schroff, doch sie lächelte dabei und entblößte einen Mund voller abgefaulter Zähne. »Halt du dich selber aus Schwierigkeiten raus, okay?«

»Ist doch klar«, versicherte ihr Eve. »Ich kann genauso gut auf mich aufpassen wie du.«

»Na, wenn du's nich besser kannst, dann bist du in Schwierigkeiten. Jetzt verschwinde, und ich kümmere mich um diese beiden.« Tillies Lächeln verschwand mit Eve Harris, und als sie sich wieder Keith und Heather zuwandte, war ihr Blick voller Misstrauen. »Sie hat gesagt, ihr sucht jemanden. Wen denn?«

»Meinen Sohn«, sagte Keith und setzte sich neben sie auf die Bank. »Er heißt Jeff Converse.«

Tillie spitzte die Lippen und schüttelte dann den Kopf. »Und wieso glaubst du, dass er in den Tunnels ist?«

»Ein gewisser Al Kelly hat es mir gesagt«, antwortete Keith. »Er hat ihn mit einem Mann namens Scratch hineingehen sehen.«

Wieder schüttelte Tillie den Kopf. »Ich glaub nich«, sagte sie. »Ich glaub, ich weiß von keinem was.«

Ein Mädchen in Jeans und Flanellhemd tauchte neben Tillie auf. Sie musterte Keith und Heather eindringlich. »Belästigen sie dich, Tillie?«

Tillie schüttelte den Kopf. »Ist schon okay – sie suchen nur jemanden.« Sie grub in einer Innentasche ihres Kolani und holte eine Hand voll Geld heraus, dass sie dem Mädchen gab. »Geh mit Robby nach der Schule einkaufen, okay? Kauf ihm, was er braucht, damit die anderen Kids ihn in Ruhe lassen.« Das Mädchen nahm das Geld, sah Keith und Heather noch einmal durchdringend an und ging los. »Jinx?«, rief Tillie. Das Mädchen blieb stehen und blickte zurück. »Du bringst mir Quittungen und das Kleingeld. Und beides sollte stimmen.« Jinx verdrehte die Augen und flitzte davon. Tillie stand auf. »Macht euch lieber auf den Weg.«

»Aber wir wollten nur ...«, begann Heather, doch Tillie ließ sie nicht zu Ende sprechen.

»Ich hab euch alles gesagt, was ich zu sagen hatte. Miz Harris hat gewollt, dass ich mit euch rede, und das hab ich gemacht. An eurer Stelle tät ich dorthin zurückgehn, wo ihr hergekommen seid. Es gibt Sachen, von denen Leute wie ihr nix wissen könnt und nie was wissen werdet. So isses nun mal.« Sie drehte sich um und ging in entgegengesetzter Richtung den Weg hinunter.

Heather sah ihr nach, und das Fünkchen Hoffnung, das während der letzten Stunden in ihr geflackert hatte, erlosch beinahe. Aber als sie sich Keith zuwandte, funkelten seine Augen aufgeregt. »Sie weiß was«, sagte er leise und eindringlich. »Sie weiß was, will es uns aber nicht sagen.«

»Warum sollte sie es uns nicht sagen wollen?«, protestierte Heather. »Wenn sie weiß ...«

»Sie ist wie alle anderen«, antwortete Keith. »Die Männer auf den Gleisen und die Frau im Zelt. Haben Sie sie nicht gehört? Sie hat gesagt, Leute wie wir. Nur darum geht es – sie sprechen nicht mit uns, weil wir nicht sind wie sie.«

»Was sollen wir dann tun?«, fragte Heather.

»Sie tun gar nichts«, sagte Keith. »Aber ich ziehe um.«

Ihren Einkaufswagen vor sich herschiebend, spazierte Tillie langsam durch den Riverside Park. Sie hatte es nicht eilig – hatte es nie eilig gehabt. Außer in ihrer Jugend. Damals hatte sie es eilig gehabt. Zu eilig. Sie wollte Schauspielerin werden und war mit Achtzehn in New York gelandet, direkt nach der High-School. Sie hatte sich einen Job als Kellnerin gesucht und angefangen zum Vorsprechen zu gehen, aber sie war über ein paar Sätze nie hinausgekommen. Sie versuchte es immer wieder, immer überzeugt, dass sie im nächsten Jahr endlich ihre Chance bekommen würde. Anfangs hatte es sogar Spaß gemacht – sie hatte Freunde, die auch Schauspieler und Schauspielerinnen werden wollten, und einige hatten tatsächlich Rollen ergattert. Einer spielte jetzt in einer Seifenoper – Tillie sah ihn manchmal, wenn er und seine Freunde von der Show hin und wieder im Park ihren Lunch einnahmen.

Natürlich sprach sie nie mit ihm, und er erkannte sie nicht, und das war gut so.

Die Schwierigkeiten hatten vor dreißig Jahren angefangen, als sie Fünfundzwanzig gewesen war. Damals hatte es jedoch nicht nach Schwierigkeiten ausgesehen. Sie hatte sich ganz einfach verliebt – war nicht nur mit ihm ausgegangen, sondern hatte ihn wirklich geliebt.

Aber er war verheiratet, und obwohl er ihr immer wieder versprach, seine Frau zu verlassen, hatte er jeden Monat eine andere Ausrede dafür, warum er es nicht tun konnte. Er entschädigte sie auf andere Weise dafür. Zahlte ihre Miete und gab ihr jede Woche Geld, sodass sie ihren Job als Kellnerin aufgeben konnte.

Noch immer ging sie zum Vorsprechen, doch die meiste Zeit blieb sie zu Hause, für den Fall, dass Tony anrief oder zu ihr kam.

Sie blieb zu Hause und sie trank.

Hauptsächlich Wodka, weil er nach nichts schmeckte und Tony ihn nicht in ihrem Atem riechen konnte. Nach einiger Zeit ging sie fast überhaupt nicht mehr aus der Wohnung, und ihre anderen Freunde hörten auf, sie anzurufen. Aber sie hatte ja Tony, also machte ihr das nichts aus.

Dann rief Tony eines Tages nicht an, und als der Anruf auch am nächsten Tag ausblieb, rief sie an. Sie versuchte es wohl hundertmal, aber seine Sekretärin stellte sie nie durch, also rief sie ihn zu Hause an. Immer wieder.

Nach einer Weile ließ seine Frau die Telefonnummer ändern. Da begann sie ihm vor dem Gebäude aufzulauern, in dem er arbeitete, und wartete darauf, dass er herauskam. Jedes Mal sagte er ihr, dass er sie nicht mehr sehen wolle, doch sie wusste, dass das nicht die Wahrheit war – nicht die Wahrheit sein konnte, weil er ihr immer versprochen hatte, sie eines Tages zu heiraten.

Als Tonys Frau – sie hieß Angela – ihn zwang, die Mietzahlungen für Tillie einzustellen und ihr Geld zu geben, ging Tillie zu ihr. Sie wollte nur mit ihr reden, erklären, dass Tony sie liebe, nicht Angela. Das Messer nahm sie nur mit, um Angela Angst einzujagen, aber je länger sie auf Angela einredete, um so wütender wurde sie. Als die Polizei kam, war Tonys ganzes Apartment voller Blut und die Möbel zerschlagen; Angela behauptete, das sei Tillies Schuld.

Angela war nicht verletzt. Tillie aber blutete aus vielen Wunden, die sie sich selbst beigebracht hatte, und weinte, als sei das Ende der Welt hereingebrochen, also schickten sie sie eine Zeit lang in ein Krankenhaus. Als sie entlassen wurde, wusste sie nicht wohin, aber es war Hochsommer, also schlief sie in dieser Nacht im Central Park.

Am nächsten Tag blieb sie im Park und fing an mit Leuten zu reden. Bald hatte sie Freunde – sogar noch mehr Freunde als in der Zeit vor Tony –, und sie brachten ihr bei, wie man mit wenig Geld auskommt. Im Winter dann zogen sie und ihre Freunde in die Grand Central Station. Anfangs dachte Tillie, sie werde einen neuen Job finden, wieder kellnern oder so, doch die Monate vergingen und sie kam nie so recht dazu, und schließlich hörte sie auf, daran zu denken. Irgendwann im Lauf der Zeit – es war nicht wichtig, wann das gewesen war –, zog sie aus der Grand Central in die Tunnel, und je länger sie unter der Stadt lebte, umso besser gefiel es ihr. Natürlich kam sie auch noch gern nach oben, fühlte sich dort aber nicht mehr sicher; die Stadt hatte sich während der letzten dreißig Jahre zu sehr verändert. Wenn sie an einem Tag wie heute draußen war, versuchte sie immer in der Nähe ihrer Freunde zu bleiben. Außerdem hatte sie heute etwas zu tun, und sie hielt, während sie durch den Park schlurfte, Ausschau nach vertrauten Gesichtern.

Als sie zu Liz Hodges' Zelt kam, ließ sie den Einkaufswagen auf dem Weg stehen, bückte sich unter das Geländer und suchte sich den Weg hinunter auf das ebene Stückchen Land, das Liz immer makellos sauber hielt. Liz, ständig nervös, fuhr fast aus der Haut vor Schreck, als Tillie sie begrüßte. »Bin nur ich«, setzte Tillie hastig hinzu, und Liz ließ ihre zitternde Hand von der Kehle in den Schoß fallen. Sie war kaum imstande, Tillie in die Augen zu schauen, als sie ihr eine Tasse Kaffee anbot.

»Ich hab fast keinen mehr, aber Burt hat gesagt, er bringt mir morgen welchen.«

»Nein, danke«, sagte Tillie, die wusste, dass Burt, Liz' Ehemann, ihr kaum etwas bringen konnte, da er vor drei Jahren gestorben war. Aus der Manteltasche holte sie ein paar Scheine von dem Geld heraus, das Eve Harris ihr gegeben hatte. »Vielleicht hilft dir das ein bisschen«, sagte sie. Dann fiel ihr noch etwas ein und sie nahm einen der Handzettel aus der Tasche, die Jinx am Abend vorher nach Hause gebracht hatte. »Schau dich nach diesen beiden um. Wenn du sie siehst, sag es einfach einem von den Jungs. Aber ich glaub nicht, dass sie's so weit schaffen werden.«

Nervös nahm Liz den Zettel, betrachtete die beiden Gesichter und gab Tillie das Papier hastig zurück. »Ich weiß nich«, jammerte sie. »Ich will's versuchen, aber du kennst mich – wenn Burt nich hier ist, fürcht ich mich vor meinem eigenen Schatten.«

Tillie nahm das Papier, denn sie wusste, wenn sie es nicht tat, würde Liz sich stundenlang den Kopf zerbrechen, wie sie es los werden könnte. Aus Angst, es könnte auf den Boden geweht werden, würde sie sich nicht trauen, es auf den Tisch zu legen, und in ihr Zelt würde sie es auch nicht bringen können. Liz hatte eine krankhafte Angst vor jeder Art von Abfall, und wenn sie den Handzettel behielte, würde er sie noch verrückter machen als sie ohnehin schon war.

»Mach dir deshalb keine Sorgen, Liz«, sagte Tillie und streckte automatisch die Hand aus, um ihr tröstend den Arm zu tätscheln. Liz schreckte jedoch vor der Berührung zurück, und so stieg Tillie wieder zum Weg hinauf. Bei ihrem Einkaufswagen angekommen, warf sie einen Blick hinter sich und sah, dass Liz schon fleißig dabei war, die Fußstapfen wegzukehren, die Tillie beim Zelt hinterlassen hatte. »Verrückt«, murmelte Tillie, schüttelte traurig den Kopf und schlurfte weiter.

Sie verließ den Park und steuerte auf den Broadway zu. Am Eingang zur U-Bahn erkannte sie ein halbes Dutzend Leute, die dort herumlungerten. Eddie spielte auf seiner Klarinette, den Instrumentenkasten offen zu Füßen. Tillie legte zwanzig Dollar hinein und schob ihm einen Handzettel in die Tasche. Eddie blinzelte ihr zu, ließ aber keine einzige Note aus, und Tillie ging weiter.

Der blinde Jimmy – dessen Augen nicht schlechter waren als die Tillies – kam, mit seinem Stock auf das Pflaster tappend, eben über die Straße. Er hielt sich am Arm von jemand fest, den Tillie noch nie gesehen hatte. Sie fuhr den Einkaufswagen dicht an den Bordstein, parkte ihn neben einer Mülltonne und hörte Jimmy zu, der seinen Spruch herunterrasselte: »Ich könnt eine Tasse Kaffee und vielleicht 'ne Quarktasche brauchen. Ich glaub, im nächsten Block ist ein Starbucks. Wenn Sie nur …«

Aber sein Ziel – ein Mann von etwa Dreißig im Anzug – entfernte sich schon, und eine Sekunde später suchte der blinde Jimmy nach einem nächsten Opfer. Diesmal war es eine ungefähr vierzigjährige Frau in einem khakifarbenen Trenchcoat. Der blinde Jimmy näherte sich ihr von der Seite. »Ist das die Seventy-second Street?«, fragte er. Tillie konnte die Antwort der Frau nicht hören, doch eine Sekunde später vernahm sie wieder Jimmys Stimme. »Wenn Sie mir nur hinüberhelfen könnten, wär ich Ihnen sehr dankbar.« Diesmal hatte Jimmy mehr Glück – die Frau gab ihm einen Dollar, bevor sie weiterging. Der blinde Jimmy wartete nicht, bis die Ampel grün wurde, sondern flitzte über die Straße zurück, was Tillie verriet, dass er jetzt genug Geld für einen Besuch im Schnapsladen hatte. Er entdeckte sie, bevor er den Gehsteig erreichte, drehte bei und kam auf sie zu. »He, Till? Was tut sich?«

»Jagd«, sagte Tilly. Sie schob ihm einen Handzettel und ein paar Geldscheine in die Hand.

»Hab noch nie einen von den zwein gesehn«, sagte Jimmy.

»Halt einfach nur die Augen offen.«

»Mach ich immer«, gackerte Jimmy. »Mach – ich –im-mer.«

Die nächsten zwei Stunden spazierte Tillie den Broadway hinunter und gab jedem, den sie kannte, ein bisschen Geld und einen Handzettel, und als sie keine Handzettel mehr hatte, machte sie sich auf den Heimweg. Der größte Teil des Geldes, das Eve Harris ihr gegeben hatte, war noch in ihrer Tasche. Sie wollte es nur sparsam ausgeben und so gut wie möglich anlegen. In den nächsten Wochen würde ihre Familie gut essen. Das Baby würde bekommen, was es brauchte und Robby bekäme neue Sachen für die Schule. Viele Leute in den Tunnels würden ebenfalls davon profitieren; dafür wollte sie sorgen.

Wer etwas von dem Geld bekam, bekam auch den Handzettel.

Wenn diese Jagd war wie die anderen, würde sie nicht länger als eine oder zwei Nächte dauern.

Vielleicht auch drei.

Länger hatte noch keiner überlebt.

»Was ist das?« fragte Jagger.

Sie gingen die Schienen entlang, und obwohl Jeff nicht sagen konnte, warum, war er fast sicher, dass sie sich in südlicher Richtung bewegten. Er hatte auch angefangen seine Schritte zu zählen, wusste also ziemlich genau, dass sie sich ungefähr eine Viertelmeile von Tillies Behausung entfernt hatten. Sie waren dem ersten Durchgang gefolgt, der sie von Tillies Umfeld wegführte, und hatten genug Licht, um etwas zu sehen. Nach einer Weile waren sie zu dem Tunnel gekommen, in dem sie jetzt entlangliefen und der eher ein Eisenbahn- als ein U-Bahntunnel sein musste, da er kein drittes Gleis aufwies. Es war totenstill, und außer ihren Schritten und ihrem Atem war kein Laut zu hören gewesen.

Jetzt hörten sie ein fernes Rumpeln.

Ein Rumpeln, das lauter wurde, als sie stehen blieben, um zu horchen.

»Ein Zug«, sagte Jeff. Er schaute sich um, suchte nach einem Weg aus dem Tunnel, doch es gab keinen. In beiden Richtungen erstreckten sich die Gleise endlos weit, und an den Wänden gab es nicht einmal einen Laufsteg. Er suchte in seinem Gedächtnis, versuchte sich zu erinnern, wann er zum letzten Mal eine dieser

Nischen gesehen hatte, die in regelmäßigen Abständen in die Wände eingelassen waren.

Waren es zweihundert Meter?

Dreihundert?

Das Rumpeln wurde lauter. In der Ferne konnte er ein schwaches Licht ausmachen.

Jagger hatte es auch gesehen, und als das Rumpeln zum Dröhnen und das Licht heller wurde, wandte er sich zurück in die Richtung, aus der sie gekommen waren.

»Nein!«, schrie Jeff. »In die andere Richtung! Wir müssen darauf zugehen!«

Jagger zögerte, drehte sich um. »Wohl verrückt, wie? Wir wissen nich, was da vorne is.«

»Ich habe schon eine Zeit lang keine Nische mehr gesehen, also müsste eine ganz in der Nähe sein.« Das Dröhnen schwoll an, und dann begann der Lichtschein über die Wand zu ihrer Rechten zu flackern. Kurz bevor die Lok abbog, so dass ihr Scheinwerfer sich direkt auf sie richtete, glaubte Jeff zu sehen, was er gesucht hatte. »Los, komm!«, schrie er und rannte mitten in den Strahl weißen Halogenlichts hinein. Er warf sich gewissermaßen dem näher kommenden Zug entgegen, dessen Dröhnen jetzt so laut war, dass Jeff nicht hörte, ob Jagger antwortete; er konnte es auch nicht riskieren, zurückzublicken, weil er Angst hatte, über eine Schienenschwelle zu stolpern. Obwohl er fast sicher war, dass es Einbildung sein musste, überkam ihn das Gefühl, dass der Zug jetzt noch schneller fuhr. Er bemühte sich, die Augen auf den Boden vor sich zu richten, versuchte jeden Schritt zu kontrollieren. Sein Instinkt schrie ihm zu, so schnell zu rennen wie er konnte, jede Unze seiner Energie zu nutzen, um dem heranrasenden Ungetüm zu entkommen, doch er wagte es nicht. Wenn er nur ein wenig schneller lief, könnte er eine Schwelle übersehen, den Halt verlieren und der Länge nach auf die Schienen stürzen.

Wo war die Nische? War er etwa schon daran vorbeigelaufen?

Er musste aufblicken, nach ihr Ausschau halten!

Das Dröhnen war jetzt ohrenbetäubend, und er spürte, wie der Boden unter ihm zu beben begann. Mit der Rechten die Augen abschirmend, schaute er auf.

Dort! Nur wenige Schritte vor ihm ...

Und dann, als er die Hand sinken ließ, wurden seine Augen von dem näher kommenden grellen Lichtstrahl geblendet, und alles um ihn herum ging in einer weißen Woge unter. Er verfehlte einen Schritt, und gleich darauf passierte, was er befürchtet hatte – seine Fußspitze verfing sich an einer Schienenschwelle. Er streckte die Hände aus, um den Sturz abzufangen, scharrte über raues Holz und dann durch den Kies. Sein Gesicht prallte auf, und die abgeschürfte Haut brannte.

Hastig versuchte er wieder auf die Beine zu kommen, doch da er noch immer blind war, stolperte er abermals und stürzte erneut.

Idiotisch!

Wie konnte er nur so idiotisch gewesen sein? Er hätte in die andere Richtung gehen, Jagger folgen sollen. Vielleicht hatte er die Abstände zwischen den Nischen falsch geschätzt?

Doch das war nicht mehr wichtig, denn der Zug war schon dicht vor ihm. Seine Pfeife gellte durchdringend, und das schrille Kreischen von Metall auf Metall, als der Lokführer zu bremsen versuchte, war ohrenbetäubend.

In dem Augenblick, in dem er zu Boden ging, packte ihn etwas von hinten. Er wurde hochgehoben und landete in der Nische, die er versucht hatte zu erreichen. Im nächsten Moment knallte er gegen die Rückwand, als auch Jagger sich in die Nische drängte. Die Luft wurde ihm aus den Lungen gepresst, als Jagger auf ihn prallte, und er rang nach Atem, als der Zug – noch immer schrill pfeifend, aber jetzt ohne zu bremsen – dröhnend vorüberraste.

Als Jeff endlich wieder zu Atem kam, war es vorbei. Der letzte Waggon ratterte vorüber, und das Donnern der Lokomotive, durch die Länge des Zuges schon etwas gedämpft, erklang immer schwächer. Die Rücklichter des letzten Wagens wurden schnell kleiner und verschwanden dann ganz.

Noch immer an ihn gepresst, sagte Jagger schließlich. »Biste okay?«

Es gelang Jeff, zu nicken, und Jagger trat ein wenig zurück, um ihm mehr Raum zu geben, aber nicht so viel, dass er stürzen konnte, falls die Beine ihn nicht mehr trugen. Jagger ließ die Hände auf Jeffs Schultern liegen, und Jeff überprüfte langsam seinen

Körper. Seine Beine schienen in Ordnung zu sein, aber sein rechtes Knie schmerzte heftig, obwohl er sich nicht erinnerte, im Fallen darauf gestürzt zu sein. Seine beiden Handteller brannten, aber am schlimmsten brannte seine rechte Wange, wo er sich die Haut aufgerissen hatte. Doch er war am Leben, und das Dröhnen des Zuges verhallte schnell. »Ich bin in Ordnung«, gelang es ihm zu sagen. Jagger trat wieder auf die Schienen hinaus. Jeff folgte ihm, aber die Knie zitterten ihm so sehr, dass er sich an der Tunnelwand festhalten musste. »Ich hab gedacht, du bist in die andere Richtung gelaufen«, sagte er und seine Stimme zitterte fast genauso heftig wie seine Knie.

»Bin ich auch, aber dann hab ich mir gedacht, v'lleicht weißte ja, von was du redest«, antwortete Jagger. »Sieht so aus, als ob, wenn ich's nich getan hätt …« Er verstummte, aber Jeff wusste genau, was seine nächsten Worte gewesen wären.

»Bin dir was schuldig«, sagte er. »Eine Menge …«

Im Halbdunkel des Tunnels grinste Jagger. »Also überleg dir, wie du uns hier rauskriegst, Collegeboy. Wennde das schaffst, sind wir quitt.« Er schaute in die Richtung, aus der der Zug gekommen, und dann wieder in die andere, in die er verschwunden war. »Irgend 'ne Ahnung, in welche Richtung wir solln?«

Jeff nickte. »Glaub schon. Aber zuerst sag mir, ob ich Recht habe, dass der Zug schneller geworden ist, bevor er abbremste.«

Jagger runzelte die Stirn. »Und wenn?«

»Wenn wir beide der Meinung wären, dass er schneller wurde, heißt das, dass er von einem Bahnhof gekommen sein muss, richtig?«

Jagger zuckte mit den Schultern. »Denk schon.«

»Verlassen die Züge von allen Stationen die Stadt nicht in Richtung Norden?«

»Wieso verdammt soll'n ich das wissen?«, knurrte Jagger.

Jeff ignorierte die Frage. »Denn wenn das stimmt, dann wissen wir wenigstens, in welche Richtung wir gehen sollten.« Er zeigte dahin, wohin der Zug verschwunden war. Das Rumpeln war jetzt fast völlig verstummt. »Wenn der Zug aus der Penn Station gekommen ist, muss dort Norden sein. Dann ist er ziemlich bald beim Fluss. Die Schienen kommen ungefähr bei der Seventy-second Street an die Oberfläche – wir könnten direkt aus diesem Tunnel nach oben gelangen.«

Sie eilten in – Jeffs Meinung nach – nördlicher Richtung weiter, und diesmal achtete er sehr sorgfältig darauf, wie viele Schritte es bis zur nächsten Nische waren.

Einhundertvierundachtzig.

»Ich hätt's nie geschafft«, sagte Jagger leise, und Jeff begriff, dass sie beide versucht hatten, die Entfernung zu messen. »V'lleicht bin ich dir auch was schuldig.«

Sie gingen weiter, bis sie den Durchgang kreuzten, durch den sie am Anfang gekommen waren.

Beide gerieten nicht in Versuchung, hineinzugehen.

Ein paar hundert Meter weiter packte Jagger die Schulter Jeffs. »Du heilige Scheiße«, hauchte er. »Schau dir das an!«

Im ersten Moment traute Jeff seinen Augen nicht – es musste eine Halluzination sein. Aber nach ein paar Schritten erkannte er, dass es keine Sinnestäuschung war.

Vor ihnen war Licht.

Tageslicht.

23. Kapitel

Dass der Anrufbeantworter in Jeffs Apartment blinkte und piepste kam so unerwartet, dass Keith und Heather wie festgenagelt an der Tür stehen blieben. Ihre Augen hefteten sich auf das Gerät, beiden schoss der gleiche Gedanke durch den Kopf.

Jeff!

Er war aus den Tunnels herausgekommen und rief um Hilfe und …

Beide zögerten, bevor sie mehr als nur einen einzigen Schritt auf das Gerät zu machten. Warum sollte Jeff hier anrufen? Er konnte nicht wissen, dass sie ihn suchten, geschweige denn, dass sein Vater in seinem Apartment wohnte. Das rote Licht blinkte und piepste weiter.

»Niemand weiß, dass ich hier bin«, sagte Keith.

Wollten sie noch vor einer Minute beide die Nachricht abhören, zögerten sie jetzt. Warum sollte jemand hier anrufen?

»Wahrscheinlich mein Vorarbeiter«, sagte Keith, doch der matte Ton in seiner Stimme sagte Heather, dass er es selbst nicht glaubte. Schließlich streckte Heather die Hand aus und drückte auf den Knopf.

»Sie haben eine neue Nachricht«, erklärte die unpersönliche Stimme des Geräts.

»Keith? Bist du da? Wenn du da bist, heb sofort ab!« Es war Marys Stimme, und sie klang so nervös, dass Keith wusste, sie war einem hysterischen Anfall nahe. Eine kaum merkliche Pause, dann fuhr sie fort: »Ich weiß, dass du dort bist – Vic DiMarco sagt, dass er dich seit vorgestern nicht mehr gesehen hat. Du musst in Jeffs Wohnung sein. Ich verstehe nicht, wie du das aushältst, mit all seinen Sachen um dich herum ...« Sie unterbrach sich abrupt, und Keith konnte beinahe hören, wie sie mit sich kämpfte, um die Beherrschung nicht zu verlieren. Dann fing sie noch einmal an: »Morgen findet eine Totenmesse für Jeff statt. Ich wollte sie hier in St. Barnabas abhalten lassen, aber dann – habe ich mir überlegt, wie sehr Jeff die Stadt geliebt und wie viele Freunde er dort hat und wie sehr er St. Patrick's mochte. Also wird die Messe dort abgehalten. Morgen um dreizehn Uhr. Ich habe versucht, Heather zu erreichen, aber sie ist nicht zu Hause. Ich werde es immer wieder versuchen ...« Ihre Stimme wurde schwächer, und Keith hatte den Eindruck, dass sie nachdachte, was sie noch sagen könnte, wenn auch aus keinem anderen Grund, als um nicht auflegen zu müssen Dann sprach sie wieder, und ihre Stimme klang tonlos und niedergeschlagen. »Wenn du die Nachricht bekommst, Keith, dann ruf mich bitte zurück.«

Es folgte ein Klicken und die unpersönliche Computerstimme meldete sich wieder: »Ein Uhr und zweiundfünfzig Minuten.«

Als der Apparat verstummte, sagten weder Keith noch Heather etwas. Keith streckte die Hand aus, drückte auf einen Knopf des Anrufbeantworters, und Jeffs Stimme kam aus dem blechern klingenden Lautsprecher: »Hallo, du weißt, was du zu tun hast. Also geh los und tu's. Ich ruf dich zurück, sobald ich kann.«

Beide hörten sich die Nachricht an, dann schüttelte Keith den Kopf. »Ich kann es nicht löschen. Wir haben es während des ganzen Prozesses nicht getan, weil wir überzeugt waren, dass er nach Hause kommen würde. Und ich bin noch immer sicher.«

Heather kaute an der Unterlippe. »Was machen wir morgen mit dem Gedenkgottesdienst?«

»Was sollen wir damit machen?« fragte Keith zurück, und seine Stimme bekam einen eigensinnigen Unterton, der Heather deutlicher als Worte sagte, was er dachte.

»Wir müssen hingehen«, murmelte Heather.

»Aber er ist nicht tot!« Keiths Stimme wurde lauter. »Sollen wir dort sitzen und so tun als sei er tot, wenn wir nicht daran glauben?«

»Ich denke, wir sollten auf jeden Fall hingehen«, antwortete Heather. »Wie würde es aussehen, wenn keiner von uns beiden erscheint? Alle anderen denken, Jeff ist tot, und wenn wir nicht an der Messe teilnehmen ...«

»Mir ist verdammt egal, was alle anderen denken«, fiel Keith ihr ins Wort. »In diese Messe zu gehen heißt zuzugeben, dass er tot ist. Und ich will verdammt sein, wenn ich ...«

Plötzlich explodierte Heathers Anspannung, schlug in reine Wut um. »Warum sind alle anderen nicht wichtig – nur Sie allein?«, fuhr sie ihn an. »Ist es Ihnen so gleichgültig, was andere Menschen außer Ihnen fühlen? Und es heißt nicht zuzugeben, dass er tot ist, wenn eine Messe stattfindet.«

»Verdammt, das heißt es doch!«, fauchte Keith zurück. »Es ist nicht nur eine Messe – es ist eine Totenmesse. Man betet für die Toten.«

Heather ließ ihn kaum ausreden. »Dann sprechen Sie die Totengebete nicht mit. Beten Sie darum, dass wir ihn finden – beten Sie für alles, was Sie wollen, egal was.« Sie sah ihn durchdringend an. »Und telefonieren Sie mit Mary. Benehmen Sie sich gegen sie nicht wie ein Arschloch – so wie sich mein Vater gegen meine Mutter benimmt.« Über ihren Ausbruch erschrocken, fuhr Heather sich mit der Hand an den Mund, schüttelte dann fast entsetzt den Kopf. »Tut mir Leid«, flüsterte sie. »Das hätte ich nicht sagen dürfen. Ich meine ...«

Doch jetzt schüttelte Keith den Kopf. »Ist schon okay«, erwiderte er, und sein Zorn verrauchte genauso schnell wie der ihre. »Sie haben Recht – egal was für Probleme wir haben, Mary und ich, es war falsch, dass sie das allein durchstehen musste.« Er lächelte – zum ersten Mal seit sie Jeffs Apartment betreten hatten. »Tatsächlich waren Sie einer der Hauptgründe, warum wir uns gestritten haben – Mary war immer der Meinung, Sie seien das Beste, das Jeff je passiert ist, und wie Sie bestimmt wissen, war ich ganz anderer Ansicht. Jetzt stellt es sich heraus, dass ich im Unrecht war.« Er griff zum Telefon und wählte Marys Nummer.

»Ich bin's«, sagte er, als sie abnahm. »Du hast Recht, ich bin in

Jeffs Wohnung. Ich … nun, wenn ich dir sagen würde, was ich vorhabe, würdest du mich für noch viel verrückter halten, als du's ohnehin schon tust.«

»Du hast Recht«, sagte Mary. »Ich will's nicht wissen.« Kurzes Schweigen, dann: »Komm auf jeden Fall morgen in die Messe, ja?«

Bevor Keith antworten konnte, wurde das Telefon in seiner Hand stumm.

»Es kann nicht so leicht sein«, sagte Jeff. Der Fleck Tageslicht war stetig größer geworden, und jetzt zog er sie wie ein Magnet aus den grimmigen Schatten des Eisenbahntunnels hinaus.

»Warum nicht?«, fragte Jagger, die Augen auf den Streifen blauen Himmels vor ihnen gerichtet. »Wir müssen nur rauskommen, sonst nix, hat's geheißen – und dass wir frei sind, wenn wir's schaffen.« Er machte einen weiteren Schritt auf das blaue Leuchtfeuer zu, aber Jeff hielt ihn am Arm fest.

»Es kann nicht so leicht sein«, sagte er. »Sie lassen uns bestimmt nicht so einfach hinausspazieren.« Er hatte jetzt das unangenehme Gefühl, dass sie in den Schatten nicht allein waren, dass sie jemand irgendwo in der Finsternis beobachtete. Er sah sich um, war aber von dem strahlenden Tageslicht geblendet, und im Gegensatz dazu waren die Schatten undurchdringlich pechschwarz.

Wenn jemand hinter ihnen war – und er konnte es fast spüren, dass seine Vermutung stimmte –, waren er und Jagger eine perfekt gerahmte Silhouette vor dem hellen Himmelsprospekt. Er zog sich von der Gleismitte seitlich in den Schatten zurück – ein Wesen der Dunkelheit, das auf die Gefahren das Tageslichts reagierte.

Doch Jagger ging schon weiter auf das Licht zu. Da er den Gefährten nicht verlassen wollte, folgte ihm Jeff. Nach etwa achtzig Schritten konnten sie den Tunnelausgang sehen. Obwohl die Gleise noch überdacht waren und sich auf der Ostseite eine feste Betonwand hinzog, war die Westseite gegen den Hudson River hin offen. Im Norden sahen sie die George Washington Bridge und jenseits des Flusses die bewaldeten Höhen von New Jersey in den leuchtenden Farben des Herbstes.

»Heilige Scheiße«, flüsterte Jagger. »Schau dir das an! Wir haben's geschafft, Mann! Wir sind draußen.«

Jeff erkannte, wo sie waren. Direkt über ihnen lag das südlichste Ende des Riverside Parks. Von den Spaziergängen, die er in einem anderen Leben mit Heather durch den Park unternommen hatte, wusste er, dass ein hoher Zaun die Gleise vom Park trennte. Er sollte die Leute von den Schienen und den Tunnels fernhalten. Ein Zaun, der sie jetzt einschloss. Doch er war nicht unüberwindlich. Schließlich waren sie nicht auf Rikers Island, wo die Gefängnisgebäude von zwei Zäunen umgeben und das Niemandsland dazwischen mit Rollen eines besonders heimtückischen Stacheldrahts ausgefüllt war. Hier gab es nur ein Hindernis, vielleicht zweieinhalb bis drei Meter hoch. Den Abschluss oben bildete Stacheldraht, doch er erinnerte sich, dass eines Tages ein paar Kids über den Zaun geklettert waren, um ein Modellflugzeug zu holen, dessen Motor im falschen Moment ausgesetzt hatte. Zwar hatte eine Mutter ihrem Sohn laut hinterher geflucht, doch der Junge hatte sie nicht beachtet und war, flink wie ein Schimpanse im Central Park Zoo, den Zaun hinaufgeklettert. Wenn diese beiden Jungen es fertig gebracht hatten, konnten er und Jagger es auch schaffen.

Doch noch während er sich sagte, dass Flucht möglich war, warnte ihn ein Instinkt, dass etwas nicht stimmte, nicht so leicht sein konnte wie es aussah. Seit er versucht hatte, Cynthia Allen auf diesem U-Bahn-Bahnsteig zu helfen, war in seinem Leben nichts mehr leicht gewesen.

Sie gingen weiter, doch Jagger schien von dem gleichen Unbehagen befallen, und anstatt auf das Tageslicht zuzustürzen, bewegte er sich ebenfalls vorsichtiger vorwärts.

Die Sicht auf den Hudson weitete sich, und sie konnten die frische Luft vom Fluss her riechen. Jeff sog sie tief in die Lungen, genoss ihre Süße. Sie vertrieb etwas von der schalen Muffigkeit der Tunnel aus seinem Innern und zugleich schwand ein wenig von dem Gefühl, in Gefahr zu sein.

Vielleicht waren sie wirklich drauf und dran, zu entkommen.

Aber wohin entkommen? Selbst wenn sie aus den Tunnels herauskamen, würde die Polizei nach ihnen suchen. Nach ihm auf jeden Fall. Die Wärter, die ihn nach Rikers bringen sollten, hatten seine Flucht bestimmt beobachtet.

Es sei denn ...

Wie, wenn der Fahrer und der bewaffnete Wärter mit dem Kleinbus in die Luft geflogen waren?

Aber selbst dann hätte die Polizei die offene Hecktür entdeckt. Und sie hätte seine Leiche nicht gefunden. Man wüsste, dass er entkommen war und würde nach ihm suchen.

Doch an der Oberfläche, fort von der schrecklichen Dunkelheit und der Klaustrophobie des Labyrinths unter der Stadt hätte er wenigstens eine Chance. »Vielleicht können wir's schaffen«, flüsterte er, obwohl er das gar nicht aussprechen wollte.

»Klar könn' wir«, antwortete Jagger und legte Jeff den Arm um die Schultern. »Übern Zaun, und draußen sind wir.«

Sie gingen weiter und kamen dem Punkt immer näher, an dem die westliche Mauer des Tunnels endete. Drei Meter von ihrem Ziel entfernt, warf Jeff einen Blick zurück in die Dunkelheit – die Dunkelheit, die er, wie er hoffte, nie wiedersehen würde. »Okay«, sagte er, »gehen wir.«

Sie beschleunigten ihre Schritte, tauchten aus den Schatten in den besonnten Spätnachmittag ein. Der Zaun war genau da, wo Jeff ihn in seiner Erinnerung gesehen hatte. Und auf der anderen Seite erkannte er das Softball-Feld, wo er selbst schon ein paar Mal gespielt hatte.

Vielleicht noch fünfunddreißig Meter bis zum Zaun – höchstens fünfzig.

Und dann hörte er eine Stimme, leise und drohend.

Spöttisch.

»So ein Pech, Jungs. Der falsche Ausgang.«

Jeff fuhr herum und sah fünf verkommene Typen, die sie unverschämt musterten. Haare zottig und ungepflegt. Fettfleckige Hemden und Hosen und mottenzerfressene Mützen auf den Köpfen.

Einer saß, an einen großen Stein gelehnt, auf dem Boden. Zwei lümmelten an der Tunnelwand. Ein weiteres Paar saß auf zerschlissenen Regiestühlen.

Der Mann, der gesprochen hatte, hielt eine Waffe in den Händen – einen hässlichen stumpfnasigen Revolver – und zielte auf

Jeff. Die vier anderen hatten die Hände in den Jackentaschen, und Jeff war überzeugt, dass in jeder eine Waffe steckte.

Instinktiv blickte er auf die andere Seite, sah dort aber nur drei weitere zerlumpte Männer, die genauso bedrohlich dreinsahen.

Das Softball-Feld war leer, und er und Jagger waren gegen die Blicke zufällig vorbeikommender Passanten abgeschirmt. Außer den Obdachlosen war weit und breit niemand zu sehen.

Schweigend machten Jeff und Jagger kehrt und tappten zurück.

Sekunden später umgab sie wieder Finsternis.

24. Kapitel

Etwas war mit Jinx nicht in Ordnung, das spürte Tillie, wie immer, wenn jemand aus ihrem Clan an einem Problem kaute. Aber sie wollte nichts sagen – noch nicht. Das war der Grund, warum die meisten Kids in den Tunnels landeten – die vielen Vorwürfe, das Gejammer von Leuten, die sich den Teufel um sie scherten und sie erst gar nicht hätten haben dürfen. Und viele – dazu gehörte auch Jinx, wie Tillie vermutete – liefen nicht nur wegen des Gejammers weg. Für viele war es viel schlimmer.

Nicht, dass ihnen Tillie jemals Fragen stellte – es war besser, sie in Ruhe zu lassen, ihnen zuzuhören, wenn sie reden wollten und sie nicht zu drängen. Also verlangte sie nicht von Jinx, ihr zu erzählen, was los war, sondern ging ihrer Arbeit nach und gab den Inhalt der Einkaufstüte, die sie nach dem Treffen mit Eve Harris auf ihrem Tisch gefunden hatte, in die Suppe, die in einem großen Topf auf dem Herd vor sich hin köchelte. Sie wusste nicht, wer die Lebensmittel gebracht hatte – von den Dutzenden von Leuten, die in den vergangenen Wochen zum Essen vorbeigekommen waren, konnte es jeder gewesen sein. Die Lebensmittel waren nicht gerade das, was sie A-Klasse genannt hätte, die es nur hin und wieder gab, da die Großhändler alle in Downtown waren und nur wenige ihrer Waren so weit nach Norden gelangten. Nein, das Zeug sah eher so aus, als komme es aus einem der Restaurants – keiner schmierigen Kneipe, aber auch nicht aus dem Waldorf Astoria. Vielleicht aus einem der Lokale auf der Amsterdam Avenue. Ein paar Kartoffeln waren dabei – noch fast hart – und ein Bund Karotten, die schon lappig wurden. Auch ein bisschen Fleisch – und etwas recht Gutes – ein halb gegessenes Filet, in Silberfolie verpackt, das, wie Tillie vermutete, aus einer Abfalltonne gerettet worden war; dazu mehrere Stücke rohes Rind- und Lammfleisch, die schon leicht rochen. Aber etwas, das anfing zu riechen, war noch lange nicht ungenießbar, also schnitt Tillie das Fleisch in bissengroße Brocken und warf sie in die Suppe. Sobald auch die Gemüse drin waren, würde die dünne Suppe schnell zu einem gut riechenden Eintopf, und niemand würde ahnen, dass – bevor jemand die »milden Gaben« gebracht hatte – ein Gleiskaninchen das einzige Stück Fleisch in der Brühe gewesen war. Nachdem sie tüchtig umgerührt hatte, setzte Tillie den Deckel auf den Topf und drehte sich dann zu Jinx um, die am Tisch saß und müßig in einer Filmzeitschrift voller Eselsohren blätterte.

»Willst wohl'n Filmstar werden?«

Jinx verdrehte die Augen. »Wie recht du hast. Am Tag, nachdem ich mein Examen an der Columbia bestanden habe.«

»Das könntest du schaffen«, sagte Tillie und ließ sich ihr gegenüber in einen Sessel fallen.

»Klar. Ich brauch ja einfach nur hinzugehn.«

»Na ja, vielleicht musst du diese Prüfung machen – bei der du'n High-School-Diplom kriegst.«

»Dann noch einen Haufen andere Prüfungen bestehn und mir überlegen, wie alles bezahlen. Weißt du, wie viel das kostet?«

Tillie zuckte mit den Schultern. »Hab nie viel drüber nachgedacht.«

»Ungefähr dreißigtausend Dollar. Und das ist nur für'n Jahr. Wo soll ich'n so viel Geld herkriegen?«

»Arbeiten?«

Jinx zuckte mit den Schultern. »Wo krieg ich'n Job, der so gut bezahlt wird?«

Tillie spitzte die Lippen. »Also, was is dann mit dir los?«

Jinx schüttelte den Kopf, stand aber nicht auf, ging nicht weg. Das sagte Tillie, dass sie nur einen kleinen Schubs brauchte. »Also, was ist es? Ein Typ?« Jinx fing an den Kopf zu schütteln, wurde aber rot, und das verriet sie.

»Aha!« Tillie grinste und entblößte dabei ihre Zahnlücken. »Na, wer ist es?« Doch schon während sie fragte, fiel ihr ein, wie Jinx am Morgen Jeff Converse angesehen hatte, und ihr Lächeln erlosch. »Doch nich der Typ, den sie jagen?«

Jinx warf den Kopf zurück. »Und warum nicht?«

»Du weißt sehr gut, warum nich – sie jagen nur die Bösen.«

»Nun, er hat nicht bös ausgesehen«, sagte Jinx. »Der Große hat mir Angst gemacht, aber der andere – Jeff – hat nett ausgeschaut.«

»Der Hunne Attila hat wahrscheinlich auch nett ausgeschaut.«

»Wer?«

»Jesus!« Tillie seufzte. »Du bist wirklich nich lang in die Schule gegangen, wie?«

Mit Zorn in den Augen stand Jinx auf. »Und ich kann hier auch weggehn. Muss nich hier rumhängen, weißt du. Wenn du mich nur nerven willst ...«

»Das reicht jetzt aber!«, unterbrach Tillie sie. »Du bist viel zu klug, um so zu reden, und ich sag dir nur, was du sowieso schon weißt. Wenn er nich was wirklich Schlimmes gemacht hätt, wäre er nich hier unten. Er ist nich wie wir, und das weißt du.«

»Ich weiß gar nix«, antwortete Jinx. »Ich bin nur eine blöde Ausreißerin, richtig?« Bevor Tillie antworten konnte, packte Jinx ihre Jacke – die Tillie vor ein paar Wochen bei der Heilsarmee für sie besorgt hatte – und stürmte hinaus.

Jinx kannte sich in den Tunnels genauso gut aus wie in den Straßen an der Oberfläche. Nach zwanzig Minuten tauchte sie im Riverside Park auf und ging zur Seventy-second Street weiter. Liz Hodges saß auf einem winzigen Campingstuhl vor ihrem Zelt, doch im Moment hatte Jinx keine Lust, mit ihr oder mit sonst jemand zu sprechen. Sie verließ den Park, wandte sich auf der Seventy-second nach Osten und stieg am Broadway zur U-Bahn hinunter. Ohne den Bahnpolizisten zu beachten, der an der Wand lehnte, sprang sie über das Drehkreuz und hüpfte die Treppe hinunter, obwohl der Polizist hinter ihr herschrie. Sie erreichte den Bahnsteig genau in dem Moment, in dem sich die Türen eines nach Uptown fahrenden Zuges zu schließen begannen, quetschte sich noch hinein und kauerte nervös am äußersten Rand eines Sitzes, bis der Zug den Bahnhof hinter sich gelassen hatte und sie außer Reichweite des Bahnpolizisten war. *Verdammte Tillie! Woher weiß sie es nur immer, wenn mit mir was nicht in Ordnung ist? Manchmal kommt es mir vor, als könnt sie direkt in meinen Kopf reinschaun.* Abgesehen davon, dass Tillie nur zum Teil Recht hatte – Jinx hatte nicht nur Jeff Converse süß gefunden. Da war auch noch etwas anderes.

Er schien einfach nicht zu den Typen zu gehören, hinter denen die Jäger her waren.

Ganz bestimmt war er nicht wie der andere Typ – dieser Jagger. Den hatte sie überhaupt nicht gemocht. Etwas an seiner Art, sie anzusehen, ließ sie schaudern. Auch wenn Jagger nicht gesagt hatte, warum er im Gefängnis gewesen war, Jinx war sicher, dass sie es wusste – er hatte jemanden umgebracht, und zwar eine Frau.

Aber nicht Jeff. Seine Augen waren sanft gewesen. Und doch wussten alle, dass die Männer, hinter denen die Jäger her waren, zu sterben verdienten – das war ja der Sinn der Jagd, oder? Die Jäger erledigten nur Leute, die es verdient hatten, hingerichtet zu werden.

Der Zug hielt an der 110th Street, und Jinx ertappte sich dabei, dass sie auf die Stelle starrte, wo Bobby Gomez im vergangenen Frühjahr eine Frau überfallen und beraubt hatte. Sie wünschte, sie wäre in dieser Nacht nicht mit Bobby zusammen gewesen, und seit sie gesehen hatte, was er mit der Frau anstellte, tat sie ihr Möglichstes, ihm aus dem Weg zu gehen. Er hatte gesagt, er wolle ihr nur die Handtasche klauen. Doch danach hatte es für Jinx ganz und gar nicht ausgesehen.

Es hatte so ausgesehen, als versuche er die Frau umzubringen, und er hatte erst aufgehört auf sie einzuschlagen, als Jinx gerufen hatte, dass jemand käme. Sie und Bobby waren so schnell im Tunnel verschwunden, dass sie nicht einmal sagen konnte, ob es ein Cop war, der sich auf dem Bahnsteig näherte. Nicht, dass das wichtig gewesen wäre, wichtig war nur, dass sie fliehen konnten und Bobby die Frau nicht getötet hatte.

Von da an hielt Jinx sich von Bobby so fern wie nur möglich, und als sie vor ein paar Tagen hörte, dass er verschwunden war, fühlte sie sich erleichtert – eine Sache weniger, die ihr Kopfzerbrechen bereitete. Doch instinktiv mied sie die Station an der 110th Street noch immer.

Sie stieg an der 116th Street aus, ging zum Broadway hinauf und überquerte die Straße zum Campus der Columbia Universität. Columbia war, seit sie es vor zwei Jahren zufällig dorthin verschlagen hatte, zu einem ihrer Lieblingsplätze in der Stadt geworden. Stundenlang konnte sie auf dem Gelände umhergehen und davon träumen, in dem reich verzierten Backsteingebäude Vorlesungen zu besuchen. Einmal hatte sie sich fast in einen Hörsaal eingeschlichen, doch im letzten Moment hatte sie der Mut verlassen, denn sie war sicher, irgendjemand werde sofort erkennen, dass sie nicht hierher gehörte und sie hinauswerfen. Aber vom Campus konnte man sie nicht verjagen.

Als sie eben das große Tor passieren wollte, blieb sie plötzlich stehen. Ein paar Meter entfernt schob ein Mann einen Rollstuhl über den Gehsteig, in dem eine Frau saß, die nicht viel älter war als Jinx.

Eine Frau, die ihr merkwürdig bekannt vorkam.

Als Mann und Rollstuhl näher kamen, wusste Jinx auf einmal, wer es war. Die Frau aus der U-Bahn – die Frau, die Bobby Gomez letztes Frühjahr überfallen hatte.

Jinx wandte sich sofort ab und lief schnell durch das Tor und auf den großen viereckigen Innenhof in der Mitte des Campus' zu. Sie wagte es nicht, zurückzuschauen. Wenn die Frau sie erkannte und die Polizei rief …

Sie wandte sich nach Süden, fing an zu rennen und rannte immer weiter, bis sie den Campus an der 114th Street verließ. Und noch weiter nach Süden ging sie, über den Anblick der Frau so außer sich, dass sie an der nahen Station in der 110th Street vorüberlief und erst in der 103rd in der U-Bahn verschwand.

Als der Zug schließlich rumpelnd in die Dunkelheit der Tunnels eingetaucht war, fühlte sie sich wieder sicher. Wenn diese Frau sie erkannt hätte …

Das nagende Hungergefühl sagte Jeff, dass der Tag zu Ende ging. Daher wusste er auch, dass mit dem schwindenden Tageslicht die

Hoffnung, die ihn bisher aufrecht gehalten hatte, in der Dämmerung eines New Yorker Abends vergehen würde – selbst dann, wenn sie bis dahin einen Platz gefunden hätten, der ihnen einen Ausblick aus den Tunnels erlaubte. Als der Hunger sich vor Stunden bei ihm bemerkbar gemacht hatte, war er zunächst entschlossen gewesen, ihn einfach zu ignorieren – der Lunch war eine Mahlzeit, die er oft übergangen hatte, und bevor er verhaftet worden war, hatte er es fast ganz aufgegeben, sie wahrzunehmen. Doch im Gefängnis war das Essen etwas geworden, das die Monotonie der Tage unterbrach, und obwohl sein Gaumen sich nie so recht an die Gefängniskost gewöhnen wollte, hatte sein Magen es offenbar getan. Das leichte Hungergefühl, das sich vor ein paar Stunden gemeldet hatte, war inzwischen viel lästiger geworden.

Als er und Jagger sich in das Dunkel zurückgezogen hatten – die Augen noch immer auf das lockende Sonnenlicht gerichtet, das für sie unerreichbar blieb –, war er überzeugt gewesen, dass sie schnell einen anderen Ausgang finden würden.

Es musste Hunderte von Fluchtwegen geben – bestimmt konnten sie einen Kanal finden, der sich bei Gewittern in den Fluss entleerte, oder einen Schacht, der zu einem Einstiegsloch auf einer Straße führte.

In seiner Erinnerung sah er Dutzende von Kanalgittern auf Straßen, Gehsteigen, in den Parks vor sich – und alle führten in das Labyrinth unterirdischer Gänge unter der Stadt. Bestimmt fanden sie sehr schnell einen Schacht. Dass alle bewacht wurden, war einfach unmöglich.

Oder?

Bevor sie sich vom letzten Schimmer Tageslicht abwandten, versuchten sie eine Strategie zu entwickeln. Sie schien nicht schwierig: Die Jäger – wer sie auch waren – wussten, dass er und Jagger sich auf der West Side aufhielten. Also sollten sie sich langsam nach Osten vorarbeiten. Irgendwo würden sie einen unbewachten Fluchtweg an die Oberfläche finden.

Ihrem Plan folgend waren sie in östlicher Richtung aufgebrochen, hatten jedoch nach einer, vielleicht auch zwei Stunden völlig die Orientierung verloren.

Anfangs war es nicht schwierig gewesen, der Richtung zu folgen, die sie sich vorgegeben hatten – die Gänge schienen dem rechtwinkligen System der Straßen an der Oberfläche zu gleichen. Sie hielten sich von den dunkelsten Bereichen fern und versuchten auf der oberen Ebene zu bleiben, weil sie Tillies Warnung beherzigten, dass die Menschen immer verrückter wurden, je weiter hinunter sie kamen. Aber an einigen Kreuzungen stellten sich ihnen Gruppen von Männern mit harten Augen in den Weg – Gangs, stark genug, um sogar Jagger einzuschüchtern.

Da der Weg nach oben blockiert war, blieb ihnen schließlich nichts anderes übrig als tiefer zu steigen, und inzwischen war es Stunden her, dass Jeff eine Vorstellung hatte, wo sie sich befanden, von einem Fluchtplan ganz zu schweigen.

Die Tunnels fingen an alle gleich auszusehen – der, in dem sie sich eben aufhielten, wurde von Rohrleitungen gesäumt und etwa alle hundert Meter von einer Glühbirne beleuchtet, die gerade hell genug war, ihnen ein Stückchen ihres Weges zu zeigen, aber trotzdem so schwach, um sie die meiste Zeit in tiefstem Dunkel zu lassen.

Plötzlich umschlossen Jaggers kräftige Finger Jeffs Arm. »Da vorn is was«, flüsterte er so leise, dass kein Echo ihre Anwesenheit verraten konnte.

Jeff spähte in die Dunkelheit und sah, was Jagger meinte.

Einen schwachen orangefarbenen Schein.

Ein Lagerfeuer vielleicht.

Sie blieben, wo sie waren, erstarrt im Dunkel, hielten nach einer Bewegung Ausschau, bemühten sich, einen Laut zu hören.

Alles war still.

»Bleib hier«, flüsterte Jagger. »Ich geh nachschaun.«

»Wir gehen beide«, flüsterte Jeff zurück. Bevor Jagger ihm widersprechen konnte, hatte er sich von seinem Griff befreit und schlich auf den hellen Schein zu. Er kam aus einer Öffnung in der Betonwand des Tunnels, einer Öffnung, die der glich, die zu den Räumen führte, in denen Tillie und ihre Familie hausten.

Aber wie viele solcher Räume mochte es geben?

Und was für Leute hatten dort Unterschlupf gesucht?

Als die Öffnung in der Wand nur noch fünf Meter entfernt war, blieben sie wieder stehen und lauschten auf das leise Knistern und Knacken brennenden Holzes.

Noch immer keine Stimmen.

Sie schlichen näher, dann machte Jagger einen Satz vorwärts und presste sich auf der anderen Seite der Öffnung an die Wand. Jeff wollte ihm folgen, doch Jagger hob die Hand und signalisierte ihm, er solle bleiben, wo er war. Gleich darauf tauchte ein Schatten in der Tür auf und jemand sagte schroff: »Lester, bist du's?«

Jeff presste sich an die Wand, aber zu spät. Eine Gestalt erschien im Tunnel, und der Strahl einer Taschenlampe blendete Jeff.

»Wer bist'n du ...«, begann die Stimme, erstickte aber in einem gurgelnden Laut, als Jagger dem Mann den Arm um den Hals legte und seinen Kopf mit einem Ruck zurückriss. Die Taschenlampe fiel klappernd auf den Betonboden, und Jagger zerrte den Mann durch die Tür, durch die er gekommen war. Jeff hob die Taschenlampe auf und folgte ihm.

Es war ein kleiner Raum, nur von einem Feuer erhellt, das in einer Tonne flackerte, die so verrostet war, dass der Rost das Metall stellenweise zerfressen hatte. In der Decke gab es eine Art Schacht, der als Kamin diente, und der Luftzug von der offenen Tür reichte aus, dass der Raum sich nicht mit schwarzem Rauch füllen konnte. Eine zerbeulte Plastikkiste war das einzige Möbelstück. In einer Ecke aufgestapelte dreckige Decken schienen das Bett des Mannes zu sein, und zum Kochen diente ein alter Kessel, der an einem behelfsmäßigen Dreifuß über das Feuer gehängt werden konnte. Der Kessel dampfte, daher vermutete Jeff, dass der Mann den Dreifuß eben vom Feuer weggezogen hatte. Der Geruch, der aus dem Kessel aufstieg, war jedoch bei weitem nicht so appetitlich wie der aus Tillies großem Topf.

Jagger stieß den Mann so heftig von sich, dass er gegen die Wand prallte. Er sackte zusammen und blieb auf dem Boden hocken, zog die Knie vor die Brust und schaute ängstlich zu ihnen auf. Seine Blicke huschten verstohlen zwischen ihnen hin und her und richteten sich schließlich auf einen Punkt hinter ihnen. Jeff drehte sich um. In der Ecke lag ein großer Plastiksack, überquellend von zerlumpten Kleidungsstücken, wie alle Obdachlosen sie mit sich herumschleppten.

»Is meiner«, sagte der Mann, und seine Stimme zitterte vor Angst. »Nix drin. Aber er is meiner, ihr könnt'n nich haben.«

Jagger kniff die Augen zusammen. »Schau nach, was drin is«, sagte er zu Jeff, und seine Augen ließen den Mann nicht los.

»Nein!«, kreischte der. Er raffte sich auf, torkelte schlingernd wie ein Betrunkener in die Ecke und legte schützend die Arme um den Sack. »Ihr könnt'n nich kriegn. Das is mein Schatz.«

»Muss ja was drin sein, wenn er so winselt«, sagte Jagger. Er griff nach dem Mann, riss seine Arme von dem Sack los und zog ihn weg. »Schau nach«, sagte er noch einmal zu Jeff.

Jeff zögerte, aber der Ausdruck in Jaggers Augen bedeutete ihm, dass es vergeblich wäre zu widersprechen. Er ging in die Hocke und fing an den Inhalt des Sackes zu sortieren. Ein paar Kleidungsstücke fielen auf den Boden, und der Mann, den Jaggers Arm an der Wand festnagelte, jammerte, als sei er mit einem Messer gestochen worden. Noch mehr Kleidungsstücke kamen zum Vorschein, und dann fand Jeff darunter versteckt, was der Mann als seinen »Schatz« bezeichnet hatte.

Handtaschen.

Ein halbes Dutzend, die meisten kleine Unterarmtaschen aus Leder, wie sie Frauen eines gewissen Alters am Abend tragen. Taschen, die man nicht festhalten konnte, wenn jemand sie einem entreißen wollte.

»Meins!«, heulte der Mann, als sie aus dem Sack auf den Boden rutschten. »Ich hab sie 'funden.« Seine Augen füllten sich mit Tränen und er begann zu schluchzen, als Jeff anfing, die Taschen zu durchsuchen.

In der dritten fand Jeff ein Mobiltelefon. Im ersten Moment konnte er es nur anstarren, doch als ihm klar wurde, was es vielleicht für Möglichkeiten bot, begannen seine Hände zu zittern. Langsam nahm er es aus der Tasche, als könnte es vor seinen Augen verschwinden wie eine Fata Morgana in der Wüste.

Er umschloss es mit den Fingern und nahm es aus dem schwarzen Lederetui, in dem es gesteckt hatte.

Leer, dachte er. *Der Akku muss längst leer sein.*

Er klappte es auf und drückte auf den Einschaltknopf. Zu seinem größten Erstaunen leuchtete das Display.

Der rechte Balken zeigt nur noch einen Strich.

Aber es gab hier keine Verbindung zum Netz.

Jeff schaltete das Telefon aus und klappte es zu, doch anstatt es in die Tasche zu stecken, starrte er es an.

Mit dem Telefon war es ihnen möglich, Hilfe zu erreichen. Wenn sie nur einen Platz fänden, wo sie Anschluss an ein Netz bekämen …

Und wenn der Akku nicht leer wurde …

Am liebsten wäre er sofort losgezogen und wieder durch das Labyrinth der Tunnel gekrochen, um einen Platz zu finden, von dem aus man mit einem Mobiltelefon telefonieren konnte.

Ein U-Bahnhof? Er war sicher, gehört zu haben, wie jemand sich beklagte, dass das Empfangssignal in den Stationen sehr schwach war, aber wenn man überhaupt ein Signal bekam …

Doch während der Wunsch in ihm immer heftiger wurde, einen Platz zu entdecken, wo er das Telefon benutzen konnte, sagte ihm seine Vernunft, er dürfe nichts Unsinniges tun.

Sie waren müde und hungrig und hatten keine Ahnung, wie spät es war.

Wenn er versuchte zu telefonieren und keine Verbindung bekam, verbrauchte er vielleicht die letzte Energie, die noch im Akku steckte.

Es war besser zu warten.

Sobald er ausgeruht war, etwas gegessen hatte und klar denken konnte, wollte er überlegen, wie er das Telefon am besten nutzen konnte. Der Mann wimmerte, als Jeff es in die Tasche steckte, doch er beachtete ihn nicht. Offensichtlich hatte der Mann es gestohlen, und ebenso offensichtlich hatte er es nicht benutzt. Wahrscheinlich war er sogar so verrückt, dass er nicht einmal wusste, was es war.

Er sah dem Mann in die Augen.

»Wir bleiben heute Nacht hier«, sagte er ruhig. »Wir werden mit dir essen und eine Weile schlafen, dann gehen wir wieder. Wir werden dir nichts tun.«

Jeffs Stimme schien den Mann zu beruhigen, er nickte und

wischte sich die Nase mit dem Ärmel ab. »Lass ihn los, Jagger«, sagte Jeff. »Er tut niemand was.«

Stunden später.

Sie hatten gegessen, was immer in dem Kessel gewesen war – es hatte nicht besonders gut geschmeckt, war aber laut Jagger noch immer besser als das Essen in Rikers.

Jagger hatte eine Stunde geschlafen, während Jeff Wache gehalten hatte, dann hatte Jagger seinen Platz eingenommen. Der Typ, der in dem Raum hauste, schlief ebenfalls. Er hatte ihnen nicht gesagt, wie er hieß – hatte sich benommen, als sei es ein Geheimnis –, aber das war Jagger egal. Er mochte den Kerl nicht.

Es lag an der Art, wie er Jeff ansah.

Jagger merkte, dass Jeff dem Typ gefiel.

Bestimmt wollte er, dass Jeff bei ihm blieb.

Wollte, dass Jeff sein Freund wurde wie er – Jagger – Jeffs Freund war.

Aber so weit würde es nicht kommen. Sobald Jeff aufwachte, würden sie gehen, und dann gab es wieder nur noch sie beide.

Jagger wusste nicht, ob es ihnen gelingen würde, das Telefon zu benutzen. Aber wenn Jeff es versuchen wollte, war es okay – Jeff war clever, und wenn er glaubte, dass es funktionieren könnte, würde es wahrscheinlich funktionieren. Schließlich hatte er sie beim Riverside Park fast herausgeholt. Wären die Kerle nicht gewesen, wären sie schon frei.

Frei und auf der Suche nach einer Bleibe, in der sie wohnen konnten.

Sobald sie eine Bleibe gefunden hätten, würde er sich eine Möglichkeit überlegen, um so viel Geld zu verdienen, dass er für sie beide sorgen konnte. Genauso wie er für Jimmy gesorgt hatte, bevor sie ihn verhafteten.

Er streckte sich, und sein Fuß berührte den Körper des Verrückten, der hier lebte. Der Mann rollte sich herum – und warf einen Arm quer über Jeff.

Während Jagger zusah, schob sich der andere näher an Jeff heran, schmiegte sich an ihn wie …

Jagger schob den Gedanken beiseite, konnte die Augen aber

nicht von dem Mann lassen, und gleich darauf, als er zu sehen glaubte, dass der Mann sich dicht an Jeff drängte, blitzte Zorn in ihm auf.

Der Kerl wollte ihm Jeff wegnehmen!

Aber das würde er verhindern.

Er griff nach dem großen Schienennagel, der in seiner Jackentasche steckte.

Als der Mann sich noch näher an Jeff heranzuschlängeln schien, umklammerte Jagger den Schienennagel fester.

Was dann passierte, wusste Jagger nicht genau. Er wusste nur, dass Jeff plötzlich wach war und dass der andere stöhnte und blutete.

Aus einem Loch im Rücken blutete.

Jeff starrte ihn an, als hätte er etwas Schreckliches getan.

»Er wollte dir was tun«, sagte Jagger. »Ich konnte doch nicht zulassen, dass er dir weh tat, oder?«

»Jesus«, flüsterte Jeff, »er hat nicht … er …«

Ein Krampf befiel den Mann, und Blut sickerte aus seinem Mund. Dann ließ der Krampf nach, und im nächsten Moment war er still.

Ganz still.

Jeff streckte die Hand aus und legte den Finger auf seine Halsschlagader.

Nichts.

Er blickte zu Jagger auf. »Er ist tot.«

Jagger riss die Augen auf. Er hatte den Kerl nicht töten wollen – dessen war er fast sicher. »Er wollte dir was tun …«, begann er, aber Jeff stand schon auf.

»Wir müssen hier raus«, sagte er ruhig. Rasch sammelten sie ihre Sachen ein und verließen den Raum, doch an der Tür drehte Jeff sich um und blickte zurück. Die offenen Augen des Mannes schienen ihn anzustarren, glänzten im Licht des Feuers, das sich in ihnen spiegelte.

25. Kapitel

»Beeil dich, sonst kommst du zu spät in die Schule!«

Vorsichtig beugte Robby sich vor, damit er ja nichts auf sein neues Hemd verschüttete – ein richtig neues Hemd, kein schon getragenes aus einem Trödlerladen –, und aß seine Frühstücksflocken auf. Dann schielte er verlangend auf den abgestoßenen Kaffeebecher, den Tillie vor sich stehen hatte.

»Denk nich mal dran«, sagte Tillie, ohne von der zwei Tage alten Zeitung aufzublicken, die sie las. »Willst du dir 'ne Wachstumsstörung holen?«

»Ach, komm schon, Tillie«, bettelte Robby. »Viele Kids trinken Kaffee. Bringen welchen in Thermosflaschen in die Schule mit und …«

»Und du bist nich viele Kids«, unterbrach ihn Tillie und versuchte ihn mit einem finsteren Blick festzunageln, doch stattdessen wurde ein Zwinkern daraus. »Ich sag dir was – einen Schluck und keine Widerrede mehr. Dann marsch in die Schule!«

Robby riss ungläubig die Augen auf. »Wirklich?«, fragte er atemlos.

Ehrfürchtig betrachtete er den Becher, fast überzeugt, jemand würde ihn ihm entweder wegnehmen oder ihm in der letzten Sekunde eine runterhauen.

Oder beides.

Tillie erinnerte sich noch an den Abend, an dem Jinx ihn mitgebracht hatte. Er war so verängstigt gewesen, dass sie die ganze Nacht wach geblieben war, neben seinem Bett gesessen und seine Hand gehalten hatte. Lange hatte er geglaubt, er werde sich mutterseelenallein auf der Straße wiederfinden, hatte sich geweigert, irgendwohin zu gehen, und wenn ihm jemand nahe kam, war er zusammengezuckt, als erwarte er Schläge. Tillie begann zu vermuten, dass seine Eltern ihm letztlich etwas Gutes getan hatten, als sie ihn verließen. Auch in die Schule zu gehen hatte er sich zunächst geweigert.

Tillie hatte ihn nur überreden können, sich auf das Risiko einzulassen, weil sie ihm versprach, jemand aus dem »Käfig« werde ihn immer vor der Schule erwarten. An diesem Tag hatte sich ein halbes Dutzend Leute abgewechselt, und schließlich hatte die Schule bei der Polizei angerufen und sich beschwert, weil so viele Obdachlose dort herumlungerten. Aber Robby hatte den Tag überlebt und war sicher in den Käfig zurückgekehrt; bald reichte es, wenn jemand ihn bis zur letzten Seitenstraße vor der Schule begleitete und nach dem Unterricht an derselben Stelle auf ihn wartete. Alle im Käfig wussten, dass sie sich großen Ärger einhandelten, wenn Robby auch nur eine Minute lang allein gelassen wurde.

Langsam, ganz langsam fasste Robby wieder Vertrauen zu den Menschen. Jetzt beäugte er vorsichtig den dampfenden Kaffeebecher, und Tillie schob ihn ein wenig näher zu ihm. »Es ist okay, ich beiß dich schon nich. Aber er is heiß, und vielleicht schmeckt er dir gar nich.«

Robby nahm den Becher und hielt ihn an die Lippen. Als die Flüssigkeit seine Zunge berührte, riss er die Augen auf und stellte den Becher so schnell auf den Tisch zurück, dass der Kaffee fast überschwappte. »Bäh! Wer trinkt'n so was?«

»Du nich, schätz ich«, stellte Tillie fest und zog den Becher wieder zu sich heran. »Und jetzt verschwinde – du kommst zu spät. Jinx, mach was mit dem Jungen.«

Aber Jinx, die Robby gegenübersaß, hörte nicht zu. Ihre Blicke hefteten sich auf die zerfledderte und fleckige Zeitung, die nur halb ausgebreitet vor Tillie lag. Ganz besonders interessierte sie sich für ein Bild, das vorher von Tillies Kaffeebecher verdeckt worden war.

Es war ein Bild von Jeff Converse.

»Kann ich das mal sehn?«, fragte sie und zog Tillie die Zeitung weg.

»*Darf* ich das sehn«, korrigierte Tillie, aber Jinx hörte sie kaum, während sie rasch den Artikel überflog:

… kam ums Leben, als ein gestohlener Laster das Fahrzeug des Department of Correction rammte, in dem er transportiert wurde …

… wurde gestern verurteilt, nachdem man ihn wegen versuchter Vergewaltigung und Mord schuldig gesprochen hatte …

… das Opfer Cynthia Allen, nach Mr. Converse' Überfall an den Rollstuhl gefesselt, verzichtete auf einen Kommentar …

… festgenommen in der 110th Street MTA Station …

Plötzlich hatte Jinx wieder die Frau vor Augen, die sie gestern Abend gesehen hatte.

Die Frau im Rollstuhl.

Die Frau, die von Bobby Gomez überfallen worden war. Und sie, Jinx, hatte gesehen, dass jemand auf die beiden zurannte.

Das war in der 110th Street Station gewesen!

»Das stimmt nicht«, sagte sie, ohne zu merken, dass sie laut sprach. »Er war's nicht.«

»Wie meinst du das – er war's nicht?«, entgegnete Tillie. »Klar war er's. Wieso wär er verurteilt worden, wenn er's nich getan hätte?«

»Aber ich war dabei«, protestierte Jinx. »Es war Bobby Gomez.« Sie erzählte Tillie, woran sie sich aus dieser Nacht erinnerte, aber als sie geendet hatte, schüttelte Tillie den Kopf.

»Nur weil Bobby Gomez versucht hat, jemanden zu überfallen, heißt das noch lang nich, dass dieser Typ nix getan hat.« Nachdrücklich tippte sie mit dem Finger auf Jeffs Bild. »In der U-Bahn werden dauernd Leute überfallen – das hab ich wenigstens ein Dutzend Mal beobachtet.«

»Aber es war die 110th Street«, erklärte Jinx nachdrücklich.

»Und gestern Abend hab ich die Frau gesehn, auf die Bobby eingeschlagen hat – und sie hat im Rollstuhl gesessen.«

Tillies Miene verhärtete sich. »Jetz hör mir mal zu, junge Dame. Du bist erst fünfzehn, und selbst wenn du Recht hättest – was du nich hast –, würde ich nich zulassen, dass du dich für den Mann interessierst.« Den Sturm ignorierend, der sich in Jinx' Augen zusammenbraute, fuhr Tillie fort: »Morgen um die Zeit is er tot, und du kannst es nich verhindern. Sind die Jäger erst hinter jemandem her, war's das. Willst du dabei sein, wenn sie ihn finden? Bring jetz Robby ganz einfach zur Schule und vergiss den Typen – ich hätt ihn überhaupt nich hier reinlassen sollen.«

Da sie wusste, dass es sinnlos war, Tillie zu widersprechen, schob Jinx die Zeitung wieder zu ihr hinüber. Doch eine halbe Stunde später, als sie Robby nachsah, der den von Bäumen gesäumten Block auf der Seventy-eight Street entlang in Richtung P.S. 87 ging, dachte sie wieder an das, was sie in der Zeitung gesehen hatte, und als Bobby im Schulgebäude verschwand, wusste sie, was sie zu tun hatte.

Jeff konnte den Anblick des toten Mannes nicht vergessen. Tote, leere Augen, die ihn anstarrten.

Was war dort in dem winzigen, tief in den Tunnels vergrabenem Raum geschehen? Was hatte der Mann getan, dass Jagger ihn angriff, während er schlief?

Als Jeff aufwachte, war der Raum nur von der schwachen orangefarbenen Glut des erlöschenden Feuer in der Tonne erhellt worden, aber seine Augen – inzwischen mehr an die Dunkelheit unter der Stadt als an das Licht der Oberfläche gewöhnt – hatten sich sofort auf Jagger geheftet, der so hassvoll auf ihn heruntersah, dass er am liebsten sofort losgerannt wäre. Doch gleich darauf, als er sich fester an die Betonwand presste, wurde ihm klar, dass es der andere Mann war – der Mann, der ihnen nicht einmal seinen Namen genannt hatte –, auf den Jaggers Blick gerichtet blieb.

Es hatte ausgesehen, als sei Jagger irgendwie in Trance gefallen. Auch als Jeff ihn ansprach, reagierte er nicht. Er blieb in der Hocke, wiegte sich auf den Fußballen langsam vor und zurück und sah zu, wie der Mann starb. Erst als der Ärmste gurgelnd und rasselnd seinen letzten Atemzug tat, war es Jagger gelungen, Jeff anzusehen.

Der Hass in seinen Augen war erloschen, und Jeff entdeckte etwas anderes darin.

Verlangen.

Jagger hatte die Hand gehoben – die Hand, die noch immer vom Blut des Mannes besudelt war, den er eben getötet hatte – und nach Jeff ausgestreckt. Doch kurz bevor er Jeffs Wange berührte, hatte er die Hand fallen lassen.

Dann war Jaggers Blick klar geworden, und er schaute sich im Raum um, als sehe er ihn zum ersten Mal. Als sein Blick auf den Toten zu seinen Füßen fiel, überzog ein ratloser Ausdruck sein Gesicht, als wisse er nicht, was passiert war.

»Er wollte dir was tun.«

Aber was? Der Mann war verrückt gewesen, hatte vor ihnen viel mehr Angst gehabt als sie vor ihm. Was hatte Jagger geglaubt, dass er tun wollte? Sie hatten einfach dagelegen und …

Eine Erinnerung regte sich.

Etwas hatte seinen Schlaf gestört. Er hatte geträumt, und in diesem Traum war er wieder in seinem Apartment, und er fühlte Heather neben sich, die sich eng an seinen Rücken schmiegte. Sie hatte den Arm über ihn gelegt und … und er war wach geworden, als der Mann, auf dessen Lumpen er schlief, in Todesqual geröchelt hatte, während der rostige Schienennagel sich in ihn hineinbohrte.

Vielleicht war es mehr gewesen als ein Traum von Heathers Arm – vielleicht hatte der Mann sich an ihn gedrängt und den Traum ausgelöst. Und wenn es so war …

Wieder erinnerte er sich an den seltsamen Ausdruck in Jaggers Augen und an Jagger, der die Hand ausstreckte, um ihn zu berühren …

Der Anblick eines Lichts vor ihnen riss ihn aus seinen Gedanken. Es war nicht das orangefarbene Flackern eines der Feuer, die überall in den Tunnels zu brennen schienen, auch nicht der Schein der Arbeitslampen, die einige Gänge in der Nähe der Oberfläche erleuchteten.

Nein, es war das helle Licht der Außenwelt.

Er ging schneller und sein Pulsschlag beschleunigte sich, als der Lichtschein heller wurde. Sie stellten fest, dass die Helligkeit aus einem Schacht kam, der von dem Gerätetunnel, dem sie folgten, seit sie den Leichnam verlassen hatten, nach oben führte. Jeff hatte geglaubt, sie seien noch wenigstens zwei Ebenen unterhalb der Straße, doch als er jetzt durch den Schacht hinaufspähte, sah er ein großes viereckiges Gitter, durch das er eine himmelwärts strebende Mauer ausmachen konnte. Dann waren wir also gar nicht so tief unten, dachte er. Seit sie den Toten verlassen hatten, war er immer desorientierter geworden.

»Wie kommen wir dort rauf?«, fragte Jagger.

Jeff sucht die Wände des Schachts nach in die Wände eingelassenen Metallsprossen ab, wie er sie in anderen Schächten gesehen hatte, an denen sie vorbeigekommen waren – oder nach Unebenheiten im Beton, wo man mit Händen und Füßen Halt finden konnte. Es gab nichts dergleichen. Dieser Schacht schien eine einzige glatte Fläche, die bis unter das Gitter reichte, das etwa fünf Meter über ihnen lockte – fünf Meter, die genauso gut hätten hundert sein können.

»Wir müssen 'ne Leiter finden«, sagte Jagger.

Jeff antwortete nicht, er studierte das Display des Mobiltelefons, das er gefunden hatte. Den Atem anhaltend, drückte er auf den Einschaltknopf.

Der Akku zeigte noch immer einen Balken an, der Empfangsindikator zwei, sprang aber im selben Moment auf einen um.

Dann wieder zurück auf zwei.

Mit zitternden Fingern wählte Jeff Heather Randalls Nummer und drückte auf den Sendeknopf.

Es klingelte bei ihr.

Einmal.

Zweimal.

Dreimal.

»Bitte sei da!«, flüsterte er, als das Telefon ein viertes Mal klingelte. »Bitte sei …« Die Worte erstarben ihm auf den Lippen, als das Telefon klickte und er Heathers Stimme hörte: »Hallo, tut mir Leid, dass ich Ihren Anruf nicht entgegennehmen kann, aber wenn Sie …«

Der Anrufbeantworter. Der verdammte Anrufbeantworter. Er wartete auf das Ende des Textes und hörte endlich das Signal, das den Anrufer aufforderte, zu sprechen.

»Heather! Ich bin es! Jeff! Hör mir jetzt genau zu. Ich benutze ein Mobiltelefon, und die Akkus sind bald leer. Ich bin in den Tunnels – in den Tunnels unter den Straßen – und Leute jagen mich. Ich kann nicht raus und ...« Er unterbrach sich, denn ihm wurde klar, wie verrückt das klingen musste. Dann begann der Apparat zu piepsen, weil die Akkus kurz davor waren, ihren Geist aufzugeben, und er sagte nur noch drei Worte, die ihm in den Sinn kamen: »Ich liebe dich.«

Er schaltete ab und warf wieder einen Blick auf den flackernden Akku-Anzeiger.

Vielleicht konnte er noch einen Anruf wagen.

26. Kapitel

Mary Converse musterte die alte Frau, die ihr aus dem Spiegel entgegenblickte. Mary war erst dreiundvierzig, doch die Frau, die sie ansah, konnte keinen Tag jünger als fünfundfünfzig sein. Ihr Haar wurde grau – Haar, das über Nacht dünner geworden schien. Ihre Augen waren durch den Mangel an Schlaf verquollen, und an den Augenwinkeln breitete sich spinnwebenartig ein Netz von Fältchen aus. Ihre Haut sah fahl und kränklich aus, wie die Haut einer starken Raucherin, obwohl sie ihre letzte Zigarette an dem Tag geraucht hatte, an dem sie feststellte, dass sie schwanger war.

Jeff.

Das Bild im Spiegel verschwamm, als ihr die Tränen in die Augen traten.

Wie sollte sie es schaffen? Wie diesen Tag überstehen? Wie es schaffen, in der St. Patrick's Cathedral zu sitzen und ihrem einzigen Kind Lebewohl zu sagen?

Sei stark, sagte sie sich. *Der Herr wird dir nie eine Last aufbürden, die für dich zu schwer ist.* Aber sie hatte schon fast die ganze Nacht auf den Knien gelegen, für Jeffs unsterbliche Seele gebetet und jeden Heiligen, den sie kannte, angefleht, sich bei Gott für ihren Sohn einzusetzen. Ihre Finger waren steif vom Rosenkranzbeten und ihre Knie so wund, dass sie fürchtete, sie nicht einmal beugen zu können, wenn sie die Kathedrale betrat.

Aber sie betete weiter, flehte um ein Zeichen dafür, dass Jeff seine Sünden vergeben worden waren und dass er im Zustand der Gnade gestorben war.

Sie hatte keines empfangen.

Tief Atem holend, drehte Mary den Wasserhahn auf, tauchte einen Waschlappen in kaltes Wasser und wischte sich die Tränen ab.

Das Gesicht im Spiegel sah jetzt ein bisschen besser aus: die Haut war wenigstens nicht mehr so blass und gelblich. Eine halbe Stunde später, das Haar frisch gewaschen und zu einem festen Knoten geschlungen, in demselben schwarzen Kostüm, das sie vor fünf Jahren bei der Beerdigung ihrer Mutter getragen hatte, betrachtete sie sich ein letztes Mal. Vielleicht würde sie – mit Gottes Hilfe – den Tag überstehen.

Und dann klingelte das Telefon.

Das Geräusch erschreckte sie so, dass sie fast ihre Tasse fallen ließ. Um ein Haar hätte sie den Kaffee auf ihre Kostümjacke verschüttet. Als das Telefon noch einmal klingelte, stellte sie die Tasse ab und warf, als sie nach dem Hörer griff, einen Blick auf das kleine Display, auf dem die Nummer des Anrufers erschien.

Die Nummer sagte ihr nichts.

Sie sah auf die Uhr: Noch nicht einmal halb acht. Warum wurde sie von jemand, den sie nicht kannte, um diese Zeit angerufen?

Es klingelte zum drittenmal. Sie wusste, dass sie sich nicht melden sollte – sie hatte sich das Telefon mit dem Display, auf dem die Nummer des Anrufers erschien, während des Prozesses besorgt, um sich gegen die Telefonate krankhaft aufdringlicher Menschen zu schützen.

Das Telefon klingelte wieder und der Anrufbeantworter schaltete sich ein. Nachdem sie ihren Text gehört hatte, mit dem sie dem Anrufer erklärte, sie könne nicht an den Apparat kommen, begann eine andere stark verzerrte Stimme zu sprechen.

Eine verzweifelte Stimme, die in den Apparat hineinbrüllte.

»… Mom – bist du … Ich bin es, Mo …«

Mary ließ das Telefon fallen, als habe sie sich verbrannt. Aber als sie die Worte begriff, stieg ein Schrei in ihr auf und sie packte den Hörer erneut.

»Wer ist das?« Ihre Stimme wurde lauter. »Wer sind Sie?«

Das Telefon am anderen Ende knackte und rauschte, verstummte, kam wieder, doch zwischen den Pausen hörte sie nur: »Mom, es ... ich ... ich ... tot ...«

»Jeff«, flüsterte Mary. »Jeff, bist du das?«

Im Hörer knackte es noch ein paar Mal, und sie glaubte die Stimme wieder zu hören. Dann war alles still.

Fast eine ganze Minute lang presste Mary das Telefon noch ans Ohr, wollte die Stimme mit Hilfe ihres Willens zwingen, wieder zu sprechen, doch die Stille dauerte an, und endlich legte sie auf. Allmählich wurde ihr klar, dass unmöglich war, was sie gehört hatte, und sie versuchte sich einzureden, es sei nicht geschehen, sie habe sich nur eingebildet, die Worte zu hören, die Stimme zu erkennen.

Fast gegen ihren Willen griff sie wieder zum Hörer und drückte die Taste der Wahlwiederholung. Sie presste den Hörer ans Ohr, lauschte.

Dann klickte es, und eine Stimme meldete sich.

Eine automatische Stimme.

»Hier ist die Wahlwiederholung Ihres letzten Anrufs ...« Als die Stimme zu Ende gesprochen hatte, drückte sie auf den Knopf, um die Nummer anzuwählen, von der aus sie angerufen worden war.

Eine andere automatische Stimme meldete sich: »Der Teilnehmer des Mobiltelefons, den Sie anrufen, hat entweder keine Verbindung zum Netz oder ...«

Sie legte auf, versuchte noch zweimal, die Nummer anzurufen, bekam zweimal die gleiche Nachricht.

Um acht Uhr, als Mary ihren Aufbruch nicht länger aufschieben konnte, wählte sie die Nummer noch ein letztes Mal.

Nichts.

Er war es nicht, dachte sie, als sie die Wohnung verließ. *Er kann's nicht gewesen sein.*

Doch während sie leise die Worte wiederholte, erinnerte sie sich an den Klang von Jeffs Stimme.

An diesem Morgen erwachte Carolyn Randall früher als gewöhnlich, und ihr erster Impuls war, sich umzudrehen und weiterzuschlafen. Sie und Perry waren am Abend vorher auf einer Party gewesen – auf einer Party, auf der sie drei Filmstars und ihre liebste Modeschöpferin getroffen hatte –, und ihr Kopf wurde heimgesucht von einem Kater, der viel schlimmer war als ihr angemessen schien. Nun gut, vielleicht hatte sie einen Drink zuviel gehabt, aber sie war nicht betrunken gewesen, egal was Perry sagte. Über den Kopfschmerz hinweg, der wie ein Schmiedehammer auf ihren Schädel einschlug, erinnerte sie sich noch an Perrys Worte, als sie gegen halb drei ins Bett getaumelt waren: *»Ich kann keine Frau brauchen, die im Ruf steht, Alkoholikerin zu sein, Carolyn. Ich kann eine zweite Scheidung durchstehen – aber falls deine Trinkerei mich die Ernennung kostet, sobald Morgenthau in Pension geht, werde ich dich nicht nur aus dem Haus jagen, sondern auch dafür sorgen, dass du keinen Cent bekommst. Also überleg es dir – mach ohne Alkohol weiter, oder nimm das Geld und verschwinde. Jetzt!«* Sie hatte das Gefühl gehabt, sie müsse ihm ins Gesicht spucken. So hatte er vor fünf Jahren nicht geredet, als er feststellte, wie Sex mit jemand wie ihr war – anders als mit der alten Gesellschaftszicke, seiner damaligen Ehefrau. Und ganz gewiss hatte sie keine Lust, jetzt abzuhauen. Also hatte sie nicht mit ihm gestritten, sondern ihm einen geblasen, was geeignet war, jeden Streit im Keim zu ersticken, und hatte erklärt, sie sei nicht betrunken. Was bedeutete, dass sie heute Morgen, so sehr es sie auch danach verlangte, nicht weiterschlafen konnte. Da Perry noch nicht wach war, wollte sie gleich aufstehen und dafür sorgen, dass das nichtsnutzige Dienstmädchen den Kaffee bereit hatte, sobald er aufwachte, und so tun, als gehe es ihr gut; genauso wie sie in der ganzen Zeit vorgetäuscht hatte, der Sex mit ihm mache ihr Spaß. Anstatt sich auf die andere Seite zu drehen, ließ sie sich also aus dem Bett rollen, tappte ins Bad und drehte die Dusche auf. Bevor sie unter die Dusche ging, schaute sie in den Spiegel.

Was sie sah, gefiel ihr nicht.

Um die Augen herum machten sich die ersten Fältchen bemerkbar, und sie glaubte sogar über den Lippen ein paar der schrecklichen kleinen Streifen zu sehen, die Frauen bekamen, wenn sie rauchten. Sie musste sich wirklich mit den Ehefrauen einiger alter Freunde von Perry unterhalten – sie alle hatten schon weiß Gott wie viele Gesichtskorrekturen hinter sich und kannten bestimmt die besten plastischen Chirurgen in Manhattan.

Eine Viertelstunde später, als Perry eben prustend und schnaubend aufzuwachen begann, auf eine Weise, die ihr widerlich war, eilte sie in die Küche zur Kaffeemaschine. Sie beschloss, ihm selbst eine Tasse zu bringen, sobald sie hörte, dass er sich von dem Schleim frei hustete, der sich über Nacht immer in seinem Hals sammelte. Er würde so glücklich sein, weil sie an ihn gedacht hatte, dass ihm der gestrige Abend nicht mehr gegenwärtig wäre.

Als sie an der Tür zur Bibliothek vorüberkam, sah sie den Anrufbeantworter auf Perrys Schreibtisch blinken. Sie zögerte und runzelte die Stirn. Er hatte nicht geblinkt, als sie nach Hause gekommen waren, was bedeutete, dass der Anruf entweder sehr spät nachts oder sehr für am Morgen gekommen sein musste. Da niemand sie oder Heather so früh anrief, musste die Nachricht für Perry – und sehr dringend – sein. Wenn sie eine wichtige Nachricht abhörte und ihm sofort überbrachte, würde er den kleinen Streit von gestern Nacht völlig vergessen. Sie ging zum Schreibtisch und drückte auf den Abhörknopf, ohne zu merken, dass es Heathers und nicht Perrys Lämpchen war, das blinkte.

Die Stimme, die sie hörte, vertrieb den letzten Alkohol aus ihrem Kreislauf, und ihr Kopfschmerz verschwand. »Heather?«, fragte Jeff Converses Stimme durch statisches Knistern und Knacken hindurch. »Ich bin ...«

Dann folgte eine Reihe von Bruchstücken seiner Stimme:

»Heather? Ich bin ... Jeff ... Hör ... Mobiltelefon ... Akkus bald leer ... unter den Straßen ... ...jagen mich. Ich kann nicht raus und ...«

Es blieb lange still, dann kamen noch einmal drei Worte: »Ich liebe dich.«

Schließlich noch eine unpersönliche Stimme mit der Ansage, dass der Anruf um sieben Uhr und achtzehn Minuten eingegangen sei.

Einen Augenblick wusste Carolyn nicht so recht, ob sie Perry überhaupt etwas von der Nachricht sagen sollte – er schätzte es ganz und gar nicht, wenn man Nachrichten abhörte, die nicht für einen bestimmt waren. Und außerdem konnte sie keinesfalls von

Jeff Converse stammen. Er war tot – sie hatte es in den Nachrichten gehört und sogar in der Zeitung gelesen. Es musste ein grausamer Streich sein, ein böser Scherz.

Sie wusste, dass Heather sich sehr darüber aufregen würde, und wenn Heather sich aufregte, würde auch Perry außer sich sein. Und dann würde er sich vielleicht daran erinnern, dass er sich schon gestern Abend über sie geärgert hatte. Es war am besten, es ihm zu sagen. Sollte dann er entscheiden, was zu tun wäre.

Fünf Minuten später stand Perry neben ihr in dem langen Morgenmantel, den sie ihm letztes Jahr zu Weihnachten geschenkt hatte, und hörte sich die Nachricht an. Sie sah, dass er die Augen zusammenkniff, als die Stimme Heathers Namen nannte. Als sie weitersprach, wurde er – der sowieso nie den braunen Teint von George Hamilton hatte, den Carolyn bei einem Mann so sexy fand – totenblass. Dann bekam sein Gesicht wieder Farbe, und die Ader auf seiner Stirn, die immer hervortrat, wenn er zornig war, begann zu pochen.

Er war noch wütender, als Carloyn sich vorgestellt hatte, und sie wappnete sich gegen die Tirade, die gleich über sie hereinbrechen würde. Aber als die Nachricht zu Ende war, sagte er nichts. Stattdessen drückte er auf »replay«, hörte sich die Nachricht noch einmal an und dann noch einmal.

»Nun?«, fragte Carolyn endlich, unfähig, ihre Angst noch länger zu unterdrücken. »Glaubst du, er könnte es wirklich sein?«

»Natürlich nicht!«, fauchte er mit einer Stimme, die eisig war vor Wut. »Converse ist tot, also ist es ganz offensichtlich nicht er. Irgendein Irrer findet es offenbar wahnsinnig lustig. Die Frage ist, wer war es? Denn wenn ich es herausfinde …«

»Nun, wenn es nicht Jeff ist, dann ist es egal«, fiel Carolyn ihm ins Wort, die hoffte, ihren Mann schnell beschwichtigen zu können, bevor er sich gegen sie wandte. »Warum löschen wir das Zeug nicht einfach? Es gibt keinen Grund, warum Heather es überhaupt hören sollte.«

Perry sah sie nicht an. »Mach mir einen Kaffee«, sagte er. »Ich kümmere mich darum, und ich werde feststellen, wer das war.«

Carolyn versuchte gar nicht, ihm zu widersprechen. Sie hatte schon vor langer Zeit gelernt, dass Perry, auch wenn er Unrecht hatte, nicht bereit war, sich zu rechtfertigen.

»Das ist es, was einen guten D.A. ausmacht«, hatte er ihr einmal erklärt. »Mir ist es verdammt egal, ob die Kerle schuldig oder unschuldig sind. Mein Job ist es, meine Fälle zu gewinnen, und das tue ich auch meistens.«

»Aber wie, wenn derjenige nichts getan hat?«, hatte Carolyn gefragt.

Die Verachtung in Perrys Augen, als er ihr antwortete, hatte sie dazu gebracht, sich zu schämen, weil sie die Frage überhaupt gestellt hatte. »Wenn sie nichts getan hätten, wären sie nicht verhaftet worden«, sagte er. »Die Polizisten sind keine Dummköpfe, weißt du.« Und das war das Ende der Diskussion gewesen. Darum huschte Carolyn, um aus der Schusslinie zu kommen, unauffällig hinaus und schloss die Tür hinter sich, während Perry den Anrufbeantworter weiterhin finster anstarrte.

Als sie gegangen war, griff er nach dem Telefon und wählte aus dem Gedächtnis eine Nummer.

»Wir haben ein Problem«, sagte er. »Und es muss heute noch gelöst werden.«

Er legte auf und löschte ohne zu zögern die Nachricht für seine Tochter.

Die endlose Nacht war zu Ende, aber Keith fühlte sich, als habe er kaum geschlafen. Nachdem Heather gegangen war, hatte er sich abwechselnd auf Jeffs Murphy-Bett gelegt oder am Fenster gestanden und in die nie ganz dunkle Nacht von New York City hinausgeschaut. Als es spät wurde, ließ der Verkehr nach, aber ein paar Taxis waren immer auf dem Broadway unterwegs, und über den Gehsteig schlenderten – einzeln, zu zweit oder in kleinen Gruppen – Nachteulen, die unermüdlich von Bar zu Bar zogen.

Zweimal, als die Wände des Apartments auf ihn einzudringen und ihn zu ersticken schienen, wäre er beinahe selbst noch ausgegangen. Irgendwann gegen halb fünf war er in einen unruhigen Schlaf gefallen und als er jetzt, vier Stunden später, aufstand, wusste er schon, dass an mehr Schlaf nicht zu denken war.

Und er wusste, was er tun würde.

Zuerst durchstöberte er das Apartment nach einem Telefonbuch. Er blätterte darin, bis er zum Stichwort *Gebrauchtwarenläden* kam und notierte sich die Adressen von dreien, die in der Nähe des Apartments zu liegen schienen. Dann nahm er den Telefonhörer und wählte Vic DiMarco an.

»Ich bin's«, sagte er. »Ich werde dich jetzt um einen großen Gefallen bitten, aber du darfst mich nichts fragen.«

»Du brauchst mich nicht zu bitten«, antwortete DiMarco.

»Ich möchte, dass du zu mir nach Hause gehst. In meinem Büro gibt es einen versperrten Schrank – der Schlüssel liegt im Schreibtisch, in der zweiten Schublade rechts, in einem kleinen Kästchen ganz hinten.«

»Verstanden«, sagte DiMarco. »Was ist in dem Schrank?«

»Eine Waffe. Eine Achtunddreißiger Automatic. Ich möchte, dass du mir sie bringst.«

27. Kapitel

Feindselig musterte Jinx die verschlossene Tür, wollte, dass sie sich öffnete und unterdrückte den Wunsch, ihr einen heftigen Tritt zu versetzen. Schließlich machte sie kehrt und setzte sich wieder auf die Treppe, wo sie, mit Unterbrechungen, während der letzten zwei Stunden gesessen hatte. Sie wäre die ganze Zeit sitzen geblieben, hätte Paul Hagen sie nicht immer wieder verscheucht.

Auch das kotzte sie an. Als der Cop das erste Mal vorbeigekommen war, hatte sie zu ihm gesagt, sie warte nur darauf, dass die Bibliothek öffnete.

»Aber ja, aber klar, Jinx«, hatte er die Augen rollend gesagt. »Was für'n Spiel soll das werden? Willste die alten Opas im Lesesaal beklauen? Hab Erbarmen mit mir!«

Jinx hatte sich beherrscht. Sie durfte Paulie Hagen jetzt auf keinen Fall gegen sich aufbringen, denn das konnte sie absolut nicht brauchen. Wenn er anfing sie zu schikanieren, konnte er sie den größten Teil des Tages im Revier festhalten, wo sie einen Haufen Formulare ausfüllen und mit den Leuten von der Wohlfahrt reden musste. Also schüttelte sie seinen Sarkasmus einfach ab und entfernte sich in Richtung Madison Avenue. Sie wusste, dass Paulie ihr so weit nicht folgen konnte, und da er kaum einmal auf die East Side hinüberging, kannten die meisten Cops sie dort nicht. Sie hatte sich über Paulie so geärgert, dass sie ihn angerempelt und ihm die Brieftasche so unauffällig geklaut hatte, dass der arme Trottel nur eine Entschuldigung murmelte, während er weiter in sein Mobiltelefon hineinsprach. Dass seine Brieftasche nicht mehr da war, würde er wahrscheinlich erst merken, wenn er seinen Lunch bezahlen wollte, und bis dahin würde er sich nicht mehr daran erinnern, dass jemand ihn angerempelt hatte. Das war das Großartige an Mobiltelefonen – sie lenkten die Leute so ab, dass sie meistens dachten, sie wären mit Jinx zusammengestoßen, nicht umgekehrt.

Immer wieder wanderte sie zur Bibliothek Ecke Fifth und Forty-second zurück und hoffte wider besseres Wissen, sie würden heute Morgen früher öffnen. Ein wenig Zeit schlug sie damit tot, Touristen zu beobachten, die sich gegenseitig vor den Marmorlöwen fotografierten, die vor dem Gebäude saßen. Dann blätterte sie in einer *Daily News,* die jemand in den Abfallkorb an der Ecke geworfen hatte. Zweimal musste sie die Straßenseite wechseln, als sie Hagen vom Bryant Park die Straße herunterkommen sah. Warum nur blieb er nicht drüben auf dem Times Square, wohin er gehörte?

Wenigstens war sie jetzt nicht mehr die Einzige, die wartete – ein halbes Dutzend Leute stand herum. Ein weißhaariger Typ in einem Anzug, der noch älter aussah als er selbst, schaute ständig auf seine Uhr, und ein unangenehm aussehender Mensch ging auf und ab und warf immer wieder nervöse Blicke in Richtung Bryant Park.

Exhibitionist, dachte Jinx.

Sie hatte recht gehabt, denn als Paulie Hagen auftauchte, flüchtete der Mann wie ein erschrockenes Kaninchen.

Genau in dem Augenblick, in dem Hagen sie entdeckte und herüberkam, um sie von der Treppe zu verscheuchen, hörte sie hinter sich ein metallisches Klicken, und die schwere Metalltür schwang endlich auf. Einem, wie sie genau wusste, kindischen Impuls nachgebend, streckte sie Hagen die Zunge heraus, machte kehrt und flitzte in die riesige Lobby der Bibliothek; und nach links, wo zwei Frauen hinter einem Informationsschalter standen. Als Jinx darauf zuging, blickte eine der beiden Frauen auf. Das Lächeln verging ihr, als sie Jinx' schäbige Kleidung sah, und

Jinx fragte sich, ob man sie aus der öffentlichen Bibliothek hinauswerfen würde. »Wohin muss ich, wenn ich etwas in einer alten Ausgabe der *New York Times* nachsehen will?«, fragte sie.

»Wie alt?« entgegnete die Frau. »Wir haben sie bis 1897.«

»Nur vom letzten Frühjahr. Mai oder Juni.«

»Raum Hundert«, erklärte die Frau und zeigte nach rechts. »Dort lang und dann die erste links. Dort ist es der letzte Raum auf der rechten Seite. Die Ausgaben sind in den Aktenschränken für Mikrofiches.«

Nicht ganz sicher, was die Frau meinte, marschierte Jinx den Korridor entlang, fand den Raum und ging hinein. Mehrere große Blocks aus Aktenschränken nahmen den größten Teil des Raumes ein, und dahinter sah Jinx eine Menge Tische und darauf Apparate mit großen Bildschirmen. Vor einem dieser Apparate saß der weißhaarige Mann in dem uralten Anzug, und Jinx beobachtete ihn aufmerksam, als er aus einer Schachtel eine Filmrolle nahm und die Spule auf eine Spindel steckte.

Was der kann, kann ich auch, dachte Jinx.

Sie ging zu den Aktenschränken und sah, dass die einzelnen Schubladen mit Daten versehen waren. Sie fand das, was sie suchte, in Schrank 41, zog die Schublade auf und starrte auf die Reihe von Schachteln mit Filmrollen, von denen jede, einen bestimmten Zeitraum umfassend, genau beschriftet war. Sie nahm drei Schachteln, schloss die Schublade und setzte sich an einen Apparat.

Dann nahm sie die erste Spule aus einer Schachtel, schob sie auf die Spindel, zog das Startband unten durch, und als es auf der anderen Seite richtig herauskam, begann sie an den Knöpfen zu fummeln. Ein Knopf war auf der rechten Seite, und als Jinx ihn drehte, wurde der Film zurückgespult und das Startband flatterte wild in der Luft herum. Jinx fluchte unterdrückt, fädelte das Startband wieder ein und drehte den Knopf vorsichtig in die andere Richtung. Der Film lief vorwärts, stoppte, und Jinx stellte die Sehschärfe ein, bis sie den Druck deutlich lesen konnte. Doch die Schrift stand fast schräg auf dem Bildschirm, sodass Jinx schmerzhaft den Hals verdrehen musste. Als ihr das eben anfing richtig wehzutun, griff eine Hand über ihre linke Schulter und drehte an einem Rädchen, das sie nicht gesehen hatte. Sofort wurde der Text um fast neunzig Grad zurechtgerückt.

»Danke«, sagte Jinx und drehte sich um. Hinter ihr stand lächelnd der alte Mann in dem abgetragenen Anzug. »Ich hab mir schon gedacht, dass es 'n leichteren Weg geben müsste, aber ...« Sie verstummte, als sie einen Blick auf den Mann hinter dem Schalter warf, der nur mit Mühe seinen Ärger darüber unterdrückte, dass jemand wie sie es wagte, seinen kostbaren Mikrofiche-Raum zu betreten.

»Mach dir seinetwegen keine Sorgen«, sagte der alte Mann. »Er mag keinen.« Er richtete die Augen wieder auf den Bildschirm vor Jinx. »Was suchst du? Vielleicht kann ich dir helfen, es zu finden.«

Eine halbe Stunde später, nachdem der alte Mann zu seinem eigenen Schirm zurückgeschlurft war, las Jinx ein letztes Mal den Artikel über Cynthia Allen und die Verhaftung von Jeff Converse. Sie erkannte das Bild des Opfers auf den ersten Blick – es war die Frau, die sie an dem Abend, an dem Bobby Gomez sie fast umgebracht hätte, in der U-Bahnstation und gestern bei der Columbia gesehen hatte.

Und es gab keinen Zweifel, dass der Jeff Converse, den man verhaftet hatte, der Mann war, den sie im Käfig getroffen hatte.

Was bedeutete, dass jedes Wort, das sie eben gelesen – und dann noch dreimal – gelesen hatte –, absolut falsch war.

Jeff Converse hatte Cynthia Allen nicht überfallen.

Und er war nicht tot.

Wenigstens noch nicht.

Während der letzte Artikel weiter über den Bildschirm flimmerte, stand Jinx auf und verließ schnell die Bibliothek.

28. Kapitel

Es war nicht Jeff, sagte Mary Converse sich wieder, als sie an diesem absolut unpassend strahlend schönen Morgen die Grand Central Station verließ.

Es kann nicht Jeff gewesen sein.

Jeff ist tot.

Die Worte waren zum Mantra geworden, ihre Lippen formten sie so unbewusst wie die Formeln der Gebete, die sie täglich sprach, seit sie sich erinnern konnte. Doch war dies nicht das Mantra eines Gebets, denn im Gebet hatte sie stets Hoffnung und Trost gefunden.

Obwohl die Worte, die sie vor wenigen Stunden am Telefon gehört hatte, ihr Herz hätten schwellen lassen und ihren Geist beflügeln sollen, war die Realität, die sie vor zwei Tagen erlebt hatte, noch zu frisch in ihrem Gedächtnis. Jedes Mal, wenn sie sich an die Worte erinnerte – an die abgebrochenen Sätze, von einer Stimme gesprochen, die an ihrem Herzen riss –, wurde der Schmerz nur noch größer.

»… Mom – bist du … Ich bin es, Mo…«

»Mom, es – ich … ich … tot …«

Aber sie hatte seinen Leichnam gesehen, ihren Sohn in einem Fach der Leichenhalle liegen sehen.

Sie hatte auch gehört, wie ihr Mann behauptete, dass es nicht Jeffs Leiche war. Sie hatte Keith nicht geglaubt, natürlich nicht –

war nicht einmal bereit gewesen, die Möglichkeit zu akzeptieren, dass ein Irrtum passiert sein könnte. Er war in einem bewachten Kleinbus auf dem Weg nach Rikers Island gewesen – wie hätte es da eine Verwechslung geben können?

Aber als sie über die Forty-sixth Street zur Fifth Avenue ging und ihr die gebrochene Stimme ständig im Kopf widerhallte, blieb sie plötzlich stehen.

Wie wenn Keith Recht hatte und *alles* ein Irrtum war?

Wie wenn Jeffs Verhaftung ein Irrtum gewesen war?

Wie wenn sein Prozess ein Irrtum gewesen war?

Wie wenn seine Verurteilung ein Irrtum gewesen war?

Aber das war nicht möglich – Gott hätte eine solche Ungerechtigkeit nie und nimmer zugelassen.

»... ich bin es, Mom ...«

Sie bog in die Fifth Avenue ein, und die Kakophonie in ihrem Kopf – ein Wirrwarr immer wiederkehrender Worte und widerstreitender Gefühle – drohte sie zu überwältigen. Als sie durch das wuchtige Portal die St. Patrick's Cathedral betrat, war jeder Nerv ihres Körpers zum Zerreißen gespannt. Sie blieb vor dem Weihwasserkessel stehen, tauchte die Finger ins Wasser und beugte die Knie. Sofort begann der riesige, stille Raum der Kathedrale sie zu beruhigen. Obwohl viele Leute um sie herum waren – Touristen, die fotografierten, da und dort in den Kirchenbänken und vor den Altären reuige Sünder knieten –, dämpfte das mächtige Bauwerk ihre Stimmen zu einem beschwichtigenden Murmeln. Der Friede, den sie in der Kirche immer gefunden hatte, begann ihre Nerven zu beruhigen und brachte das Chaos in ihrem Kopf zum Schweigen.

Die Marienkapelle.

Dort würde, wie Pfarrer Benjamin ihr gesagt hatte, die Messe gelesen werden. *»Sie liegt am anderen Ende der Kathedrale – intim, sehr schön.«* Als sie durch das lange Seitenschiff auf der linken Seite ging, vorbei an den Schaukästen mit den Dokumenten, in denen die Geschichte der Kathedrale festgehalten war, vorbei an den Nischen mit den Bildern der Heiligen, wurde das zarte Pflänzchen inneren Friedens stärker in ihr und sicherer, bis die Stimme, die sie im Telefon gehört hatte – die Stimme, die unmöglich Jeffs Stimme gewesen sein konnte –, endlich verstummte. Als sie am Altar vorüberkam, dröhnten die ersten Akkorde von Bachs Toccata und Fuge in d-Moll hallend durch die Kathedrale, die Töne so tief, dass sie sie nicht nur hörte, sondern auch fühlte.

Schließlich kam sie ans Ende des Ganges, wandte sich nach links und fand die Marienkapelle, die sich wie ein kleines Schmuckkästchen vor ihr öffnete.

Es gab nur zwölf Bankreihen, durch einen einzigen Mittelgang getrennt. Beherrscht wurde die Kapelle von einer großen Statue der Heiligen Jungfrau, deren Kopf leicht geneigt war, so dass ihre Augen auf den Kirchenbänken zu ruhen schienen. Die Statue war aus weißem Stein gehauen, und der Altar war ebenfalls weiß.

Die Bänke waren leer, und einen Moment lang hatte Mary das schreckliche Gefühl, dass etwas schief gegangen war – dass sie den Leuten eine falsche Zeit genannt hatte oder vielleicht selbst am falschen Ort war. Doch dann schaute sie auf ihre Uhr und verstand.

Sie war fast zwei Stunden zu früh gekommen.

Sollte sie wieder gehen? Aber wenn sie ging, wohin sollte sie dann?

Sie bekreuzigte sich, schlüpfte dann in eine Kirchenbank und fiel, den schmerzhaften Protest ignorierend, auf die Knie.

Unklar wurde sie sich der Stimmen eines Knabenchors irgendwo hinter ihr bewusst, die durch die riesige Kathedrale hallten. Sie faltete die Hände und schaute der jungfräulichen Mutter Gottes in die Augen.

Hast du so empfunden?, fragte sie lautlos. *Hast du diesen Schmerz empfunden, als du dein Kind am Kreuz sterben sahst?*

Ihre Augen füllten sich mit Tränen, und die Statue vor ihr verschwamm. Aber als sie der Mutter Gottes weiter ins Gesicht schaute, schien die Statue ihr zuzulächeln. Es war ein liebevolles, sanftes Lächeln, das endlich die letzte Pein von ihr nahm, die sie seit dem Telefonanruf am Morgen gequält hatte, und als nun die Stimmen der singenden Knaben im Hintergrund jubelnd himmelwärts stiegen, flüsterte eine andere Stimme in Marys Kopf.

Glaub …

Mary erstarrte, und ihre Finger krampften sich ineinander, bis ihre Haut so bleich war wie der Stein der Statue. Ihr Blick wurde klar, und sie sah das Gesicht der Heiligen Jungfrau wieder deutlich. Jetzt schien sie Mary Converse direkt anzusehen, und ihr Lächeln hatte etwas Geheimnisvolles.

Glaube, flüsterte die Stimme in ihrem Kopf. *Glaube …*

Die Stimme verstummte mit den letzten Noten des Chors, und Mary wurde von einer Ruhe eingehüllt, wie sie sie noch nie empfunden hatte.

Dann, als komme sie von weit, weit her, hörte sie eine andere Stimme.

»Ich bin es, Mom«, flüsterte die Stimme.

Jeffs Stimme, unverkennbar.

»Ich bin nicht tot, Mom.

Ich lebe. Ich lebe …«

Als Jeffs Stimme verstummte, stand Mary auf und ließ sich auf die Bank sinken.

Sie blickte zu dem gelassenen Gesicht der Jungfrau auf, betrachtete den perfekt geformten Stein. Die Augen schienen sie nicht mehr direkt anzuschauen, und das Lächeln hatte sein Geheimnis verloren, aber die Worte, die sie gehört hatte, hallten ihr noch immer durch den Kopf. Endlich beantwortete sie sie mit ihren eigenen Worten.

»Es ist das Zeichen, auf das ich gewartet habe«, flüsterte sie vor sich hin. »Ich glaube …«

Sie stand auf. Die Schmerzen in den Knien und die Erschöpfung ihres Körpers vergessend, eilte sie den Weg zurück, den sie gekommen war, stürmte durch das Portal der Kathedrale ins Freie, rannte die Stufen hinunter und riss die Tür des ersten Taxis auf, das sie sah. »Broadway«, sagte sie. »Ecke Hundertneunte.«

Tillie fing an sich zu fragen, ob etwas schief gegangen war. Sie saß jetzt seit fast anderthalb Stunden im Park – hatte ein halbes Dutzend Leute gefragt, wie spät es war, und obwohl drei nicht einmal zur Kenntnis genommen hatten, dass sie da war, geschweige denn bereit gewesen waren, ihr die Uhrzeit zu nennen, hatten die drei anderen übereinstimmend gesagt, es sei schon fast elf. Sie war auch sicher, dass es Samstag war, und nicht nur, weil sich mehr Leute als gewöhnlich im Park aufhielten, sondern auch weil sie das Datum in der Zeitung nachgeprüft hatte, die ein Mann auf der Nebenbank las.

Wenn also Zeit und Tag die richtigen waren, wo blieb dann Miss Harris?

Tillie war sicher, sich nicht geirrt zu haben – sie war ja nicht halb verrückt wie Liz Hodges. Außerdem hatte sie Miss Harris erst gestern gesehen, und sie hatte gesagt, sie solle genau hier auf sie warten – um halb neun auf dieser selben Bank. Tillie hatte darauf geachtet, nicht zu spät zu kommen. Nicht weil Miss Harris dann böse gewesen wäre – Miss Harris schien nie auf jemand böse zu sein – und auch nicht wegen des Geldes. Tillie war pünktlich, weil sie wusste, dass Miss Harris eine vielbeschäftigte Frau war – mehr noch als die meisten Oberflächen-Menschen zu sein schienen –, und außerdem mochte sie sie ganz einfach.

Bis heute Vormittag war Miss Harris noch nie zu spät gekommen.

Dennoch, Tillie war bereit, den ganzen Tag zu warten, wenn es sein musste. Es war ja nicht so, dass sie etwas anderes zu tun gehabt hätte, jedenfalls nicht bevor Robbys Schulstunden vorüber waren.

Hinzu kam, dass es ein schöner Tag war und es nicht mehr viele schöne Tage geben würde, bis es draußen zu kalt wurde und sie sich zum Überwintern ganz in den Tunnel zurückziehen musste.

Wie ein Bär, der sich zum Winterschlaf verkriecht, dachte sie. Vielleicht verwandelte sie sich langsam in eine alte Bärin, die sich den Winter über zusammenrollte. Bei dem Gedanken musste sie laut lachen, doch ein junges Paar, das einen Kinderwagen vorbeischob, warf ihr einen Blick zu, der ihr Lachen im Keim erstickte. Das war etwas, das Tillie an dem Leben hasste, das sie führte – sie wusste, dass die meisten Leute sie für verrückt hielten. Kurz überlegte sie, ob sie sich nicht den Spaß erlauben sollte, sich so zu benehmen, dass das junge Paar sie wirklich für verrückt halten musste, doch dann sah sie Jinx mit kriegerischer Miene auf sich zukommen.

»Du hast gesagt, die Jäger sind nur hinter Verbrechern her«, begann Jinx gepresst, mit funkelnden Augen.

Tillie runzelte die Stirn. Was meinte das Mädchen? »Natürlich, das ist auch so.«

»Diesmal nicht«, entgegnete Jinx mit lauter werdender Stimme.

»Willst du mir sagen, worüber du sprichst, oder willst du nur hier stehen und rumschreien?«

»Jeff Converse«, sagte Jinx, und ihre Stimme wurde noch lauter. Tillie sah sich, als sie den Namen hörte, hastig um. Niemand schien Jinx gehört zu haben, wenigstens bis jetzt nicht, aber man sprach an der Oberfläche nicht über die Jäger – tatsächlich sprachen die meisten Leute überhaupt nicht über sie. Tillie nahm Jinx am Arm. »Jetzt beruhige dich«, sagte sie und schaute sich ein letztes Mal nach Eve Harris um. Da sie nicht zu sehen war, beschloss Tillie, nicht länger zu warten und ging, Jinx' Arm noch immer fest umklammernd, auf den Fluss zu; das Mädchen zerrte sie am Arm mit.

»Lass mich los«, sagte Jinx und versuchte Tillies Arm abzuschütteln.

Aber Tillie hielt sie fest, und ein paar Minuten später hatten sie das Baseball-Feld umrundet, das auf einem Plateau über dem Fluss lag, und waren durch ein unauffälliges Loch gekrochen, das in den hohen Zaun geschnitten war, der Park und Eisenbahngleise trennte. Mehr als zwanzig Männer waren über das von Unkraut überwucherte Gelände verteilt, alle in der aus mehreren Schichten bestehenden Kleidung, die für die Obdachlosen typisch war. Die meisten saßen in Zweier- oder Dreigruppen beisammen, aber ein paar standen wie Wachen da, mit dem Rücken an den verrottenden Betonpfeilern lehnend, die den Highway trugen – beinahe eine Parodie der Wachen vor dem Buckingham Palace.

Tillie nickte den meisten Männern zu, während sie Jinx an ihnen vorübersteuerte, sprach sogar ein paar Worte mit ein oder zwei von ihnen. Mit Jinx sprach sie erst wieder, als sie in die Dunkelheit des Eisenbahntunnels eingetaucht waren.

»Und jetzt erklär mir«, sagte sie, die Augen fest auf das Mädchen gerichtet, »was du da zusammenredest!«

»Er hat es nicht getan«, sagte Jinx, und ihre Stimme bebte vor Zorn.

»Wer hat was nich getan? Von wem redest du?«

»Von den Typen, die gestern Abend in den Käfig gekommen sind – und die du heut Morgen rausgeworfen hast.«

Tillies Miene verfinsterte sich. »Was is' mit ihnen?«

»Ich weiß nix über den Großen, aber der andere – Jeff Converse – er hat nix getan.«

»Das hast du mir schon heut Morgen gesagt, aber so steht's nich in der Zeitung.«

»Ich weiß, was in der Zeitung steht. Ich weiß, was in allen Zeitungen gestanden hat, weil ich heute in der Bibliothek war und sie gelesen hab. Und weißt du was? Sie haben nicht Recht. Ich hab dir gesagt, ich war dort. Und ich hab gesehn, was an dem Abend passiert is. Dass der Typ ihr helfen wollte. Es war Bobby Gomez, der's getan hat. Er hat sie überfallen, und der andere Typ is aus einem Zug ausgestiegen und wollte nur …«

Tilly zuckte mit den Schultern. »Selbst wenn du Recht hättest, es macht keinen Unterschied nich mehr – die Jäger sind schon hinter ihm her. Er is so gut wie tot.«

»Nicht wenn er rauskommt.«

»Aber er wird nich rauskommen«, antwortete Tillie. »Keiner von ihnen kommt raus.«

Jinx trat einen Schritt von Tillie zurück. »Bisher hat auch noch keiner Hilfe gehabt.«

»Was willst du …?« Doch noch ehe sie ihre Frage beendet hatte, wusste Tillie, was Jinx tun wollte. Sie streckte die Hand aus, um das Mädchen zu packen, aber Jinx war zu flink für sie. Mit einem Satz war sie aus Tillies Reichweite und verschwand schnell in der Dunkelheit. »Jinx!«, rief Tillie. Sie bekam keine Antwort, und ein paar Sekunden später sah sie den dunklen Schatten des Mädchens durch den Lichtkegel einer der schwachen Lampen gleiten, die hoch oben an der Tunnelwand befestigt waren. »Komm zurück!«, stieß Tillie hervor. »Auch wenn du sie findest, wird nur eins passiern, die Jäger werden auch dich töten.«

Aber Jinx rannte jetzt. Tillie hörte das Geräusch ihrer Schritte, das sich mit dem verhallenden Echo ihrer Worte vermischte.

Einen Augenblick später waren auch diese Geräusche nicht mehr zu hören, und im Tunnel wurde es still.

Perry Randall saß am Schreibtisch seiner mit Nussbaumholz paneelierten Bibliothek mit Blick auf den Central Park. Sein Schreibtisch stand dem Fenster gegenüber, die Vorhänge waren weit offen, und die Morgensonne überflutete den Raum. Hätte er innegehalten, um den Ausblick zu genießen, wäre ihm die Pracht der für kurze Zeit in allen Farben lodernden Bäume aufgefallen.

Aber Perry hatte nicht aus dem Fenster geschaut – seit er die für Heather bestimmte Nachricht abgehört hatte, telefonierte er ununterbrochen. Er hatte ein halbes Dutzend Leute angerufen, und als keiner ihm seine Frage beantworten konnte, hatte er ihnen aufgetragen, sich um elf Uhr vormittags mit ihm zu treffen. »Im Club.« Obwohl er Mitglied in vier über ganz Manhattan verteilten Clubs war, der Bar Association, dem Metropolitan und dem Yale Club, wusste jeder, den er anrief, dass er den Club der Hundert meinte. Über hundert Jahre alt, war er für seine Mitglieder einfach »Der Club«, und für die Außenseiter, die ihn kannten und hofften eines Tages Mitglied zu werden, »Die Hundert«.

Allen anderen war er völlig unbekannt.

Die Hundert war aus einem einzigen Grund gegründet worden: Um den hundert mächtigsten Männern der Stadt eine private Zuflucht zu bieten, ohne Rücksicht auf Geschlecht, Rasse oder Religion. Von den kleinlichen Snobismen und Bigotterien der besser bekannten über die ganze Stadt verstreuten Clubs hatte jedes Mitglied von Die Hundert sich losgesagt, zumindest im Hinblick auf die anderen Mitglieder. Viel kleiner als Perrys andere Clubs, befand sich der Club der Hundert noch immer in dem Sandsteinhaus aus dem 19. Jahrhundert in der 100 West Fifty-third Street, das eigens für ihn erbaut worden war, und seit dem Jahr seiner Gründung hatte sich auch kaum etwas geändert. Da die Zahl der Mitglieder nie erweitert werden durfte, hatte es nie einen Grund gegeben, umzuziehen. In dem Bewusstsein, dass die Macht sich mit der Zeit unvermeidlicherweise verschieben würde, enthielt die Gründungsurkunde allerdings die Klausel, dass alle fünf Jahre fünf Prozent der Mitglieder ihre Mitgliedschaft verlieren und neue fünf Prozent gewählt werden mussten. Diese Regelung sorgte dafür, dass keine senilen alten Typen in der Lounge die Tage verdösten und dass, gleichgültig, was geschah, die Einflussreichen und Mächtigen – wer immer sie waren – einen Ort haben würden, an dem sie sich in einer absolut privaten Sphäre treffen konnten.

Wenn es tatsächlich Jeff Converses Stimme gewesen war, die Perry Randall heute am Telefon gehört hatte, würde er diese Privatsphäre brauchen, um sich mit der Situation auseinander zu setzen, vor der er so plötzlich stand. Offenbar hatte jemand einen schrecklichen Fehler begangen, und dieser Fehler musste korrigiert werden. Als der reich verzierte Seth Thomas-Regulator an der Wand, ein kostbares Erbstück, leise die halbe Stunde schlug, schloss Perry die Akte auf seinem Schreibtisch und legte sie in seinen Aktenkoffer; eine Akte, die jedes Fitzelchen an Information hinsichtlich des Falls Jeff Converse enthielt, über den er sich heute Morgen noch einmal einen gründlichen Überblick verschafft hatte. Obwohl er nichts gefunden hatte, das für das heutige Problem relevant zu sein schien, konnte man nicht vorsichtig genug sein.

Als er vom Schreibtisch aufstand, blieb er unwillkürlich am Fenster stehen und betrachtete den Park, der sich unter ihm ausbreitete. Ein Park, der dank ihm und seinen Club-Freunden von wieder so sicher war, dass man darin spazieren gehen konnte. Viel hatte sich in der Stadt verändert, seit Perry Randall zum Club-Mitglied gewählt worden war. Die Kriminalitätsrate war drastisch gesunken. Die Morde und Überfälle, die noch vor zehn Jahren eine Alltäglichkeit gewesen waren, hatten sich fast auf Null reduziert.

Die U-Bahnen waren – obwohl er sie selbst nie benutzte – gesäubert worden.

Die Schnorrer, von denen es auf Gehsteigen und in Bahnstationen nur so gewimmelt hatte, waren ebenfalls kaum noch vorhanden.

Vieles davon war, wie Perry wusste, den Maßnahmen zu verdanken, deren Grundzüge er und die anderen Mitglieder in der Privatsphäre des Clubs entwickelt hatten. Man hatte über ungeschriebene Gesetze für die Stadt entschieden, und wenn die Öffentlichkeit auch nicht daran beteiligt war, so hatte doch jeder Mitbürger von ihnen profitiert. Im Fall Jeff Converse allerdings war offensichtlich etwas schief gegangen.

Als er eben den Schrank im Flur öffnete, um sich einen Mantel auszusuchen, wurde die Tür des entgegengesetzten Gebäudeflügels geöffnet, und Heather erschien. Sie waren beide überrascht, und Perry überlegte, was er sagen könnte, doch es war Heather, die das unbehagliche Schweigen brach.

»Ich glaub's nicht«, sagte sie, und ihre Stimme verriet eine große innere Anspannung. »Du gehst wirklich?«

Die Frage verwirrte ihn, doch seine Züge verrieten nichts, das hatten ihn die Jahre im Gerichtssaal und am Verhandlungstisch gelehrt. Hatte sie die Botschaft auf dem Anrufbeantworter gehört? Das war unmöglich – hätte sie es getan, wäre sie sofort zu ihm gekommen und hätte darauf bestanden, dass er jede Verbindung nutzte, über die er verfügte, um festzustellen, ob Jeff Converse wirklich noch am Leben sein könnte. Außerdem hatte Carolyn ihm gesagt, das Lämpchen habe geblinkt, als sie die Nachricht abgehört hatte, und er selbst hatte es gelöscht.

»Ist es ein solches Verbrechen von deinem Vater, in den Club zu gehen?«, fragte er und neigte den Kopf auf die Art, die sie als Kind immer dazu gebracht hatte, sich ihm in die Arme zu werfen.

Heute machte sie keinen Schritt auf ihn zu.

Dann bemerkte er das schlichte schwarze Kleid, das sie trug, und verstand. »Jeffs Beerdigung?«, fragte er und legte genau das richtige Maß an Mitgefühl in die Frage. »Ich ... nun, das habe ich nicht gewusst, leider.« Er zögerte, schaltete dann einen Gang herunter. »Keiner hat es mir gesagt«, fügte er hinzu. Wenn sie sich schuldig fühlte – so wie er es beabsichtigt hatte –, ließ sie sich nichts anmerken, und nicht zum ersten Mal dachte er, dass sie, wenn sie nur wollte, ein ebenso guter Anwalt werden könnte wie er.

»Ich hätte wirklich nicht angenommen, dass du hingehen würdest«, antwortete sie. »Wenn man bedenkt, wie du Jeff behandelt hast ...«

»Ich habe Jeff überhaupt nicht *behandelt*«, unterbrach er sie, seinem Ärger einmal nachgebend. »Ich habe nur meinen Job gemacht. Und trotz meiner persönlichen Gefühle habe ich alles getan, um mich von Jeffs Fall fernzuhalten. Ich habe eine Feuermauer zwischen mir und diesem Fall aufgerichtet, Heather, und das weißt du. Ich kann nichts für meine Gefühle, aber du musst begreifen, dass ich nichts – überhaupt nichts getan habe –, um das Verfahren zu beeinflussen. Es war die Jury, die über Jeffs Schuld befand, nicht ich. Und ich muss dir sagen, dass dein Verhalten gegen mich …«

»Es ist nicht nur der Prozess, Daddy«, fiel Heather ihm ins Wort. »Es ist alles andere. Du hast ihn ständig wie einen Dienstboten behandelt und …« Sie unterbrach sich abrupt und schaute auf ihre Uhr. »Was macht es jetzt noch aus?«, fragte sie. »Ich möchte wirklich nicht mehr darüber sprechen, und wenn ich jetzt nicht gehe, komme ich zu spät.«

Perry hielt ihr die Tür auf, sie zögerte kurz und ging dann an ihm vorbei. »Wo ist die Messe?«, fragte Perry, als sie mit dem Lift hinunterfuhren.

»In St. Patrick's. Es war Jeffs Lieblingskirche. Er liebte den überraschenden Anblick, den sie in der Mitte der Stadt bot. Er hat gesagt, sie sei eine architektonische Kostbarkeit, eine der schönsten Kirchen der Stadt.«

»Wenn man so etwas mag, ist sie in ihrer Art recht gut, nehme ich an. Ich habe sie leider immer ein bisschen …« Er unterbrach sich und zuckte mit den Schultern. »Nun, es ist wohl ohne Bedeutung, was ich denke, nicht wahr?« Heather antwortete nicht, und es wurde erst wieder gesprochen, als sie auf dem Gehsteig standen. »Kann ich dich irgendwo absetzen?«, fragte er und nickte zu der schwarzen Lincoln-Limousine hinüber, die am Bordstein wartete und deren Fahrer die Tür für ihn offen hielt.

Sie schüttelte den Kopf. »Der Tag ist so schön, ich denke, ich geh lieber zu Fuß.«

Als der Wagen sich in den fließenden Verkehr einfädelte, begriff Perry, dass Heather, obwohl Jeff Converse kein Teil ihres Leben mehr war und nie wieder sein würde, noch nicht bereit war, ihm zu verzeihen; weil er es unterlassen hatte, sich für den Jungen einzusetzen. Dennoch versuchte er sich zu entspannen, in der Gewissheit, dass Heather ihm früher oder später verzeihen musste und sie zu der fast perfekten Beziehung zurückfinden würden, die sie gehabt hatten, bevor sie sich in Jeff Converse verliebte.

Schließlich war der Junge über jeden Zweifel hinaus für schuldig befunden worden, und eine Tages würde auch Heather dies erkennen und zur Einsicht kommen. Außerdem war Jeff Converse für sie schon tot.

Und in ein paar Stunden würde er es zweifellos auch tatsächlich sein.

29. Kapitel

»Sag's mir ganz einfach, okay? Warum denn nicht?« Jinx tat ihr Möglichstes, um dem stählernen Blick des Mannes standzuhalten, der mit den härtesten Augen, die sie je gesehen hatte, auf sie herunterstarrte. Ihr selbst war es noch nie schwergefallen, jemanden so lange anzustarren, bis er den Blick abwenden musste, aber bei diesem Mann, den sie noch nie gesehen hatte und hoffentlich nie wieder sehen würde, war es anders. Sie konnte nicht sagen, wie alt er war; er konnte zwanzig, aber genauso gut vierzig sein – vielleicht sogar fünfundvierzig. Sie hatte ihn in der U-Bahnstation an der Seventy-second Street entdeckt, wo er an dem ihr entgegengesetzten Ende an der Wand lehnte. Sofort hatte sie erkannt, dass er einer der Hüter war, obwohl er sein Bestes tat, um so auszusehen, als habe er nichts Besseres zu tun als in der U-Bahn herumzuhängen. Aber wäre er kein Hüter gewesen, hätte er der Länge nach auf dem Bahnsteig gelegen und wahrscheinlich die braune Flasche festgehalten, die zwischen seinen Füßen stand – kein Säufer, den Jinx bisher gesehen hatte, gab seine Flasche jemals aus der Hand noch ließ er sie ungeschützt auf dem Boden, während er aufrecht dastand.

Das Messer hatte ihn am deutlichsten verraten. Jinx entdeckte es sofort. Er umklammerte es mit der rechten Hand, und die zerlumpte Jeansweste, die er über einem schmutzigen Flanellhemd mit abgerissenen Ärmeln trug, verdeckte es nur zum Teil. Sobald sie ihn als Hüter erkannt hatte, war sie auf ihn zugegangen und hatte ihn gefragt, ob er die beiden Typen gesehen habe, die gejagt wurden.

Er hatte sie nur ausdruckslos angesehen, als wisse er nicht, wovon sie redete. Wie groß er war, hatte sie erst gemerkt, als sie direkt vor ihm stand. Jetzt überragte er sie turmhoch, die dicken Muskeln seines tätowierten Bizeps traten jedes Mal hervor, wenn er sie spannte oder den Arm beugte, was er, wie sie wusste, nur tat, um sie zu beeindrucken. Scheißkerl – sie war schon zu lange auf der Straße, um sich von Muskeln und kleinem Hirn beeindrucken zu lassen. Sie wich und wankte nicht, und ihr Blick wurde nie unsicher. »Komm schon, was'n dabei?«

Der Mann zog die Lippen zurück und zeigte seine fauligen Zähne; die glasigen Augen verrieten ihr, dass er vor nicht allzu langer Zeit Drogen konsumiert haben musste. Sie fragte sich, ob Lester und Eddie wieder dealten – wenn sie es taten, würde Tillie sie hinauswerfen, so viel war sicher. Aber wenn der Mann high war, war er viel gefährlicher, als wenn er straight oder nur betrunken gewesen wäre. Endlich löste sein Blick sich von dem ihren, und seine Augen begannen ihren Körper abzutasten.

Taxierten sie.

Er sah sich auf dem Bahnsteig um, begutachtete die Menge, und sie straffte sich, denn sie wusste, wenn er richtig high war, könnte er sogar versuchen, direkt hier auf dem Bahnsteig über sie herzufallen. Bereit, sich mit einem Sprung zu retten, wenn er auf sie zukäme, versuchte sie es noch einmal: »Hör mal – ich soll ja nur rausfinden, ob sie versucht haben, hier rauszukommen. Was also soll ich sagen? Dass du zu high warst, um richtig aufzupassen?« Der Mann spannte die Muskeln an, und einen Moment glaubte Jinx, sie sei zu weit gegangen. Aber gleich darauf machte ihre Dreistigkeit sich bezahlt.

»Einen Joint«, knurrte der Mann. »Alles, was ich gehabt hab, war'n einziger beschissener Joint.« Aber noch während er sprach, strich er mit der rechten Hand über die kaum verschorften Einstiche an der Innenseite seines linken Armes.

»Also, was is damit?«, fragte Jinx. »Hast du sie gesehn oder nich?«

»Was geht'n dich das an, verdammt?«, entgegnete der Mann, doch die Aggression in seiner Stimme war einem leichten Jammerton gewichen.

»Du hast dein' Job, ich hab meinen. Also was is schon dabei, verdammt?« Jinx hatte wieder Oberwasser und hielt den Blick des Mannes von neuem fest.

»Entdeckt hab ich sie nich«, sagte er, und sein Blick schweifte zum U-Bahntunnel, als erwarte er, sie jeden Moment aus der Dunkelheit auftauchen zu sehen. Jinx wollte sich schon abwenden, um zu gehen, als der Mann fortfuhr: »Aber ich hab gehört, dass sie gestern am Fluss versucht haben, rauszukommen.«

Der Jammerton in seiner Stimme war auffälliger geworden, und Jinx verstand. Jetzt hatte er Angst vor ihr. Er wusste nicht, wer sie war oder für wen sie vielleicht arbeitete. Doch er wusste genau, was passieren würde, wenn er Mist baute – die Jäger würden hinter ihm her sein, und anstatt eine Geldquelle für die Droge zu haben, die er sich spritzte, würde er selbst durch die Tunnels fliehen müssen. Jinx drehte sich um und sah ihn wieder an. Plötzlich kam er ihr nicht annähernd so groß vor wie vor ein paar Minuten. Der harte, leere Ausdruck seiner Augen verriet jetzt eine Nervosität, die Jinx sagte, dass die Wirkung der Droge nachließ. Der Schweiß, der auf seiner Stirn ausbrach, bestätigte das.

»Als ob mich interessieren tät, was gestern war«, sagte sie, die Gelegenheit beim Schopf packend. »Ich will wissen, wo sie jetz sind.«

Die letzte durch Drogen aufgeputschte Selbstsicherheit des Mannes fiel in sich zusammen. »Ich weiß nix – sag dir doch, ich weiß gar nix nich.« Dann, als suche er nach etwas, das Jinx veranlassen könnte, etwas Gutes über ihn zu berichten – gleichgültig für wen sie arbeitete –, setzte er hinzu: »Heut Morgen haben sie Crazy Harry gefunden.«

Crazy Harry? Wer war das? Sie hatte nie von ihm gehört, doch sie sagte nichts, überzeugt, dass der Mann weiterreden würde, solange sie schwieg. Und tatsächlich, er begann von neuem. »Er war in seiner Bleibe, unten wo Shines Bande rumhängt. Jemand hat ihn gestern Nacht umgebracht.« Seine Stimme wurde leiser. »Der Typ, der's mir erzählt, hat gesagt, es hat so ausgesehn, als hätt'n jemand mit'nem Gleisnagel abgestochen.« Der Mann bewegte den Kopf von einer Seite auf die andere, als könne er kaum glauben, was er gehört hatte. »Wer macht'n so was? Scheiße. Harry war verrückt, aber er hat keinem niemals nich was getan. Warum soll ihn dann einer abstechen?«

Jinx hörte schon nicht mehr zu.

Ein Gleisnagel. Der Typ, der mit Jeff Converse unterwegs war – Jagger hieß er –, hatte einen Gleisnagel gehabt.

»Wo hat er gewohnt?« fragte sie.

»Wer?«

»Crazy Harry. Du hast gesagt, in der Nähe von Shine. Wo is'n das?«

Der Mann schüttelte den Kopf. »Woher soll ich'n das wissen? Irgendwo unten – unten, wo alle Verrückten leben.«

»Wie komm ich da runter?«

Jetzt veränderte sich der Augenausdruck des Mannes wieder, wurde misstrauisch. »Hab gedacht, du willst nur was über die Typen wissen, wo die Jäger hinterher sind.«

Er wollte nach ihrem Arm greifen, doch mit dem Instinkt, den Jahre auf der Straße geschärft hatten, wirbelte Jinx herum, bevor die riesige Hand sie packte. Sie zeigte ihm den Stinkefinger und flitzte zur Treppe, war schon auf halber Höhe, bevor der Mann sich auch nur bewegt hatte. Als sie an die Oberfläche kam, wusste sie genau, wohin sie als Nächstes gehen würde.

Sledge.

Sie kannte Sledge genauso lange wie Tillie, und wenn ihr einer sagen konnte, wo dieser Shine lebte, dann war das Sledge. Sledge redete mit jedem, und jeder redete mit ihm

In die Nachmittagssonne eintauchend, lief Jinx nach Norden, gab die Tunnel auf, wenigstens eine Zeit lang.

Der Mann namens Sledge glaubte irgendwo um die siebzig zu sein, wusste es aber nicht genau, und es war ihm auch egal. Sein richtiger Name war Charles Price, doch er hatte ihn schon so lange nicht benutzt, dass er, hätte ihn jemand so genannt, wahrscheinlich gar nicht auf den Gedanken gekommen wäre, reagieren zu müssen. Er war in West Virginia aufgewachsen, und nach einem Jahr in den Kohlenminen zu dem Schluss gekommen, dass es im Leben mehr geben musste als Staub einzuatmen und jung zu sterben.

Doch wie es sich herausstellte, stimmte das nicht.

Lange Zeit ließ er sich treiben, von einem Job zum anderen und schaffte es immer, einen nach dem anderen zu verlieren, weil er trank. Schließlich kam der Tag, an dem es keine Jobs mehr gab und Sledge sich auf der Straße wiederfand. Es war kein gewaltiger Abstieg, da die kostenlosen Asyle und Missionen nicht viel schlechter waren als die Zimmer, für die er Miete bezahlt hatte. Dann wollte eines Abends in einer Mission jemand über ihn herfallen – es war das dritte Mal –, und Sledge sagte sich: Jetzt reicht's. Damals fing er an, sich nach einer besseren Wohngelegenheit umzusehen und entdeckte die Tunnels.

Er fing in einer nestähnlichen Nische auf einem der Laufstege über den Gleisen unter Grand Central an, wusch und säuberte sich in den Waschräumen und schnorrte ein bisschen in den riesigen Wartehallen. Doch dann fingen die Transit Cops an, ihm das Leben schwer zu machen und er verzog sich nach Norden. Eine Zeit lang lebte er an einem wirklich seltsamen Ort – in einer kleinen, vergessenen U-Bahnstation, in die er eines Nachts stockbetrunken hineingestolpert war. Er hatte geglaubt, die Wände seien alle holzgetäfelt und sie sah wie keine andere U-Bahnstation aus, die er kannte. Natürlich war er umgekippt, und als er am nächsten Tag aufwachte, stellte es sich heraus, dass er durchaus nicht halluziniert hatte. Die Wände waren tatsächlich getäfelt, auf dem Bahnsteig stand ein Konzertflügel und an der Decke hing ein kristallener Kronleuchter. Hätte er den Mund gehalten, könnte er jetzt noch dort leben, aber er erzählte es zu vielen seiner Kumpel. Eines Tages tauchten ein paar Leute von der Oberfläche auf, und als er am nächsten Tag nachhause wollte, war alles versperrt. Er hatte gehört, es sei jetzt eine Art Museum, war aber nicht sicher, und es war ihm auch egal.

Notgedrungen verzog er sich noch weiter nach Norden.

Er lebte jetzt unter dem Park, in einem Eisenbahntunnel, der kaum noch benutzt wurde. Angefangen hatte er in einer der Nischen, die in die Wände gehauen waren, aber als jemand aus einem der Arbeitsbunker auszog, zog er ein. Er stattete den Raum mit einem fadenscheinigen Teppich und einer kleinen Kommode aus, die er auf einem Gehsteig gefunden hatte – weggeworfen, obwohl sie noch absolut brauchbar war –, und hängte ein paar Bilder auf. Bald fand er eine Tonne, die er als Feuerstelle benutzen konnte, und platzierte sie unter einen der großen Roste zwischen den Gleisen – die direkt über seinem Bunker verliefen –, sodass er Oberlicht und Lüftung hatte, und die meiste Zeit war es gar nicht so übel. Als es sich herausstellte, dass er ein passabler Koch war – die Leute sagten, seine Gleiskaninchen schmeckten wie echte –, tauchten immer mehr Leute bei ihm auf, manchmal mit Lebensmitteln, manchmal ohne. Wenn sie Lebensmittel mitbrachten, warf Sledge sie auf den Grill, brachten sie keine, teilte er mit ihnen, was er hatte. Jetzt standen sieben Stühle um die Tonne herum, und es schien ein ständiges Kommen und Gehen. Irgendwann hatte Sledge das Trinken aufgegeben – nachgedacht hatte er nicht darüber, er wusste nicht einmal mehr, wann das gewesen war.

Jetzt war er bei seiner dritten oder vierten Barbecue-Tonne angelangt und dachte, es sei allmählich an der Zeit, sich eine neue zuzulegen. An einem Tag wie heute, mit einem strahlend blauen Himmel – einem Himmel, der viel strahlender blau war als der über West Virginia in seiner Jugend – und Sonnenlicht, das durch das vergitterte Oberlicht fiel, fand Sledge, das Leben sei doch ziemlich gut geworden. Er hatte viele Freunde, und seine Freunde wussten, dass sie sich auf ihn verlassen konnten. Er war immer zu Hause, sein Feuer brannte immer, und fast jeder wurde eingeladen, sich zu setzen und einen Bissen zu essen. Als er Jinx die Gleise entlang kommen sah, wurde sein Lächeln noch breiter.

»He, junge Dame, was macht ein hübsches Mädchen an einem Ort wie diesem?« Er wendete ein Stück Hühnchen, das aussah als sei es gerade fertig, legte es auf einen der zwar nicht zu den anderen passenden, aber nicht allzu schlimm abgestoßenen Teller, den kürzlich jemand abgespült hatte, und reichte ihn ihr. »Gerade rechtzeitig für einen warmen Lunch.«

Jinx nahm den Teller, doch als sie ihm sagte, sie versuche herauszufinden, wo Shine lebe, erlosch sein Lächeln. »Du willst doch nich vielleicht auch nur in die Nähe dieser Leute?«

»Ich suche jemand«, antwortete Jinx.

»Wenn du Shine suchst, kommst du nur in Schwierigkeiten. Wieso willst du ihn finden?«

»Ich such gar nicht ihn – nur einen der Typen, hinter dem die Jäger her sind.«

Jetzt verging Sledge das Lächeln ganz. »Du mischst dich doch da nich ein, oder?« Er schaute sich um, doch obwohl sie allein zu sein schienen, senkte er die Stimme. »Die Typen, hinter denen die Jäger her sind, sind sogar noch schlimmer als Shines Bande.«

»Aber einer der Typen, hinter denen sie her sind, hat nix getan«, protestierte Jinx.

Sledge zog die Brauen hoch. Er hatte in den Tunnels noch nie jemand getroffen, der keine Geschichte über einen harten Schicksalsschlag zu erzählen gewusst hätte – einen Schicksalsschlag, der ihn hierher gebracht hatte, und keiner hätte je zugegeben, dass es seine eigene verdammte Schuld gewesen war. Bei den Kids war vermutlich etwas Wahres an den Geschichten, aber bei den anderen waren es ganz einfach Ausreden. »Wette, er hat dir das selber erzählt, oder?« Jinx schüttelte den Kopf und berichtete ihm, was geschehen war. »Und was is aus diesem Bobby Gomez geworden?«, fragte er, als sie geendet hatte.

»Abgehauen.«

»Tja, ich an deiner Stelle tät schon wissen, was tun«, sagte Sledge. »Nämlich genau das – auch von hier abhauen. Mir einen Job suchen und zusehn, dass ich wieder in die Schule komm. Und ich tät mich nich um die Sachen anderer Leute kümmern, ganz bestimmt nich um die von den Jägern.«

»Ich habe doch nur gefragt, wo Shine ...«

»Dräng du mich nich, junge Dame«, erklärte Sledge. »Ich sag dir gar nix nich, hörst du?«

»Ich habe nur ...«, begann Jinx, aber bevor sie weiterreden konnte, rief eine neue Stimme:

»He, Sledge! Haste schon von Crazy Harry gehört?«

Jinx drehte sich um und sah zwei Männer die Gleise entlang kommen. Einer war ein Puertoricaner, der die meiste Zeit damit verbrachte, Gemälde auf die Wände der Tunnels zu sprühen. Den anderen Mann kannte sie nicht.

»Wasiss mit ihm?«, fragte Sledge. Der Sprayer ließ eine Tüte auf einen Stuhl fallen und holte ein paar Lebensmittel heraus.

»Hat sich gestern Nacht unten unterm Circle umbringen lassen.«

Die Männer redeten weiter, aber Jinx hörte nicht mehr zu. Der »Circle« musste der Columbus Circle sein. Dort trafen alle möglichen U-Bahnen aufeinander, was bedeutete, dass es dort auch viele Hüter geben musste. Wenn sie vorsichtig war und die richtigen Fragen stellte ...

Während Sledge und die beiden anderen noch immer redeten, aß Jinx ihr Hühnchen auf, ließ den leeren Teller auf dem Tisch stehen und machte sich unauffällig davon. Sie wandte sich auf den Gleisen nach Süden, ging dann durch ein Gewirr von Versorgungstunnels und Gängen, bis sie zu einem Schacht kam, den Robby entdeckt hatte und der hinter einem öffentlichen Versorgungsgebäude im Park an die Oberfläche kam. Dort verließ sie den Park und wandte sich zum Cathedral Parkway und zur MTA-Station.

Als sie ein paar Minuten später südwärts fuhr, schaute sie sich im Wagen um und taxierte die Passagiere nach möglichen Opfern für ihre flinken Finger; doch es war die falsche Tageszeit – in der Rushhour hatte man die besten Chancen, wenn die Wagen so überfüllt waren, dass kein Passagier, selbst wenn er spürte, dass ihm die Brieftasche geklaut wurde, sagen konnte, wer es gewesen war. Dann stieg ein Transit Cop ein, und nun gab es überhaupt keine Chance mehr, also setzte Jinx sich brav auf einen Platz.

Der Cop, der Jinx erkannte, beschloss, ebenfalls im Wagen zu bleiben.

Als der Zug durch den Tunnel ratterte und in die Station an der 103th Street einfuhr, wartete Jinx darauf, dass der Cop aufstand und zur Tür ging.

Er blieb sitzen.

An der Ninety-sixth Street stand Jinx auf, und der Cop ebenfalls.

Aber sie stiegen beide nicht aus.

An der Seventy-second Street stieg Jinx aus und dann wieder ein. Der Cop ebenso. Jinx ging in den nächsten Wagen, der Cop folgte ihr.

Von seinem nur ein paar Meter entfernten Sitzplatz aus beobachtete Keith Converse – unterwegs zum Gedenkgottesdienst in St. Patrick's – das Spiel zwischen Cop und Mädchen. Soviel er wusste, hatte das Mädchen nichts Unrechtes getan.

Sie sah nicht wie eine Prostituierte und auch nicht wie eine jugendliche Kriminelle aus. Sie sah nur wie eine …

… *Obdachlose* aus und kam ihm irgendwie bekannt vor.

Oder meinte er es nur, weil sie so vielen Mädchen ähnelte, denen er in der City begegnet war, nicht nur hier in der U-Bahn, sondern auch Downtown? Er musste in den Monaten, die er Jeff im Gefängnis besucht hatte, Dutzende solcher Mädchen gesehen haben. Viele von ihnen waren aus dem gleichen Grund da gewesen wie er – hatten jemand besucht.

Manchmal, selten, war es ein Bruder oder ein Vater. Viel öfter war es der Freund oder ein Zuhälter.

Diejenigen, die nicht die »Uniform« der Prostituierten – Minirock und hautenge Blusen – trugen, hatten gewöhnlich genauso abgetragene Hemden und Jeans angehabt wie heute das Mädchen in der U-Bahn. Hätte es nicht dieses seltsame Spielchen zwischen ihr und dem Transit Cop gegeben, wäre sie Keith überhaupt nicht aufgefallen.

Zuerst dachte Keith, der Cop werde sie festnehmen, doch als nichts passierte und der Cop einfach nur jedem Schritt des Mädchens folgte, begann Keith zu vermuten, dass das Mädchen überhaupt nichts getan hatte.

Der Cop schikanierte sie nur.

Warum? Schlicht und einfach, weil er die Macht dazu hatte?

Keith beobachtete noch aufmerksamer, und als der Zug an der Seventy-second hielt, war er überzeugt, dass seine Vermutung richtig war. Hätte der Cop beabsichtigt, das Mädchen festzunehmen, hätte er es inzwischen getan.

Als er sich im Wagen umsah und merkte, dass niemand sonst beachtete, was vorging, sagte er sich, die anderen Leute hätten Recht, es gehe ihn nichts an und er irre sich wahrscheinlich sowieso – vielleicht war das Mädchen eine Kriminelle, und der Cop kannte sie.

Eine Kriminelle?, überlegte er. *Lieber Himmel, was denk ich denn da? Das Mädchen ist höchstens fünfzehn!* Er betrachtete sie genauer und stellte fest, dass sie mit den Dutzenden heruntergekommener Kids, die er schon gesehen hatte, nicht viel gemeinsam zu haben schien. Zum Beispiel hatten ihre Augen nicht den glasigen Blick eines Junkies, und nichts an ihr ließ darauf schließen, dass sie eine Prostituierte war.

Und er war fast sicher, dass er sie schon gesehen hatte.

Und dann erinnerte er sich.

Sie war ebenso wie er an der 110th Street eingestiegen.

Nur einen Block vom Riverside Park entfernt, wo Eve Harris ihn am Tag vorher mit der Obdachlosen auf der Bank bekannt gemacht hatte.

Dort war auch ein Mädchen gewesen. Ein Mädchen in Flanellhemd und Jeans, das Tillie gefragt hatte, ob Heather und er sie belästigt hätten. Die obdachlose Frau hatte ihr Geld gegeben und ihr gesagt, sie solle sich trollen.

Ganz auf Tillie konzentriert, hatte er das Mädchen kaum beachtet. Doch als er sie jetzt genauer ansah, war er sicher, dass es sich um dieselbe Person handelte.

Als das Mädchen in den nächsten Wagen ging und der Cop sofort folgte, kehrte Keith in seinen Wagen zurück, damit er sie durch das Fenster beobachten konnte. Obwohl er beabsichtigte, mit dem Zug bis zur Fiftieth Street zu fahren, stieg er am Columbus Circle aus und folgte dem Cop und dem Mädchen.

Er ging auf die Treppe zu, sicher, dass das Mädchen die Station eilig verlassen werde, doch stattdessen blieb sie auf dem Bahnsteig, ging auf die Uptown-Seite hinüber und spähte das Gleis entlang, als halte sie Ausschau nach einem Zug. Der Cop lümmelte, ohne das Mädchen aus den Augen zu lassen, lässig an einer Säule.

Auf dem Bahnsteig liefen ein paar Leute herum, einige nahmen die Treppe zur Oberfläche, aber ebenso viele kamen die Treppe herunter.

Das Mädchen schien sich jedoch einzig und allein für die Gleise zu interessieren. Ein paar Minuten später fuhr ein Zug in Richtung Uptown ein. Die Türen gingen auf, und das Mädchen stieg ein.

Der Cop ebenfalls.

Keith schaute auf seine Uhr. Er hatte bis zum Beginn der Messe noch eine Stunde Zeit, genug, um zu Fuß zur Fifth hinüber und dann zur St. Patrick's Cathedral zu gehen – oder auch einen Zug hinunter zu den Fiftieth zu nehmen. Aber wenn er jetzt wieder Uptown ansteuerte ...

Nun, die Messe konnte ohne ihn stattfinden, stellte er fest. Im Moment war es wichtiger, mit dem Mädchen zu sprechen. Er rannte zum Zug, war aber noch ein paar Meter entfernt, als sich die Türen zu schließen begannen. Das letzte Stück sprintete er und wollte eben den Arm zwischen die sich schließenden Türflügel schieben, als das Mädchen auf den Bahnsteig zurückhüpfte.

Die Tür schloss sich ganz, und der Zug fuhr an.

Das Mädchen zeigte dem Cop, der sie jetzt aus dem Zug heraus finster anstarrte und in sein Funkgerät hineinredete, den ausgestreckten Mittelfinger. Dann drehte sie sich um und prallte fast mit Keith zusammen.

»Himmel«, sagte sie, »haste keine Augen im Kopf?« Sie wollte sich an Keith vorbeidrängen, aber er hielt sie am Arm fest. Sie sah ihn wütend an. »Sei bloß vorsichtig!«, warnte sie.

»Ich möchte nur kurz mit dir reden«, sagte Keith und sprach so schnell, dass die Worte sich beinahe verhaspelten. »Ich hab dich gestern im Park gesehen. Mit einer gewissen Tillie.«

Das Mädchen runzelte die Stirn, nickte dann. »Ja. Du warst mit'm Mädchen da. Bisschen zu jung für dich, oder?«

»Sie ist nicht ...«, begann Keith und zuckte dann mit den Schultern. »Viel zu jung«, stimmte er zu. Er holte seine Brieftasche heraus und klappte sie auf. Das Mädchen wich zurück.

»Scheiße! Biste vielleicht 'n Cop?«

»Guter Gott, nein! Ich bin ... Wirf nur mal einen Blick auf das Foto und sag mir, ob du den Mann schon gesehen hast, okay?«

»Warum sollte ich?«

Keith zeigte ihr einen Fünfdollarschein. »Könnte der helfen?«

Jinx zögerte, nahm dann die fünf Dollar und sah sich das Foto an. Ihre Augen weiteten sich. »Woher kennst du ihn?« fragte sie. »Du siehst nicht aus wie einer von denen.«

»Von welchen ›denen‹?«

Jinx zögerte abermals. »Sag mir, wieso du was von ihm weißt.«

Keith holte tief Atem. »Ich bin sein Vater«, sagte er. »Die Polizei hat mir gesagt, dass er tot ist, aber ich glaub's nicht. Ich habe gehört, er ist in den Tunnels.« Seine Stimme brach. »Ich bitte dich nur darum, mir zu sagen, ob du ihn gesehen hast.«

Jinx schaute ihm ins Gesicht, das von Angst und Sorge gezeichnet war.

Der Mann hatte das gleiche kräftige Kinn, das ihr gestern Morgen bei Jeff Converse aufgefallen war. Sie schaute sich auf dem Bahnsteig um, und da niemand wie ein Hüter aussah, nickte sie schließlich. »Ich hab ihn gesehn«, sagte sie. »Er is hier unten. Sie sind hinter ihm her.«

Keith starrte sie an. »Hinter ihm her? Meinst du die Polizei?«

Jinx schüttelte den Kopf. »Die Jäger. Sie ...« Abrupt verstummte sie. Zwei Transit Cops kamen, zwei Stufen auf einmal nehmend, die Treppe herunter. »Scheiße«, sagte sie. »Das Arschloch hat seine Kumpel gerufen.« Wie ein Wirbelwind rannte sie eine kurze Treppe hinunter. Keith folgte ihr, sah aber nur noch, dass sie eine zweite Treppe nahm, die tiefer in die Station führte. Als er den darunter liegenden Bahnsteig erreichte, schien sie verschwunden, aber gleich darauf entdeckte er sie. Sie lief rechts vom Bahnsteig über die Gleise auf den Tunneleingang zu. In der Ferne hörte Keith einen Zug kommen.

»Warte!« rief er. »Wie heißt du?«

Einen Moment lang war er nicht sicher, ob sie ihn gehört hatte, aber dann drehte sie sich um. »Jinx!«, rief sie zurück. Als das Dröhnen des Zuges lauter wurde, flitzte sie in den Tunnel hinein. Die Cops tauchten auf, als der Zug in die Station einfuhr. Ein paar Leute stiegen aus und ein.

Die Türen schlossen sich wieder, der Zug fuhr an, wurde schneller und tauchte dann in den Tunnel ein, der Jinx vor ein paar Minuten verschluckt hatte.

»In welche Richtung ist sie gelaufen?«, fragte einer der Cops. »Das Mädchen in Jeans und Flanellhemd.«

Ohne zu überlegen, zuckte Keith mit den Schultern. »Keine Ahnung«, sagte er. »Als ich runterkam, war sie nicht mehr da.«

Die Cops knurrten etwas und wandten sich wieder zur Treppe. Keith blieb, wo er war und starrte in den Tunnel. Der Zug war verschwunden, das Getöse verhallt.

Was ist mit Jinx?, fragte er sich. Hatte der Zug sie zermalmt? Nein, wenn er sie erwischt hätte, hätte er bestimmt angehalten, also musste sie überlebt haben, irgendwie ausgewichen sein. Sein erster Impuls war, selbst auf die Gleise zu springen und ihr in die Dunkelheit zu folgen. Dann fiel ihm ein, wie er angezogen war.

Und die Waffe, die Vic DiMarco ihm aus Bridgehampton gebracht hatte, lag noch immer auf dem Zeichenbrett in Jeffs Apartment.

Leise vor sich hinfluchend, weil er eingewilligt hatte, in die Messe zu gehen, stieg er die Treppe zum oberen Bahnsteig hinauf und wählte im Gehen die Nummer von Heathers Mobiltelefon. »Richten Sie Mary aus, dass ich nicht in die Kirche kommen konnte«, sagte er über die Statik hinweg, als Heather sich meldete. »Ich …« Er zögerte und entschied dann, dass wenigstens Heather das Recht hatte zu erfahren, was er tun wollte. »Ich gehe nach Hause, um mich umzuziehen«, sagte er. »Und dann mache ich mich auf die Suche nach Jeff.«

Er gab ihr keine Gelegenheit zu protestieren, trennte die Verbindung und bestieg einen Zug nach Uptown.

Heather war in der Fifty-ninth Street gewesen, als Keiths Anruf kam. Anstatt die Straße zu überqueren, machte sie kehrt und rannte die sieben kurzen Blocks zu ihrem Haus zurück. Nicht ganz fünf Minuten, nachdem sie dem Pförtner gesagt hatte, er solle ihr ein Taxi bestellen, war sie wieder in der Lobby, in der Hand eine Papiertüte mit allen möglichen Sachen, von denen sie glaubte, sie könnte sie brauchen; in aller Eile hatte sie sie in den zwei Minuten zusammengerafft, in denen sie sich im Apartment aufhielt. Sie stieg in den Fond des Taxis, nannte dem Fahrer Jeffs Adresse und betete zu Gott, dass sie nicht zu spät käme.

Wie gewöhnlich blieb Perry Randall gegenüber vom Club der Hundert auf der Straße stehen und bewunderte ein paar Sekunden das Gebäude. Von außen merkte man ihm natürlich nicht an, über welche Macht die Mitglieder verfügten – Macht, die sich nicht nur auf New York City, sondern weit darüber hinaus erstreckte. Sie tuschelten mit den Vorsitzenden der riesigen Großkonzerne, die alle kleinen Banken geschluckt hatten, aus denen einst das Bankensystem der Nation und der Welt bestanden hatte. Sie standen hinter den Köpfen der Öl-Kartelle, die alle Energie-Industrien kontrollierten, und hinter den Mediengiganten, die über die Kommunikations-Imperien herrschten.

Die Hundert setzten sich aus Leuten zusammen, die vielleicht nicht oft in der Presse oder im Fernsehen erschienen, deren Einfluss aber größer war als der von Senatoren und Präsidenten.

Sie waren es, die den Politikern Anweisungen erteilten, subtil und höflich.

Perry Randall dachte an das erste Mal, als er, bevor er die Fifth Avenue überquerte, gegenüber vom Club auf der anderen Straßenseite gestanden hatte, dann die wenigen Kalksteinstufen hinaufgestiegen und in das Gebäude eingetreten war. Kein Pförtner begrüßte die Mitglieder, öffnete ihnen die Tür oder rief ihnen ein Taxi. Er hatte schon gewusst, dass es keine Klingel und auch keinen Klopfer gab, denn die Tür von The Hundred – zumindest die Außentür – wurde nie abgeschlossen.

So wenigstens lautete die Legende, und an jenem ersten Tag hatte er keinen Grund gefunden, sie anzuzweifeln. Trotz des bedeutsamen Anlasses waren seine Nerven so ruhig gewesen wie eine Woche vorher, als man ihm einen schweren cremefarbenen Briefumschlag auf den Schreibtisch gelegt hatte – Name und Adresse von einem Kalligraphen geschrieben. Er hatte vermutet, es sei eine Hochzeitseinladung, bis er den Umschlag umgedreht und die diskret auf der Klappe eingravierte Absenderadresse entdeckt hatte:

100 WEST FIFTY-THIRD STREET

Kein Städtename – und ganz gewiss keine Postleitzahl –, aber Perry Randall wusste, dass beides nicht nötig war.

Keiner dieser cremefarbenen Briefumschläge war jemals über die Grenzen von Manhattan hinaus versandt oder der Post anvertraut worden. Und mit keinem würde das jemals geschehen.

Am nächsten Donnerstagabend war er als gewähltes Mitglied im Club erschienen.

Das Gebäude hatte absolut nichts Ungewöhnliches an sich. Es

hätte praktisch alles sein können – ein Privathaus, ein Konsulat oder sogar die Kanzlei einer kleinen Anwaltsfirma. Im Erdgeschoss beherrschten die Fassade zwei diskret mit Läden verschlossene große Fenster – deren Stil von dem italienischen Architekten Palladio beeinflusst war. Die wuchtige Eingangstür zwischen beiden war aus einer einzigen Mahagonitafel gefertigt.

Kein Klopfer.

Keine Klingel.

Nur die Zahl 100 in eine kleine, makellos glänzende Silberplakette eingraviert.

Öffentlichkeit war im Club nicht erwünscht.

Die Leute, die auf der Straße vorübergingen, gönnten dem Haus keinen zweiten Blick.

Heute sah es nicht anders aus als sonst, und das schlichte Äußere weckte in Perry Randall das gleiche Gefühl wie damals, als er zum ersten Mal die bewusst bescheiden gehaltene Fassade betrachtet hatte.

Die richtigen Leute dahinter hatten die Verantwortung; hatten die Welt unter perfekter Kontrolle.

Oder, sagte er sich, hatten sie perfekt unter Kontrolle gehabt, bis Jeff Converse heute Morgen auf dem Anrufbeantworter eine Nachricht hinterlassen hatte.

Tief atmete Randall die Herbstluft ein, überquerte die Straße, stieg die Stufen hinauf und stieß die große Mahagonitür auf. In dem kleinen Foyer zwischen äußerer und innerer Tür blieb er kurz stehen und wartete, bis die Außentür ganz geschlossen war, bevor er die mit Mahagoni gerahmte Glastür öffnete, die in die Hauptlobby des Clubs führte.

Entsprechend der Fassade hätte die Lobby genauso gut die Eingangshalle des im Edwardianischen Stil gehaltenen Hauses einer wohlhabenden Familie sein können. Sie zeigte nichts von der Protzigkeit der Vanderbiltschen oder Rockefellerschen Monstrositäten in Uptown, die mit Eingangshallen von so unglaublicher Geschmacklosigkeit prunkten, dass nur ihre Besitzer sie bewundert haben konnten. Im Club stand in der Eingangshalle nur ein diskreter Schreibtisch, an dem für gewöhnlich der Clubmanager saß, sowie ein großer Schrank, in den die Mitglieder ihre Mäntel hängten;

außerdem hingen da noch eine Tafel mit den Namen der Mitglieder und dem Hinweis »anwesend« oder »abwesend« und eine kleine Gedenktafel mit den Namen der Mitglieder, die gestorben waren, bevor sie abgewählt werden konnten.

Perry Randalls tiefster und heimlichster Wunsch war, dass man seinen Namen eines Tages dieser Liste hinzufügen würde.

Er hängte den Mantel auf und begab sich ohne Umwege ins Lesezimmer. Die Männer, mit denen er am Vormittag telefoniert hatte, waren alle anwesend.

Arch Cranston lehnte am Kamin, ein Glas in der Hand, in dem er den Brandy langsam kreisen ließ; später würde er, wie Perry Randall wusste, das Glas unberührt irgendwo im Club abstellen. Wenn Cranstons Verstand einmal durch irgendetwas in Mitleidenschaft gezogen wäre, dann käme es nicht vom Alkohol, doch er hatte schon vor langer Zeit den Vorteil entdeckt, den man sich verschaffen konnte, indem man andere zu einem oder zwei Drinks verleitete.

Carey Atkinson, dessen hervorragende Arbeit den Kurs des Police Departments bestimmte und dessen Ruf in jeder Beziehung unanfechtbar war, unterhielt sich mit Monsignor Terrence McGuire; McGuire war nicht nur der Leiter von Montrose House, er führte auch die Akten von mehr als der Hälfte des Vatican's College of Cardinals. Seit der Gesundheitszustand des Papstes immer mehr zu wünschen übrig ließ, hatte McGuire viel Zeit damit verbracht, mit den Hundert zu diskutieren, welcher Kardinal der würdigste wäre, um zum nächsten Oberhaupt der katholischen Kirche gewählt zu werden.

Die anderen Anwesenden hatten bei weitem keinen so großen Einfluss wie Cranston, Atkinson und McGuire, waren aber für das reibungslose Funktionieren des Clubs genauso wichtig.

Als Perry Randall eintrat, wurden die Gespräche leiser. Auf die Gruppe zugehend, die er um sich versammeln wollte, vergeudete er keine Zeit mit Begrüßungen oder Einleitungen.

»Jeff Converse ist irgendwie an ein Mobiltelefon gekommen«, sagte er und warf Cranston, der die Aktienmehrheit eines der größten Funk- und Telefonnetzwerke besaß, einen bösen Blick zu.

Arch Cranston machte sich nicht die Mühe, direkt zu antworten, sondern hob nur vielsagend eine Braue. »Vielleicht sollten wir hinuntergehen.«

Nach kaum zwei Minuten hatte sich die ganze Gruppe zwei Treppen tiefer begeben – tief unter den Teil des Gebäudes, den die Mitglieder normalerweise aufsuchten. Am Fuß der Treppe war eine zweite Tür aus dem gleichen Mahagoniholz wie die Eingangstür. Aber hier wurden die drei eingravierten Zahlen der Eingangstür durch drei Lettern ersetzt:

MHC

Perry Randall klopfte dreimal, und die Tür schwang weit auf. Malcolm Baldridge trat zurück und verneigte sich.

Einer hinter dem anderen ging durch die Tür, und jedes Mitglied der absoluten Club-Elite bewunderte die neue präparierte Trophäe, die Baldridge an der Wand befestigt hatte.

Die Augen strahlten – strahlten viel heller als jemals im Leben.

Die Wangen waren rötlich – ein Bild der Gesundheit.

Das Lächeln war viel echter als jenes, das er gelächelt hatte, bevor er den Männern begegnet war, die sich jetzt um ihn versammelten.

Perry Randall blickte zu diesem perfekten Beispiel von Präparatorenkunst auf, die dieses ihr jüngstes Exemplar darstellte. »Ausgezeichnete Arbeit, Baldridge«, sagte er begeistert.

Der Manhattan Hunt Club begann mit seiner Sitzung.

30. Kapitel

»Was glaubst du, wie spät es ist?«

Die Frage, vermutete Jeff, entsprang nur Jaggers Wunsch, das Schweigen zu brechen, in das sie verfallen waren, da die Tageszeit für sie beide nicht mehr von Bedeutung war. Vor langer Zeit schon hatte Jeff aufgehört zu schätzen, wie spät es – tags oder nachts – sein mochte. Sein Magen sagte ihm, wann die Essenszeit gekommen war, sein Mund und seine Kehle verrieten ihm, wann er Wasser, seine Muskeln und sein Gehirn, wann er Ruhe brauchte. Hunger, Durst und Müdigkeit quälten ihn seit – wie lange schon? Einer Stunde? Zwei Stunden vielleicht? Fünf?

Mühsam verdrängte Jeff die Überlegung und erinnerte sich selbst daran, dass es nicht wichtig war. Wichtig war nur, dass die Leere seines Magens, der nach Essen verlangte, zu nagendem Hunger geworden war. Hals und Kehle fühlten sich so trocken an, dass er kaum noch schlucken konnte, und seine Muskeln – denen Essen und Wasser fehlten – würden bald rebellieren.

Er hatte keine Ahnung, wo sie waren. Nachdem das Mobiltelefon ausgefallen war, hatte er versucht, sich einigermaßen zu merken, wohin sie gingen, wenigstens in Bezug zu dem Schacht, durch den die lockenden Strahlen Tageslicht fielen.

Zunächst hatten sie sich auf die Suche nach etwas gemacht, das sie als Leiter benutzen konnten. Sie fanden einen Gerätetunnel, und Jagger war der Meinung, es müsse irgendwo einen Lagerraum geben. »Sie müssen hier unten arbeiten und dazu brauchen sie Werkzeug. Und was werden sie machen? Jedes Mal Leitern runterschleppen, wenn sie welche brauchen?« Erwartungsvoll umklammerte Jagger den noch immer blutverkrusteten Schienennagel fester; mit ihm wollte er jedes Schloss sprengen, das eine Tür sicherte – eine Tür, die sie, Jeffs Meinung nach, nicht finden würden.

Er hatte es unterlassen einzuwenden, dass jedes Arbeitsteam, das den Schacht, den sie vor Stunden entdeckt hatten, als Einstieg in den Tunnel benutzen wollte, eine Leiter von oben herunterlassen und nicht von unten hinaufschieben würde. Seine einzige Hoffnung war, dass sie, wenn sie keine Leiter fanden, etwas anderes entdeckten – eine Stange oder ein ausrangiertes Schienenstück –, irgendetwas, das ihnen half, den Gitterrost zu heben und nach oben zu klettern. Besser, irgendwas tun, als hier unten ziellos in der Dunkelheit herumzuwandern.

Auf ihrer Suche nach Leitern waren sie zufällig in einen breiten Eisenbahntunnel geraten, der Jeffs Überzeugung nach unter der Park Avenue verlief. Am Ende weitete sich der Tunnel zu dem riesigen Schienengewirr der Central Station. Und dort fanden sie Leitern. An den Wänden festgeschraubt, führten sie zu einem wahren Dschungel aus Laufstegen hinauf, und über den Laufstegen sahen sie das Tageslicht glimmen, das durch Gitterroste schien.

Zuerst schien der weite Raum menschenleer zu sein, und in den beiden Männern regte sich eine vorsichtige Hoffnung, als sie zu einer der Leitern gingen. Aber als sie anfingen zu klettern – Jeff als Erster –, merkte er, dass der Laufsteg über ihm durchaus nicht menschenleer war. Zwei Gesichter spähten zu ihm herunter. Harte, unrasierte Gesichter – die gleichen Gesichter wie die der Männer, die in der Nähe des Flusses herumlungerten, als er und Jagger aus den Tunnels aufgetaucht waren. Jeff hielt kurz inne, und als einer der beiden Männer zu ihm herunterlächelte, flackerte von neuem Hoffnung in ihm auf.

Dann öffnete der Mann seinen Hosenschlitz, und im nächsten Moment traf ein heißer, stinkender gelber Strom ätzend Jeffs Augen. Wenn Jagger ihn nicht aufgefangen hätte, wäre er rücklings drei Meter tief auf die Betonfliesen des Tunnels gestürzt. Rohes Gelächter von oben gellte Jeff in den Ohren, als Jagger sie beide sicher zurück auf den Boden brachte.

»Scheißkerle«, knurrte Jagger mit vor Wut erstickter Stimme, als Jeff sich mit seinem schmutzigen Ärmel die brennenden Augen rieb. »Ich sollt mal einen von denen in die Finger kriegen ...« Er verstummte, als er sich hastig auf den anderen Laufstegen umsah. »Scheißkerle sin übrall – was wolln die nur, verdammt? Wenn sie uns umbringen wolln, warum tun sie's dann nich einfach?«

Jeff wusste die Antwort. »Weil es ein Spiel ist.« Er schaute zu den Gesichtern hinauf, die höhnisch herunterstarrten. »Sie sind nicht hier, um uns zu töten – sie wollen nur, dass wir hier unten bleiben.« Er spürte, dass Jaggers Hand seine Schulter fester umschloss und ballte die Hände, als etwas von der Wut des anderen auf ihn überging. »Aber sie können nicht überall sein. Irgendwo gibt es einen Ausweg – muss es einen geben. Also los, finden wir ihn.«

Das Gelächter folgte ihnen, als sie den Weg zurück nahmen, den sie gekommen waren und dann einen Gang wählten, der nach rechts führte. Jeff glaubte, dass sie, wenn er ihren Standort richtig einschätzte, auf den East River zugingen. Doch bald gabelte sich der Gang und dann wieder und noch einmal, und von einem bestimmten Punkt an wurde ihm klar, dass er nicht mehr wusste, in welcher Richtung sie unterwegs waren.

Ein paar Meter weiter mochten sie die Lexington Avenue U-Bahn finden oder wieder auf die Gleise unter der Park Avenue geraten. Da ihre Körper unerbittlich ihre kleinen Reserven an Nahrung und Wasser verbrauchten, begann alle Hoffnung zu schwinden. Schließlich fanden sie, ein paar oder viele Minuten später, eine kleine Nische im Tunnel, die gerade so groß war, dass sie sich beide ausstrecken konnten, und beschlossen, sich auszuruhen.

Jeff schlief ein, und als er aufwachte, fühlte er, dass Jagger schützend den Arm um ihn gelegt hatte. Er blieb einen Augenblick reglos liegen, aber sein Rücken schmerzte unerträglich, sodass er sich rühren musste. Die Bewegung weckte Jagger, der ihn sekundenlang fester umschlang. Aber im nächsten Moment war auch er ganz wach, setzte sich auf und wich von Jeff zurück, als sei es ihm peinlich, dass ihre Körper sich berührt hatten, wenn auch nur im Schlaf. Während sie sich aufrichteten und versuchten, sich zu strecken, um Kälte und Steifheit aus den Gliedern zu vertreiben, kam ihnen beiden der gleiche Gedanke, aber es war Jagger, der ihn aussprach:

»Wenn wir nich bald was zu essen finden, verhungern wir.« Er stand auf und fuhr fort, ohne Jeff anzusehen: »Wohin?«

»Nach links«, sagte Jeff. »Dort waren wir wenigstens noch nicht.«

Sie machten sich auf den Weg und kamen etwa hundert Schritt weiter zu einer Kreuzung. Weiter rechts, kaum zu sehen, schien etwas wie Tageslicht zu schimmern, und sie gingen darauf zu.

Als sie näher kamen und das Licht heller wurde, hörten sie von oben Geräusche.

Richtige, echte Geräusche, die Geräusche der Stadt, kein tropfendes Wasser und keine donnernden Züge, die ständigen Hintergrundgeräusche in den Tunnels. Jetzt hörten sie Autohupen und das Brummen von Automotoren. Sie kamen zu dem Lichtfleck und blickten nach oben.

Ein Gitterrost – und darüber strahlend blauer Himmel.

Und eine Leiter! Eine eiserne Leiter, sicher an der Betonwand des Schachtes festgeschraubt, das untere Ende etwa sechzig Zentimeter über dem Boden des Tunnels, das obere Ende offenbar bündig mit dem Gitterrost, war alles, was zwischen ihnen und der Freiheit lag.

Sie betrachteten die Leiter, als sei sie der Heilige Gral, als könnte sie vor ihren Augen verschwinden, wenn sie versuchten, sie zu berühren. Endlich streckte Jagger die Hände aus und umklammerte die senkrechten Holme.

Er zog fest daran, testete die Leiter.

Sie war so fest wie sie aussah.

Während Jeff unten wartete, begann Jagger dem Licht entgegenzuklettern.

Fritz Wyskowski hatte nicht erwartet, dass irgendetwas passieren würde. Als Blacky am frühen Morgen zu ihm gekommen war, ihm einen Packen Geld in die Hand geschoben und gesagt hatte, er müsse nur den Gitterrost im Auge behalten, nichts sonst, und dafür sorgen, dass niemand herauskletterte, schätzte Fritz, dass er sich für das Geld gut und gern wenigstens eine Woche lang betrinken konnte. Am liebsten hätte er einfach Blackys Geld genommen, gewartet, bis Blacky gegangen war, und dann sofort angefangen zu trinken. Tatsächlich hätte er vielleicht genau das getan, wenn Blacky ihm nicht gesagt hätte, was mit ihm passieren würde, wenn er Mist baute. Also hatte er sich einverstanden erklärt, alles zu tun, was Blacky verlangte, und sich auf den Gehsteig gesetzt. Er lehnte sich an die Mauer und stellte seinen Hut verkehrt herum vor sich hin, nur für den Fall, dass ein paar von den armen Idioten, die vorüberkamen, ein paar Münzen hineinfallen ließen.

Gegen Mittag kaufte er sich für ein paar von Blackys Bucks beim Händler an der Ecke ein Hotdog, und während der Kerl – der darauf bestand, im Voraus bezahlt zu werden, bevor er auch nur eine Wiener aus dem Kessel holte – etwas Senf und gehackte Zwiebel draufklatschte, behielt Fritz für alle Fälle den Gitterrost im Auge.

Natürlich tat sich nichts, und als er sich wieder hinsetzte und sein Hotdog kaute, fragte er sich, wie lange er wohl warten sollte.

»Du bleibst, bis ich dir sage, dass es okay ist«, hatte Blacky ihm erklärt, doch da er etwas im Magen und Geld in der Tasche hatte, fühlte Fritz sich obenauf, anders als heute Morgen bei seinem Gespräch mit Blacky. Die lockende Vorstellung von einer oder vielleicht sogar zwei Flaschen Black Label erfüllte seinen Kopf. Vielleicht machte er jetzt schon ganz einfach Schluss und verzog sich in den Schnapsladen um die Ecke? Doch als er eben einen Entschluss fassen wollte, hörte er etwas.

Etwas unterhalb des Gitterrosts.

Er stand auf, beugte sich über das Gitter und schaute hinunter.

Jemand kam herauf. Fritz konnte nicht sehen, wie der Typ ausschaute, und der Typ schaute auch nicht hoch, aber das war egal – er wusste, was er zu tun hatte. Blacky hatte es ihm gesagt, und obwohl es ihn die Hälfte des Geldes kosten würde, das er in der Tasche hatte, war ihm klar, dass er es tun musste.

Er holte fünfzig Dollar heraus, ging zum Hotdog-Stand, ließ

den Fünfziger auf den Tresen fallen und griff dann nach dem dampfenden Kessel. »He, Dreckskerl, was denkste …« Doch Fritz ignorierte ihn.

Er lief zum Gitterrost zurück, wo der Mann inzwischen nur noch etwa anderthalb Meter von der Oberfläche entfernt war, und kippte den Kessel um.

Ein Strom brühend heißen Wassers, begleitet von ein paar Dutzend zerkochter Wiener, ergoss sich in den Schacht unter dem Gitterrost.

Aus dem Schacht kam ein qualvolles Heulen, Fritz ließ den Kessel fallen und machte sich so schnell wie möglich davon.

Als der Händler um seinen Wagen herumkam, war alles vorbei. Er hob den Kessel auf, schaute Fritz nach und kam zu dem Schluss, dass die fünfzig Dollar, die der Penner ihm gegeben hatte, viel mehr wert waren als der Hickhack mit der Polizei, wenn er meldete, was passiert war. Also ließ er die Würstchen, die nicht durch den Gitterrost gefallen waren, liegen, wo sie waren, verstaute den Kessel in seinem Wagen und begann ihn wegzuschieben.

Wenn die wenigen Fußgänger auf dem Gehsteig überhaupt bemerkt hatten, was passiert war, ließen sie es sich nicht anmerken.

Besser, sich nicht einzumischen …

Jaggers gepeinigter Aufschrei endete in einem Grunzen, als er am Fuß der Leiter auf den Betonboden prallte. Er stöhnte und wand sich, während er versuchte, den Schmerz des kochend heißen Wassers wegzureiben. Hätte er hinaufgeschaut und das Wasser hätte voll sein Gesicht getroffen, wäre er jetzt zweifellos blind – schon bildeten sich Brandblasen auf seinem Schädel und im Nacken; die Gesichtshaut färbte sich leuchtend rot. Jeff fiel auf die Knie und nahm Jagger vorsichtig die Hand vom Kopf.

»Nicht reiben, du ziehst nur die Haut ab.«

Jagger versuchte seine Hand loszureißen, aber Jeff hielt sie fest, und langsam, als der schlimmste Schmerz nachließ, wurde Jaggers Gegenwehr schwächer. »W-was is passiert?«, stammelte er schließlich und sah, die Augen glasig vor Schmerz, benommen und verwirrt zu Jeff auf.

»Jemand hat einen Kessel mit kochendem Wasser über dich gegossen«, sagte Jeff. Mit einem Blick auf die Wiener, die mit dem Wasser durch den Gitterrost gefallen waren, setzte er hinzu: »Scheint von einem Hotdog-Stand gekommen zu sein.« Jagger sah noch immer benommen aus, und Jeff bemühte sich, den großen Mann hochzuziehen. »Kannst du gehen?«

Jeff stützte Jagger, der sich langsam aufrappelte. Einen Moment schien es, als würden seine Knie nachgeben, dann gewann er sein Gleichgewicht wieder. Als Jeff ihn vom Gitterrost wegführen wollte, bevor noch etwas auf sie herunterkommen konnte, blieb Jagger stehen, und seine Finger umklammerten Jeffs Arm wie ein Schraubstock.

»Die Hotdogs«, sagte er. »Heb sie auf.« Als Jeff zögerte, knurrte Jagger: »Scheiße, Mann, wir könn' sie essen.«

Jeff warf einen Blick auf die Wiener. Sie schwammen in der Schmutzschicht, die den Boden glitschig machte, und Jeff drehte sich bei der Vorstellung, sie zu essen, der Magen um. Doch dann traf ihn der Hunger wie ein Fausthieb, und er musste zugeben, dass Jagger Recht hatte. Sie waren zwar dreckig, aber sie waren etwas Essbares, und wenn sie ein bisschen Glück hatten, fanden sie irgendwo ein tropfendes Rohr, unter dem sie den schlimmsten Dreck abwaschen konnten. Jagger lehnte sich an die Wand, und Jeff begann die Würstchen einzusammeln, steckte sie in die Taschen seiner Jacke, die fast genauso dreckig war wie die Würstchen.

»Wie schlimm ist es?«, fragte Jeff, als sie sich dahin auf den Weg machten, woher sie gekommen waren.

»Fühlt sich an, als ob mein ganzer Kopf brennen tät«, murmelte Jagger. »Wohin gehn wir?«

»Wasser suchen«, antwortete Jeff grimmig. Ein paar Minuten später waren sie wieder in der Nische, in der sie vorher Unterschlupf gefunden hatten. »Bleib hier«, sagte Jeff, als Jagger sich in dem höhlenartigen Raum hinhockte. »Ich komme so schnell wie möglich zurück.«

Jaggers Hand umschloss Jeffs Handgelenk, und seine Finger gruben sich Jeff schmerzhaft ins Fleisch. »Nein!«, sagte er, aber es klang mehr nach einer Bitte als nach einem Befehl.

Sanft löste Jeff die Finger Jaggers von seinem Arm. »Ich muss

Wasser finden«, sagte er. »Wenn ich keins finde, schaffen wir es nie.«

»Wir schaffen's sowieso nich«, sagte Jagger, und die sonst übliche Aufsässigkeit in seiner Stimme wich einer tiefen Niedergeschlagenheit. »Die Scheißkerle lassen uns niemals nich raus. Was verdammt haben wir ihn' eig'ntlich getan?«

»Es kommt nicht darauf an, was wir getan oder nicht getan haben«, antwortete Jeff. »Kapierst du's nicht? Es ist nur ein Spiel, Jagger. Das Ganze ist nichts anderes als ein Spiel.«

Jagger, dem die Haut brannte, wo das kochende Wasser sie getroffen hatte, lehnte sich vorsichtig zurück. »Also, was wern wir machen?«

»Wir werden gewinnen«, sagte Jeff.

Die Blicke der beiden Männer trafen sich einen Moment, dann wanderten Jaggers Augen mit einer Intensität, die Jeff beinahe fühlte, langsam an seinem Körper hinunter.

Es war, als berührten ihn Jaggers Augen, streichelten seine Haut, erkundeten jede Kontur seines Körpers.

Rasch wandte Jeff sich ab und tauchte in das nun willkommene Dunkel ein, aber noch während er durch den Tunnel ging, fühlte er Jaggers Augen auf sich. Seine Haut kribbelte, ein Schauder schüttelte ihn, und unbewusst ging er schneller, bis die Schwärze ihn vor Jaggers brennendem Blick verbarg.

31. Kapitel

Mary Converse stieg Ecke Broadway und 109th aus dem Taxi, überquerte die Straße, lief den Block entlang auf Jeffs Wohnhaus zu und blickte an der rußigen Fassade des Ziegelgebäudes hinauf. Sie hatte das Haus nie gemocht, obwohl Jeff behauptet hatte, es sei perfekt – nahe bei der Columbia und in einer sicheren Umgebung, wenigsten nach den Maßstäben von New York City. Aber die steile Treppe und die engen, schlecht beleuchteten Flure waren ihr nie ganz geheuer gewesen. Sie hatte Jeff immer gebeten, herunterzukommen, sie einzulassen und hinaufzubegleiten.

Aber jetzt war Jeff nicht mehr da und …

Und nichts, sagte sie sich. *Du bist aus einem bestimmten Grund hergekommen, also mach weiter!* Unbewusst straffte sie die Schultern und stieg die Stufen hinauf, betrat die Vorhalle und drückte auf den Klingelknopf neben Jeffs Namen.

Endlich, nachdem sie lange gewartet hatte, ging der Summer, Mary stieß die Innentür auf und trat ein. Nichts hatte sich verändert – das Licht war noch immer schwach, der Flur eng, der Teppich abgetreten, und in der Luft hing ein dumpfer Geruch. Sie stieg in den dritten Stock hinauf, ging zum Ende des Flurs und klopfte laut an Jeffs Tür.

»Wenn Sie denken, Sie …«, sagte Keith schon, während er die Tür öffnete, verstummte aber abrupt, als er sah, dass es nicht Heather Randall war. Er machte einen Schritt zurück und musterte Mary misstrauisch. »Ich – ich dachte, du bist in der Messe«, begann er.

Mary schüttelte den Kopf. »Es wird keine Messe geben«, sagte sie. Als Keith unsicher die Brauen runzelte, griff sie nach der Tür. »Darf ich reinkommen?«

Nach sekundenlangem Zögern nickte Keith, öffnete die Tür weit und trat beiseite. Als Mary hineinging und Keith im hellen Tageslicht sah, das durch das Fenster fiel, weiteten sich ihre Augen vor Schreck.

Er war unrasiert, und sein zerzaustes Haar sah aus, als habe er es wenigstens drei Tage lang nicht mehr gewaschen. Dann fielen ihr seine blutunterlaufenen Augen auf und sie glaubte zu verstehen: Er hatte getrunken.

»Ich weiß, wie ich aussehe«, sagte er. »Und ich weiß, dass du denkst, ich wäre verrückt.«

Sie erinnerte sich an die Worte der Jungfrau, die sie vernommen hatte.

Glaube …

»Vielleicht nicht«, sagte sie. »Oder vielleicht bin ich auch verrückt.«

Keith runzelte stärker die Stirn, und sie sah das Misstrauen in seinen Augen. »Was ist los, Mary?«, fragte er. »Ist was passiert?«

»Ich – ich bin nicht sicher«, stotterte sie. »Ich habe gebetet und …« Sie stockte, senkte den Kopf, als schäme sie sich und berichtete ihm dann alles, was geschehen war, begann mit dem von statischen Geräuschen unterbrochenen und überlagerten Anruf, den sie am Morgen bekommen hatte und schloss mit dem merkwürdigen Erlebnis in der Kathedrale. »Auf einmal konnt ich's nicht mehr«, schloss sie. »Ich konnte mir die Messe für ihn nicht mehr anhören.«

»Du hast Recht gehabt«, sagte er. Er legte die Hand unter das Kinn seiner Frau und hob ihren Kopf, bis sie ihm in die Augen sehen konnte. »Ich weiß, wo er ist, Mary«, sagte er. »Er ist in den Tunnels. In den Tunnels unter der Stadt.«

Mary stockte der Atem, aber bevor sie etwas sagen konnte, stürmte Heather Randall durch die Wohnungstür. »Sie sind …«, fing sie an, sah Mary, sah das aschgrau verfärbte Gesicht der älteren Frau. »Was ist passiert?«, fragte sie. »Was ist los? Warum sind Sie nicht in der …?«

»Jeff hat sie angerufen«, erklärte ihr Keith. »Sie konnte ihn kaum hören und konnte zuerst auch kaum glauben, dass er es ist.«

»Aber er war es«, flüsterte Mary so leise, dass ihre Stimme kaum zu hören war. »Er lebt, Heather. Er lebt noch.«

Instinktiv umarmte Mary die Mutter Jeffs, aber noch während sie das tat, begegneten sich ihre und Keiths Blicke. »Ich gehe mit Ihnen«, sagte sie. Keith wollte widersprechen, doch sie schüttelte den Kopf, ließ Mary los und trat einen Schritt zurück, als bereite sie sich auf eine Auseinandersetzung vor. »Keine Diskussion, Keith. Entweder geh ich mit Ihnen oder allein.«

Marys Blicke flogen zwischen Keith und Heather hin und her. Bisher hatte sie die beiden kaum mehr als zwei Worte miteinander wechseln hören, und auch diese Worte hatte man nur mit knapper Not noch als höflich bezeichnen können. »Wohin gehen?«, fragte sie, merkte jetzt erst, wie ihr Mann angezogen war und erinnerte sich, was er über die Tunnels gesagt hatte. Heather bestätigte ihre Vermutung.

»Wir denken, dass Jeff in den Tunnels unter der Stadt ist«, sagte sie. »Ich weiß, es klingt verrückt, aber wir haben etwas gehört und mit ein paar Leuten gesprochen und …«

»Es ist mehr als das, Heather«, sagte Keith.

Er erzählte ihr von seiner Unterhaltung mit Jinx, und ihr Herz begann zu rasen. »Sind Sie sicher, dass es das Mädchen war, das wir bei Tillie gesehen haben?«

Keith nickte. »Ganz sicher.« Er schaute auf seine Uhr. »Und ich weiß, wo sie vor zwanzig Minuten war. Wenn ich sie finden kann …«

Eine merkwürdige Kälte hatte sich in Mary ausgebreitet, als sie dem Gespräch zwischen Heather und Keith zu folgen versuchte, aber im Geist hörte sie immer wieder dieselben Worte: *Er ist nicht tot … Jeff …*

Doch dann brachen Keiths und Heathers Worte in ihre Gedanken ein.

»… Tunnels … Jäger … Das Mädchen, das wir bei Tillie gesehen haben …«

Die Kälte verhärtete sich in ihr, und ein Schwindelgefühl drohte sie zu überwältigen. *Nein!,* sagte sie sich. *Nicht jetzt! Reiß dich zusammen und tu alles, was du kannst, um zu helfen.* »Jäger«, begann sie endlich, entschlossen, ihren aufgewühlten Gefühlen nicht nachzugeben. »Was hat sie damit gemeint?«

»Ich weiß nicht«, sagte Keith grimmig. »Aber es gibt nur einen einzigen Weg, das herauszufinden – oder Jeff zu finden –, ich muss selbst in die Tunnels gehen.«

Marys erster Impuls war, ihm zu widersprechen. Es musste einen besseren Weg geben! Sie öffnete den Mund, um etwas zu sagen, beherrschte sich jedoch. Hatte sie in den letzten drei Monaten nicht ununterbrochen mit Keith gestritten? Sie nahm sich zusammen und sagte nichts, bis sie sicher war, ihre Gefühle unterdrücken zu können. »Was kann ich tun?«, fragte sie.

Keith sah Heather an, die ein paar Kleidungsstücke aus der Tasche holte, die sie mitgebracht hatte. Als Heather ins Bad ging, um das Kleid auszuziehen, das sie in der Kirche hatte tragen wollen, zuckte Keith mit den Schultern. »Ich weiß nicht, Mary ...«, begann er.

»Essen«, sagte sie. »Was hast du da?« Als Keith nicht antwortete, wandte sie sich zur Tür. »Ich besorge ein paar Sandwichs«, sagte sie und sah dann Keith an. »Falls ihr verschwindet, bevor ich wieder da bin – ich schwöre, dann geh ich auch hinein.« Sie lief hinaus, ohne eine Antwort abzuwarten.

Zehn Minuten später waren sie so weit. Heather trug zerrissene Jeans und ein ausgebeultes, viel zu weites Sweatshirt, das sie jünger aussehen ließ und den Griff der Waffe verbarg, die im Bund ihrer Jeans steckte. Es war eine 9mm HS 2000, eine kroatische Pistole. In den Taschen hatte sie noch drei Reservemagazine. Keith überprüfte den 38er, den Vic DiMarco ihm aus Bridgehampton gebracht hatte, und Mary schob die Sandwichs, die sie in einem Delikatessenladen auf dem Broadway gekauft hatte, in die Taschen von Keiths Kolani, den er absichtlich so mit Fett und Schmutz verschmiert hatte, dass er aussah, als habe er ihn aus einer Mülltonne gezogen und nicht am Morgen in einem Trödlerladen erstanden.

»Wie lange wird es dauern?«, fragte Mary, nachdem Heather hinausgegangen war und Keith an der Tür stand.

»So lange wir eben brauchen«, antwortete er. Er ging zur Treppe, kam zurück, zog Mary in die Arme und küsste sie. »Ich liebe dich«, flüsterte er ihr ins Ohr.

»Und ich liebe dich«, flüsterte auch sie. Sie wartete, bis die beiden verschwunden waren, und als sie die Tür schloss, wurde ihr klar, wie ernst es ihr mit den vier Worten war, die sie eben ausgesprochen hatte. »Und ich liebe dich«, wiederholte sie, obwohl niemand da war, der sie hören konnte.

Fünf Minuten später standen Keith und Heather auf dem Bahnsteig der U-Bahn, nachdem sie am Columbus Circle aus einem Zug gestiegen waren. Am anderen Ende des Bahnsteigs sah er die Männer, denen er schon einmal begegnet war – die Männer, denen er das Foto von Jeff gezeigt hatte. Er machte kehrt und ging, von Heather gefolgt, die beiden Treppen zum unteren Bahnsteig hinunter. Zwei Penner am anderen Ende des Bahnsteigs beachteten sie kaum, als sie näher kamen, und diesmal macht Keith nicht den Fehler, ihnen Jeffs Foto zu zeigen.

»Ich suche Jinx«, sagte er. »Habt ihr sie gesehn?«

Einer der Männer zuckte mit den Schultern. »Seit'n paar Stunden nich mehr.« Er nickte in Richtung des Tunnels, in dem, wie Keith selbst beobachtet hatte, das Mädchen verschwunden war. »Wollte nach Downtown, als ich sie zuletzt gesehn hab. Wenn nich'n Zug über sie drüber is«, fügte er hinzu, was ihm völlig gleichgültig zu sein schien.

Keith nickte kurz und blickte die Gleise entlang. Kein Anzeichen dafür, dass ein Zug kam.

Er sah auch keinen Transit Cop auf dem Bahnsteig.

»Komm«, sagte er zu Heather, »wir müssen sie finden.«

Er sprang vom Bahnsteig, bemüht, so auszusehen, als habe er das schon Hunderte von Malen getan, und tauchte in den Rachen des Tunnels ein.

Auch Heather sprang vom Bahnsteig und warf einen letzten Blick in das helle Licht des weiß gefliesten Bahnsteigs.

Dann folgte sie Keith in die Dunkelheit.

Eve Harris war noch später dran als sonst. Wie an den meisten Samstagen hatte sie auch heute so viel zu tun wie an einem x-beliebigen Wochentag, aber an den Samstagen – ganz gleich, was sie sonst tat – sorgte sie immer dafür, dass sie Zeit hatte für den Menschen, der ihr am meisten bedeutete.

Eunice Harris lebte noch immer in der Wohnung, in der sie Eve großgezogen hatte, und wehrte sich eigensinnig dagegen, umzuziehen, so sehr Eve sie auch drängte. »Ich kenne mein Viertel, und ich kenne meine Nachbarn«, erklärte Eunice hartnäckig, wenn Eve ihr zu bedenken gab, dass es eines der gefährlichsten in der ganzen Stadt war. »Alle Orte sind gefährlich, wenn du fremd bist, und hier kennt mich jeder. Und sie kennen dich auch. Wer würde mir etwas tun wollen?«

Damit hatte sie Recht – in der Umgebung kannte sie jeder und kümmerte sich um sie. Aber das änderte nichts an der Tatsache, dass die Nachbarschaft nicht besser oder Eunice Harris jünger wurde. Doch jedes Mal, wenn Eve andeutete, es sei jetzt an der Zeit, an einen Umzug zu denken, fixierte ihre Mutter sie mit dem unbeugsamen Blick, mit dem Eve bei den Stadtratsitzungen oft selbst um sich schaute. »Ich habe achtzig Jahre lang für mich gesorgt und glaube, ich schaffe es noch ein paar Jahre mehr.«

Eve hatte beabsichtigt, an diesem Vormittag das Thema erneut anzuschneiden, überlegte es sich dann jedoch anders, nachdem Perry Randall angerufen und sie gebeten – nein, ihr befohlen hatte, am Nachmittag in seinem Club zu erscheinen. Er hatte sich nicht bemüht, seinen Ärger zu unterdrücken, und obwohl er nicht bereit gewesen war, Eve zu sagen, worüber er sich so ärgerte, hatte er ihr klar gemacht, dass ihre Anwesenheit zwingend wäre. Also hatte sie ein wenig mit ihrem Terminplan jongliert und eine der Missionen in Downtown angerufen, dass sie an der Nachmittagssitzung doch nicht teilnehmen könne. Aber ihre Mutter vom Plan zu streichen, war nicht in Frage gekommen, obwohl ihre Mutter, wie immer, überrascht schien, sie zu sehen.

»Das ist aber nett«, sagte Eunice, als sie die mit drei Schlössern gesicherte Wohnungstür öffnete, um Eve einzulassen. »Ich hab dich gar nicht erwartet.« Eve wusste, dass das nicht stimmte, sie wusste aber auch, dass die Mutter ihr damit sagen wollte, sie hätte es nicht übel genommen, wenn es Eve nicht möglich gewesen wäre, sie zu besuchen. Sie war fast zwei Stunden geblieben und hatte ihr Bestes getan, so unbeschwert wie möglich zu wirken. Natürlich hatte sie die Mutter jedoch keine Minute lang getäuscht, und als sie sich schließlich verabschieden wollte, war es ihr unmöglich, dem durchdringenden Blick auszuweichen. »Gibt es etwas, worüber du reden möchtest, Kind?«, fragte die alte Frau. Eve schüttelte den Kopf, doch ihre Augen schweiften unwillkürlich zu dem Bild ihrer Tochter, das ganz allein auf dem Tisch neben dem Lieblingssessel der Mutter stand.

Eunices Blick folgte dem ihren, und sie glaubte zu verstehen. »Es wird nie leichter, nicht wahr?« Sie seufzte. »Ich ...«

Eve schüttelte den Kopf. »Das ist es nicht, Mama«, sagte sie. »Es ist nicht wegen Rachelle.« Aber natürlich war es wegen Rachelle. Am Ende hing alles in Eve Harris' Leben mit Rachelle zusammen.

Eunice schien zu verstehen. »Über manche Dinge kommt eine Mutter nie hinweg. Wäre ich an deiner Stelle gewesen, hätte es nie aufgehört, weh zu tun, das weiß ich.«

Eve umarmte die Mutter, warf einen letzten Blick auf das Bild von Rachelle und machte sich dann auf den Weg zur U-Bahnstation.

Es war dieselbe U-Bahnstation, in der ihre sechzehnjährige Tochter vor mehr als zwanzig Jahren überfallen worden war. Rachelle war nach einem Besuch bei ihrer Großmutter auf dem Heimweg gewesen, hatte es aber nicht einmal bis in den Zug geschafft.

Sie war vergewaltigt, zusammengeschlagen und liegen gelassen worden, weil der Täter geglaubt hatte, sie sei tot. Doch anders als Cindy Allen, die den Überfall überlebt hatte, war Rachelle auf dem Transport ins Krankenhaus gestorben.

Während sie auf den Zug wartete, schaute Eve zu der Stelle am anderen Ende des Bahnsteigs hinüber, wo es geschehen war. Damals waren die Wände und die Waggons mit Graffiti bedeckt gewesen, aber jetzt war alles verändert. Die Graffiti waren verschwunden und der Bahnsteig sah sauberer und heller – und sicherer – aus als damals. Doch sicher war er nicht, wie Cindy Allen hatte erfahren müssen.

Er war nicht sicherer als er vor so vielen Jahren für Rachelle gewesen war.

Der Zug kam ratternd zum Stehen, und Eve warf im Einsteigen noch einmal einen Blick auf ihre Uhr. Sie würde zu spät kommen, aber das war unwichtig. Während die Tür sich schloss, blieb ihr Blick auf der Stelle haften, wo Rachelle vergewaltigt worden war, und der Teil in ihr, der sich von dem brutalen Tod ihrer Tochter nie erholt hatte, krümmte sich unter einem Schmerz, der weder durch den Ablauf der Jahre noch durch die guten Werke leichter geworden war, die sie im Gedenken an ihre Tochter getan hatte.

Der Schmerz – der Zorn – brannten heute so heftig wie an dem Tag, an dem sie in das bis zur Unkenntlichkeit zerschlagene Gesicht ihrer Tochter geblickt und einen heimlichen Schwur geleistet hatte.

Das ist nicht das Ende, hatte sie geschworen. *Ich werde etwas tun. Ich werde etwas tun, um dich zu rächen.*

Das war der Moment, in dem Eve Harris zu der Frau wurde, die sie heute war. Der Moment, in dem sich ihr Leben unwiderruflich verändert hatte.

Von diesem Moment an sollte ihr Leben ausschließlich der Erinnerung an ihre Tochter gewidmet sein.

Der Zug wurde langsamer, hielt an, und sie stieg aus. Als sie auf die Treppe zuging, um in den Zug umzusteigen, der quer durch die Stadt fuhr, schaute sie, wie immer, zum Ende des Bahnsteigs hinüber. Wie üblich hatte sich dort eine Gruppe Obdachloser versammelt, aber anstatt auf dem Bahnsteig herumzuliegen, standen alle da und spähten in das Dunkel des Tunnels hinter der Station. Eve wandte sich von der Treppe ab und ging den Bahnsteig entlang. Einer der Männer hörte ihre Schritte, drehte sich zu ihr um und stieß dann leicht seinen Nachbarn an. Als der dritte Mann sie auch bemerkte, traten sie weit genug auseinander, um sie durchzulassen.

»Miz Harris«, sagte einer der Männer und neigte respektvoll den Kopf.

Eve Harris nickte ebenfalls, doch ihre Augen suchten in der Dunkelheit nach dem, was die Aufmerksamkeit der Männer erregt hatte. Gleich darauf sah sie es – jemand stand an der Wand dicht neben den Gleisen. Und dann konnte sie ein Gesicht ausmachen, das aus dem Dunkel spähte.

Ein Gesicht, das jung war – aber nicht so jung wie das des Mannes, der Rachelle vergewaltigt und ermordet hatte.

Ein Gesicht, das dem Hass in ihr neue Nahrung gab.

Ein Gesicht, das sie in dem Moment erkannte, in dem sie es sah.

Das Gesicht war bleich vor Angst und Erschöpfung, aber als Eve hinter der Männergruppe auftauchte, um sich den Mann näher anzusehen, flackerte Hoffnung in seinen Augen auf wie ein Licht, und er kam einen taumelnden Schritt näher.

Sie spürte, wie sich die Männer um sie herum strafften.

»Bitte«, sagte Jeff Converse und hob die Hand, als wolle er sie ihr entgegenstrecken. »Helfen Sie mir – rufen Sie die Polizei …« Seine Augen flogen über die harten Gesichter um sie herum. »Sie wollen mich nicht hinauslassen. Sie …«

Aber Eve hatte sich schon abgewandt und trat durch die Lücke zurück, die die Männer für sie frei gelassen hatten. Die Lücke schloss sich, kaum dass sie sie passiert hatte, und obwohl sie Jeff Converse schreien hörte, als sie wieder auf die Treppe zuging, wusste sie, dass sie, hätte sie sich noch einmal umgedreht, nicht mehr imstande gewesen wäre, ihn anzusehen.

An der Treppe blieb sie stehen und musterte flüchtig die wenigen Leute auf dem Bahnsteig. Es waren vielleicht dreißig, die meisten allein, einige in Gruppen zu zweit und zu dritt. Manche telefonierten mit ihren Handys, einige lasen, ein paar schwatzten mit Freunden. Alle mussten Jeffe Converses flehende Stimme gehört haben, als er hinter ihr herrief, doch niemand ließ es sich anmerken.

Ebenso wie niemand an jenem Abend Rachelle gehört hatte, als sie sich schreiend gegen den Mann wehrte, der sie vergewaltigte und tötete.

Zufrieden, dass wenigstens einige Dinge in der Stadt sich nie änderten, setzte Eve ihren Weg fort.

Zehn Minuten später betrat sie den Club der Hundert. Thatcher, der sich nicht von seinem Platz gerührt zu haben schien, seit Eves Mann sie vor zehn Jahren hergebracht hatte, nickte respektvoll.

»Unten«, sagte er.

Eve stieg dieselbe Treppe hinunter, die Perry Randall vor ihr benützt hatte.

Sie klopfte zweimal, und Malcolm Baldridge öffnete sofort die Tür des The Manhattan Hunt Club. Das Erste, das sie beim Eintreten bemerkte, war die neue Trophäe. Sie erkannte den Mann sofort, denn es war noch nicht lange her, dass er versucht hatte, ihr den Geldbeutel aus der Tasche zu stehlen, als sie auf die U-Bahn wartete. Das war sein Fehler gewesen. Sie hatte nicht lange gebraucht, um seinen Namen herauszufinden – oder zumindest den Namen, unter dem er in den Tunnels bekannt war –, und die Botschaft war weitergegeben worden.

Es war keine große Jagd gewesen, doch sie war als abschreckendes Beispiel gedacht.

Eve Harris war sicher, dass die nächste Statistik über Diebstähle, Taschendiebstähle und andere kriminelle Handlungen – Handlungen, die sie und andere nicht mehr zu tolerieren gewillt waren – deutlich niedriger ausfallen würde.

»Ausgezeichnete Arbeit, Mr. Baldridge«, stellte sie anerkennend fest, während sie das erstaunlich lebensechte Gesicht betrachtete.

»Die Mitglieder haben ausgezeichnete Arbeit geleistet«, erwiderte Malcolm Baldridge respektvoll. »Die Beschädigungen waren sehr gering.«

Eve ging weiter in den nächsten Raum, wo Perry Randall und der Rest des Hunt Clubs auf sie warteten. Sie hörte zu, während Perry von der Nachricht auf seinem Anrufbeantworter berichtete. Als er geendet hatte, richtete er die kalten Augen auf Eve. »Ich habe Sie gewarnt, dass so etwas geschehen könnte, doch Sie haben mir versichert, Ihre Leute würden dafür sorgen, dass keiner der beiden ein Mobiltelefon in die Finger kriegen würde. Wenn er Heather anrufen konnte, hat er zweifellos auch jemand anders angerufen. Und wenn er jemand anders angerufen hat, haben wir ein Problem.«

Eve erwiderte Perrys Blick mit gleicher Kälte. »Es gibt kein Problem, Perry«, sagte sie. Ihr Blick bohrte sich reihum in die Augen eines jeden Mannes im Raum – des Assistant District Attorneys; des Deputy Police Commissioners; des Erzbischofs; des Richters des Supreme Court des Staates New York; des Aufsichtsratsvorsitzenden einer Mediengruppe, die so groß geworden war, dass niemand mehr wusste, was sie kontrollierte; eines freundlich aussehenden Mannes in den Vierzigern, dessen Kenntnisse von Computer-Codes ihn zu einem der reichsten Männer auf dem Planeten gemacht hatten, und eines Gewerkschaftsführers, hinter dem mehrere hunderttausend Arbeitnehmer standen, die ihn fraglos wiederwählen würden, sobald seine Amtszeit abgelaufen war.

»Ich habe eben gesehen, wie Jeff Converse versucht hat, in die Station an der Fifty-third und Lexington Avenue zu entkommen, aber meine Leute haben ihre Arbeit getan. Jetzt«, schloss sie mit einer Stimme, die genauso kalt war wie ihre Augen, »schlage ich vor, dass es für Sie höchste Zeit ist, die Ihre zu tun.«

32. Kapitel

Als die Frau auftauchte, dachte Jeff, er habe eine Halluzination. Er wusste nicht, wo er war, nur wo er Jagger zurückgelassen hatte.

Ein Teil von ihm hatte Jagger im Stich lassen, in den Tunnels verschwinden und nie wieder zurückkehren wollen. Sogar jetzt noch fröstelte ihn, wenn er daran dachte, wie Jagger ihn manchmal ansah. Da war etwas im Blick dieses Mannes ...

Nein! Er bildete sich das nur ein.

Allerdings hatte Jagger zugegeben, dass er schon zwei Menschen getötet habe ...

Wieder verdrängte Jeff den Gedanken, der in ihm aufstieg. Jagger hatte ihm wenigstens einmal das Leben gerettet, und egal, was er dachte, er konnte nicht einfach allein abhauen und Jagger wie ein verletztes Tier zurücklassen.

Da ihm bewusst war, dass er Jagger nicht zurücklassen würde, nicht zurücklassen konnte, achtete er sorgfältig auf jeden Schritt, den er machte, zählte jeden Schritt, merkte sich jede Biegung, jede Leiter. Er hatte sein Bestes getan, Menschen zu meiden, sich in jede Nische in der Betonwand gedrückt, sich unsichtbar gemacht. Nachdem er Jagger verlassen hatte, war er tiefer gestiegen, die verrosteten Sprossen hinuntergeklettert, die in die Wände eines Schachts eingelassen waren, der so eng war, dass er kaum hineinpasste. Auf der unteren Ebene waren weniger Leute, aber beim Anblick einer Gruppe wurde ihm übel vor Angst – es war eine

Angst, wie er sie noch nie empfunden hatte. Es waren vier, die wie ein Wolfsrudel völlig lautlos aus dem Dunkel auftauchten. Sie hatten etwas Raubgieriges an sich, das Jeff verriet, dass sie auf der Jagd waren; sie bewegten sich tierhaft unauffällig, und er war sekundenlang gelähmt wie eine Maus, die vor dem vorschnellenden Kopf einer zusammengerollten Schlange vor Entsetzen erstarrt. Als sie näher kamen, unterdrückte er seine wachsende Panik, wich zurück und kletterte die Leiter wieder hinauf, auf der er heruntergekommen war. Mit heftig klopfendem Herzen spähte er in die Schwärze unter sich und wartete. Ohne aufzublicken, schlichen die vier Männer vorüber.

Ein paar Minuten später kam er zu einem U-Bahntunnel und sah zu seiner Rechten das grellweiße Licht einer Station. Er blieb, wo er war, lauschte und hörte in der Ferne das Rumpeln eines Zuges. Es wurde lauter, der Scheinwerfer des Triebwagens bohrte sich in die Dunkelheit, und das Gleis begann zu vibrieren. In den engen Gang zurücktretend, den er eben verlassen hatte, wartete er darauf, bis der langsamer werdende Zug vorbei war, und schob sich dann an der Wand entlang näher an die Station heran, nicht nur durch den Zug, sondern auch durch den Schatten verborgen. Erst als der Zug weiterfuhr, konnte er den Namen der Station sehen, der als Mosaik in die Wand eingelassen war: 53rd Street.

Welche Station auf der 53rd? Doch war das wirklich wichtig? Wenn er nur hinaus könnte – Hilfe holen …

Hilfe – von wem? Der Polizei? Sobald er sagte, wer er war, würde man ihn festnehmen. Aber wenn er log, einen Namen erfand …

Er sah sich auf dem Bahnsteig um, suchte nach irgendeinem Anzeichen dafür, das auch hier Männer waren wie die, die ihnen sämtliche Fluchtwege abgeschnitten hatten. Und natürlich waren sie da. Es waren drei, die am Ende des Bahnsteigs herumlungerten. Er beobachtete sie ein paar Sekunden, und als keiner in seine Richtung blickte, schlich er näher.

Dann bewegte sich einer der Männer und drehte den Kopf herum. Jeff erstarrte. Zu spät. Die aufwallende Hoffnung, die allein das Vorhandensein der Station in ihm geweckt hatte, verschwand so schnell, wie sie gekommen war, als die drei Männer sich aufrappelten, sich in einer Reihe nebeneinander aufstellten und ihn fixierten. Keiner sprach; es war auch nicht nötig.

Die Drohung, die über ihnen hing, war fühlbar.

Dann geschah das Unglaubliche. Eine Frau – eine gut gekleidete Frau – tauchte zwischen den Männern auf. Sie schien sie zu kennen. Jeff war sicher, dass zwei von ihnen sie begrüßt hatten.

Sie war nicht groß, strahlte aber Autorität aus und schien sich vor den gefährlich aussehenden Typen überhaupt nicht zu fürchten. Irgendetwas an ihr kam Jeff bekannt vor – er war überzeugt, dass er sie schon gesehen hatte. Und als sie ihn ansah, blitzte Erkennen in ihren Augen auf.

Wieder wallte Hoffnung in ihm auf, und er machte ein paar Schritte auf sie zu, hob die Hand. »Bitte – helfen Sie mir … Rufen Sie die Polizei … Sie lassen mich nicht raus. Sie …«

Die Augen der Frau hielten die seinen fest. Er wusste, dass sie ihn hörte; in ihrem Gesicht war deutlich zu lesen, dass sie verstand.

Doch sie sagte nichts – reagierte mit keiner Geste.

Stattdessen wandte sie sich ab.

Sie würde nicht helfen!

Aber das war nicht möglich – die Frau war nicht so wie die Männer um sie herum. Sie war keine von ihnen – konnte es nicht sein.

Er öffnete den Mund, um etwas zu sagen – aufzuschreien –, sie anzuflehen, ihm zu helfen, doch es war schon zu spät. Sie war so schnell verschwunden wie sie aufgetaucht war.

Dann schlossen sich die Männer wieder zu einer Reihe zusammen.

Er stand wie festgewurzelt da, starrte die drei Männer an, die den Weg zum Bahnsteig blockierten. Sie bewegten sich nicht auf ihn zu, drohten ihm auch nicht mit Gesten. Ihre Botschaft war jedoch klar: sie würden ihm nicht erlauben, zu passieren.

Das leise Rumpeln eines näher kommenden Zuges wurde hörbar und als er den Lichtstrahl sah, den der Scheinwerfer des Triebwagens warf, wandte er sich ab und stolperte zurück in die dunkle Zuflucht des Ganges. Während der Zug vorüberraste, ließ er sich an die Wand zurücksinken.

Er war gescheitert.

Er hatte kein Wasser gefunden – weder gegen den Durst, noch um Jaggers Schmerzen zu lindern, ganz zu schweigen von einer Möglichkeit, aus dem riesigen Gefängnis zu entkommen, in dem man sie festhielt.

Unbewusst griff er, dem qualvollen Hungergefühl folgend, in die Tasche seiner Jacke, und seine Finger schlossen sich um eines der Hotdogs, das er aus dem Dreck unter dem Gitterrost aufgehoben hatte. Er sah das Würstchen nicht an – versuchte nicht daran zu denken, was in dem schleimigen Dreck gewesen sein mochte, wischte es so sauber wie möglich ab, hielt den Atem an, schob es in den Mund und biss hinein.

Fauliger Geschmack breitete sich auf seiner Zunge aus, und sein Magen verkrampfte sich schmerzhaft. Er wehrte sich gegen seinen revoltierenden Schlund, und als sein Mund sich mit Galle und Säure füllte, weigerte er sich, sie auszuspucken. Stattdessen zwang er sich, den Bissen zu zerkauen und zu schlucken. Dann versuchte er einen zweiten Bissen zu essen, doch diesmal siegte sein Magen, und er steckte den Rest des Würstchens in die Tasche zurück.

Trotzdem, er war noch nicht tot, und er war noch nicht geschlagen. Wenn es wirklich ein Spiel war, in das er hineingezogen wurde, musste es eine Möglichkeit geben, zu gewinnen. Und wenn es eine gab, würde er sie finden. Er kehrte der falschen Hoffnung den Rücken, die ihn auf der Station überkommen hatte, und machte sich auf den Rückweg zu Jagger; alle Biegungen und die Anzahl der Schritte zwischen jeder Biegung waren fest in sein Gehirn eingeprägt.

Er war ungefähr auf halbem Weg zu der Nische, in einem Gerätetunnel, als er es sah. Ihm war kaum bewusst gewesen, dass er mit den Augen den Boden des Tunnels absuchte, und wäre der Gegenstand nicht weiß gewesen, hätte er ihn vielleicht überhaupt nicht entdeckt.

Ein weggeworfener Kaffeebecher aus Pappe, die so dünn war, dass man sich die Finger verbrannte, wenn der Becher frisch gefüllt war.

Er hielt inne.

Wieso stand er aufrecht da?

Daneben lag ein zerknülltes Stück Papier – es sah aus, als wäre ein Sandwich darin eingepackt gewesen.

Wenn ein Arbeiter hier seinen Lunch verzehrt hätte und eben erst weggegangen wäre …

Jeff hockte sich nieder und griff mit zitternden Fingern nach dem Becher. Inzwischen betete er lautlos darum, dass nicht auch diese Hoffnung im nächsten Moment zerrinnen würde. Seine Finger schlossen sich um den Becher, hoben ihn auf.

Nicht leer!

Er starrte hinein, starrte in den noch zu einem Viertel mit dunkler Flüssigkeit gefüllten Becher, als sei es pures Gold. Dann hob er den Becher an die Lippen und benetzte sie mit der kalten, bitteren Flüssigkeit.

Sein Mund empfing sie wie einen zur Vollkommenheit gealterten Wein.

Er wollte noch einmal trinken, tat es aber nicht.

Jagger war genauso durstig wie er.

Sein eigener Durst schrie auf, flehte, er möge den Becher leeren. Und wie, wenn er die Nische gar nicht mehr fand?

Wenn Jagger nicht mehr da war?

Fast als habe sie einen eigenen Willen hob die Hand den Becher wieder an den Mund, doch als der Rand die Lippen berührte, erinnerte sich Jeff an den Zug, der auf ihn zugerast war – wie Jagger ihn gepackt und zur Seite gerissen hatte, eine Sekunde, bevor er zermalmt worden wäre.

Er nahm den Becher vom Mund.

Als er sich aufrichtete, erhaschte er ein paar Meter weiter, in Richtung des U-Bahntunnels, aus dem er eben gekommen war, einen flüchtigen Blick auf etwas, das sich bewegte. Er erstarrte, seine Augen suchten den Tunnel ab, er wusste, dass sie ihn nicht getrogen hatten – etwas oder *jemand* war da, versteckt zwischen den Rohren oder hinter einem der Pfeiler, die die niedrige Decke stützten.

Einer der Männer vom Bahnsteig?

Oder einer der gierigen Räuber aus den unteren Ebenen?

Er lauschte, hörte jedoch nur die Geräusche eines fernen Zuges, dessen Dröhnen zu einem Flüstern gedämpft wurde. Er blieb reglos stehen, hielt den Atem an, während er die Dunkelheit und die Stille durchforschte.

Er wusste, er hatte zwei Möglichkeiten. Er konnte entweder versuchen, in der Dunkelheit zu verschwinden und zu riskieren, dass man ihm folgte, oder er konnte sich dem stellen, was es auch war, der Gefahr entgegentreten, die auf ihn wartete. Doch eigentlich hatte er keine Wahl, denn er wusste, dass er nicht entkommen konnte, dass der Verfolger Abstand halten und ihm folgen würde, bis der Moment zum Zuschlagen günstig war.

»Ich weiß, dass du da bist«, sagte er, und seine Stimme widerhallte laut in der Dunkelheit, während er auf die Stelle zuging, wo er die kurze Bewegung gesehen hatte. »Du kannst dich ruhig zeigen.«

Einen Moment lang passierte nichts, doch als Jeff eben noch näher herangehen wollte, trat hinter einem Pfeiler eine kleine Gestalt hervor.

»Es ist okay«, sagte eine Mädchenstimme. »Ich bin es nur.« Sie kam näher, und das Licht, das aus einer der Deckenlampen auf ihr Gesicht fiel, war hell genug, sodass er das Mädchen erkannte, das er bei Tillie getroffen hatte. »Ich hab dich gesucht«, sagte Jinx. »Ich ...« Sie stockte und fuhr dann fort: »Ich weiß, dass du Cindy Allen nichts getan hast.«

Die Worte schienen in der Luft hängen zu bleiben. Was konnte Jinx denn darüber wissen?, fragte sich Jeff. Woher kennt sie überhaupt Cindy Allens Namen?

Ein Trick. Das war es – es musste irgendein Trick sein.

»Woher weißt du davon?«, fragte er kalt.

»Weil ich in der Nähe war«, antwortete Jinx. Dann erzählte sie ihm, während er schweigend zuhörte, alles, was sich an jenem Abend in der 110th Street Station ereignet hatte.

Erzählte es genauso, wie es in seiner Erinnerung lebte.

Als sie geendet hatte, folgte ein langes Schweigen, das Jeff schließlich brach.

»Wie hast du mich gefunden?«, fragte er.

»Die Hüter in der Fifty-third Street Station. Sie haben mir gesagt, wohin du gegangen bist.«

»Die Hüter?«, wiederholte Jeff.

Jinx nickte. »Sie arbeiten für die Jäger. Es ist ihre Aufgabe, dich in den Tunnels festzuhalten, bis die Jäger dich aufgespürt haben.«

Jeff kniff die Augen zusammen. »Und was ist dein Job?«

»Ich bin so was wie'n Bote. Manchmal hol ich das Geld ab, mit dem die Aufpasser bezahlt werden, und manchmal verteil ich's. Manchmal geb ich auch nur weiter, dass 'ne Jagd läuft.«

Sie machte keine Anstalten, näher zu kommen oder wegzulaufen, und Jeff sah, dass sie keine Angst vor ihm hatte, aber wartete, um zu sehen, was er tun würde. »Wer sind die Jäger?«, fragte er endlich.

»Männer von draußen. Sie dürfen eig'ntlich nur Verbrecher jagen. Aber du hast nix gemacht.«

»Du wirst also nicht zu ihnen gehen und ihnen sagen, dass du mich gefunden hast?«

Jinx schüttelte den Kopf. »Nö. Ich wird dir helfen, rauszukommen.«

Heather presste sich an den kalten Beton, wandte den Kopf ab und kniff instinktiv die Augen zusammen. Aber den Zug, der knapp dreißig Zentimeter entfernt an ihr vorüberdonnerte, hörte sie trotzdem, fühlte die ekelerregende Luft im Gesicht. Das war ihr als Erstes aufgefallen, nachdem sie Keith Converse vom Bahnsteig in den U-Bahntunnel gefolgt war – nicht die Dunkelheit, die sich vor ihr dehnte, sondern der faulige Geruch, der in ihre Poren einzusickern schien. Obwohl sie erst eine halbe Stunde in den Tunnels waren, kam sie sich schon völlig verdreckt vor. Ihre Haut juckte, ihre Augen brannten, und obwohl ihr Geruchssinn sich ein wenig an den Gestank gewöhnt hatte, der in den Tunnels herrschte, ihr Magen hatte es nicht getan. Es war nicht nur die Luft, von der ihr übel wurde, sondern auch die entsetzliche Angst, die sie immer stärker umklammerte, je tiefer sie in den Tunnel vordrang.

Als sie das erste Mal einen Zug hatte kommen sehen, war sie überzeugt gewesen, sterben zu müssen. Es gab nur ein Gleis, und zu beiden Seiten ragten Betonwände auf. Als der Strahl des Zugs sie traf, erstarrte sie wie ein Wild, das von den Scheinwerfern eines Autos gefangen wurde. Wäre Keith nicht gewesen, wäre sie tatsächlich an Ort und Stelle gestorben, das wusste sie, die U-Bahn hätte sie gnadenlos in Sekundenschnelle zermalmt. Aber sie hatte gespürt, wie er an ihr zerrte und hatte sein Schreien gehört.

»Da ist ein Laufsteg!« Im nächsten Moment hatte er sie aufgehoben, sie auf den Laufsteg gestoßen und sich selbst neben sie gerollt. Während der erste Zug vorüberrauschte, lag sie zitternd da, und als er vorbei war – so schnell, dass es völlig unwirklich schien –, atmete sie stoßweise und konnte nicht aufhören, zu zittern. »Bist du okay?«, fragte Keith und half ihr auf die Füße. Sie nickte, wollte nicht preisgeben, wie groß ihre Angst gewesen war, bis Keith grinsend sagte: »Dann bist du ein besserer Mann als ich – ich hab gedacht, ich mach mir gleich in die Hose.«

»Tatsächlich habe ich geglaubt zu sterben«, gestand Heather, als sie vorsichtig vom Laufsteg auf die Gleise zurückstiegen.

Jetzt, als der vierte Zug vorüberdonnerte, wusste Heather, dass sie nicht sterben, zumindest nicht von einem U-Bahnwagen zerquetscht werden würde. Lautlos ihre Feigheit verfluchend, zwang sie sich die Augen zu öffnen und den Kopf zu wenden, sodass sie den heranrasenden Zug direkt ansehen musste. Schwindelgefühl schlug wie eine Welle über ihr zusammen, aber sie wappnete sich dagegen und presste sich noch fester an den Beton. Nachdem der letzte Wagen vorüber war, sprang sie auf die Gleise zurück, sah ihm nach und las den Identifikations-Buchstaben am Heck des letzten Wagens: D.

Bevor der Zug hinter ihnen herangedonnert war, hatten sie gesehen, dass der Tunnel vor ihnen breiter und dass mehr Schienenstränge sichtbar wurden. Als sie dem Zug jetzt nachsah, legte er sich in eine Linkskurve, und sie wusste genau, wo sie waren.

Fifty-third Street.

Ein paar Schritte weiter fanden sie sich in dem viel breiteren Teil des Tunnels wieder, in dem so viel Platz war, dass zwei Züge nebeneinander fahren konnten, und dann sahen sie auch schon die glimmenden Lichter der noch weit vor ihnen liegenden Station. Aber bevor das Licht aus der Station hell genug war, dass man von dort aus sehen könnte, wie sie aus der Dunkelheit auftauchen würden, blieb Keith stehen. Wortlos tat Heather es ihm nach, und sie standen einen Moment schweigend da. In der Ferne hörten sie das leise Geräusch eines Zuges, der sich von ihnen entfernte, aber das Geräusch verklang, und im Tunnel herrschte völlige Stille. Noch immer bewegte Keith sich nicht und sprach auch nicht, und als Heather sich ihm zuwandte, hob er nur den Arm und zeigte nach vorn. Da sah auch Heather sie: zwei Männer am diesseitigen Ende des Bahnsteigs, die in den Tunnel starrten.

Hereinstarrten, als hielten sie nach etwas Ausschau.

Oder nach jemand.

»Genau wie die Typen in jeder anderen Station, in der ich war«, flüsterte Keith Heather ins Ohr. »Nur dass die anderen so getan haben, als lungerten sie einfach nur rum. Diese Kerle suchen etwas.«

»Uns?«, flüsterte Heather zurück.

Keith schüttelte den Kopf. »Woher sollten sie auch nur ahnen, dass wir hier sind?«

»Jemand, der gesehen hat, wie wir am Columbus Circle auf die Gleise gesprungen sind, könnte einen Zug genommen und es ihnen gesagt haben. Die Züge sind voll von Obdachlosen.«

»Vielleicht suchen sie Jinx«, meinte Keith.

»Oder Jeff.«

Ihre Worte hingen zwischen ihnen, bis Keith sagte: »Wenn man was wissen will, ist es am besten, man fragt, richtig? Warte hier.«

Er ging weiter. Heather ignorierte seine letzten Worte und hielt mit ihm Schritt. Als er stehen blieb und sich umwandte, um etwas zu sagen, schüttelte sie den Kopf, und er merkte, dass es sinnlos wäre, zu widersprechen. Sie sagte: »Wenn es Schwierigkeiten gibt …«

»Wenn es Schwierigkeiten gibt«, fiel Keith ihr ins Wort, »dann bleibst du in Deckung.« Er zog seine Waffe aus dem Hosenbund, zeigte sie ihr und schob dann die Pistole und die Hand, die sie hielt, tief in die Außentasche seines Kolani.

Heathers Hand umklammerte die Pistole fester, die sie aus dem Waffenschrank ihres Vaters genommen hatte und die jetzt in einer Tasche der abgetragenen Bomberjacke steckte, die Jeff, wenn es nach ihr gegangen wäre, schon vor über einem Jahr hätte wegwerfen sollen.

»Lass mich reden«, sagte Keith. »Tu so, als wärst'n Junkie.«

Sie gingen weiter. Keith ließ die Schultern nach vorn sacken und nahm die hoffnungslose, schlaffe Haltung der Ausgestoßenen an, die er während der letzten beiden Tagen in Straßen, Parks und U-Bahnen gesehen hatte. Heather schlurfte neben ihm her, den Kopf gesenkt, die Haare wild herunter hängend, so dass ihr Gesicht nur halb zu sehen war. Als sie zum Bahnsteig kamen, kletterte Keith hinauf und zog Heather nach. »Verdammtes Miststück«, murmelte er. »Ich sollte …«

Heather riss ihren Arm los. »Behalt deine dreckigen Hände bei dir, Arschloch.« Als sie sich mürrisch abwandte, zuckte er hilflos mit den Schultern, und einer der beiden Männer grinste ihn aus einem Mund voller Zahnlücken an und zwinkerte.

»Scheiße, Mann – warum schickste sie nich zum Teufel?«

Keith breitete die Hände aus. »Sie is bald wider okay. Jinx gesehn?«

Der Mann hörte auf zu grinsen. »Was willste denn von ihr?«

Keiths Gedanken rasten, dann erinnerte er sich an das Geldbündel, das Tillie dem Mädchen gestern in die Hand gedrückt hatte. Er zeigte mit ruckartigen Kopfbewegungen auf Heather, die ihm noch immer den Rücken zukehrte. »Hab gehört, sie hat Geld.«

Der Mann mit den Zahnlücken schüttelte den Kopf. »Biste irre, Scheißkerl? Wennde Jinx beklaust, biste tot. Die Jäger sind hinter ihr her, gleich nachdem sie mit den Typen fertig sind, die sie jetz jagen.«

Keith stieß den gotteslästerlichen Fluch aus, der bei seinen Bauarbeitern nie seine Wirkung verfehlte. »'ne Ahnung, wo sie sind?«

Der zweite Mann nickte in Richtung der Gleise. »Hab gehört, sie sin unten, auf drei. Ein paar arbeiten im Osten, der Rest is aufm Weg hierher. Wennde kein Hüter bist, tät ich schaun, dass ich hier wegkomm.«

»Scheiße«, sagte Keith. Er packte Heather und zog sie am Arm, bis sie sich umdrehte. »Zeit zu verschwinden.«

Sie tat so, als wolle sie sich wieder losreißen. »Geh zum Teufel, warum lässte mich nich einfach in Ruh?«

»Mach ich vielleicht, Miststück!« Keith ließ ihren Arm los und ging, als ein nach Osten fahrender Zug in die Station einfuhr, den Bahnsteig entlang. »Wer zum Teufel braucht dich denn?«

»Lass mich nich hier!«, kreischte Heather, rannte hinter ihm her und holte ihn ein, als er eben in einen Waggon einstieg. Die Tür schloss sich hinter ihr, und Keith zwinkerte ihr zu.

»Du bist gut!«, sagte er, als der Zug anfuhr.

»Eine Sekunde lang hab ich gedacht, du versuchst wirklich, mich loszuwerden.«

»Und ich hab mir gedacht, ich könnte darauf zählen, dass du das nicht zulässt. Komm.«

Sie gingen in den letzten Wagen und stiegen an der Seventh Avenue und Fifty-third Street Station aus.

Noch bevor der Zug die Station verlassen hatte, waren sie wieder auf den Gleisen, huschten in die Dunkelheit wie Ratten in die Kanalisation.

»Er hat gesagt, die Jäger sind ›unten, auf drei‹ – hast du eine Ahnung, was das heißt?«

Heather nickte. »Jeff hat vergangenes Jahr ein Seminar über urbane Architektur belegt. Es gibt alle möglichen Tunnel unter der Stadt, und sie reichen tief hinunter. ›Auf drei‹ muss bedeuten, dass sie auf der dritten Ebene unter uns sind.« Sie spähte in die Dunkelheit. »Aber wie kommen wir dorthin?«

»Wenn es einen Weg nach unten gibt, werden wir ihn finden«, sagte Keith. »Komm!«

Perry Randall spürte die vertraute prickelnde Erregung, als er durch das Halbdunkel des Gerätetunnels ging. Hinter ihm zur Linken Frisk McGuire, der wie der Rest der Hundert, nie seinen Titel durch die anonyme Tür auf der West Fifty-third mitnahm, den Monsignore Terrence McGuire auf der Straße zurückließ. Die rechte Seite beobachtete und sicherte Carey Atkinson. Die Formation war natürlich noch nicht nötig, denn sie waren noch nicht annähernd tief genug, um in Gefahr zu sein. Zugleich war jedoch äußerste Vorsicht geboten – der Dschungel unter den Straßen war manchmal viel gefährlicher als der afrikanische Busch. Erst vor zwei Jahren hatten sie ein Mitglied verloren, als der Clan, der auf der untersten Tunnelebene lebte, ihn in einen Hinterhalt gelockt hatte, der nicht einmal den besten Hütern bekannt gewesen war.

Doch das war es, was die Jagd so aufregend machte. Nicht nur die Beute war in Gefahr – anders als in dem Safari Club in Simbabwe, wo er einmal Urlaub gemacht hatte und wo das Gefühl, ein Abenteuer zu erleben, nichts als Illusion war. Hier, unter den Straßen der zivilisiertesten Stadt der Welt, waren die Risiken für die Jäger ebenso real wie für die Beute, der sie nachsetzten. Perry erinnerte sich noch sehr gut an die erste Jagd, nachdem er und Linc Cosgrove den Manhattan Hunt Club in den Mauern der Club der Hundert gegründet hatten. Als Eve ihm sagte, was für einen Wunsch sie an den Club herantragen wolle, war es offensichtlich, dass sie schon die Unterstützung ihres Mannes besaß und dass Linc, wenn Perry ihrem Vorschlag nicht zustimmte, einfach ein anderes Mitglied suchen würde. Linc hatte schließlich nichts zu verlieren – das Herzleiden, das ihn wenige Monate später am Strand von Jamaika umbrachte, war bereits diagnostiziert worden.

»Der Mann, der meine Tochter vergewaltigt und getötet hat, wurde heute aus dem Gefängnis entlassen«, hatte Eve gesagt, ihre dunklen Augen hatten geglüht, die Stimme war eiskalt gewesen. »Meine Tochter ist tot, und er ist jetzt ein freier Mann.« Bis zu diesem Augenblick hatte Perry Randall nicht gewusst, dass Eve Harris ein Kind gehabt hatte, geschweige denn, dass dieses Kind ermordet worden war. Doch Eve hatte die Antwort auf die Frage, die Perry stellen wollte, vorweggenommen. »Meine Tochter hat nicht gezählt«, sagte sie. »Ich war ja nur eine unverheiratete Mutter und sie nur ein schwarzes Mädchen ohne Vater. Wäre meine Tochter weiß gewesen, hätte man den Bastard hingerichtet.« Herausfordernd glitten ihre Augen über die weißen Gesichter um sie herum. Es sollte ja keiner wagen, ihr zu widersprechen! Zwar schien sich niemand in seiner Haut wohl zu fühlen, aber keiner sagte etwas.

»Aber sie war mein Kind«, fuhr Eve fort. »Und jetzt macht er wieder die Straßen unsicher, lebt sein Leben weiter.« Ihre Stimme wurde noch eine Spur tiefer. »Ihr wisst genauso gut wie ich, dass er schon nach einem anderen Opfer Ausschau hält.«

Noch immer schwieg Perry Randall, und dann war es Linc Cosgrove, der das Wort ergriff. »Es geht nicht nur um die Tochter meiner Frau«, sagte er. »Es ist ein Zeichen der Zeit, in der wir leben. Niemand wird zur Rechenschaft gezogen für das, was er tut.

An allem ist jemand anders schuld.« Er reichte Randall ein Foto, und der Assistant District Attorney sah vor sich einen etwa fünfundzwanzigjährigen Mann mit eng stehenden Augen, einem weichlichen Kinn und einem Schopf schmutzig blonder Haare, die ihm in die zurückweichende Stirn fielen. Der Mann hieß Leon Nelson. »Ich habe das Protokoll seines Prozesses gelesen«, fuhr er fort. »Sie haben nicht ihm den Prozess gemacht – sie haben stattdessen gegen Eves Tochter verhandelt. Am Ende waren sie bereit, dem Mann fünfzehn Jahre zu geben.« Linc Cosgrove zog die Brauen hoch, und seine Stimme nahm einen sarkastischen Unterton an. »Schließlich war es Mord – sie mussten *etwas* tun, nicht wahr? Aber die Gefängnisse sind überfüllt, und anscheinend hat er sich gut geführt. Daher ist er jetzt frei und sieht sich, wie Eve gesagt hat, zweifellos nach seinem nächsten Opfer um.«

Perry Randall schaute wieder Eve an, seine unausgesprochene Frage hing in der Luft.

»Es war nicht gerecht«, sagte Eve. »Aber nicht nur für meine Tochter. Es war nicht gerecht im Hinblick auf jedes machtlose Opfer in dieser Stadt.« Sie erläuterte dann ihren Vorschlag in demselben leidenschaftslosen Ton, in dem sie jetzt dem Stadtrat ihre Vorschläge unterbreitete – in den sie drei Jahre nach diesem ersten Treffen gewählt worden war. »Ich stelle mir einen Club im Club vor«, hatte sie gesagt. »Einen Club unvoreingenommener Menschen, denen das höhere Wohl dieser Stadt und ihrer Bürger am Herzen liegt.« Was sie vorschlug, war kein Lynchmob. Es war vielmehr ein geordnetes System, das die schlimmsten Elemente der Stadt entlarven und ausmerzen sollte. »Sie alle werden eine faire Chance bekommen«, erklärte sie. »Es wird ein Zeitlimit geben – Statuten, in denen Beschränkungen festgelegt werden, wenn ihr so wollt. Und sollte es einer schaffen, aus dem Labyrinth hinauszufinden, das unter unserer Stadt existiert, dann soll er frei sein. Aber er muss diese Freiheit gewinnen – wir haben zu vielen Leuten zu lange zuviel gegeben. Es ist höchste Zeit, dass sie wieder anfangen, sich ihr Leben zu verdienen.«

Perry Randall war schon lange der Meinung, dass das Verhätscheln von Kriminellen ein Ende haben musste, dass das bestehende System seinen gefährlichen Kurs aber kaum ändern würde.

Deshalb war ja der Club der Hundert ursprünglich auch gegründet worden: Damit die Elite der Gesellschaft auf privatem Weg das Erforderliche tun konnte, ohne eine anscheinend unbelehrbare Öffentlichkeit überzeugen zu müssen, dass sie die Kraft aufzubringen hatte, das Richtige zu tun.

Das war die Geburt des Manhattan Hunt Club.

Er und Linc Cosgrove hatten die ersten Mitglieder selbst ausgewählt, und er konnte sich noch an den Abend erinnern, an dem er, Linc, Frisk McGuire und Carey Atkinson zum ersten Mal in die Tunnel gegangen waren, um den Mann zu suchen, der Eve Harris' Tochter ermordet hatte. Eve selbst hatte die Tunnelbewohner organisiert, die »Hüter« geworden waren, und hatte sie für ihre Arbeit überreichlich bezahlt.

Carey Atkinsons Leute hatten entdeckt, wo der Mörder lebte, und einige von Eves Leuten hatten ihn in die Tunnel gebracht, ihm erklärt, was passieren würde und warum, und hatten ihm ein wenig Proviant mitgegeben.

Dann hatten sie ihn freigelassen.

Was Perry nicht erwartet hatte, war die prickelnde Erregung, die er spürte, als er und die anderen durch die besondere Tür schritten – die im tiefsten Keller des Clubs, jetzt das Hauptquartier des Manhattan Hunt Clubs, durch die Mauer gebrochen worden war – und anfingen, die Tunnel zu erkunden. Diese erste Jagd dauerte fast eine Woche, und er und sein Team begannen die Tunnel auszumessen und zu kartographieren, zu lernen, wo es versteckte Durchgänge gab und welche Gänge Sackgassen waren. Nach einiger Zeit hatten sie ihre Beute auf der vierten unteren Ebene in einem Abwasserleitungsrohr gestellt, die mit einem Gitterrost zum Hudson River verschlossen war. Perry selbst hatte Nelson erschossen, den roten Punkt seines Laserzielfernrohrs präzise in die Stirnmitte des Mannes gesetzt, der sich deutlich von dem Gitterrost abhob. Den Nervenkitzel, den er gespürt hatte, als er abdrückte, und die Befriedigung, die ihn überkam, als Nelsons Körper in den Dreck fiel, der den Boden des Kanals bedeckte, waren sogar besser als die sexuellen gymnastischen Übungen, die Carolyn ihm beigebracht hatte.

Die Erregung der Jagd war bei Perry Randall nie versiegt, und jetzt, wo das Abenteuer begann, fühlte er sich lebendiger als seit Wochen. Seit Monaten hatte er auf diesen Augenblick gewartet. Als Jeff Converse verhaftet wurde, wusste Perry vom ersten Moment an, dass früher oder später der junge Mann, der eines Tages Heather zu heiraten hoffte, zur Jagdbeute werden würde.

Nach der Verurteilung – dem leichten Klaps auf die Hand, den der Richter Jeff gegeben hatte – wusste Perry, dass die Zeit gekommen war. Als Eve Harris ihn aufsuchte und anregte, ein Treffen des Spezialkomitees einzuberufen, dessen Vorsitzende sie war, war er vorbereitet. Natürlich musste Eve selbst diszipliniert werden; es war unentschuldbar, dass Jeff Converse ein Mobiltelefon in die Finger bekommen hatte. Aber darum konnte er sich später kümmern, nachdem die Jagd zu Ende war.

Nachdem Jeff Converse seinen Platz zwischen den anderen Trophäen gefunden hatte, die die Wände des Hunt Clubs zierten.

Mit Sinnen, die von dem durch seinen Körper strömenden Adrenalin geschärft waren, schlossen sich seine Finger fester um den Schulterriemen seiner Waffe. Es war ein Steyr SSG-PI, ein Schnellfeuergewehr, auf das er ein Zielfernrohr mit Laser montiert hatte.

Als er an die Stelle kam, wo man durch die verschlossene Tür aus dem Gerätetunnel in den Fifty-third Street U-Bahntunnel gelangte, holte er einen der unzähligen Schlüssel aus der Tasche, die von einem der ihren, der offiziell die Verantwortung über alle städtischen Gerätschaften trug, allen Jägern ausgehändigt worden war. Das Schloss gab nicht gleich nach, und Randall fummelte ein wenig mit dem Schlüssel herum, doch dann drehte er sich, und die Tür ging auf.

Er schaute nach links und sah nichts außer dem schwachen Abglanz der U-Bahnstation.

Rechts, in der Ferne kaum zu sehen, trottete ein Paar Obdachloser – ein Mann und eine Frau, der Größe nach zu schließen – ins Dunkel.

Nachdem der Rest von Perry Randalls Team die Tür passiert und er wieder abgesperrt hatte, waren die beiden Gestalten verschwunden.

Heather Randalls Hand schloss sich um den Arm von Keith Converse. Als er sich ihr zuwandte, um sie anzusehen, nahm er den Finger kaum wahr, den sie warnend auf die Lippen legte. Sie beugte sich vor und flüsterte ihm ins Ohr: »Ich hab was gehört – als würde eine Tür geschlossen.«

Keith runzelte die Stirn. Sie waren erst vor ein paar Minuten an einer Tür vorbeigekommen. Er hatte auf die Klinke gedrückt, wollte hinaus aus dem U-Bahntunnel, aber die Tür war verschlossen gewesen.

Er konnte sich nicht erinnern, eine weitere gesehen zu haben.

Aber er hatte einen Schacht gefunden, einen engen Schacht, der mit in die Mauer eingelassenen eisernen Sprossen nach unten führte. Vor Heathers geflüsterter Warnung war er unentschlossen gewesen, ob er in den Schacht einsteigen sollte oder nicht. Jetzt hatte er sich entschieden und kletterte ohne Zögern hinunter in die noch dunklere Dunkelheit.

Einen Augenblick später folgte Heather.

Und kaum eine Minute danach erschienen Perry Randall und seine Jagdgenossen am oberen Ende des Schachts.

Nachdem sie sich kurz beraten hatten, stiegen auch sie die Leiter hinunter.

33. Kapitel

Jagger betrachtete Jeffs Gesicht. Er hatte die Augen geschlossen, doch Jagger war nicht sicher, ob er wirklich schlief oder nur so tat. Es machte nichts aus, denn Jagger wollte ihn nur ansehen – mehr nicht.

Er beobachtete Jeff einfach gern im Schlaf. Ihm gefiel die Art, wie seine Lippen sich leicht in den Winkeln kräuselten, als lächle er. Ihm gefiel das energische Kinn, das eckig war wie bei einem Filmstar. Seine Augen wandten sich von Jeffs Gesicht ab und begannen seinen Körper hinunterzuwandern. Aus irgendeinem Grund – einem Grund, an den Jagger sich nicht so recht erinnerte – hatte Jeff keine Kleider an, und obwohl Jeff nicht zitterte oder so, war Jagger sicher, dass er fror.

Jagger selbst zitterte.

Vielleicht sollte er sich zu Jeff legen und seinen Körper eng an ihn pressen ...

Plötzlich hatte auch Jagger keine Kleider an, und sein Körper schmiegte sich fest an den von Jeff – wirklich fest. Jeffs Haut war warm und weich, und Jagger zog mit dem Finger seine Hüftlinie nach.

Jeff bewegte sich, presste sich noch enger an ihn, und Jagger spürte, wie sich in seiner Leistengegend etwas regte.

Und seine Hand, die noch vor einer Sekunde auf Jeffs Hüfte gelegen hatte, war jetzt ...

Jagger erwachte mit einem Ruck, sein Traum zerbarst. Seine Hand lag auf seinen Genitalien und …

Er riss sie weg und sah sich um, entsetzt, dass Jeff ihn gesehen haben könnte; bis er begriff, dass er geträumt hatte.

Er entspannte sich, denn er war noch immer allein in der Nische, in der Jeff ihn zurückgelassen hatte.

War nur ein Traum, sagte er sich. *Es hatte nix zu bedeuten. Überhaupt gar nix nich.*

Dann, als er allmählich wieder ganz wach wurde, fing er an sich zu fragen, wo Jeff war.

Und wie lange er geschlafen hatte.

Er hatte nicht einschlafen wollen – hatte nicht gedacht, dass er einschlafen könnte, so stark schmerzte ihn das Gesicht. Und jetzt war es nicht nur das Gesicht, jetzt tat ihm der ganze Körper, seine Muskeln von der Kälte im Tunnel weh. Mit einem Grunzen rollte er sich herum, und ein sengender Schmerz fuhr ihm durch die rechte Wange. Gedankenlos legte er die schmutzigen Finger auf das Gesicht und zuckte zusammen, weil es so brannte und stach. Automatisch führte er die Finger an den Mund und spürte den Salzgeschmack von Blut.

Vorsichtiger begann er die übrigen Brandwunden zu betasten. Die Blasen auf seiner Kopfhaut waren viel schlimmer geworden – als er sie das letzte Mal berührt hatte, waren sie kaum zu spüren gewesen. Jetzt schienen sie überall zu sein, und obwohl er wusste, dass er sie nicht berühren sollte, zupften und stocherten seine Finger an ihnen herum, bis sie schließlich anfingen aufzuplatzen. Sie waren auch im Gesicht und nicht nur auf der rechten Wange, wo sie vom Beton, auf dem er lag, aufgerissen worden waren.

Es gab sie auf seinem Kinn und an der Seite seiner Nase, und sein rechtes Auge begann so stark zu schmerzen, dass er es kaum öffnen konnte. Er musste den Kopf nach rechts gewendet haben, als der Scheißkerl das kochende Wasser auf ihn geschüttet hatte, denn die linke Seite schien in Ordnung zu sein. Aber die übrigen Brandwunden taten so weh, als stünde sein ganzer Kopf in Flammen und …

Und wo zum Teufel war Jeff?

Hat mich sitzen lassen, dachte er. *Der Hurensohn hat mich sitzen lassen …*

Es schien Stunden her, seit Jeff gegangen war. Anfangs hatte Jagger sich keine Sorgen gemacht – er vertraute Jeff – vertraute ihm fast genauso wie Jimmy, bevor …

Nun ja, bevor die schlimme Sache passiert war.

Jedenfalls hatte er keinem mehr so vertraut wie Jimmy – bis Jeff dahergekommen war, und als Jeff sagte, er komme bald wieder, hatte er ihm geglaubt. Doch jetzt, da er nicht ahnte, wie lange er geschlafen hatte, und wo seine Brandwunden immer stärker schmerzten, wurde er allmählich unruhig. Jeff hatte doch nur ein bisschen Wasser suchen wollen. Wie lange konnte das dauern? Hier gab es doch überall tropfende Rohre.

Und wie, wenn Jeff etwas geschehen war?

Er dachte an die vielen Leute, die sie in den Tunnels getroffen, an die Männer, die sie mit Messern bedroht und ausgesehen hatten, als würden sie nicht lange überlegen, bevor sie ihnen ihre Klingen in die Brust stießen.

Wie wenn Jeff auf ein paar dieser Kerle gestoßen war? Und er ihn nicht beschützen konnte, weil er hier gelegen hatte?

Scheiße! Was war er nur für ein Idiot gewesen, Jeff allein gehen zu lassen? Jeff war wirklich smart – viel smarter als er –, aber er war nicht sehr groß, und wenn er nicht da war, um sich um ihn zu kümmern – um ihm den Rücken frei zu halten –, konnte alles Mögliche geschehen. Jeder x-beliebige Kerl hätte ihn umbringen können.

Jagger setzte sich unter Schmerzen auf und lehnte sich an die Hinterwand der Nische. Seine Kehle war trocken wie Pergament, und sein Magen krampfte sich zusammen vor Hunger.

Und Jeff hatte die Wiener mitgenommen.

Hurensohn! Hatte das ganze Essen mitgenommen, war abgehauen, und er konnte hier verhungern.

Jaggers Wut begann genauso heftig zu brennen wie die Wunden auf seinem Kopf. So ging's, wenn man Menschen vertraute – sie beschissen einen. So war's mit seiner Mutter gewesen, die eines Tages einfach gegangen war und ihn in dem schmuddeligen Haus zurückgelassen hatte, in dem sie wohnten, ohne Essen und ohne einen Menschen, der für ihn sorgte. Damals hatte er angefangen zu schreien, und schließlich hatte ihn jemand gehört, aber sie hatten ihn nur in ein Heim gesteckt.

Am liebsten hätte Jagger jetzt wieder geschrien, aber ihm war vor langer Zeit klar geworden, dass Schreien einem gar nichts nützte. Man geriet nur in noch größere Schwierigkeiten. Man musste so tun, als sei es einem egal. So tun, als sei alles in Ordnung. Und wenn sich die Gelegenheit bot, zahlte man es ihnen heim.

Der Zorn in Jagger brannte noch heißer, und seine Faust schloss sich um den Schienennagel, der seine einzige Waffe war. Er begann die Spitze an dem Betonboden zu schärfen. Und während er das Metall bearbeitete, begann er sich vorzustellen, was er tun würde, wenn Jeff ihn jemals wieder fand. Und das nicht nur mit dem Nagel.

Auch mit den Händen.

Er stellte sich vor, wie seine Hände Jeffs Hals umklammerten. Und Jeffs Augen – die schönen, sanften braunen Augen – ihn anstarrten, ihn anflehten, es nicht zu tun, ihn loszulassen. Aber das würde nicht geschehen, er würde nur fester zudrücken und zuschauen, wie Jeffs Gesicht sich rot verfärbte und seine Augen hervorquollen und er bei dem Versuch, sich zu befreien, mit den Armen um sich zu schlagen anfing. Doch er würde sich nicht befreien können, denn er wusste, dass Jagger zu stark war.

Und Jagger würde Jeff nicht loslassen, egal wie sehr er ihn anflehte. Er würde ihn festhalten, ihn umklammern, ihn in den Armen halten, bis er endlich aufhörte, sich zu wehren. Und danach, wenn er wusste, dass Jeff ihn nie wieder verlassen konnte, würde er ihn weiter halten, in den Armen wiegen, ihn wiegen, wie seine Mama es mit ihm getan hatte, als er ein Baby gewesen war und bevor sie fortgegangen war.

Und dann würden sie zusammen sein, nur sie beide, er und Jeff.

Ein Geräusch, so leise, dass er es fast überhörte, wehte aus der Dunkelheit herüber. Jagger erstarrte, den Schienennagel eine Spur über dem Betonboden in der Schwebe. Sein Körper kribbelte, so sehr strengte er sich an, etwas zu hören.

Das Geräusch wiederholte sich.

Schritte, irgendwo weit weg.

Schritte, die näher kamen …

Jeff wurde immer unruhiger. Als Jinx aus der Dunkelheit auftauchte, war Hoffnung in ihm aufgewallt, war er überzeugt gewesen, dass sie tatsächlich einen Fluchtweg aus den Tunnels kannte. Doch jetzt wurde er unsicher. Auf halbem Weg zu der Nische, in der Jagger wartete, blieb er stehen und sah sie an.

»Warum tun sie es?«, fragte er.

Jinx sah ihn verständnislos an. »Warum tun sie was?«

»Die Hüter. Nennst du sie nicht so? Die Männer, die die U-Bahnstation bewachen.«

»Warum tut irgendwer irgendetwas«, entgegnete sie. Dann, bevor er antworten konnte. »Geld.«

»Hüter«, wiederholte Jeff, mehr zu sich selbst als zu Jinx. »Das klingt, als ob sie Vieh hüteten oder so.«

»Kein Vieh«, antwortete Jinx. »Kapierst du nich? Sie hüten die Beute …«

»Das ist alles?«, unterbrach er sie empört. »Es ist ein Spiel? Es geht nur um Beute?«

Jinx warf ihm einen zornigen Blick zu. »Ja, aber die Beute bist du. Du. Du und der andere Typ. Kapierst du's wirklich nich? Für die Jäger seid ihr kein Vieh – ihr seid nur Beute. Wie Kaninchen, oder Wild – wie alles Jagdbare eben.«

Jeff war völlig benommen. »Und die Leute hier unten helfen ihnen tatsächlich?«

»Warum sollten sie nich?« Jinx zuckte mit den Schultern. »Hier unten sterben dauernd Menschen, und keiner scheißt sich drum. Meist weiß keiner nich, wer die Toten sind. Wenn man uns also dafür bezahlt, dass wir jemanden hindern, rauszukommen, was soll's?« Misstrauisch musterte er sie. Sie konnte nicht älter als vierzehn oder fünfzehn sein, doch sie hatte eine Härte an sich, die ihm sagte, dass sie schon länger auf der Straße lebte. »Und warum sollte ich nicht glauben, dass du auch nur ein Hüter bist?«

Jinx sah ihn an, als sei er nicht recht bei Verstand. »Dazu benutzen sie nur Kerle. Große Kerle. Wie könnt ich dich von irgendwas abhalten? Jesus!« Dann fragte sie unvermittelt: »Wie sieht dein Dad aus?«

»Mein Dad?«, wiederholte Jeff. »Was hat mein Dad damit …?« Und dann begriff er. So viel war passiert, seit Tillie sie hinausgeworfen hatte, dass die leise Stimme fast vergessen war, die seinen Namen rief. »Ich hab gedacht, ich hätte ihn gehört«, sagte er leise, wie zu sich selbst. »Aber …« Er unterbrach sich, sah Jinx aufmerksam an. Was konnte sie von seinem Vater wissen?

»In der U-Bahnstation war so'n Typ«, sagte sie und musterte ihn jetzt fast aufsässig. »Am Columbus Circle. Er hat mir 'n Foto von dir gezeigt.«

»Wie hat er ausgesehen?«, fragte Jeff, und sein Pulsschlag beschleunigte sich, obwohl es unmöglich sein Vater gewesen sein konnte. Warum sollte sein Vater ihn auch suchen? Und wenn jemand gesehen hatte, wie er sich in die U-Bahn-Tunnels geflüchtet hatte, war es viel wahrscheinlicher, dass die Polizei sein Foto herumzeigte, nicht sein Vater.

»Ich schätze, er war'n bisschen kleiner als du. Hat irgendwie auch gut ausgesehn – blaue Augen und blonde Haare.« Sie legte den Kopf schief, studierte in dem trüben Licht seine Züge. »Irg'ndwie hat er ausgesehn wie du, mein ich, von Haar und Augen abgesehn. Aber deine Augen haben die gleiche Form. Nur 'ne andere Farbe.«

»Was war mit dem Foto?«, fragte Jeff und bemühte sich, seine Aufregung unter Kontrolle zu halten.

»Es war eins von dir – nur jünger warste drauf – wie im College oder so. Du warst am Strand, in Shorts und dazu so'n Sweatshirt mit rausgerissenen Ärmeln.«

Als sie das Bild beschrieb, das sein Vater immer in der Brieftasche trug, begann Jeffs Herz zu rasen. »Was hat er gesagt?«, fragte er und bemühte sich nicht mehr, seine Stimme ruhig zu halten.

»Wollte nur wissen, ob ich dich gesehn hab«, antwortete Jinx. »Ich hab ihm grad erzählt, dass die Jäger hinter dir her sind, als …« Jetzt stockte Jinx, holte dann aber tief Atem und ergänzte: »Na ja, die Transit Cops sind gekommen, und ich musste abhauen. Sie mögen mich nich besonders.«

Jeff hörte sie kaum. Wenn sein Vater ihn suchte – wer außer ihm suchte ihn noch? Seine Gedanken überschlugen sich, er versuchte sich ein klares Bild zu machen. Woher wusste sein Vater, wo er war? Konnte es der Anruf gewesen sein? Wenn Heather oder seine Mutter ihn gehört hatten, bevor die Leitung tot war …

Doch wenn sein Vater wusste, dass er noch lebte, wüssten es dann nicht auch die Cops? »Was ist mit der regulären Polizei?«, fragte er. »War die auch in der U-Bahn?«

Jinx verdrehte die Augen. »Die kommt nur runter, wenn sie wohin fahren will, und in die Tunnel geht sie überhaupt nich. Sind doch nur lauter Schisser, wenn du mich fragst.«

Jinx erstarrte plötzlich, und als Jeff etwas sagen wollte, packte sie ihn am Arm und legte den Finger an die Lippen.

Von irgendwoher zur Linken hörte Jeff ein Geräusch.

Schritte.

Schritte, die näher zu kommen schienen.

Er sah sich um. Ein paar Meter weiter war ein enger Gang, den er entlanggelaufen war, kurz nachdem er Jagger verlassen hatte. Wenn er Jinx durch diesen Gang führte, blieb ihm nichts anderes übrig, als sie zu Jagger mitzunehmen. Falls sie log und für die Jäger arbeitete, würde er sie genau zu dem Mann führen, der ihm wenigstens einmal das Leben gerettet hatte. Wenn er den Gang aber nicht nahm – wenn er in eine andere Richtung ging und nicht mehr zurückfand …

Dann ließe er Jagger völlig im Stich.

Er faste einen Entschluss, winkte Jinx, ihm zu folgen und ging auf den Gang zu, bewegte sich absolut geräuschlos. Sie erreichten den Gang, und Jeff schlüpfte hinein. Jinx war direkt hinter ihm. Er ging so schnell er konnte, aber der Gang schien endlos zu sein, und jetzt glaubte er die Schritte wieder zu hören – und auch sie waren schneller geworden.

Kamen näher.

Er erreichte das Ende des Ganges, bog nach links ab und zog Jinx hinter sich her. Beide pressten sich instinktiv mit dem Rücken an die Wand und bemühten sich, so leise wie möglich zu atmen, während sie lauschten.

In einiger Entfernung hörten sie wieder Schritte.

Eine Pause.

An der Wand am entgegengesetzten Ende des Ganges erschien ein leuchtend roter Punkt.

Er wanderte über die Wand, wanderte hin und her, arbeitete sich stetig nach unten, bis er auf dem Boden angelangt war.

Ein Nachtsichtlaser am Zielfernrohr, dachte Jeff. *Und er benutzt ihn, um mich zu suchen.*

Der rote Punkt verschwand ebenso schnell wie er aufgetaucht war, und dann hörten sie, dass die Schritte sich entfernten.

Als Jeff tiefer in den Tunnel eindringen wollte, hielt Jinx ihn am Arm fest. »Hör mal …«, flüsterte sie.

Wieder hatten Jinx' Ohren sich als die besseren erwiesen. Rechts, in der entgegengesetzten Richtung, aus der sie ursprünglich gekommen waren, hörte er das leise Geräusch tropfenden Wassers.

Etwas mehr als fünfzig Meter weiter fanden sie es – Wasser sickerte stetig aus einem Riss in der Decke, alle ein oder zwei Sekunden formte sich ein Tropfen und fiel herunter. Von Durst überwältigt, hielt Jeff einen Finger unter einen Tropfen, fing ihn auf und steckte den feuchten Finger in den Mund.

Das Wasser schmeckte sauber und frisch, und ihn packte die fast unwiderstehliche Gier, den Mund an den Riss in der Decke zu halten und zu versuchen, die Feuchtigkeit herauszusaugen.

Stattdessen hielt er jedoch den Pappbecher unter die Tropfen und zwang sich zu warten, bis er voll war.

Er trank nur soviel, bis die schreckliche Trockenheit in seinem Mund gestillt war, dann füllte er den Becher noch einmal.

»Trinkst du das nich?«, fragte Jinx, als Jeff in den Gang zurückging und den Becher so vorsichtig vor sich hertrug, als sei er mit Gold oder Diamanten gefüllt.

»Jagger braucht es mehr als ich«, sagte er. »Nachdem er getrunken hat, komm ich wieder und hole mehr.«

Sie würden Jeff nicht finden.

Heather wusste nicht, wann ihr der Gedanke gekommen war, doch je tiefer sie und Keith in die Tunnels eindrangen, um so hartnäckiger verfolgte er sie.

Sie hatte keine Ahnung, wo sie waren. Obwohl sie ihr Bestes getan hatte, sich jede Biegung, jeden Gang zu merken, durch den sie krochen, jede Leiter, die sie hinaufkletterten oder jede bröckelnde Mauer, über die sie stiegen, hatte sie längst das Gefühl für die Richtung verloren. Das Halbdunkel selbst verwirrte und nahm einem jede Orientierung, obwohl es nicht allzu schlimm gewesen war, als sie sich noch dicht unter der Oberfläche aufgehalten hatten, ab und zu einen kurzen Blick auf das Tageslicht erhaschen konnten. Sogar die wenigen Strahlen der Nachmittagssonne, die durch die scheinbar willkürlich verstreuten Gitterroste über ihr fielen, hatten genügt, dass sich Heather nicht völlig verloren fühlte. Aber seit sie den Schacht hinunter geflohen waren, nachdem sie eine Tür hatten klappen hören – ein Geräusch, das an der Oberfläche absolut normal gewesen wäre, in dieser fremden Welt der Tunnels aber merkwürdig klang –, kämpfte sie gegen eine immer stärker werdende Angst an, die allmählich zur Panik wurde.

Hör auf damit, sagte sie sich. *Es wird alles gut. Wir werden Jeff finden, und wir werden hinauskommen.* Doch als Keith, der einen halben Schritt vor ihr ging, stehen blieb und die Hand ausstreckte, um sie am Weitergehen zu hindern, brachen alle Ängste, die sie so mühsam im Zaum gehalten hatte, fast aus ihr heraus. Sie hätte vielleicht sogar aufgeschrien, hätte Keith ihr nicht die Hand auf den Mund gepresst und sich dann einen Finger an die Lippen gehalten. Mit hämmerndem Herzen strengte sie sich an zu hören, was er gehört hatte, und einen Augenblick später, als ihr dröhnender Herzschlag in seinen gewohnten Rhythmus zurückfiel, vernahm sie es.

Schritte.

Langsame, unregelmäßige Schritte, als fürchte sich derjenige, der da ging, vor irgendetwas.

Oder pirsche sich an etwas heran.

Der Gedanke fiel Heather aus dem Nichts an, und sie versuchte ihn zu verdrängen.

Sie näherten sich einer Kreuzung, wo der Gang, dem sie folgten, einen anderen schnitt. Die schwach beleuchtete Strecke vor ihnen war leer, und sie konnte nicht sagen, aus welcher Richtung die Schritte kamen, aber sie näherten sich unverkennbar. Angst vor dem, der jede Sekunde um die Ecke kommen würde, überflutete sie, und dann …

Keith umklammerte ihren Arm fester, und als sie sich umdrehte und ihn ansah, bohrte sich sein Blick in den ihren und er flüsterte zwei Worte.

Zwei Worte, die sie in ihrer wachsenden Panik überhaupt nicht verstand, bis er gleich darauf laut sprach.

»Wo's die Flasche?«, fragte er undeutlich. »Hast se doch nich valorn, oder?«

Jetzt wurden auch die zwei Worte klar, die er geflüstert hatte: *»Spiel betrunken.«*

»Wechgeschmissn«, nuschelte Heather. »War leer.«

»Verdammtes Miststück«, sagte Keith jetzt ein wenig lauter und ging leicht taumelnd auf die Tunnelkreuzung zu. »Hab gedacht, ich hätt dir gesagt, du sollst nich alles saufen.«

Die Haare im Gesicht, schlurfte Heather hinter ihm her.

In der Kreuzung tauchte eine Gestalt auf und drehte sich zu ihnen um. Heather wusste, dass es keiner von den Leuten war, die in den Tunnels lebten, denn nichts an ihm ließ darauf schließen, dass er ein Säufer oder ein Junkie war – oder einer von den anderen Pechvögeln, die man in die Tunnels verbannt hatte.

Er strahlte Selbstsicherheit und Autorität aus, eine Autorität, die noch durch das hässliche Gewehr verstärkt wurde, das er in den Armen hielt. Die metallene Oberfläche glänzte sogar in diesem schwachen Licht der Deckenlampen, und das Magazin, das unten herausragte, verriet Heather, dass es eine automatische Waffe war.

Auf den kurzen Lauf war eine Zielvorrichtung montiert, und die Selbstverständlichkeit, mit der der Mann die Waffe hielt, sagte ihr, dass er sie ohne Skrupel benutzen würde. Er trug einen kleinen Rucksack und war mit einem Tarnanzug bekleidet, wie Heather sie in einem TV-Spezial über Leute in einem Überlebenstraining gesehen hatte. Seine Gesichtszüge verschwanden unter einer Schicht schwarzen Make-ups. Er schien verblüfft, sie hier anzutreffen.

»Hey!«, sagte Keith mit einem idiotischen Grinsen. »Haschte wasch zu trinken?«

Der Mann ignorierte die Frage. »Was macht ihr hier?«, fragte er, und seine Stimme war ebenso herrisch wie seine Haltung. »Es läuft eine Jagd – ihr Leute sollt euch von diesem Sektor fern halten.«

Keith hob mit gespieltem Entsetzen die Hand. »Na, 'tschuldigung zum Teufel. Keiner hat uns nich was von 'ner ...« Er schwankte leicht und beugte sich vor, als könne er den Mann nicht richtig sehen. »Wasch haschte gesagt, isch los?«

Die Miene des Mannes verfinsterte sich. »Egal. Schaut nur, dass ihr von hier verschwindet.« Er zeigte mit der Gewehrmündung auf das entgegengesetzte Ende des Ganges, in dem sie waren. »Ungefähr dreihundert Meter weiter ist ein Schacht. Durch den gelangt ihr in den U-Bahntunnel. Danach sucht euch eine Station und seht zu, dass ihr raus kommt.« Er verzog die Lippen zu einem unangenehmen Lächeln. »Und versucht den Zügen auszuweichen – wenn euch einer überrollt, sind hinterher die ganzen Gleise verdreckt.«

»Hey, alles wasch de sagscht«, nuschelte Keith freundlich. »Will keine Schwierigkeiten nich haben …« Er nahm Heather am Arm und zog sie weiter, und sie tat ihr Bestes, um genauso taumelig zu gehen wie er. »Such nur'n Drink, sonscht nix nich«, brummte er, als sie an dem Mann vorübergingen. Dann, gerade als sie mit ihm auf gleicher Höhe waren, schien Keith zu stolpern und prallte mit dem anderen zusammen. Der Mann erschrak, wich instinktiv aus und riss die Waffe hoch, um Keith abzuwehren. Im nächsten Moment hob Keith das Bein und trat dem Mann mit seinem schweren Schuh voll in die Genitalien.

Von einem Schmerz gepackt, der so qualvoll war, dass sich ihm nur ein erstickter Laut entrang, krümmte sich der Mann und sackte zu Boden, aber noch im Fallen schlossen sich seine Finger reflexartig fester um das Gewehr. Bevor er jedoch den Boden berührte, hatte Keith seine Waffe aus dem Hosenbund gerissen und dem Mann damit gegen die Schläfe geschlagen. Ein Schauder durchlief ihn, und im nächsten Moment lag er lang ausgestreckt da. Sein ganzer Körper zitterte kurz, dann lag er still. Aus einer klaffenden Kopfwunde sickerte Blut.

Entsetzt starrte Heather den gekrümmten Körper an. »Ist er – tot?«

»Glaub nicht«, brummte Keith, der schon vor dem Mann kniete und seine Taschen durchsuchte. »Aber er wird eine Weile schlafen – es ist nicht so wie im Kino, wo sie schon nach zwei Minuten zu sich kommen und wieder anfangen, Menschen zu jagen.« Er holte die Brieftasche des Mannes heraus, steckte sie in die Tasche, zog ihm den Rucksack von den Schultern und reichte ihn Heather. Als Letztes nahm er den geflochtenen Nylongürtel des Betäubten und fesselte ihm Hände und Füße hinter dem Rücken. »Nur für den Fall, dass er wach wird«, sagte er, hob das Gewehr auf und spähte in die beiden sich kreuzenden Gänge. In der Dunkelheit war nichts, zumindest soweit er es sehen konnte. Er nickte in die Richtung, in die der Mann unterwegs gewesen war. »Wenn du keine bessere Idee hast, dann scheint mir, wir sollten dahin gehen, wohin er wollte.«

Heather schaute auf den Bewusstlosen hinunter, der auf dem dreckigen Boden lag. »Wie, wenn jemand ihn findet?«

»Dann werden sie wissen, dass es nicht so leicht sein wird, wie sie dachten.«

Als sie sich in Bewegung setzten, betastete Heather den Rucksack. »Sollten wir nicht mal da reinschauen?«

»Das werden wir«, versicherte Keith ihr. »Aber falls ein paar Freunde dieses Bastards auftauchen, möchte ich nicht erklären müssen, was ich getan habe.« Er wandte sich ab und drang tiefer in den Tunnel ein. Heather folgte ihm.

Schon Sekunden nachdem Keith dem Mann seine Waffe gegen den Schädel geschlagen hatte, witterte die erste Ratte das Blut, und kaum waren Keith und Heather in die Dunkelheit eingetaucht, näherte sich ein weiteres halbes Dutzend dem reglosen Körper.

Sie näherten sich vorsichtig, denn sie wussten, dass diese großen Tiere gefährlich sein konnten, aber als sie näher huschten und der Körper sich nicht bewegte, wurden sie mutiger.

Zwei krochen dicht genug heran, um an dem Blut zu schnuppern, tauchten die Zunge in die warme, salzige Flüssigkeit.

Drei weitere gesellten sich zu ihnen.

Bald kamen noch vier aus dem Dunkel, und eine ließ sich von einem Sims fallen, auf dem sie sich versteckt hatte, als der Mann gekommen war.

Zuerst begannen sie seine Finger zu benagen, und als er sie nicht wegzog, wagten sie sich schnell an Arme und Gesicht, an Beine und Torso. Dann, als Haut und Fleisch weggerissen waren und die inneren Organe offenlagen, begannen Kakerlaken und Ameisen auszuschwärmen, um an dem Festmahl teilzunehmen.

Als der Mann in der Tarnkleidung starb, hatten die gierigen Kreaturen der Finsternis schon fast ein Viertel seines Körpers weggenagt.

Er war in den letzten Minuten seiner Qualen bei Bewusstsein.

Bei Bewusstsein, aber er schrie nicht.

Seine Stimmbänder waren schon weggefressen.

34. Kapitel

»Der Mann wird sterben, nicht wahr?«

Heather und Keith waren sehr rasch gegangen, seit sie den Mann bewusstlos im Dreck liegen gelassen hatten; beide merkten sich jede Biegung, zählten lautlos ihre Schritte. Eben war Keith stehen geblieben, kurz vor einem der Lichtkegel, die von den weit auseinander liegenden Birnen in der niedrigen Decke des Versorgungstunnels auf den Boden fielen. Sein Körper hatte vor Anspannung leicht gezittert, und er hatte einen Finger gehoben, um Heather am Sprechen zu hindern. Beide lauschten angestrengt, um zu hören, ob außer ihnen ein Mensch in der Nähe war.

Alles, was sie hörten, war das leise Kratzen, mit dem die Ratten über den Beton huschten.

Zufrieden, dass sie wenigstens vorübergehend allein im Tunnel waren, ging Keith näher an das Licht heran, und während Heather sich auf ein großes Rohr setzte, um sich auszuruhen, durchsuchte er den Rucksack des Mannes. Erst als Heather eine Frage stellte, blickte er auf.

»Vielleicht«, antwortete er auf ihre letzte Frage. »Er hätte uns umgebracht. Sobald wir an ihm vorbei waren, hätte er uns erschossen.«

Obwohl sie die Worte deutlich hörte, verwarf Heather, was Keith gesagt hatte. Warum hätte der Mann sie töten sollen? Er kannte sie nicht, hatte keine Ahnung, wer sie waren.

»Sonst hätte er uns nicht dahin zurückgeschickt, woher wir gekommen waren«, erklärte Keith, der Heathers Zweifel spürte. »Er wollte uns nah bei sich haben, nah genug, dass er uns nicht verfehlen konnte. Also mussten wir an ihm vorbeigehen.«

»Woher willst du das wissen?«, fragte Heather leise. »Warum sollte er …«

»Wir haben ihn gesehen, haben sein Gesicht gesehen. In dem Moment, in dem er sagte, wir hätten dort nichts zu suchen, hab ich gewusst, was er tun würde.«

»Warum hat er es dann nicht einfach getan?«, wollte Heather wissen, und Keith hörte die Verzweiflung in ihrer Stimme, ihren Wunsch zu glauben, dass der Mann sie unverletzt hätte passieren lassen.

»Weil er ein Feigling ist«, sagte Keith. »Welcher andere Mensch würde einen unbewaffneten Mann mit einem Schnellfeuergewehr jagen?«

Er sah sich im Tunnel um, der sich in beide Richtungen erstreckte.

Außer den schattigen Stellen zwischen den Lichttümpeln gab es keine Möglichkeit, sich zu verstecken. Keith griff wieder in den Rucksack und holte den Inhalt heraus.

Ein Nachtsichtglas – nicht das billige russische Modell, das er in Jagdzeitschriften gesehen hatte, sondern ein Luxusgerät, dessen Preis er nicht einmal schätzen konnte.

Ein Wechselsprechfunkgerät, kleiner als jedes Mobiltelefon, das ihm jemals untergekommen war.

Eine Wasserflasche, ein Paket mit Nahrung – wie Wanderer es bei sich tragen, das fast nichts wog, in dem aber Unmengen von Energien steckten.

Ein ordentlich aufgerolltes Seil.

Ein Pint Scotch – Chivas –, das, wie Keith vermutete, nicht zu regulären Ausrüstung der Gruppe gehörte, deren Mitglied der Besitzer des Rucksacks gewesen war.

Und ganz unten, auf dem Boden des Rucksacks, ein kleines in Leder gebundenes Buch, wie ein Tagebuch. Obwohl die Farbe in dem dunklen Tunnel nicht zu erkennen war, verriet Keith die weiche Narbung des Einbands, dass es von der gleichen Qualität war wie das Nachtsichtglas und der Scotch. Auf dem Einband ein elegantes Monogramm in Goldprägung:

MHC

Unter dem Monogramm in den gleichen Großbuchstaben, aber etwas kleiner, standen die Worte:

THE MANHATTAN HUNT CLUB

Keith schlug das Buch auf; es war kein Tage-, sondern eher eine Art Logbuch, und als er die erste Seite überflog, schien ihm das Blut in den Adern zu Eis zu erstarren.

Nachdem er fertig war, reichte er es wortlos an Heather weiter. Und während sie leise las, versuchte er alles zu begreifen, was die erste Seite beinhaltete.

Opfer: *Leon Nelson*
Verbrechen: *Vergewaltigung und Mord*
Datum des Beschlusses: *16.6.94*
Daten der Jagd: *18.6.94 – 22.6.94*
Teilnehmer: *Sperber, Falke, Mamba, Viper*
Zur Strecke gebracht von: *Klapperschlange*
Zeit: *17 Uhr 5*
Ort: *Ebene drei, Sektor vier.*

Notizen: *Beute machte ein paar Fluchtversuche, keiner unvorhersehbar oder phantasievoll. Hüter haben berichtet, sie hätten ihn halb ertrunken gefunden, nachdem er versucht hatte, sich während eines Regengusses in einem Abflussrohr zu verstecken. Hat um Gnade gefleht, als Klapperschlange ihn erschoss. Hoffe beim nächsten Mal auf besseres Wild.*

Heather las die Seite zweimal und wünschte, eine vernünftige Erklärung für das zu finden, was sie las, war aber nicht imstande, die kalte, klinische Direktheit des Eintrags zu ignorieren. Mit wild klopfendem Herzen durchblätterte sie das Buch, bis sie zum jüngsten Eintrag kam.

Ihre letzten Zweifel verflogen, als sie die Worte las, die mit großer Sorgfalt niedergeschrieben worden waren.

In der Zeile »Opfer« stand fein säuberlich Jeffs Name.

Das »Datum des Beschlusses« war das von vor drei Tagen, jenes Datum, an dem Jeff angeblich bei dem Unfall mit dem Transportvan des Correction Departments ums Leben gekommen war.

Die »Daten der Jagd« waren nur teilweise ausgefüllt, mit dem heutigen Tag als Starttermin.

Das Enddatum stand noch nicht da.

Die »Jagdgesellschaft« bestand aus Viper, Mamba, Klapperschlange, Otter und Kobra.

»Ich wünschte, du hättest ihn getötet«, sagte sie kalt. »Aber wer sind sie? Was für Menschen sind das, die so etwas tun? Was für Menschen sind das, die fähig sind, so etwas auch nur zu denken?«

Keith hielt ihr die Brieftasche entgegen, die er dem Mann aus der Hosentasche gezogen hatte. »Sein Name ist Carey Atkinson«, sagte er.

Heathers Augen weiteten sich vor Schreck, und als sie das Logbuch gegen die Brieftasche austauschte, zitterten ihre Hände. Lange starrte sie den Führerschein an; als sie wieder sprach, war ihre Stimme so unsicher wie ihre Hände.

»Keith, ich kenne Carey Atkinson. Er ist ein Freund meines Vaters.«

Keith runzelte die Stirn. »Ein guter Freund?«

Heather holte tief Atem, dann sah sie Keith fest in die Augen. »Ein sehr guter«, flüsterte sie. »Er ist der Polizeichef.«

Keith presste die Lippen zu einer grimmigen Linie zusammen. »Ich schätze, wir wissen jetzt, wie sie Jeff aus dem Transporter geholt haben.«

Als sie erfasste, was Keith gesagt hatte, stieg eiskalte Wut in Heather auf. »Hättest du ihn töten können?«, fragte sie. »Wenn du gewollt hättest?«

Keith nickte. »Hätte ich gewusst, wer er ist und was er tat, hätte ich es getan. Ich hätte ihm den Hals umgedreht.«

Heather nahm ihre Waffe aus der Tasche und sah sie an. »Bis vor kurzem war ich nicht sicher, ob ich imstande sein würde, sie zu wirklich benutzen. Aber wenn wir diese anderen Männer finden …« Ihre Stimme erstarb.

»Hoffen wir nur, dass wir Jeff vor ihnen finden«, sagte Keith. Er blätterte in dem Buch und hielt dann inne. »Heiliger Himmel«, flüsterte er.

»Was?«

»Schau mal.« Er hielt ihr das Buch entgegen. »Pläne.«

Heather nahm das Buch und studierte die Pläne sehr sorgfältig. Es waren acht Seiten, die Einzelheiten peinlich genau verzeichnet, und als sie hin und her blätterte, kristallisierte sich aus dem Labyrinth aus Gängen und Tunnels eine gewisse Ordnung und Gesetzmäßigkeit. Sie zeigte mit dem Finger auf den Punkt auf dem ersten Plan, wo die Männer das Labyrinth unter den Straßen betreten haben mussten.

Ein Verdacht begann sich in ihr zu regen. *Er würde so etwas nicht tun. Das konnte nicht sein!*

Aber sie konnte den Verdacht nicht zerstreuen, der sich in ihrem Kopf festgesetzt hatte.

Jagger erstarrte, dachte nicht mehr an den Schmerz seiner Brandwunden, konzentrierte sich auf die Schritte. Als er sie zuerst gehört hatte, so leise, dass ihm das Geräusch beinahe nicht aufgefallen wäre, war er so sicher, dass Jeff zurückkam, dass er fast etwas geflüstert hätte. Doch ein Instinkt tief in seinem Innern hatte ihn gewarnt, und er war ruhig geblieben.

Die Schritte kamen näher, wurden jedoch langsamer und vorsichtiger.

Jetzt wusste er, dass es nicht Jeff war.

Wer aber dann?

Ein Jäger?

Vielleicht nur ein Betrunkener.

Egal – das einzig Wichtige, das Einzige, was zählte, war – es war nicht Jeff.

Er zog sich zurück, quetschte seine riesige Gestalt tiefer in die Nische, presste sich so fest an die Rückwand, dass sein Rückgrat anfing taub zu werden.

Als die Schritte näher kamen, hörte er fast auf zu atmen, konzentrierte jeden Nerv in seinem Körper auf den dunklen Raum vor der Nische.

Aber wer immer es war, der sich näherte, schien Jaggers Gegenwart ebenfalls zu spüren, denn er hielt nach jedem Schritt inne, als lausche er, sehe sich um.

Dann verstummten die Schritte völlig, und Jagger hielt den Atem an, fürchtete, dass sogar die Luft ihn verraten könnte, die durch seine Lungen strömte.

Der Moment größter Anspannung dehnte sich, und als er zu Ende ging, war es kein Laut, der die Stille durchbrach.

Stattdessen schob sich ein kleiner, leuchtend roter Punkt seitlich in Jaggers Gesichtsfeld wie ein Blutstropfen, der langsam durch den Dreck sickerte, der den rauen Betonboden des Tunnels bedeckte.

Jaggers Augen folgten dem roten Punkt, der über die seinem Schlupfwinkel gegenüberliegende Wand kroch, zu klettern begann, sich hin und her bewegte, auf der Wand patrouillierte wie ein Soldat auf einem Schlachtfeld. Als er die Decke erreichte, verschwand der Punkt plötzlich, doch Jagger atmete nicht auf und entspannte sich auch nicht.

Der Punkt erschien wieder, jetzt an der Wand der Nische, Jaggers Gesicht direkt gegenüber, nicht ganz zwei Meter entfernt.

Begann hinunterzukriechen, bewegte sich wieder hin und her, und als er innehielt, war Jagger überzeugt, dass er ihn entdeckt hatte. Aber ein oder zwei Sekunden später bewegte er sich weiter bis zum Boden der Nische. Anstatt jedoch näher zu kommen, entfernte er sich in die andere Richtung, glitt immer weiter zum Ende des Nischenbodens – bis er verschwand, fast so, als sei er über den Rand gefallen.

Da seine Lungen brannten, ließ Jagger langsam den Atem entweichen, obwohl er ihn am liebsten laut herausgestoßen und hungrig frischen Sauerstoff eingeatmet hätte. Er spürte jetzt die Gegenwart eines Mannes in der Dunkelheit, fühlte, dass er näher kam. Mit dem Rücken an die Wand gepresst, drehte er den Kopf, bis sein Nacken sich verkrampfte, versuchte mit den Augen die Dunkelheit zu durchdringen und horchte angestrengt in die Stille.

Der Gewehrlauf erschien zuerst. Er schob sich in Jaggers Gesichtsfeld und bewegte sich dann nicht mehr, als spüre sogar das kalte Metall die Gefahr. Dann bewegte er sich wieder, wurde länger, und Jagger konnte das Zielfernrohr der Waffe sehen und die Hand, die den Schaft umschloss.

Noch immer bewegte er sich nicht, wartete, bis sein Instinkt ihm sagte, dass der Augenblick gekommen war.

Mit den Fingern einer Hand umschloss er das breite Ende des Schienennagels, während die Finger der anderen Hand in der Dunkelheit zu Raubtierkrallen wurden, bereit, zuzuschlagen.

Die Hand des Jägers näherte sich, ein Finger am Abzug, und Jagger wusste, das war seine Chance. Mit einer ruckartigen Bewegung riss er einen Arm nach oben, packte den Gewehrschaft und riss die Waffe so schnell an sich, dass dem Jäger keine Zeit blieb, sie loszulassen. Mit beinahe derselben Bewegung beschrieb Jaggers andere Hand einen Bogen, schwang den Schienennagel wie ein Stilett und stieß ihn dem Mann tief in die Brust.

Das Keuchen, das seinen Lungen entwich, war sein letzter Atemzug, denn der Nagel war ihm schon ins Herz gedrungen, bevor er begriff, was geschah. Seine leblosen Finger glitten von der Waffe ab, er fiel zu Boden und ließ sein Gewehr in den Händen seines Richters zurück.

Der Tunnel mit der Nische, in der er Jagger zurückgelassen hatte, war jetzt nur ein paar Meter entfernt, und Jeff erstarrte, hob den Arm, um Jinx aufzuhalten, die einen Schritt hinter ihm war.

Ein Geräusch hatte ihn gestoppt, ein lautes Ausatmen, als habe jemand einen Schlag abbekommen, der ihm die Luft aus den Lungen gepresst hatte. Doch anstatt jetzt leises, schmerzliches Stöhnen zu hören, das Keuchen eines Menschen, der um Atem rang, herrschte nur noch Stille.

Jinx blieb stocksteif neben ihm stehen und beide lauschten, aber die Stille hielt an, und Jeff fragte sich, ob er wirklich etwas gehört hatte. Er ging weiter, langsamer als vorher, noch immer mit dem Gefühl, dass vor ihm etwas anders geworden war.

Jetzt kam er an die Kreuzung der beiden Tunnels; die Nische war von der Schnittstelle nur ein paar Schritte entfernt. Er blieb stehen, horchte.

Nichts.

Endlich trat er aus dem Schutz des Kreuzgangs heraus und ging weiter auf die Nische zu.

Ein roter Strahl schoss aus dem Dunkel, und Jeff Herz machte einen Sprung, als ihm bewusst wurde, was es war.

Die Jäger hatten Jagger aufgespürt, und jetzt wurde er selbst von dem dünnen Laserstrahl eines Zielfernrohrs festgenagelt. Aber es folgte kein Schuss, er hörte eine Stimme.

»Ich hab einen von den Kerlen erledigt«, sagte Jagger.

Der rote Strahl verschwand, Jagger tauchte auf, und Jeff spürte, wie die Spannung aus seinem Körper entwich. »Jesus, Jag, ich hab schon gedacht, du würdest mich erschießen.«

»Und ich hab angefangen zu überlegen, ob du überhaupt zurückkommst«, antwortete Jagger. Einen Augenblick später saugte er gierig den letzten Tropfen Flüssigkeit aus dem Becher, den Jeff ihm mitgebracht hatte.

Jeff sah die verkrümmte Gestalt eines Mannes auf dem Tunnelboden und ging näher; eine merkwürdige Benommenheit überkam ihn, als er sah, dass der Mann tot war.

Er trug einen Tarnanzug und einen kleinen Rucksack auf dem Rücken. Jeff erkannte, das es kein normaler Tunnelbewohner war, wenn man überhaupt etwas normal nennen konnte an dieser seltsamen Gruppierung gesellschaftlichen Abfalls, der sich unter den Straßen versammelt hatte. Ganz offensichtlich war dieser Mann einer der Jäger, und Jeff empfand, als er den Toten betrachtete, nicht das geringste Bedauern über das, was Jagger getan hatte.

Er kniete nieder, löste die Riemen des Rucksacks und begann den Inhalt zu untersuchen.

Da gab es ein paar Sandwichs in der Tüte eines Delikatessenladens auf dem Broadway; eine Flasche mit teurem Mineralwasser, das nicht annähernd so gut schmeckte wie das, das aus den städtischen Leitungen kam, aber Jaggers brennenden Durst ebenso lindern würde wie den seinen. Außer den Sandwichs und dem Wasser fand er eine Taschenlampe, ein Nachtsichtglas, eine Art Funksprechgerät und ein Notizbuch. Er knipste die Taschenlampe an und wollte eben das Buch aufschlagen, als Jinx leise fluchte.

»Großer Gott! Es is dieser Priester!«

Verblüfft richtete Jeff den Strahl der Taschenlampe auf das aschgraue Gesicht von Monsignore Terrence McGuire.

»Es is der Typ aus dem Haus in der Delancey Street«, fuhr Jinx fort. »Du weißt schon – man kriegt dort 'ne kostenlose Mahlzeit, wenn man sich 'ne Weile ihre Predigten anhört.«

»Bist du sicher?« fragte er.

Doch ehe Jinx antworten konnte, meldete sich Jagger misstrauisch zu Wort.

Misstrauisch und drohend.

»Was will'n sie hier?«, fragte er, die Augen auf Jinx gerichtet, während seine rechte Hand den Schienennagel umklammerte, der noch feucht war vom Blut des Priesters.

»Sie kennt sich in den Tunnels aus«, antwortete Jeff, der versuchte, diese neue Information zu verarbeiten und dabei die Drohung in Jaggers Stimme überhörte. »Sie kann uns helfen, hier rauszukommen.«

Wie auf Kohlen hockte Eve Harris hinter der Bar in dem kleinen Raum tief unter dem Club der Hundert, dem einzigen Treffpunkt des Manhattan Hunt Club. Tatsächlich war sie es gewesen, die diesen Raum geplant und entworfen hatte. Als sie ihn das erste Mal sah, war es ein leerer Lagerraum gewesen, Wände und Fußboden aus dem gleichen kalten, modernden Beton wie die Katakomben der Tunnels unter den Straßen. Sie hatte die Möglichkeiten dieses Raumes sofort erkannt: Die riesigen Balken, die den Beton dieses Kellergeschosses stützten, erinnerten sie an eine Jagdhütte, und als sie die Täfelung, den Teppich und die Möbel auswählte, wich sie nie vom jagdlichen Stil ab. Der Raum war elegant und städtischer als man ihn etwa in Montana fand, passte aber perfekt zu den Empfindlichkeiten der Mitglieder des Hunt Clubs. Den Kamin einzubauen, war nicht schwierig gewesen, da es schon einen Abzug für den Ofen direkt darüber gab. Die Steinmetze brauchten nur den Anschluss herzustellen. Der Sims aus einem Jagdhaus der Wildheger in Northumberland passte perfekt in den Raum, und die Bartheke, einer nachempfunden, die sie in einem kleinen Lokal bei Ulster gesehen hatte, ergänzte den Kamin sehr gut.

Nachdem sie sich zwei Fingerbreit des uralten Cognacs, dem

Lieblingsgetränk ihres Mannes, eingeschenkt und die Karaffe auf den Ehrenplatz exakt in der Mitte des zweiten Bordes hinter der Bar zurückgestellt hatte, betrachtete Eve die Trophäe über dem Kamin. »Bastard«, murmelte sie, hob das Glas und prostete Leon Nelson zu, obwohl niemand im Raum war, der sie hören konnte. Nelsons blicklose Augen starrten sie an, und als sie den gleichgültigen Ausdruck im Gesicht seines präparierten Kopfes betrachtete, fragte sie sich, ob er mit demselben Gesichtsausdruck ihre Tochter getötet hatte. Einen Moment lang wünschte sie fast, er wäre noch am Leben, damit sie ihn genauso töten konnte wie er Rachelle getötet hatte, langsam und qualvoll; sie würde es mit Freuden tun. Ihre Augen wanderten weiter zu den anderen Trophäen, und wie immer, wenn sie sich in diesem Raum aufhielt, begann der eiskalte Hass, der ihre Seele schon seit so vielen Jahren erfüllte, in der Hitze der Rache zu schmelzen. Und es ist nicht vorbei, dachte sie. Die Gefängnisse sind noch immer voller Verbrecher, deren Rechte die Gerichte aus irgendeinem Grund für wichtiger halten als die der Menschen, deren Leben sie vernichtet haben.

Sie schenkte sich noch einmal das gleiche Quantum Cognac ein und ließ die Karaffe diesmal auf der Theke stehen. Dann schaute sie nervös auf die Uhr.

Die Jäger waren schon länger als zwei Stunden unterwegs, und es war eine Stunde her, seit einer von ihnen sich hier gemeldet hatte.

Das war ungewöhnlich.

Noch ungewöhnlicher war das immer stärker werdende Gefühl in ihr, dass etwas schief gegangen war. Eve Harris hatte vor langer Zeit gelernt, ihren Instinkten zu vertrauen. Daher griff sie nach dem Wechselfunksprechgerät, einer Sonderanfertigung, die der Allgemeinheit nicht zugänglich war, und begann die fünf Frequenzen anzufunken, die einprogrammiert waren – für jeden Jäger eine. Allen war es möglich, mit ihr zu kommunizieren, aber nicht miteinander. Es war Teil des Sports und eine zusätzliche Vorsichtsmaßnahme. Für den Fall, dass eines der Funkgeräte in fremde Hände geriet, konnte nichts, was die Jäger sagten, von den falschen Leuten abgehört werden. Als die erste der fünf Frequenzen auf dem LED-Schirm aufleuchtete, hielt sie den Apparat dicht an die Lippen und drückte auf den Knopf.

»Viper«, sagte sie leise, »bitte melden.«

Heather Randall und Keith Converse bewegten sich durch eine fast totale Dunkelheit. Den Plänen zufolge, die sie in Carey Atkinsons Notizbuch gefunden hatten, hielten sie sich im zweiten Sektor von Ebene drei auf. Die Dunkelheit war beinahe undurchdringlich, doch Keith konnte mit Hilfe des Nachtsichtglases deutlich sehen, was vor ihnen lag. Durch die Okulare betrachtet, wurden die Tunnels von einem surrealistischen grünen Licht erleuchtet, das scheinbar von keiner Quelle gespeist wurde. Heather, die ihm folgte, war von der Dunkelheit umhüllt und fand ihren Weg nur, indem sie sich an Keiths rechter Schulter festhielt. Die Vibration in ihrer Tasche erschreckte sie, sie riss sich von Keith los und geriet einen Moment lang in Panik, als ihre einzige Verbindung zu einem anderen Menschen unterbrochen wurde. Dann fanden ihre Finger zu Keith zurück, und seine Hand umschloss die ihre.

»Was ist passiert?«, flüsterte er.

Als sie antworten wollte, spürte sie wieder die Vibration, doch diesmal begriff sie, dass sie von dem winzigen Funkgerät ausging, das sie in Carey Atkinsons Rucksack gefunden hatten. Sie waren der Meinung gewesen, es sei ein Mobiltelefon, bis sie entdeckten, dass es nur zwei Knöpfe hatte; einen bezeichnet mit PWR, den zweiten mit TKL. Als sie das Gerät einschalteten, war das Display hell geworden. Es gab einen einzigen Ohrstöpsel, keinen Kopfhörer. Eine winzige Öffnung an der Vorderseite des Apparates schien das Mikrofon zu sein. Keith schloss daraus, dass es eine Art Funkgerät war, obwohl er Ähnliches noch nie gesehen hatte.

Sie spielten mit dem Gedanken, es zu benutzen, entschieden sich jedoch sehr schnell dagegen, denn dadurch würden sie dem Kontakt – wer immer es war – verraten, dass der Apparat nicht mehr in Atkinsons Händen war. Als es jetzt ein drittes Mal vibrierte, flüsterte Heather: »Das Funkgerät – ich glaube, jemand versucht, sich mit Atkinson in Verbindung zu setzen.«

»Steck dir den Stöpsel ins Ohr und drück auf den Einschaltknopf«, flüsterte Keith zurück. »Aber sag nichts. Kein Wort.«

Heather fummelte einen Moment mit dem Ohrstöpsel herum und tastete dann vorsichtig über die Oberfläche des Geräts. Der Einschaltknopf war rechts, der Knopf für das Mikro links, doch sie drückte auf keinen der beiden, bis sie sich überzeugt hatte, dass sie das Funkgerät richtig hielt. Erst dann drückte sie mit zitterndem Zeigefinger auf den entsprechenden Knopf. Es folgte eine kurze Stille, dann hörte sie eine Stimme mit der kristallenen Klarheit digitaler Technologie.

»Viper? Bitte melden.«

Eve Harris horchte in die Stille, die frei von statischen Geräuschen war, wollte Carey Atkinsons Stimme herbeizwingen. Das Funkgerät war das Beste, das es bisher auf diesem Gebiet gab, aber in dem Labyrinth der Betontunnel war sogar die Reichweite dieses Systems begrenzt.

Die fünf Meilen, die man im offenen Gelände damit überbrücken konnte, wurden in den Tunnels auf bestenfalls eine halbe Meile minimiert. Das sollte jedoch genügen, denn die Hüter wussten, wie man die Beute innerhalb der Grenzen des Jagdgebietes festhielt. Wenn auch der Empfang in bestimmten Teilen undeutlich sein mochte, befand sich doch jeder Sektor auf jeder Ebene im Empfangsbereich, und falls nicht einer der Jäger zu weit ausschwärmte, sollte sie den Kontakt eigentlich mit keinem von ihnen verlieren. Und diese Verbindung klang, als sei sie völlig in Ordnung.

In Ordnung, oder überhaupt nicht vorhanden.

»Viper?«, wiederholte sie eindringlicher, denn das Gefühl, dass etwas schief gegangen war, wurde in ihr immer stärker. »Bitte melden! Sofort!«

Als es noch immer still blieb, wechselte sie die Frequenzen. In weniger als zehn Minuten hatte sie die Standorte von Perry Randall, Arch Cranston und Otto Vandenberg ermittelt und sich überzeugt, dass wenigstens sie innerhalb des Jagdgebietes unterwegs waren.

Monsignore McGuire meldete sich ebenso wenig wie Carey

Atkinson. Aber im Gerät des Geistlichen hatte sie wenigstens die statischen Geräusche gehört, die bei Atkinson ganz fehlten. Schließlich schaltete sie wieder auf die erste Frequenz. »Viper«, sagte sie noch einmal, »hörst du mich?«

Aber keine Stimme kam aus dem winzigen Lautsprecher ihres Funkgeräts, und einen Augenblick später trennte sie die Verbindung, nunmehr überzeugt, dass etwas nicht in Ordnung war.

Heathers Hände zitterten so stark, dass sie das winzige Funkgerät beinahe fallen ließ, und als sie den Ohrstöpsel herauszog, wickelte sie das Kabel nicht ordentlich um das Gerät, sondern stopfte das ganze Ding tief in die Tasche. Keith streckte tastend die Hand nach ihr aus, spürte, wie sie zitterte und nahm sie in den Arm. »Was ist passiert?«, fragte er. »Was hast du gehört?«

»Eine Stimme«, hauchte sie. »Sie hat nach Viper gefragt und ihn gebeten, sich zu melden. Als ich nicht antwortete, wurde die Verbindung gekappt.« Sie zögerte, und als sie wieder sprach, bebte ihre Stimme vor Angst. »Ich wollte eben den Stöpsel aus dem Ohr nehmen, als die Stimme wiederkam ...«

»Und?«, drängte Keith vorsichtig.

»Ich hab die Stimme erkannt, Keith«, flüsterte sie kaum hörbar. »Ich weiß, es klingt verrückt, aber ich könnte schwören, dass es Eve Harris war.«

Der Name traf Keith wie ein körperlicher Schlag, und sein erster Instinkt sagte ihm, dass es dafür eine Erklärung geben müsse. Eve Harris, der einzige Mensch, der versucht hatte, ihm zu helfen, versucht hatte ...

Und dann begriff er.

Sie hatte ganz und gar nicht versucht, ihm zu helfen. Sie hatte nur erfahren wollen, was er tat.

»Ich bring sie um«, sagte er leise. »Ich schwöre es, ich bringe jeden Einzelnen von ihnen um.«

35. Kapitel

Jeff schaltete die Ministablampe aus, die in Monsignore McGuires kleinem Rucksack gewesen war, und klappte das Notizbuch des Geistlichen zu. Zuerst konnte er kaum glauben, was er las, doch als er langsam weiterblätterte, wurde ihm klar, dass auf jeder Seite die seltsame Geschichte bestätigte wurde, die Jinx ihm erzählt hatte. Er erkannte sogar den Namen auf der Seite, die der vorausging, auf der sein Name stand. Tony Sanchez war schon in den Tombs gewesen, bevor er selbst dort eingesessen hatte. Sie hatten ein paar Tage in benachbarten Zellen gehaust, und am Abend bevor Sanchez nach Rikers Island überstellt werden sollte, hatte er damit geprahlt, wie gut sein Anwalt wäre.

»Den hättste hörn sollen, Mann«, hatte er hämisch frohlockt. »Hat gequatscht, als ob alles die Schuld von diesem Miststück gewesen wär. Scheiße, Mann, als er fertig war, haben die Arschlöcher von der Jury gemeint, sie müsst sich selber gestochen haben.«

»Aber sie haben dich trotzdem nach Rikers geschickt, nicht wahr?«, hatte Jeff gefragt.

Sanchez hatte nur gegrinst. »Was is schon ein beschissenes Jahr? In sechs Monaten bin ich wieder draußen.«

Aber nach ungefähr einer Woche hatte jemand Jeff erzählt, Sanchez sei von Rikers geflohen. »Weiß nich wie – die Hunde waren bis zur Brücke hinter ihm her und das war's – als ob der Kerl sich einfach in Luft aufgelöst hätt.«

Doch dem Buch nach, das Jeff in der Hand hielt, hatte sich Sanchez keineswegs in Luft aufgelöst. Er war an irgendeinem Ort, der sich Sektor eins auf Ebene zwei nannte, am 12. Mai um halb zwölf Uhr nachts zur »Strecke gebracht« worden.

Der Name des erfolgreichen Jägers war »Klapperschlange«.

Eine Art kalter Benommenheit hatte Jeff überfallen, während er in diesem bizarren Logbuch blätterte, aber als er zu den Plänen auf den letzten Seiten des Logbuchs kam, war die Benommenheit vergessen, denn ihm war klar, dass er den Schlüssel zu dem Tunnellabyrinth in der Hand hielt. Als er die Pläne jedoch studierte, schwand seine Hoffnung wieder, da er keine Ahnung hatte, an welcher Stelle er, Jagger und Jinx sich befanden. Doch auf der letzten Seite glaubte er zu erkennen, dass sich ein bestimmtes Muster herauskristallisierte. Er sah genauer hin und versuchte sich an die Route zu erinnern, die er bei seiner Suche nach Wasser eingeschlagen hatte. Langsam – so langsam, dass er anfangs glaubte, es sei eine Illusion – begann sich in seiner Erinnerung in dem Wirrwarr aus Linien sein Weg abzuzeichnen.

Auf jeder Seite war ein kleiner Sektor einer bestimmten Ebene dargestellt, mit Linien für die Tunnel und mit Kreisen, die die Stellen markierten, an denen Schächte eine Ebene mit der anderen verbanden. Ihm wurde heiß vor Aufregung, als er ihren genauen Standort erkannte – sogar die Nische, in der Jagger sich versteckt hatte, war auf dem Plan verzeichnet. Mit wachsender Erregung blätterte er zurück, setzte die einzelnen Pläne zusammen, passte die Schächte, die auf einer Seite verzeichnet waren, jenen auf der nächsten Seite an, und verband die Tunnelenden an den Seitenrändern, bis das ganze Gebiet in seinem Kopf allmählich feste Form annahm. Und als der Nebel der Verwirrung, der über dem Labyrinth gelegen hatte, sich langsam lichtete, regte sich eine andere Erinnerung in ihm – eine Erinnerung an das Seminar, das er im letzten Semester vor seiner Verhaftung belegt hatte.

Sie hatten die Probleme diskutiert, die für Bauvorhaben im Herzen der Stadt symptomatisch waren, wo jedes Grundstück oft auf zwei oder sogar drei Seiten von anderen Gebäuden umgeben war, die bei Abriss eines vorhandenen oder dem Bau eines neuen Gebäudes unbeschädigt bleiben sollten. Eines Morgens hatten sie den

Campus verlassen, um einen Block zu besichtigen, in dem die Stockwerke geräumt und mit Brettern vernagelt worden waren, wo die Abriss-Crews aber noch nicht mit ihrer Arbeit begonnen hatten.

Jetzt versuchte Jeff sich die Einzelheiten des Bauplans für einen neuen Wolkenkratzer in Erinnerung zu rufen. Und als er sich erinnerte, begann sich in seinem Kopf, gewissermaßen selbsttätig, ein Plan zu entwickeln.

»Es könnte funktionieren«, flüsterte er.

»Was könnte funktionieren?«, knurrte Jagger.

»Es könnte einen Weg geben, auf dem wir hinauskommen.«

Jagger starrte finster auf den Leichnam von Monsignore McGuire. »Nur wenn wir sie alle umbringen. Wir wissen ja nich mal, wie viele hier unten sind.«

»Fünf, nach diesem Buch.« Jeff blickte auf den verkrümmt daliegenden Toten, und als er sprach, war seine Stimme völlig emotionslos. »Was bedeutet, dass es nur noch vier sind.« Seine Augen ruhten auf der leblosen Gestalt, und er versuchte ein wenig Trauer oder Mitleid mit dem Mann aufzubringen. Doch der Inhalt des Logbuchs hatte alles Mitgefühl in ihm abgetötet. »Du hast ihn nur mit deinem Nagel erledigt. Jetzt haben wir eine Schusswaffe mit einem Laser und ein Nachtglas.«

»Und sie haben dasselbe und sind vier«, wandte Jagger ein.

»Und was willst du machen? Einfach hier warten, bis sie uns finden?«

»Da können wir wenigstens einen nach'm andern erledigen.«

»Wenn alle kommen«, antwortete Jeff. »Aber wenn alle in verschiedenen Gebieten arbeiten, könnten wir hier warten bis wir schwarz werden.« Er musterte die Blasen auf Jaggers Stirn. Einige waren aufgeplatzt und wurden schon septisch, die Wunden schwollen an und röteten sich. »Und deine Brandwunden müssen behandelt werden. Gott weiß, was da schon alles hineingeraten ist.« Wie um seine Worte zu betonen, landete ein Insekt auf Jaggers Gesicht und krabbelte über eine der Wunden, als suche es entweder nach Nahrung oder nach einem Ort, in den es seine Eier legen konnte.

Jagger zerquetschte das Insekt und verspritzte Blut und Eiter auf seiner Stirn.

»Jeff hat Recht«, sagte Jinx. »Wir müssen hier raus.«

Jagger sah sie böse an. Was zum Teufel weiß die denn?, dachte er. Sie war noch ein Kind – aber auch wieder nicht Kind genug, dass sie nicht versuchte, Jeff anzumachen. Glaubte sie, dass er nicht sah, wie sehr sie hinter Jeff her war? Nun, das würde nicht passieren – dafür wollte er sorgen. Einen Fluch murmelnd hievte Jagger sich in die Höhe, musste sich dann aber an der Wand stützen, weil ihn starker Schwindel packte. Vorsichtig ließ er sich auf den Sockel nieder, der den Fußboden der Nische bildete.

»Kannst du laufen?«, fragte Jeff.

Jaggers Augen, zu schmalen Schlitzen zusammengekniffen, waren auf Jinx gerichtet. »Ich kann laufen«, sagte er. »Und das is nich alles, was ich kann.«

»Versuch was, und ich …«, begann Jinx mit mehr Mut als sie empfand, aber Jeff ließ sie nicht zu Ende sprechen.

»Wenn du laufen kannst, dann wirst du's auch tun«, sagte er grimmig zu Jagger. Er betrachtete den Dreck auf dem Boden und rümpfte die Nase über die faulig riechenden Luft. »Wir haben ein Sandwich und die Flasche des Priesters. Wenn die zu Ende sind, wird es dir schlechter gehen. Also sehen wir zu, dass wir hier rauskommen, solange du dich noch auf den Füßen halten kannst.«

Jagger stand wieder auf, schwankte einen Moment, riss sich dann aber zusammen. »Gehn wir.«

Die Pläne aus dem Logbuch des Geistlichen vor Augen und das Gewehr über der Schulter, tauchte Jeff in die Dunkelheit ein; Jinx hinter ihm und Jagger hinter ihr.

Heather durchlief ein Frösteln, das nicht mit der Temperatur im Tunnel zusammenhing. Tatsächlich schien die Temperatur sich nie zu verändern. Es war, als habe das Klima unter der Stadt ein merkwürdiges Gleichgewicht erreicht – die Luft immer muffig, verbraucht und feucht. Die meisten Leute, die sie gesehen hatten, waren allein und wanderten langsam durch die Gänge. Den Kopf hielten sie unweigerlich gesenkt, und obwohl sie etwas gesucht haben mochten – eine verlorene Münze oder etwas zu essen –, waren sie von einer Aura umgeben, die ihr verriet, dass sie es schon vor langer Zeit aufgegeben hatten, tatsächlich etwas zu suchen.

Hin und wieder waren sie und Keith auf eine bewohnte Nische getroffen. Das erste Mal hatte Heather eine Art Schock und Empörung überkommen, weil Menschen in einem Nest aus Lumpen leben mussten, versteckt in einer Welt ewigen Zwielichts. Der Mann in der Nische hatte sie jedoch kaum angesehen, bevor er sich abwandte und die Flasche in seinen Händen fester umfasste.

Jetzt standen sie in einem der Lichtkegel, während Keith die Pläne in dem Logbuch studierte und über den Diagrammen grübelte. Heather durchforschte inzwischen voller Unbehagen das schattige Dunkel jenseits des schwachen Lichts nach irgendeinem Zeichen von Gefahr.

Wegen der Jäger in großer Sorge, dachte sie: *Es ist besser, sich im Dunkeln zu halten und ins Licht zu schauen als anders herum.*

Dieser Gedanke hatte das Frösteln in ihr hervorgerufen, und als ihr der eisige Finger über die Haut strich, forschte sie wieder in der Dunkelheit und wünschte, sie stünden – wie der Mann in der Nische und die Ratten, die sie über den Boden huschen hörte – im Dunkeln und nicht im Licht.

»Ich denke, wir sind genau hier.« Obwohl Keith fast unhörbar flüsterte, wurde seine Stimme von den Wänden zurückgeworfen und erschreckte Heather. Sein rechter Zeigefinger zeigte auf eine Kreuzung auf dem Plan, und während sie die Stelle betrachtete, versuchte sie sich an jede Biegung zu erinnern, der sie gefolgt waren, an jede Leiter, die sie benutzt hatten. Aber in ihrem Kopf war ein zu großes Durcheinander und außerdem …

»Was nützt es?« Unbewusst sprach sie die Frage laut aus und fügte dann hinzu: »Solange wir nicht wissen, wohin, ist es doch egal zu wissen, wo wir sind.«

»Wie es aussieht, bringen sie ihre ›Jagden‹ in Ebene vier zu Ende – wie sie es nennen. Wir sind meiner Schätzung nach in Ebene zwei.« Er nickte in Richtung der Dunkelheit, die vor ihnen lag. »Dort müsste irgendwo ein Schacht sein.«

Wortlos folgte Heather ihm tiefer in das Dunkel, und als sie endlich die Helligkeit hinter sich hatten, wurde ihr leichter.

Sie kamen zu dem Schacht, und Keith leuchtete mit der Lampe

in die Tiefe. Die Wände waren schleimig glatt, und einige der in den Beton eingelassenen Sprossen völlig durchgerostet. »Ich gehe zuerst«, sagte Keith. »Wenn sie mich tragen, halten sie auch bei dir.«

Heather spähte in den dunklen Abgrund und schüttelte den Kopf. »Ich geh zuerst. Ich binde mir das Seil um die Taille, wenn also eine Sprosse bricht …« Sie verstummte, doch Keith verstand, was sie sagen wollte. Wenn er oben war, hatte sie wenigstens eine Chance. Wenn er es wäre, der stürzte, hätten sie überhaupt keine. Sein Gewicht würde sie vermutlich mit hinunterreißen.

Während sie kurz darauf den Knoten des Seils überprüfte, warf sie einen Blick nach unten. Dann hockte sie sich nieder, streckte ein Bein aus und tastete nach der ersten Sprosse, die sie erreichen konnte. Keith spannte das Seil, sie fand die Sprosse und holte das zweite Bein nach, während er sie an der Kante des Schachts sicherte. »Bereit?«, fragte sie.

»Bereit.«

Sie verlagerte ihr Gewicht von den Ellenbogen auf die Beine.

Die Sprosse hielt.

Ihre Finger umschlossen die oberste Sprosse, und sie ließ sich tiefer in den Schacht hinab.

Die nächste Sprosse hielt auch, die übernächste ebenfalls.

Sie wurde schneller, Keith ließ das Seil so zügig abrollen wie sie hinunterstieg.

Dann, so plötzlich, dass es sie völlig unvorbereitet traf, gab eine Sprosse unter ihr nach, knickte von der Wand weg.

Sie fiel, schrie laut auf – es war ein Schrei des Entsetzens, der tief aus ihrem Innern explodierte und wie abgeschnitten endete, als das Seil, das um ihre Taille lag, sie nach oben riss, sich in ihren Achselhöhlen verfing und ihr die Brust abschnürte. Sie schwang im Nichts, baumelte in der Dunkelheit, bis ihre Hand eine Sprosse fand und instinktiv umschloss. Sie zog sich dicht an die Wand heran und umklammerte die Sprosse mit beiden Händen, während sie mit den Füßen nach einer nächsten Sprosse suchte. Zwischendurch holte sie keuchend Luft, um wieder zu Atem zu kommen, den das Seil ihr aus den Lungen gepresst hatte.

Ihr wurde schwindlig, und als sie in den Schacht hinunterblickte, fürchtete sie einen Augenblick, sie könnte wieder fallen. Dann fragte Keith von oben: »Bist du okay?«

Ein Stöhnen war der einzige Laut, den Heather von sich geben konnte, solange der Schwindel sie gepackt hielt. Dann fand sie die Stimme wieder: »Eine Sprosse ist gebrochen, aber jetzt ist alles in Ordnung.«

Sie holte tief Atem und setzte vorsichtig den Weg nach unten fort; allerdings prüfte sie jetzt jede Sprosse, bevor sie sich ihr mit ihrem ganzen Gewicht anvertraute.

Noch eine zerbrach, zwei verbogen sich, hielten aber. Dann war sie unten. Sie band sich los, rief Keith, und er zog das Seil herauf. Dann ließ er es wieder hinunter, diesmal mit dem Rucksack.

Als er selbst hinunterstieg, gaben noch zwei Sprossen nach, und als er unten ankam, blickte er grimmig nach oben. »Hinauf können wir nicht mehr«, sagte er und grinste dann. »Andererseits kann aber auch keiner herunterkommen.« Er sah sich um und studierte dann kurz die Pläne. »Dorthin«, entschied er.

Heather betrachtete den Plan, sah aber nichts, das ihr auch nur andeutungsweise gesagt hätte, in welche Richtung sie sollten. »Warum?«, fragte sie.

Keith zuckte mit den Schultern. »Um die Wahrheit zu sagen, ich habe keine Ahnung. Aber hier können wir nicht bleiben.« Heather dicht hinter sich, machte er sich auf den Weg.

Als sie etwa hundert Meter zurückgelegt hatten, fanden sie den Toten. Zuerst dachte Keith, es sei einer der Obdachlosen, die sich überall in den Tunnels herumtrieben; einer, der entweder eingeschlafen oder einfach umgekippt war. Aber als er den Mann mit der Taschenlampe anleuchtete, sah er den leuchtend roten Fleck, der die Kleidung durchtränkt hatte, und als er niederkniete, um näher hinzusehen, entdeckte er die tiefe, klaffende Brustwunde.

Während er die Innentaschen im Jackett des Mannes durchsuchte, hörte er Heather leise keuchen. Er blickte auf und sah, dass sie nicht die klaffende Wunde, sondern das Gesicht des Mannes anstarrte.

»Du kennst ihn.« Es war eine Feststellung, keine Frage.

»Monsignore McGuire«, sagte sie leise. »Er leitet ein Heim für Obdachlose.«

Doch Keith hörte nicht zu. Er blätterte wieder in Atkinsons Notizbuch und suchte die Seite, auf der der Name seines Sohnes stand. Dort waren auch die Namen der beteiligten Jäger verzeichnet: Viper, Mamba, Klapperschlange, Natter und Kobra. »Er ist ebenfalls ein Freund deines Vaters, nicht wahr?«

Heather nickte.

Keith betrachtete wieder die Liste und dachte an den Mann, den er getötet hatte.

Carey Atkinson.

Jetzt lag hier Monsignore McGuire mit einem Loch in der Brust.

Atkinson und McGuire.

Viper und Mamba?

Er fühlte, dass Heather dicht hinter ihm stand, fühlte ihren Atem im Nacken, als auch sie auf die aufgeschlagene Seite des Notizbuchs starrte.

Und er hörte sie stöhnen, als auch sie in Gedanken die Verbindung herstellte.

»Das kann nicht sein«, flüsterte sie. »Doch nicht mein Vater …«

Aber schon als sie es aussprach, wusste sie, dass die Saat in ihrem Kopf aufgegangen war und weiterwachsen würde, gleichgültig, wie oft sie diese Worte wiederholte.

36. Kapitel

Der Jäger, den sie Natter nannten, hatte sich seit mehr als zwei Stunden nur bewegt, wenn er sich ein Insekt, meist einen Käfer, aus dem Gesicht geschnippt oder mit dem Fuß nach einer Ratte getreten hatte, die dreist genug gewesen war, sich zu nahe an ihn heranzuwagen. Die Bewegung hatte genügt, die Steifheit seiner Gelenke zu mildern und die Muskeln nicht taub werden zu lassen. Doch während sein Körper geruht hatte, war sein Geist hellwach, registrierte die kleinste Sinneswahrnehmung und analysierte sie von allen Seiten.

Für Natter waren die auf der Jagd verbrachten Stunden die besten seines Lebens, viel interessanter und eine viel größere Herausforderung als die endlos langweiligen Debatten der Anwälte, die er sich anhören musste und bei denen es um undurchschaubare Belanglosigkeiten des Gesetzes ging, um Präzedenzfälle und Entscheidungen des Supreme Court. Die Natter hatte immer gewusst, was Recht und was Unrecht war. Vor allem deshalb war er Anwalt geworden. Er hatte nicht Jura studiert, weil es ihn interessierte, Fälle zu diskutieren, sondern weil er überzeugt war, dass er die einzigartige Fähigkeit besaß, Recht von Unrecht zu unterscheiden.

Deshalb hatte er Richter werden wollen und hatte mit Vierzig dieses ehrgeizige Ziel auch erreicht. Aber im Lauf der Jahre war seine Zufriedenheit über seine Urteile immer geringer geworden, und schließlich war sie ihm ganz abhanden gekommen – weggespült von den Entscheidungen der übergeordneten Gerichte, die ihn einengten, ihn hinderten, Höchststrafen zu verhängen, ja sogar die sofortige Entlassung einiger dieser Vampire anordneten, die seiner Meinung nach das Leben aus anständigen Männern und Frauen heraussaugten.

Erst der Manhattan Hunt Club hatte all das geändert. Vom ersten Augenblick an in den Tunnels, wenn Vandenberg seine Richterrobe mit dem Tarnanzug des Jägers vertauschte und Natter wurde, hatte er wieder die tiefe Beglückung empfunden, die diesmal nicht nur durch ein absolut perfektes Urteil in ihm ausgelöst wurde, sondern auch durch die Tatsache, dass er dieses Urteil selbst vollstrecken konnte.

Heute sollten zwei dieser Urteile vollstreckt werden, und es war seine Absicht, wenigstens eines der Opfer zu erbeuten. Daher hatte er, nachdem er die Protokolle der bisher siebenunddreißig Jagden studiert und sich die Routen angesehen hatte, auf denen die Beute jeweils unterwegs gewesen war, um den Verfolgern zu entkommen, diesen besonderen Standort gewählt: einen fast unsichtbaren Sockel in dem Labyrinth aus Röhren und Leitungen, die durch den Versorgungstunnel führten, so gut versteckt, dass er fast völlig im Verborgenen bleiben konnte, mit hellwachen Sinnen, bereit, zuzuschlagen wie die Schlange, der er seinen Codenamen verdankte.

Seine Waffe lag bereit – eine 7.62mm M-14A1, die er direkt von einem Freund aus dem Pentagon bekommen, aber zusätzlich mit einem Spezial-Laserzielfernrohr ausgerüstet hatte. Im Rucksack lagen vier Magazine für das Gewehr, jedes mit zwanzig Schuss Munition, doch Vandenberg erwartete, mit drei vollen Magazinen zurückzukehren; auch das, mit dem die Waffe jetzt geladen war, würde vermutlich nicht einmal halb leer sein.

Sportliches Ziel war es schließlich, die Beute mit einem einzigen Schuss zu erlegen.

Die restlichen Magazine waren nur zur Sicherheit da.

Sein Nachtglas lag unter seiner rechten Hand, bereit für den Fall, dass er Geräusche einer sich nähernden Beute hörte. Und es würde seinen Ohren keine Schwierigkeiten bereiten, die Geräusche der Beute von den immer vorhandenen Hintergrundgeräuschen im Tunnel zu unterscheiden. Vandenberg hatte schon vor langer Zeit gelernt, das Huschen der Mäuse und das Scharren der Ratten auseinander zu halten, herauszuhören, ob ein Rohr tropfte oder ein Obdachloser an eine Wand pisste, ein Mann im Sterben lag oder nur krank war. Auch die Gerüche konnte er unterscheiden, hatte gelernt zu riechen, ob ein menschliches Wesen sich näherte – einem großen weißen Hai gleich, der von weitem Blut witterte.

Plötzlich schalteten seine Nerven in höchste Alarmbereitschaft. Er hätte nicht sagen können, warum seine Sinne auf einmal so angespannt waren; vielleicht war es der Hauch eines Geruchs, ein fast unhörbarer Laut – oder vielleicht warnte ihn auch nur der perfekt geschärfte Instinkt eines Raubtiers.

Er wusste nur, dass etwas kam.

Muss sie los werden, dachte Jagger. Muss sie los werden, bevor sie alles kaputt macht. Er beobachtete Jinx, die Jeff durch den Tunnel folgte. Sie ging vor Jagger, aber nicht sehr weit vor ihm, und sie blieb dicht hinter Jeff.

Er wusste, warum sie das tat – damit sie ihn riechen, seinen Geruch tief in ihre Lungen einsaugen konnte, genauso wie er es in der vergangenen und in der Nacht vorher getan hatte, als er über Jeff gewacht und dafür gesorgt hatte, dass ihm nichts passierte, während er schlief. Aber seit Jinx aufgetaucht war, war er kein einziges Mal nahe genug an Jeff herangekommen, um …

Er verdrängte den Gedanken. Er wollte nur auf Jeff aufpassen, ihn beschützen, damit sie Freunde sein konnten – die besten Freunde.

Fester umschloss seine Faust den Schienennagel und er schob sich näher an Jinx heran.

Otto Vandenberg blickte durch das Okular seines Nachtglases.

Drei Leute kamen.

Zwei erkannte er sofort – Jeff Converse hatte er erst vor wenigen Tagen verurteilt, und Jagger im letzten Jahr.

Aber das Mädchen …

Wer war das Mädchen?

Er richtete das Glas auf sie, forschte in seinem Gedächtnis.

Dann hatte er es – ein Mädchen von der Straße, das er im Gericht gesehen hatte.

Jung und hübsch. Oder eigentlich nur hübsch, wenn man es gründlich säubern würde.

Er beobachtete das Mädchen weiter, bis er es ganz deutlich sehen konnte. Wäre es allein gewesen und hätte er mehr Zeit gehabt …

Die Jagd war jedoch viel wichtiger als irgendein flüchtiges körperliches Vergnügen, rief er sich in Erinnerung. Später war noch Zeit genug für Mädchen …

Das Trio ging unter ihm vorbei, er drehte sich lautlos um und überlegte.

Converse oder Jagger?

Vielleicht beide?

Seine Nerven prickelten, als er das Glas weglegte und nach dem Gewehr griff.

Etwas hatte sich verändert.

Jeff spürte es. Irgendwo in der Nähe – so nah, dass sie fühlbar war – lauerte eine Gefahr.

Sie waren seit fast einer Viertelstunde unterwegs und ihr Ziel nicht mehr allzu weit entfernt. Wenn sie stehen blieben, würde die Gefahr nur größer, die in der Dunkelheit lauerte; also ging er weiter und ging schneller – nicht schnell genug, um zu verraten, dass er etwas Bedrohliches wahrgenommen hatte, aber so schnell, dass sie dem Gefahrenbereich früher entkommen würden.

Er spürte, dass Jinx hinter ihm die Gefahr ebenso fühlte wie er.

Und dann begriff er, woher die Gefahr kam.

Nicht von den Hütern.

Oder den Jägern.

Nein, die Gefahr, die er spürte, war viel, viel näher.

Sie kam von Jagger.

Jagger war jetzt so dicht hinter Jinx, dass er sie fast spürte. Wenn er die Hand ausstreckte, konnte er sie berühren, konnte die Finger in ihrem Haar vergraben, sie zurückreißen, von Jeff wegzerren, ihr den Hals umdrehen, bis er die Knochen knacken hörte und ihr dann den Nagel ins Fleisch stoßen.

Das würde sie stoppen.

Das würde sie von Jeff fern halten.

Er schob sich näher, seine rechte Hand umklammerte den Nagel so fest, dass sein ganzer Arm zitterte.

Otto Vandenberg spürte, wie die hypnotische Ruhe des unmittelbar bevorstehenden Tötungsaktes ihn überkam.

Seine Hände waren ruhig, sein Atem ging langsam und regelmäßig; er fühlte den rhythmischen Schlag seines Herzens und bereitete sich auf den perfekten Augenblick vor, konnte kaum die Sekunde erwarten, bis sein Finger sich die absolute Ruhe seines Körpers zu Nutze machen würde, in der weder seine Lungen noch sein Herz Anlass böten, dass er auch nur einen Millimeter von seinem Ziel abwich.

Er wusste jetzt, welche Trophäe er zuerst anvisieren wollte und richtete das Fadenkreuz seines Zielfernrohrs auf die Stelle, wo ein einziges Geschoss am tödlichsten treffen und die Beute am wenigsten beschädigen würde.

Warum sollte er Malcolm Baldridge den Job, der ohnehin schwierig genug war, noch erschweren?

Der Augenblick kam – die perfekte Übereinstimmung von Lungen und Herz –, und Otto Vandenberg drückte ab.

Das leise Pfft des schallgedämpften Schusses war selbst für das geschärfte Gehör der Natter kaum zu hören.

Jagger hob die linke Hand und griff nach Jinx' Haaren, schon glaubte er, die zerzausten Strähnen zwischen seinen Fingern zu spüren. Sein Herz hämmerte wie …

Jeff fuhr herum, sah Jagger, der sich gefährlich über Jinx beugte und mit einer Hand nach ihr griff, den Schienennagel in der anderen Faust. Ohne zu denken sprang er auf Jinx zu, riss sie genau in dem Moment zur Seite, in dem Jagger zustoßen wollte.

Doch dann sah er einen Ausdruck ungläubigen Staunens in Jaggers Gesicht.

Jagger hatte das Gefühl, von einem Vorschlaghammer getroffen worden zu sein.

Er taumelte, versuchte das Gleichgewicht wieder zu erlangen, aber irgendetwas war schiefgegangen.

Er fühlte nichts.

Der Nagel glitt ihm aus der Hand, und sein riesiger Körper sank in sich zusammen.

Was war passiert?

Als er fiel und merkte, dass er die Beine nicht mehr bewegen konnte, erkannte er die Wahrheit.

Kein Vorschlaghammer.

Eine Kugel.

Eine Kugel hatte ihn in den Rücken getroffen und …

Er schaute auf seine Brust und sah das Blut durch sein Hemd und seine Jacke sickern.

Doch er weigerte sich noch immer zu begreifen, was ihm widerfuhr. Wenn man auf ihn geschossen hatte, warum spürte er es nicht?

Mühsam versuchte er zu sprechen, doch in seinen Lungen war keine Luft, und als er durchatmen wollte, hörte er tief aus seiner Brust ein Gurgeln.

Und dann hörte er nichts mehr.

37. Kapitel

Jeff hatte Monsignore McGuires Gewehr bereits gehoben, als er Jagger stürzen sah. Zuerst dachte er, Jagger sei gestolpert, als er über Jinx herfallen wollte. Dann entdeckte er das Blut, das aus der Wunde in Jaggers Brust strömte und wollte schon auf ihn zugehen, als Jinx ihn an die Wand stieß. Im selben Moment prallte ein paar Meter weiter eine Kugel von der Wand gegenüber ab.

»Es ist einer von ihnen«, flüsterte sie. »Er wird uns kriegen …«

Jeff warf sich auf die Knie, hob das Gewehr und entsicherte gleichzeitig. Er konnte zwar nichts durch das Zielfernrohr erkennen, drückte aber trotzdem ab.

Die Waffe ratterte und verstreute ihr Blei in die entferntesten Winkel. Der Lärm in dem bisher stillen Tunnel war ohrenbetäubend. Mit zitternden Händen schoss Jeff das Magazin leer, die fünfundzwanzig Patronen in weniger als einer Sekunde. Bis das Krachen der Schüsse plötzlich erstarb. Jeff sucht im Rucksack des Geistlichen nach einem zweiten Magazin, aber Jinx zog ihn am Arm.

»Machen wir, dass wir hier wegkommen«, flüsterte sie. »Sie alle werden in ein paar Minuten hier sein.« Mit einem Satz verschwand sie in der Dunkelheit.

Anstatt ihr zu folgen, kauerte Jeff sich neben Jaggers reglose Gestalt. »Jagger?«, sagte er leise. »He, Jag …« Er verstummte, als er sah, dass er keine Antwort bekommen würde. Hastig tastete er nach Jaggers Puls.

Nichts.

Wenigstens eine Minute lang blieb Jeff, wo er war, zusammengekauert neben Jaggers Leichnam.

Er dachte an den heranbrausenden Zug, der ihn zerquetscht hätte, wäre ihm Jagger nicht beigesprungen. Und an den Mann, den sie in den Tiefen der Tunnels getroffen hatten, den Mann, den Jagger getötet hatte, weil er glaubte, er wolle ihm, Jeff, etwas tun.

Wie könnte er Jagger hier lassen? Er wusste, was geschehen würde, sobald er gegangen war. Zuerst würden die Ratten kommen und dann die Fliegen und die Ameisen und die Kakerlaken.

Aber was blieb ihm übrig? Selbst wenn er Jagger tragen könnte, wohin sollte er ihn bringen?

Von irgendwo aus den Schatten hörte er Jinx' Stimme: »Beeil dich! Sie werden uns finden!«

Noch immer zögerte er, dann legte er Jagger die Finger auf die Stirn. »Danke«, flüsterte er. »Du warst mein Freund.«

Er hob Jaggers Schienennagel vom Boden auf und sah Jagger ein letztes Mal an. Dann machte er kehrt und eilte tief gebückt davon.

Immer und immer wieder drückte Eve Harris auf den Sendeknopf ihres Funkgeräts, als könne sie es zwingen, ihr zu Willen zu sein. Doch sie wusste, dass das Problem nicht bei dem Funkgerät, sondern bei der Jagd selbst lag.

Etwas war schiefgegangen.

Jetzt reagierte auch Natter nicht mehr auf ihren Ruf. Natter, der auf der Jagd am liebsten aus dem Hinterhalt angriff, in dem er lauerte und darauf wartete, dass die Beute zu ihm kam. Sie hatte vor wenigen Minuten mit ihm gesprochen, und seine Stimme war über die statischen Geräusche hinweg ganz deutlich zu hören gewesen.

Und jetzt nichts.

Sie sagte sich, dass Vandenberg beschlossen haben konnte, seine Position zu verändern – sich tiefer im Tunnel auf die Lauer zu legen, wohin das Funkgerät nicht reichte. Doch eigentlich wusste sie es besser. Vandenberg war im Herzen ein Feigling, und wenn ihn nichts aus seinem Versteck vertrieb, würde er bis zum Ende der Jagd bleiben, wo er war, die Beute erlegen, wenn sie vorbeikam, zufrieden, die anderen durch die Tunnels pirschen zu lassen.

Leise fluchend wandte sie sich wieder dem Funkgerät zu, wechselte auf eine andere Frequenz und betete im Stillen, dass wenigstens einer der Jäger im Sendebereich wäre.

Oder wenigstens noch am Leben …

Keith erkannte das Geräusch sofort, das von den Betonwänden hallte, widerhallte und dann verstummte.

Ein halbautomatisches Gewehr, das mindestens zwanzigmal feuerte.

Heather, die eben noch hinter ihm gewesen war, kam jetzt an seine Seite und grub ihm die Finger in den Arm.

»Woher ist das gekommen?«, flüsterte sie und wagte in der plötzlichen Stille, die auf die Schüsse folgte, nicht laut zu sprechen.

»Das war vor uns«, sagte er grimmig. »Auf, weiter!«

Er gab ihr keine Gelegenheit zu widersprechen, fiel in einen leichten Trab, lief rasch in die Richtung, aus der das Gewehrfeuer gekommen war. Heather holte ihn ein, und nach weniger als einer Minute kamen sie zu einer Kreuzung.

»Wohin?«, keuchte Heather.

Keith hob das Nachtglas an die Augen und observierte die Tunnels in beiden Richtungen. Zuerst sah er nichts, doch dann, am äußersten Ende der Sichtweite des Glases, entdeckte er etwas, das auf einer Art Sockel hoch in der Tunnelwand lag. Etwas, das aussah wie …

»Hier rüber«, sagte er. »Beeil dich.«

Er lief wieder los, doch diesmal nicht in einem leichten Trab, sondern so schnell er konnte.

Hinter ihm bemühte sich Heather, mit ihm Schritt zu halten.

Perry Randall drückte auf den Sendeknopf seines Funkgeräts und hoffte, dass er sich noch im Sendebereich aufhielt.

»Hier ist Klapperschlange. Bitte melden! Hier ist Klapperschlange!« Er ließ den Knopf los und lauschte aufmerksam, um zwischen dem Knistern und Krachen der Statik eine Stimme auszumachen.

Nichts.

Lautlos fluchend warf er einen Blick auf das Leuchtzifferblatt seiner Uhr und richtete dann den Strahl seiner Ministablampe auf den Plan im hinteren Teil seines Logbuchs. Er war im zweiten Sektor der zweiten Ebene, und Natter sollte im nächsten Sektor auf derselben Ebene arbeiten. Wenn die Hüter ihre Arbeit getan hatten, dürften Jeff Converse und Francis Jagger nicht allzu weit entfernt sein. Waren sie jedoch eine Ebene tiefer, konnte es sein, dass Mamba sie erledigte, bevor er selbst zum Schuss kam.

Nicht, dass es ihm etwas ausmachen würde, wenn einer der anderen Jagger erwischte – er war Randall scheißegal. Als sie bei der Sitzung des Hunt Committees Jaggers Akten durchgesehen hatten, war es offensichtlich gewesen, dass er eine leichte Beute sein würde – groß und dumm wie ein Rhinozeros und nur gefährlich, wenn man ihm zu nahe kam. Tatsächlich vermutete Randall, dass Jagger bereits erledigt worden und dass derjenige, der ihn erwischt hatte, schon auf dem Rückweg in den Club war, nachdem er den Kadaver auf dem Plan eingezeichnet hatte, wo die Helfer ihn abholen und zu Malcolm Baldridge bringen würden. Jeff Converse aber wollte Perry Randall für sich selbst haben – wollte ihn seit dem Abend, an dem Converse, über sein Opfer gebeugt, in der U-Bahnstation festgenommen worden war. Natürlich hatte Heather bis zu dem Tag, an dem er verurteilt wurde, behauptet, der junge Mann sei unschuldig, doch das hatte ihn nicht überrascht. Der Junge hatte einen gewissen Charme, auf den seine Tochter hereingefallen war; ihn selbst hatte er keine Sekunde lang täuschen können. Nicht, dass es jetzt noch wichtig gewesen wäre – der Kerl würde innerhalb der nächsten Stunde sterben, und es würde ihm ein ganz besonderes Vergnügen sein, gerade dieses Exemplar selbst zu erledigen.

Nur hatte Perry Randall jetzt das untrügliche Gefühl, dass etwas Merkwürdiges vorging.

Wieder drückte er auf den Sendeknopf. »Hier ist Klapperschlange. Kontrollzentrum bitte melden. Hier ist Klapperschlange.« Er ließ den Knopf los. Lauschte. Noch immer nichts.

Als er es noch einmal versuchen wollte, wurde die Stille des Tunnels von Gewehrfeuer zerrissen.

Nicht von einem einzelnen Schuss, sondern von einer ganzen Salve aus einem halbautomatischen Gewehr.

Mit vor Erregung prickelnden Nerven riss Perry Randall sich den Stöpsel aus dem Ohr und wartete auf die nächste Salve, um feststellen zu können, aus welcher Richtung die Schüsse kamen.

Er griff nach seinem Nachtglas und spähte durch den grünlichen Dunst verstärkten Lichts.

Drei Ratten, vor Sekunden noch unsichtbar, huschten über den Tunnelboden und suchten nach irgendetwas Essbarem. Im nächsten Moment witterten zwei gegenseitig ihren Geruch, erstarrten, entdeckten sich und stürzten sich aufeinander, beide entschlossen, die andere aus dem eigenen Gebiet zu verjagen. Erregt beobachtete Randall, wie die Nager sich ineinander verbissen, und als die eine Ratte schließlich aufgab, die Wand hinaufhuschte und in einem breiten Spalt in Deckennähe verschwand, war er enttäuscht.

Der Kampf hätte nicht damit enden dürfen, dass einer der Widersacher den Kampfplatz verließ.

Der Verlierer hätte nicht fliehen dürfen.

Der Verlierer hätte sterben müssen.

Und heute würden die Verlierer sterben. Das Gesicht vor Erwartung gerötet und erhitzt, wandte Perry Randall seine Aufmerksamkeit wieder ungeteilt der Jagd zu.

Er hörte ein anderes Geräusch, das Geräusch laufender Schritte, fuhr so schnell wie eine angreifende Klapperschlange herum und spähte angestrengt in den grünlichen Dunst.

Doch selbst mit dem Nachtglas entging es ihm beinahe.

Beinahe, aber nicht ganz, denn Randalls Augen waren genauso scharf wie sein Verstand, und obwohl die ferne Gestalt fast verschwand, bevor er begriff, dass sie da war, hatte er sie entdeckt.

Ein Mann war im nächsten Quergang vor ihm verschwunden.

Ein Adrenalinstoß ließ Perry Randalls Nerven prickeln, als er sich auf die Spur der verschwundenen Gestalt setzte.

Er war überzeugt, dass die Jagd bald vorbei sein würde.

38. Kapitel

Jeff hörte die stampfenden Schritte irgendwo hinter sich, wagte es aber nicht, lange genug innezuhalten, um einen Blick zurückzuwerfen. Wenn es ein Jäger war, wäre er in dem Moment tot, in dem er stehen bliebe. Falls er und Jinx eine Chance hatten zu entkommen, mussten sie in Bewegung bleiben, in einem unregelmäßigen Zickzack durch den Tunnel rennen, damit sie für ihren Verfolger kein leichtes Ziel boten. Weiter vorn sah er einen schmalen Gang, der nach links führte. Im Sprint kam er zu der Abzweigung, bog schnell ein und packte Jinx, als sie ihm folgte. Er presste ihr die Hand auf den Mund, damit sie nicht aufschreien konnte, legte ihr den freien Arm um die Schultern und die Lippen ans Ohr. »Wir bleiben hier«, flüsterte er. »Wenn sie uns nicht hören, können wir sie erwischen, bevor sie uns kriegen.«

Als Jinx ihm mit einem Nicken sagte, dass sie verstanden hatte, ließ er sie los. Mit heftig klopfendem Herzen sah Jeff sich um. Der Gang war viel enger als der Tunnel, den sie eben verlassen hatten, und eine Wand war mit übereinander liegenden Reihen elektrischer Leitungen bedeckt. Die einzige Beleuchtung kam von einem schwachen Schimmer, den eine Lampe im Haupttunnel verbreitete. Jeff holte Monsignore McGuires Nachtglas aus dem Rucksack, schaltete es ein und spähte tiefer in den Gang.

In einer Entfernung von ungefähr fünfzig Metern schien er als Sackgasse zu enden. Während er Wände und Decke nach eventuellen Fluchtwegen absuchte, legte Jinx ihm die Hand auf den Arm.

»Hör mal«, flüsterte sie. »Keine Schritte mehr.«

Jeff ließ das Nachtglas sinken und drehte sich um. Er bewegte den Kopf, als er sich bemühte, etwas zu hören, irgendetwas in der plötzlichen Stille, die sich über den Tunnel gesenkt hatte.

Eine sich nähernde U-Bahn durchbrach diese Stille. Aber selbst als das Geräusch lauter wurde und der Beton unter seinen Füßen zu vibrieren begann, blieb der vertraute Lärm merkwürdig gedämpft, und dann erkannte Jeff den Grund – der Zug fuhr über ihnen, mindestens eine, vielleicht sogar zwei Ebenen höher.

Was bedeutete, dass sie, wenn sie entkommen wollten, näher an die Oberfläche mussten. Aber wie?

Falls es aus dem Gang, in dem sie jetzt waren, keine Fluchtmöglichkeit gab, mussten sie in den Tunnel zurückkehren, aus dem sie eben geflohen waren.

Staub von der bebenden Decke fiel auf sie, als der Zug über ihnen entlangrauschte, und dann wurde es wieder still.

Jeff lauschte in diese Stille hinein, die jetzt sogar noch erschreckender schien als die Schritte des Verfolgers vor wenigen Minuten.

Jetzt wurden sie nicht mehr gejagt.

Jetzt pirschte man sich an sie heran.

Heather Randall schauderte, als sie den Leichnam ansah, der grotesk über einen Sockel dicht unter der Tunneldecke herausragte. Von da, wo sie und Keith standen, konnten sie nur Kopf, Schultern und Arme des Toten erkennen. Der Kopf, mit dichten grauen Haaren bedeckt, die blutverschmiert waren, hing in einem Winkel nach unten, der im Leben unmöglich gewesen wäre. Ein Blutstropfen fiel in die Lache auf dem Boden unter der Leiche.

Die Arme hingen nach unten, die Hände waren ausgestreckt, als wollten sie das von der Leiche vergossene Blut aufsammeln – oder vielleicht nach dem Gewehr greifen, dessen Kolben halb in der Blutlache lag.

Gegen die Übelkeit ankämpfend, die in ihr aufstieg, griff Heather instinktiv nach Keiths Hand. Sie gingen um die Blutlache herum, bis sie die andere Seite des Kopfes und die Wunde sehen konnte, die den Tod des Mannes herbeigeführt hatte.

Es sah so aus, als habe der Mann der Gewehrsalve ausweichen wollen, die auf ihn abgefeuert worden war. Doch er hatte keine Chance gehabt. Die Kugel, die ihn getötet hatte, hatte ihm die rechte Stirnhälfte weggerissen und das Gehirn bloßgelegt. In dem schwachen Licht des Tunnels schien die ganze Szene unmöglich zu sein – es war offensichtlich, dass der Mann, gut ausgerüstet, hier im Hinterhalt gelegen hatte. Was war schief gegangen?

»Halte das mal, während ich mich umsehe«, sagte Keith leise und reichte ihr das Gewehr, das er Carey Atkinsons Leiche abgenommen hatte.

Während Keith sich auf den Sockel hievte, auf dem der Leichnam lag, starrte Heather den Toten weiterhin an.

Wie war es möglich, dass er erschossen worden war?

Dann fiel ihr Blick auf das Gewehr. Es war genau das gleiche wie das, das sie jetzt in der Hand hielt.

Monsignore McGuire hatte kein Gewehr gehabt, als sie ihn fanden.

»Hier ist sein Gepäck«, sagte Keith, schob einen Rucksack vom Sockel, der genauso aussah wie der von Atkinson, und sprang dann selbst auf den Boden. Als er den Rucksack öffnen wollte, sträubten sich ihm förmlich die Nackenhaare. »Ich denke, jemand folgt uns«, flüsterte er kaum hörbar. »Geh weiter und schau dich nicht um.«

Heather gehorchte. Keith hielt sich nur lange genug auf, um das Gewehr des Toten aufzuheben. Dann lief er schnell hinter ihr her.

Perry Randall beobachtete die beiden Gestalten durch sein Nachtglas. Sie waren deutlich zu sehen – ein Mann und eine Frau –, aber nicht deutlich genug, dass er sie identifizieren konnte. Doch trotz des Dunstes, der über dem grünlichen Licht lag, hatten beide etwas Vertrautes an sich.

Dieses Gefühl der Vertrautheit hielt Randall davon ab, sie zu töten. Eve würde ihm nie verzeihen, wenn er zwei ihrer kostbaren Hüter erschoss. Es wäre leicht gewesen – den Schalldämpfer hatte er schon auf seine M-14A1 aufgesetzt, und er brauchte nur dem leuchtend roten Punkt des Lasers über den Tunnelboden und dann den Rücken eines der beiden hinauf zu folgen.

Den Mann zuerst; die Frau hatte bestimmt langsamere Reflexe und würde nicht einmal verstehen, was passiert war – doch dann wäre es zu spät.

Er brauchte nur den Lichtpunkt des Lasers auf den Hinterkopf des Mannes zu richten, wo er wie ein von innen her erleuchteter Blutstropfen glänzen würde, dann auf den Abzug zu drücken, und der Laserpunkt würde sich schnell in einen Strom echten Blutes verwandeln.

Die Frau konnte er dann abschießen, bevor der Mann auf dem Boden lag.

Trotzdem – es war besser, ihnen noch ein bisschen länger zu folgen.

Während sie tiefer in den Tunnel eindrangen, schlich Randall hinter ihnen her, bewegte sich wie ein Gespenst völlig geräuschlos durch die Dunkelheit. Er blieb stehen, als er zu dem Leichnam kam, der von dem Sockel herunterhing. Als er ihn zum ersten Mal durch sein Nachtglas gesehen hatte, hatte er geglaubt zu wissen, wer es war, doch jetzt schaute er dem Toten ins Gesicht. Trotz des schrecklichen Schadens, den die Kugel angerichtet hatte, erkannte er Otto Vandenberg sofort.

Der Mann und die Frau hatten sein Gewehr und seinen Rucksack mitgenommen, in dem auch sein Logbuch war.

Er setzte das Nachtglas wieder an und spähte in die Dunkelheit vor ihm. Die beiden Gestalten gingen noch immer weiter, entfernten sich schnell von ihm. Wenn sie auf eine Kreuzung stießen und entkamen …

Wenn sie mit Vandenbergs Logbuch an die Oberfläche gelangten …

Perry Randall setzt das Nachtglas ab, nahm die Waffe von der Schulter, entsicherte sie und legte an. Er schaltete den Laser ein und bereitete sich auf den ersten Schuss vor.

Heather versuchte sich einzureden, dass die dunkle Masse auf dem Boden vor ihr nicht noch eine Leiche sein konnte, wusste jedoch, dass es eine sein musste. Es waren nicht nur die absolute

Reglosigkeit oder die unnatürlich gekrümmten Glieder und auch nicht der dunkle Blutfleck auf seiner Brust, die ihr verrieten, dass der Mann tot war.

Es war die Ratte, die schon an seinem Gesicht nagte.

Ein erstickter Laut – Entsetzen und Ekel zugleich – entwich ihrer Kehle, und sie fürchtete, dass sie am Ende die Übelkeit nicht mehr beherrschen könnte, die in ihrem Leib wühlte. Ein Schwindelgefühl überrollte sie wie eine Welle, und sie musste sich an die Wand lehnen, um nicht zu stürzen.

Als Keith Converse in die Hocke ging, um den Leichnam zu untersuchen, wäre Heather – überwältigt von den Bildern des Todes, die sie an diesem Tag schon gesehen hatte – am liebsten auch zu Boden gesunken, hätte die Augen geschlossen und versucht, alles aus ihrem Kopf zu verdrängen. Aber gerade als die Knie unter ihr nachzugeben begannen, sah sie es.

Einen roten Punkt, der über den Boden auf sie zukroch.

Eine Sinnestäuschung?

Es musste eine Sinnestäuschung sein.

Sie richtete die Augen auf den Punkt, wollte ihn zwingen, zu verschwinden.

Aber er kroch näher, und in ihr regte sich eine Erinnerung. Eine Erinnerung an ihren Vater, der ihr beigebracht hatte, wie man die Waffen aus dem Waffenschrank in der Bibliothek benutzte.

»Das Zielfernrohr mit Laser ist das beste. Nachts kannst du damit das Ziel nicht verfehlen. Richte den roten Punkt nur auf den Boden vor dir, beweg die Waffe, bis der Punkt auf dem Ziel liegt …

Dann drück ab.«

Der Punkt kam näher, und Heathers Hände schlossen sich fester um das Gewehr, das sie hielt.

Ein Gewehr, wie auch ihr Vater eines hatte …

Dann wichen Übelkeit – und Entsetzen – einer eiskalten Wut.

Schnell fanden ihre Finger den Sicherungshebel und den Schieber, der die Waffe auf Dauerfeuer einstellte.

Sie hob das Gewehr und schaute durch das Zielfernrohr. Weit weg hob sich im Licht einer der Deckenlampen ganz schwach die Silhouette einer Gestalt ab, die nur schwer auszumachen war.

Heather drückte auf den Abzug und bewegte dann den Gewehrlauf schnell hin und her.

Genau wie ihr Vater es sie gelehrt hatte …

Der rote Punkt auf dem Boden verschwand, als die Stille des Tunnels vom zornigen Knattern des Schnellfeuergewehrs zerrissen wurde. Den Finger fest am Abzug, leerte Heather das ganze Magazin in die Dunkelheit und streute die Geschosse über die ganze Breite des Tunnels. Nachdem die letzte Patrone abgefeuert war, hörte man noch Querschläger jaulen.

Als es still wurde, stand Keith auf.

»Jesus«, flüsterte er.

»Er wollte uns töten«, sagte Heather tonlos. Ihre Hände wurden schlaff, und das Gewehr fiel klappernd zu Boden. »Er wollte uns so töten, wie er es mir beigebracht hat.«

Keith sah sie ruhig an. »Wer?«, fragte er, wollte, dass die Antwort von ihr kam.

Endlich verlor Heather die Beherrschung. »Mein Vater!«, schrie sie auf, und die Worte widerhallten im Tunnel. »Verstehst du nicht? Es war mein Vater!« Als das Echo ihrer qualvollen Worte verklang, ging sie langsam durch die Dunkelheit dahin, wo er lag. Wo ihr Vater auf dem Rücken lag, einen immer größer werdenden Blutfleck auf der Hemdbrust. Seine Augen waren offen, und als sie ihm mit der Taschenlampe ins Gesicht leuchtete, schien er mit einem Ausdruck der Überraschung zu ihr aufzublicken. Sie kniete nieder und schaute in die gebrochenen Augen, dann legte sie ihm die Hand auf die Wange. »Es tut mir Leid«, flüsterte sie. »Es tut mir so Leid.« Aber noch während sie es sagte, wusste sie, dass sie keine andere Wahl gehabt hatte. Ihr Vater hatte die Regeln bestimmt, nicht sie, und einen Moment später wäre sie es gewesen, die von seiner Hand gestorben wäre.

»Was hast du getan?«, fragte sie leise. »O Daddy!«

Sie ließ ihren Vater im Dunkeln liegen und ging zurück zu Keith.

Das Knattern des Schnellfeuergewehrs verstummte endlich, aber weder Jeff noch Jinx rührten sich; sie pressten sich fest an die Seitenwand des Ganges, in den sie eingebogen waren.

Dann hörten sie ein anderes Geräusch – etwas Schweres fiel klappernd auf den Betonboden.

Jeffs Gedanken rasten, er versuchte zu entscheiden, was tun. Wer auch da vorne war, er hatte nicht auf sie geschossen – sie hätten gehört, wie die Kugeln von Wänden und Rohren abgeprallt wären, wenn der Schütze in ihre Richtung gezielt hätte.

Also hatte, wer immer es war, in die andere Richtung geschossen.

Aber warum?

Auf was?

Doch war das nicht egal? Schon in ein paar Sekunden würde der Jäger seinen Irrtum erkennen, nachladen und dann …

Wenn ich nicht zuerst schieße.

So stand es also.

Er hatte sich das Gewehr, das sie Monsignore McGuire abgenommen hatten, über die Schulter gehängt. Jetzt nahm er es in die Hände. Es fühlte sich merkwürdig an – schwer, kalt, gefährlich.

Die Waffe hatte nichts an sich, das auf irgendeinen echten Sport schließen ließ. Jagdgewehre hatte Jeff schon gesehen – Dutzende sogar. Einige hatte er wegen der hohen Handwerkskunst, mit der sie gefertigt waren, sogar bewundert. Manche schienen fast Wärme auszustrahlen, wenn man sie anfasste, so perfekt poliert war das Holz ihrer Schäftung. Viele hatten Intarsien aus Gold, Silber oder Perlmutt und sahen wie Kunstwerke aus.

Das waren die Gewehre, die man zum Sportschießen oder zur Jagd benutzte.

Das Gewehr in seiner Hand war rein funktionell, bestand aus kaltem Metall und Hartgummi, jeder Teil konstruiert, um perfekt zu funktionieren.

Fast war es so, als habe derjenige, der das Gewehr gebaut hatte, gewusst, dass es nur einem einzigen Zweck dienen konnte; vielleicht hatte er sich deshalb geweigert, das durch irgendeine Verzierung zu bemänteln.

Jeff umfasste das Gewehr fester, entsicherte es.

War das alles, was er zu tun hatte? Blieb ihm nur noch eins – in den Tunnel hinauszutreten, das Ding dahin zu richten, woher das Gewehrfeuer gekommen war, und abzudrücken?

Er sah sich um, suchte in der Dunkelheit ein letztes Mal nach einem anderen Ausweg … und wusste doch, es gab keinen.

Es war Zeit, dem Gegner gegenüberzutreten, der ihn im Tunnel erwartete.

»Bleib hier«, flüsterte er. »Ich bin es, den sie haben wollen. Du interessierst sie nicht.«

»Aber …« Jinx Worte wurden abrupt von einem qualvollen Aufschrei abgeschnitten.

»Es war mein Vater! Verstehst du nicht? Es war mein Vater!«

Jeff erstarrte, das Echo der Worte wurde von den Wänden zurückgeworfen, raste durch die Tunnels, kehrte nach Sekundenbruchteilen zurück.

»Mein Vater … Mein Vater … Mein Vater …«

»Heather«, flüsterte er. Er stellte sich vor, wie er in der Mitte des Tunnels stand und ins Dunkel hinein feuerte, mit der Absicht zu töten, wer immer dort sein mochte.

Und er hätte jemand getötet.

Er hätte Heather getötet.

Jeff Converse ließ das Gewehr fallen und trat in den Tunnel hinaus.

Keith hörte, dass sich jemand knapp außerhalb seiner Sichtweite durch die Dunkelheit bewegte. Er griff nach dem Gewehr, das er aus der Blutlache unter der Leiche der Natter aufgehoben hatte, entsicherte es und stellte auf Automatik um.

Als er durch das Zielfernrohr schaute, sah er im Licht einer der weiter entfernten Deckenlampen die Silhouette eines Mannes. Schon wollte er abdrücken, aber als die Gestalt einen Schritt machte, zögerte er.

»Jeff?«, flüsterte er kaum hörbar.

Aber Heather genügte es. Sie rannte schon, seinen Namen rufend, auf Jeff zu. Keiths erster Impuls war, das Gewehr fallen zu lassen und ihr nachzulaufen, bei ihr zu sein, wenn sie seinen Sohn umarmte.

Doch er überlegte es sich anders.

Es war besser, sie diesen Augenblick allein erleben zu lassen.

Er legte das Gewehr weg, griff in den Rucksack, den er Vandenberg abgenommen hatte, und holte das Funkgerät heraus. Er schaltete es ein und hörte eine Stimme.

Die Stimme von Eve Harris.

»Hier ist die Zentrale. Melde dich, Natter.«

Keith hob das Funkgerät an die Lippen und sagte leise und fest: »Hier spricht nicht Natter. Hier spricht Keith Converse, Mrs. Harris. Natter ist tot. Mamba und Viper und Klapperschlange ebenfalls. Vielleicht können Sie Kobra retten, wer immer es ist.«

Keith warf das Funkgerät in den Rucksack zurück, ließ die Gewehre im Dreck liegen, wohin sie gehörten, und ging durch den Tunnel zu seinem Sohn.

39. Kapitel

Wütend starrte Eve Harris auf das Funkgerät in ihrer Hand. Es war unmöglich – Converse versuchte sie zu narren. Sie konnten nicht alle tot sein – er konnte nicht fünf erstklassig bewaffnete Männer getötet haben.

Nein – nicht fünf.

Nur vier.

Kobra – Arch Cranston – war irgendwo da draußen noch am Leben. Also würden sie beide zu Ende führen, was die vier anderen vermasselt hatten.

Ihre Augen schweiften vom Funkgerät zu Malcolm Baldridge, der in der Nähe der Tür seines privaten Arbeitsraums stand. Er verhielt sich so still, dass man ihn fast für eine seiner Trophäen halten konnte, die er mit so großem Geschickt anfertigte. »Hol mir einen Rucksack und ein Gewehr!«, fauchte sie.

»Du kannst nicht …«, begann Baldridge, aber sie unterbrach ihn.

»Tu, was ich dir sage!«, befahl sie mit leiser, doch so gefährlich klingender Stimme, dass Baldridge in den Nebenraum rannte. Während er draußen war, zog sie die Straßenkleidung aus und schlüpfte in einen Tarnanzug, der ihr nur ein bisschen zu groß war.

Als sie sich umgezogen hatte, kam Baldridge mit einem Rucksack und einer Steyr SSG-PI zurück.

»Das Gewehr hat ein Infrarot-Visier und …«, begann Baldridge, doch Eve Harris ließ ihn nicht zu Ende sprechen.

»Ich weiß, was es hat«, zischte sie, riss ihm die Waffe aus der Hand und überprüfte sie. »Und ich weiß, wie man es benutzt.« Hastig durchwühlte sie den Rucksack, tauschte das Funksprechgerät gegen ihr eigenes aus und änderte die Frequenz, sodass sie mit der von Arch Cranston übereinstimmte. Schließlich setzte sie ein Nachtsichtgerät auf, öffnete die Tür zu den Tunnels und ging hinaus.

Als Baldridge die Tür hinter ihr zumachte und abschloss, knipste sie das Gerät an, und die Schwärze des Tunnels wich einem grünlichen Schein. Langsam drehte sie den Kopf und studierte den Tunnel in beiden Richtungen.

Abgesehen von einer großen Ratte, die an der linken Wand entlang schlich, war nichts zu sehen. Eve Harris kramte im Rucksack, bis sie das Funkgerät fand, drückte auf den Sendeknopf und flüsterte ins Mikrophon:

»Kobra, hier spricht die Zentrale. Bitte melden.«

Als keine Reaktion kam, wiederholte sie die Worte und ließ dann lautlos fluchend das Funkgerät in eine Tasche ihrer Tarnjacke fallen.

Im Geist stellte sie sich die Pläne der Tunnels vor, die die Männer im Lauf der Jahre angefertigt hatten. Die Funkgeräte verfügten über keine große Reichweite, was bedeutete, dass Converse wahrscheinlich näher war als Arch Cranston, vorausgesetzt, dass Cranston noch am Leben war. Aber konnte sie das voraussetzen?

Doch wie, wenn Converse gelogen hatte? Wie wenn Cranston auch tot war?

Aber genauso gut konnte Converse sie auch hinsichtlich der Anzahl der Toten getäuscht haben. Vielleicht war nur Vandenberg nicht mehr am Leben! Sie griff wieder zum Funkgerät und versuchte schnell, die anderen Mitglieder des Teams zu erreichen.

Stille.

Fluchend fasste sie schließlich einen Entschluss. Als er sich das letzte Mal gemeldet hatte, war Natter in Sektor vier auf Ebene drei gewesen. Eve Harris stellte sich den Plan vor und sah Vandenbergs beliebtesten Hinterhalt so deutlich vor sich, als betrachte sie eine Seite in seinem Logbuch. Das Funkgerät wieder in der Tasche, die Steyr in der Hand, machte sie sich auf den Weg.

»Was ist los?«, fragte Heather, als im Rucksack ein Funkgerät nach dem anderen lebendig wurde.

»Sie versucht festzustellen, ob ich ihr die Wahrheit gesagt habe«, antwortete Keith. Er holte McGuires Gerät gerade rechtzeitig genug heraus, um Eve Harris zu hören, die eine Antwort verlangte. Die Stimme war klarer als vor ein paar Minuten, als er über Vandenbergs Gerät mit ihr gesprochen hatte.

»Ich denke, sie ist in den Tunnels«, sagte er.

»Wo?«

»Hinter uns«, antwortete Jeff, der noch immer mit dem Plan in Perry Randalls Buch beschäftigt war. »Schau mal«, fuhr er fort, als Heather ihm über die Schulter auf die Seite blickte, die von einer Taschenlampe angeleuchtet wurde. Er legte den Finger auf die Markierung auf der stärksten Linie einer Seite, die mit Ebene 1, Sektor 1 betitelt war. »Ich glaube, hier kommen sie rein.« Er blätterte ein paar Seiten weiter und legte den Finger unter einen anderen Punkt. »Und hier sind wir.«

»Und wie kommen wir raus?«, fragte Heather.

»Wie wäre es mit einer U-Bahnstation?«, fragte Keith.

Jeff schüttelte den Kopf. »Sie haben überall Wachen aufgestellt.

»Wir haben Gewehre«, entgegnete Keith hart.

Jeff sah seinen Vater an. »Und wenn wir anfangen, in einer U-Bahnstation zu schießen ...« Er verstummte, doch es war nicht nötig, den Gedanken zu Ende zu führen. Sie wussten alle, was geschehen würde, wenn sie anfingen, in einer U-Bahnstation um sich zu schießen. Innerhalb weniger Sekunden konnte ein Dutzend Menschen tot und doppelt so viele verletzt sein. Jeff legte den Finger auf einen anderen Punkt auf dem Plan. »Hier«, sagte er. »Ich denke, wir können hier raus, wenn wir es so weit schaffen.«

Die drei drängten sich um ihn, starrten auf den Punkt, auf den er zeigte, und schließlich war es Jinx, die aussprach, was alle dachten: »Dort ist doch nix – weder'n Schacht noch Gänge noch irgendwas.«

»Genau«, sagte Jeff. »Genau das brauchen wir – einen Ort, an dem überhaupt nichts ist.«

Er klappte das Logbuch zu, hob ein Gewehr und einen Rucksack auf und wandte sich nach Westen; das vor Augen, was er eine Woche vor seiner Festnahme gesehen hatte.

Vielleicht, wenn sie Glück hatten, war dort alles noch unverändert …

Alles in Ordnung, sagte sich Eve Harris, *ich bilde es mir nur ein.*

Aber sie bildete es sich nicht ein – bildete sich überhaupt nichts ein. Das grüne Licht des Nachtsichtgeräts wurde tatsächlich schwächer.

Kein Problem, wenigstens jetzt noch nicht – im Rucksack war eine Taschenlampe. Sie nahm ihn von der Schulter, öffnete den Reißverschluss, tauchte die Hand hinein.

Keine Taschenlampe.

Aber es musste eine da sein.

Sie öffnete den Rucksack weit, durchsuchte ihn gründlich, untersuchte ihn sogar mit dem Nachtsichtgerät.

Keine Taschenlampe, nicht im Hauptfach, auch nicht in Nebenfächern. Verdammter Baldridge! Warum hatte er nicht nachgesehen?

Musste sie eben eine Weile ohne Licht auskommen. Sie hängte sich Rucksack und Gewehr wieder über die Schulter, knipste das Gerät aus und nahm es ab. Ein wenig wartete sie, um ihre Augen an die Dunkelheit zu gewöhnen, aber die war viel undurchdringlicher, als sie gedacht hatte, und als die Dunkelheit sie einschloss, fühlte sie, wie die Angst nach ihr griff.

Alles in Ordnung, sagte sie sich immer wieder. *Ich weiß genau, wo ich bin, und wenn ich muss, kann ich ohne Nachtsichtgerät zurückkehren.* Aber während sie sich im Stillen Mut zusprach, war ihr bewusst, dass das nicht ganz zutraf. Sie kannte die Abbiegungen zwar gut genug – es waren nur drei gewesen, und sie hatte auf keine andere Ebene gewechselt –, aber als die erstickende Dunkelheit sie noch enger einzuschließen schien, steigerte sich ihre Angst allmählich zu Entsetzen. Rasch schaltete sie das Nachtsichtgerät wieder ein.

Einen Augenblick schien der grüne Nebel leuchtend hell, und ihre Angst wich. Aber schon ein paar Sekunden später, als ihre Augen auf das plötzliche Licht reagierten, wurde das Grün erneut schwächer, und die Angst kam wieder.

Cranston, dachte sie. Ruf Cranston.

Sie nahm das Funkgerät aus der Tasche, drückt auf den Sendeknopf und flüsterte ins Mikro: »Hier ist die Zentrale. Kobra bitte melden!« Noch dreimal rief sie ihn, dreimal blieb sie ohne Antwort.

Sie schob das Funkgerät in die Tasche, drehte sich um und ging rasch den Weg zurück, den sie gekommen war. Als das grüne Licht immer schwächer wurde, beeilte sie sich noch mehr.

Nach einer Ewigkeit, wie ihr schien, kam sie zu der letzten Biegung. Sie erinnerte sich genau, dass sie rechts abgebogen war, also bog sie jetzt links ein und blickte in die Ferne.

Der Tunnel schien sich bis in alle Ewigkeit zu dehnen, verschwand im grünen Dunst.

Aber das konnte nicht sein – so lang war er nicht gewesen, dessen war sie sicher. War sie falsch abgebogen?

Sie fuhr herum und blickte in die andere Richtung.

Wieder schien der Tunnel sich im Dunst zu verlieren.

Das grünliche Licht war nur noch ein blasser Schimmer, und sie wusste nicht mehr so sicher wie noch einen Moment vorher, wo sie war. Wieder drehte sie sich um, suchte nach irgendeinem Hinweis, der ihr sagte, welche Richtung sie einschlagen sollte, und dann drehte sie sich noch einmal um.

Aber in welche Richtung blickte sie jetzt?

Die Batterien wurden immer schwächer und mit ihnen das grüne Licht; frustriert riss Eve sich das Sichtgerät herunter. Es fiel ihr aus der Hand, rutschte klappernd über den Boden, und wieder umschloss sie nur Dunkelheit.

Doch die Männer hatten immer über Licht gesprochen. Deckenlampen, die genug Licht gaben, so dass sie die meiste Zeit die Brille gar nicht brauchen würden.

Die meiste Zeit.

Aber nicht die ganze Zeit.

Das Nachtsichtgerät!

Sie musste das Nachtsichtgerät finden!

Sie fiel auf die Knie, tastete mit den Händen in dem schleimigen Dreck herum, der den Boden bedeckte, und suchte. So weit konnte es doch nicht weggerutscht sein – bestimmt nicht weiter als einen halben Meter. Sie tastete weiter, und dann bohrte sich ihr eine Glasscherbe in den Handteller. Instinktiv riss sie die Hand zurück, hob sie an die Lippen und schmeckte Blut.

Mit der anderen Hand betastete sie die Wunde, versuchte festzustellen, wie schlimm sie war. Blut lief ihr über den Handteller und über das Handgelenk, und dann fanden ihre schmutzigen Finger den Schnitt.

Mindestens fünf Zentimeter lang, quer über den Handteller. Sie musste die Zähne zusammenbeißen, um nicht aufzuschreien vor Schmerz, als ihre Finger die offene Wunde betasteten und mit dem Dreck vom Boden beschmierten.

Krampfhaft ballte sie die Hand zur Faust, um den Blutstrom einzudämmen, und tastete noch einmal, diesmal mit der linken Hand, den Boden ab. Doch dann zog sie sie mit einem Ruck zurück, bevor sie noch etwas berührte; denn was sollte werden, wenn sie sich die andere Hand auch noch verletzte?

Unsicher stand Eve Harris auf, machte einen zaghaften Schritt und prallte gegen eine Wand.

Panische Angst erfasste sie, doch sie kämpfte dagegen an, wollte ihr hämmerndes Herz zwingen, ruhiger zu schlagen. Mit aller Kraft wehrte sie sich gegen die würgende Angst, die ihr fast den Atem abschnürte.

Licht, dachte sie. *Ich muss ein Licht finden.*

Aber wohin sie auch schaute, überall war nur Schwärze.

Schwärze und die Lebewesen, die sie plötzlich hörte.

Lebewesen, die auf sie zukrochen.

Jeff erstarrte.

»Was ist denn?«, fragte Heather hinter ihm. »Stimmt etwas nicht?«

Er griff hinter sich und umfasste ihr Handgelenk. »Horch!«, sagte er.

Alle vier verstummten. Die Stille wurde nur einen Augenblick durchbrochen vom Geräusch tropfenden Wassers. Dann hörten sie es. Ein lautes Krachen, als sei etwas aus großer Höhe heruntergeworfen worden.

Eine knappe Minute später hörten sie das Krachen ein zweites Mal: *Bumm!*

Sie waren noch immer in dem Versorgungstunnel, waren aber an einer Kreuzung angelangt, und es klang, als sei das Geräusch direkt von vorn gekommen. Doch bevor sie es wieder hörten, durchbrach ein anderes die Stille; diesmal jedoch war es das vertraute Geräusch einer U-Bahn.

Es wurde stetig lauter, und sie spürten die Vibrationen des Zuges, der in dem quer verlaufenden Tunnel näher kam. Wenig später sahen sie schon den Strahl des Scheinwerfers, und gleich darauf donnerte der Zug am Ende des Ganges vorüber, mit Licht wie aus einem Stroboskop, klirrenden Kupplungen und quietschenden Bremsen, als der Zug vor der Einfahrt in eine Station langsamer wurde.

Der Zug war fort, und wieder wurde es still. Als er eben den Gang betreten wollte, entdeckte Jeff einen roten Schimmer, der so schnell wieder verschwand, dass er nicht wusste, ob er tatsächlich da gewesen war. Doch jeder Nerv in seinem Körper schien warnend zu beben, und er blieb stehen und streckte die Hand aus, um Heather aufzuhalten. Sie waren ihrem Ziel ganz nahe, doch jemand, davon war er überzeugt, lauerte noch zwischen ihnen und dem Ort, wo sie aus den Tunnels zu entkommen hofften, ohne auf Jäger oder Hüter zu treffen.

Als die drei anderen sich hinter ihm zusammendrängten, flüsterte er kaum hörbar: »Dort ist jemand. Einer der Jäger.«

»Wir gehen los«, sagte Keith so leise wie Jeff. »Heather und Jinx, ihr bleibt hier.«

Beide Mädchen wollten protestieren, doch als Jeff den Kopf schüttelte und den Finger an die Lippen legte, schwiegen sie. »Bleibt hier, bis wir euch ein Zeichen geben.«

Während Heather und Jinx sich im Dunkeln zusammenkauerten, schlichen Jeff und Keith lautlos weiter, schoben sich, den U-Bahntunnel vor sich, immer näher an die Kreuzung heran. Beide trugen ein Gewehr und einen der Rucksäcke, die sie den getöteten Jägern abgenommen hatten. Im Kreuzungsbereich presste Jeff sich an eine Mauer, Keith an die gegenüberliegende.

Sie warteten, lauschten.

Nichts.

Die Sekunden dehnten sich zu Minuten.

Noch immer nichts.

Schon wollte Jeff sich in den U-Bahntunnel schieben, aber sein Vater schüttelte den Kopf. Dann schrie er plötzlich: »Ich hole dich, du Bastard!«

Und während er schrie, schleuderte er den Rucksack in den von hoch an den Wänden montierten, weit auseinander liegenden Lampen schwach erleuchteten U-Bahntunnel.

Als Arch Cranston – Codename Kobra – erkannte, dass es eine Falle war, hatte er schon nach dem Köder geschnappt. Beim Klang der zornigen Worte hatte er das Zielfernrohr bereits auf den Gegenstand gerichtet, der aus dem Seitentunnel geflogen kam, und abgedrückt, bevor er merkte, dass es nicht der Mann war, den er erwartet hatte.

Doch es war zu spät, er war schon verurteilt. Als ihm klar wurde, was geschah, saß er in der Falle.

Noch bevor Keiths Worte verhallt waren, hörten sie ein Gewehr knattern, und der Rucksack wurde von einem Geschosshagel in Fetzen gerissen. Das Gewehr knatterte noch immer, als Keith, die Steyr in Hüfthöhe haltend, in den Tunnel trat, in die Richtung zielte, aus der die andere Waffe feuerte, und abdrückte.

Als seine Geschosssalve von den Wänden abprallte und die Querschläger durch den Tunnel jaulten, schwieg die andere Waffe; dann folgte ein leises, gurgelndes Stöhnen.

»Hab ihn erwischt«, hörte Jeff seinen Vater murmeln. Er wandte sich von dem Mann ab, den er eben getötet hatte, und sagte: »Gehen wir.«

Jeff gab Heather und Jinx ein Signal und wartete nur so lange, bis sie ihn eingeholt hatten, dann stürmte er in den U-Bahntunnel und wandte sich in die dem Toten entgegengesetzte Richtung.

Eve Harris hörte zwei Gewehrsalven und ließ sich instinktiv auf den Boden des Tunnels fallen. Da sie die verletzte Hand schonen wollte, fiel sie hart auf die Linke und fühlte einen scharfen Schmerz, der ihr durch den Arm bis in die Schulter jagte. Fluchend rollte sie sich herum, schüttelte Rucksack und Gewehr ab und schaffte es, sich aufzusetzen.

Vorsichtig betastete sie das linke Handgelenk. Der Schmerz war so schlimm, dass sie begriff, es war nicht nur verstaucht, sondern gebrochen.

Raus, dachte sie, *ich muss hier raus.*

Taumelnd stand sie auf und begann noch einmal den Tunnel entlangzugehen, tastete sich mit der zerschnittenen rechten Hand an der Wand entlang, denn der linke Arm schmerzte schon zu heftig, um noch von Nutzen zu sein. Vor sich entdeckte sie einen Lichtschimmer.

Zuerst dachte sie, es sei eine Täuschung, gleich darauf aber wusste sie, dass es nicht so war – irgendwo vor ihr, irgendwo in weiter Ferne schimmerte ein schwaches Licht.

Den Schmerz im linken Arm vergessend, die Rechte wieder schützend zur Faust geballt, rannte sie durch die Dunkelheit auf den tröstlichen Lichtschein zu. Ihre panische Angst war wie weggeblasen, und ihr Herz raste vor Erregung, während sie den Blick fest auf den Lichtschein richtete.

Dann, so plötzlich, dass sie keine Zeit hatte, sich darauf vorzubereiten, traf ihr rechter Fuß nicht auf den Boden des Tunnels – er trat ins Nichts, trat in einen offenen Schacht. Sie knallte mit dem Gesicht auf den gegenüberliegenden Rand, und der Beton zerschmetterte ihr das Nasenbein. Schreiend vor Schmerz stürzte sie den Schacht hinunter und prallte mit dem Körper von den Wänden ab; ihre zerschnittene rechte Hand versuchte sich wie im Krampf irgendwo anzuklammern und ihren Sturz aufzuhalten.

Gleich darauf fiel sie aus der Schachtöffnung, knallte mit dem Rücken auf den Betonboden und brach sich drei Wirbel.

Wie betäubt blieb sie einen Moment liegen.

Sie fühlte keinen Schmerz mehr.

Und sie war nicht tot. Nicht tot und nicht einmal bewusstlos, denn sie konnte sehen – deutlich sehen – im Licht einer Lampe, die ein paar Meter entfernt in einem Metallkäfig von der Decke hing.

Alles würde wieder gut werden.

Sie blieb noch einen Augenblick liegen, um Atem zu schöpfen.

Dann versuchte sie, sich aufzusetzen.

Und stellte fest, dass sie sich nicht bewegen konnte.

Sie konnte die Arme nicht bewegen, konnte die Beine nicht bewegen und nicht einmal den Kopf.

Sie war gelähmt.

Verzweifelt versuchte sie zu schreien, um Hilfe zu rufen, aber auch das konnte sie nicht mehr.

Dann hörte sie etwas.

Schritte.

Langsame, schlurfende Schritte, aber unverkennbar Schritte.

Jemand kam. Jemand, der ihr helfen würde. Hoffnung wallte wieder in ihr auf. Sie würde hier nicht sterben – sie würde wieder gesund werden.

Die Schritte kamen immer näher, und dann sah sie über sich ein Gesicht.

Ein Mann hockte neben ihr und betrachtete sie. Sein schmutziges Gesicht war mit Bartstoppeln bedeckt, die Augen blutunterlaufen. Er beugte sich weiter herunter, und als er den Mund öffnete, traf sie sein fauliger Atem wie eine Abwasserflut. Ihr Magen krampfte sich vor Übelkeit zusammen, und Erbrochenes quoll ihr aus dem Mund.

Der Mann wich zurück, erhob sich schwankend, wischte sich mit dem schmutzigen Ärmel seines Mantels die Spritzer des Erbrochenen aus dem Gesicht und fluchte laut. Im nächsten Moment straffte er sich, hob das Bein und holte mit dem Fuß aus; sie fühlte, wie ihr Trommelfell platzte, als er mit der Stiefelspitze gegen ihr Ohr trat. Dann war er fort, schlurfte, vor sich hinmurmelnd, schwerfällig in die Dunkelheit hinein.

Als sie sich bemühte, ihre Luftröhre von Erbrochenem zu befreien, sah Eve Harris die ersten Ratten heranhuschen, vom Geruch frischen Blutes aus ihren Schlupfwinkeln gelockt.

Vom Geruch ihres Blutes.

Vergeblich versuchte sie zu schreien.

Doch selbst wenn es ihr möglich gewesen wäre, einen Laut von sich zu geben, es war niemand mehr da, der sie hören konnte.

Sie gingen durch den U-Bahntunnel nach Norden. Jeff glaubte sicher zu wissen, wo sie waren – unter dem Broadway –, und was er suchte, musste direkt vor ihnen liegen. Und dann sah er es in der Ferne.

Einen Streifen Licht, so dünn, dass man ihn kaum sah. Jeff ging schneller, fing an zu traben und dann zu laufen. Hinter sich hörte er Heathers und Jinx' und seines Vaters laute Schritte. Sie liefen zwischen den Schienen, und vor ihnen wurde der Lichtstreifen immer heller.

Weit, weit vorn sah Jeff ein anderes Licht. Obwohl nur stecknadelkopfgroß wusste er, dass es ein Zug war, der auf sie zuraste.

»Wir müssen runter vom Gleis!«, schrie Jinx.

Doch wohin sollten sie? Es gab keine Nischen, in die sie sich retten konnten, nicht einmal Laufstege. Aber der Lichtstreifen war nur noch ein paar Dutzend Meter entfernt.

»Macht schnell!«, schrie Jeff. »Wir können es schaffen!« Er lief schneller, rannte dem Zug direkt entgegen.

Er hörte ihn jetzt, fühlte sogar den Luftschwall im Gesicht, den der Zug vor sich herschob.

Die anderen waren dicht hinter ihm – und plötzlich sahen sie es.

Ein Sperrholzbrett, das ein Loch in der Tunnelwand abdeckte, an der Außenseite des Tunnels so provisorisch befestigt, dass der Streifen Tageslicht jetzt deutlich zu sehen war.

»Nein!«, schrie Heather, als ihr klar wurde, was er vorhatte. Aber es war zu spät.

Jeff warf sich gegen das Sperrholzbrett, warf sich mit dem ganzen Körper dagegen, die Arme erhoben, den Körper so verdreht, dass er mit der Schulter gegen das Sperrholz knallte. Die Schrauben, mit denen es im Beton befestigt war, knarrten zwar – aber sie hielten, und Jeff fiel in das Schienenbett zurück.

Ein Signalhorn ertönte, dann kreischten Bremsen. Jeff blickte auf, sah den Zug noch immer auf sich zukommen und erstarrte einen Augenblick, im Scheinwerfer des Molochs gefangen wie ein Kaninchen. Dann schrie eine andere Stimme, den Lärm übertönend.

»Hinlegen! Sofort!«

Instinktiv der Stimme seine Vaters gehorchend, warf Jeff sich mit dem Gesicht nach unten auf den Kies, dann hörte er abermals seinen Vater brüllen:

»Feuer!«

Über das Dröhnen des heranstürmenden Zuges hinweg knatterte eine Salve. Jeff duckte sich tiefer, doch es war fast so schnell vorbei, wie es begonnen hatte, und als das Krachen der Schüsse verstummte, war alles anders.

Licht, Tageslicht strömte durch das Loch im Beton, das noch einen Moment vorher mit einem jetzt zerschossenen Sperrholzbrett vernagelt gewesen war. Jeff rappelte sich auf, sprintete, mit seinem Vater an einer Seite und Heather an der anderen – Jinx schob ihn von hinten an – durch die Öffnung in der Tunnelwand. Dann standen alle blinzelnd im strahlenden Sonnenschein und atmeten die herbstliche Brise ein, die vom Fluss ein paar Blocks weiter westlich herüberwehte. Hinter ihnen schoss die U-Bahn vorbei und war so schnell verschwunden, wie sie gekommen war. Als das Dröhnen schwächer wurde, warf Jeff einen langen Blick auf die Ausschachtung, die vor ihm lag.

Sie hatte sich verändert, seit er sie das letzte Mal gesehen hatte. Damals war er mit einer Gruppe seines Städtebau-Seminars auf der riesigen Baustelle gewesen, auf der früher ein halbes Dutzend Gebäude gestanden hatten. Eine gewaltige Grube war vor ihnen gelegen, voller schwerer Baumaschinen, die sich tief in die Erde unter der Stadt fressen sollten. Inzwischen hatte die Grube einen festen Untergrund, und die Pfahlrammen waren am Werk – die Pfahlrammen, die er tief in den Tunnels gehört hatte und die das Pfahlwerk für das Fundament des Wolkenkratzers, der erst in zwei Jahren fertig sein würde, in die Felssohle trieben.

Überall um sie herum standen Wannen für den Beton, der bald die Grube füllen würde, und während Jeff sie betrachtete, wurde ihm klar, dass nur zwei Wochen später – vielleicht sogar früher – die Öffnung, durch die sie gekommen waren, für immer und ewig blockiert gewesen wäre.

Aber das war nicht wichtig. Nichts war wichtig, denn er war frei – befreit aus den Tombs und befreit aus den Tunnels und befreit vom Tod, der ihm gewiss gewesen wäre und ihn noch vor wenigen Stunden erwartet hatte.

Er streckte die Arme aus, zog Heather an sich und sog die frische Luft des Nachmittags tief in die Lungen, dann bückte er sich und legte die Lippen dicht an Heathers Ohr. »Was würdest du sagen, wenn wir zu Fuß nach Hause gingen?«, flüsterte er. »Ich denke, auf die U-Bahn möchte ich lieber verzichten.«

Fünf Jahre später

Randall Converse schaute die Treppe hinunter und umklammerte die Hand seines Vaters fester. »Mag nicht«, sagte er, blieb stehen und zerrte seinen Vater am Arm.

Beiseite tretend, um der Menge auszuweichen, die aus der U-Bahnstation auf den Broadway strömte, ging Jeff in die Hocke, sodass er mit seinem Sohn fast auf gleicher Augenhöhe war. Die Züge des Vierjährigen hatten den eigensinnigen, mürrischen Ausdruck angenommen, der eine perfekte Kopie des Gesichts seines Großvaters war, wenn Keith sich zu etwas entschlossen hatte und nicht gewillt war, diesen Entschluss zu ändern.

»Schon okay, Randy«, sagte Jeff, bemüht, seine eigene Nervosität nicht zu verraten, die ihn in der Nähe einer U-Bahn überfiel. Auch jetzt noch, nach Jahren, gab es ihm einen Stich, wenn er in die »Unterwelt« unter den Straßen der Stadt hinunterstieg. In den Zügen und auf den Bahnsteigen ertappte er sich dabei, dass er sich ständig umschaute, die Gesichter der Obdachlosen musterte, die mit den Zügen fuhren und auf den Bahnsteigen bettelten, wenn die Transit Cops nicht in der Nähe waren. Fuhr der Zug in einen Tunnel ein, glaubte er, ersticken zu müssen, und manchmal bildete er sich ein, die Gesichter der Hüter aus dem Dunkel spähen zu sehen. Diese Klaustrophobie wurde schwächer, wenn er eine hell erleuchtete Station erreichte, aber ganz verging seine Angst erst, wenn er wieder an der Oberfläche war.

Er und Heather waren jedoch fest entschlossen, dass ihr kleiner Sohn, trotz der Einwände von Jeffs Eltern, keine Beute ihrer eigenen Ängste werden durfte. »Millionen fahren tagtäglich mit der U-Bahn«, hatte Jeff nachdrücklich erklärt, als seine Eltern – zur Abwechslung einmal einer Meinung, wenn auch nur in dieser Hinsicht – erschrocken reagiert hatten, weil er daran dachte, mit Randy U-Bahn zu fahren. »Ich lasse nicht zu, dass er mit Angst vor der U-Bahn aufwächst.«

Jetzt sah er in Randys Augen die gleiche Angst, die er in den Augen seiner Mutter gesehen hatte, als sie ihn bat, ihren Enkel nicht in die Tunnels mitzunehmen. »Da ist nichts, wovor du dich fürchten musst«, sagte er und strich dem Kleinen das lockige braune Haar aus der Stirn. »Es ist nur ein ganz gewöhnlicher Zug. Du magst doch den Zug, der uns in die Stadt bringt, oder?«

Randy sagte nichts, doch Jeff sah, dass die Angst im Gesicht des Jungen allmählich der Neugier wich. »Und du möchtest doch gern sehen, wo ich gewohnt habe, bevor du geboren wurdest, nicht wahr?«

Randy nickte, doch die Unsicherheit in seinen Augen war noch so groß, dass Jeff ihn auf den Arm nahm. »Wie wär's, wenn ich dich trage?«

»Nein!«, protestierte Randy sofort. »Ich bin kein Baby.«

Jeff stellte den Jungen wieder auf den Boden, nahm seine Hand, und gemeinsam betraten sie die U-Bahnstation.

In Jeffs Magen krampfte sich ein vertrauter Knoten zusammen.

»Nun, das ist doch nicht so schlimm, oder?«, fragte er, als er ein paar Minuten später in einem gut erleuchteten Waggon auf einer Bank Platz nahm.

Randy nickte, sagte jedoch nichts, bis der Zug die Station verließ und in den dunklen Tunnel einfuhr. »Wie, wenn er stecken bleibt?«, fragte er. »Wie kommen wir raus? Müssen wir laufen?«

Beim Gedanken, tatsächlich zu Fuß durch die Tunnels gehen zu müssen, fröstelte Jeff bis ins Mark, aber als er sprach, war seine Stimme ruhig. »Er bleibt nicht stecken«, versicherte er dem Jungen. »Und selbst wenn, dann kommt jemand und repariert ihn.«

Während der Zug weiter nordwärts fuhr, spürte Jeff, dass Randy anfing sich zu entspannen. Eine Station nach der anderen flog ebenso vorüber wie Jeffs Erinnerung an die Tage, die er in den Tunnels unter der Stadt gefangen gewesen war.

Aber dann war der Albtraum, den er durchlebt hatte, seit er Cynthia Allen in der Station an der 110th Street das Leben gerettet hatte, zu Ende gewesen. Er und Heather hatten einen Monat nach seiner Rettung geheiratet, und auf den Tag genau neun Monate später war Randy geboren worden.

Damit hatte sich alles in ihrem Leben noch einmal verändert.

Er hatte sein Architekturstudium beendet und war wieder nach Hampton Bays gezogen, da weder er noch Heather ihren Sohn in der City großziehen wollten.

In den Tagen nach Jeffs Rettung aus den Tunnels hatte es bemerkenswert wenig Publicity über die ungewöhnlich große Anzahl von Todesfällen von prominenten Leuten gegeben, die in so kurzer Zeit dahingerafft worden waren. Kein Wort über den wahren Hintergrund der Geschichte erschien in der Presse, und Jeff und Heather wussten, warum. Die Hundert hatten ihre Macht ausgespielt, und ihre Version hatte die Wahrheit ersetzt.

Perry Randall war anscheinend Opfer eines Straßenräubers geworden.

Carey Atkinson hatte Selbstmord begangen, weil seine Ehe zu zerbrechen drohte, weil er hohe Schulden hatte und ein Skandal im Police Department drohte.

Monsignore McGuire hatte sich in ein einsames Kloster in der Toskana zurückgezogen.

Richter Vandenberg war einem Schlaganfall erlegen, und Arch Cranston nur einen Tag danach einem Herzanfall.

Eve Harris jedoch war einfach verschwunden, und obwohl die Medien sich noch monatelang in endlosen – und immer sensationelleren – Spekulationen über ihr Schicksal ergingen, war sogar diese Story schließlich im Sand verlaufen.

Die Hundert, anonym wie immer, füllten lautlos die leeren Plätze in ihren Reihen.

Das Leben der Stadt ging weiter.

Als der Zug an der 110th Street hielt, stand Jeff auf und führte seinen Sohn auf den Bahnsteig. Auf dem Weg zur Treppe warf er einen Blick auf die Stelle, wo Cindy Allen überfallen worden war.

Die Stelle, an der seine Existenz beinahe vernichtet worden wäre.

Nichts in dem entfernten Winkel der Station deutete auf das hin, was vor fast sechs Jahren dort geschehen war. Vielleicht war es diese Anonymität, die ihn innehalten ließ. Er starrte noch immer auf die leeren weißen Fliesen der Wand, als sein Sohn ihn am Arm zog.

»Was ist los, Daddy?«, fragte er.

Randys Stimme holte ihn aus der Vergangenheit zurück, und er sah den Kleinen lächelnd an. »Nichts«, versicherte er ihm, hob ihn schwungvoll auf den Arm und stieg mit ihm die Treppe hinauf. »Wirklich nichts – gar nichts.«

Das ängstliche Gefühl, das ihn in der U-Bahn überkommen hatte, verflog im Tageslicht. Jeff stellte seinen Sohn auf den Boden, ließ aber seine Hand nicht los, als sie auf eine Verkehrslücke warteten.

»Du hast gesagt, dass du direkt bei der U-Bahn gewohnt hast«, meinte Randy und betrachtete die Restaurants und Läden, die die Straße säumten.

»Dort oben«, antwortete Jeff und zeigte auf das vertraute Fenster seines alten Apartments im Rückgebäude. »Siehst du das Backsteinhaus? Ich habe im dritten Stock gewohnt.«

Ernst betrachtete Randy den schmutzigen Bau. »Ich mag unser Haus lieber«, sagte er.

»Ich auch«, stimmte Jeff zu, als die Ampel Rot zeigte und sie die Straße überqueren konnten. »Ich mag es viel lieber.«

Ein paar Minuten später erreichten sie den dritten Stock, und Randy, der die Frau erkannte, die in der offenen Wohnungstür stand, riss sich von seinem Vater los und lief auf sie zu.

»Jinx!«, rief er und warf ihr, als sie ihn aufhob und auf die Stirn küsste, die Arme um den Hals.

»Schau dich nur mal an! Fast erwachsen. Zu groß geworden für'n Lutscher, wie?«

»Nein!«, quiekte Randy. Er wand und schlängelte sich auf den Boden zurück und sah seinen Vater an. »Darf ich einen haben?«, bat er.

»Verrate es nur nicht deiner Mom«, sagte Jeff und zwinkerte

dem Kleinen zu. Während Randy den Lutscher auspackte, den Jinx aus der Tasche ihres Sweatshirts geholt hatte, schaute Jeff sich im Apartment um. Obwohl der Zeichentisch nicht mehr da war, sah es unverkennbar nach Studentenbude aus. Die Poster an den Wänden waren andere, und in den Regalen aus Ziegelsteinen und Brettern, die er einst gebaut hatte, standen jetzt Jinx' Lehrbücher anstatt der seinen; doch die Farbe blätterte noch immer von den Wänden ab, auch die Vorhänge waren noch dieselben, und der Teppich kam ihm noch abgetretener vor als damals.

»He, mag es auch noch so bescheiden sein, es gibt nichts Schöneres als ein Heim«, sagte Jinx grinsend, als lese sie seine Gedanken. »In zwei Jahren mache ich Examen, und dann ziehe ich hier aus.« Sie wurde ernst. »Ich hab es nicht so gemeint, wie's geklungen hat. Hättest du mich nicht hier einziehen lassen …«

»Hättest du eine andere Behausung gefunden«, unterbrach sie Jeff. »Du hättest bei Tillie bleiben können.«

Jinx schüttelte den Kopf. »Ich liebe Tillie, aber wenn ich noch länger dort unten geblieben wäre …«

Ihre Stimme wurde schwächer und verstummte dann ganz. Beide erinnerten sich an die Räume unter den Straßen, wo Tillie noch immer für ihre Familie sorgte. Die meisten vertrauten Gesichter waren nicht mehr da. Robby war vor zwei Jahren an die Oberfläche gezogen, als die Eltern eines seiner Mitschüler erfuhren, wo er lebte, und ihm anboten, mit ihrem Sohn das Zimmer zu teilen. Erst nachdem sie Tillie und Jinx zum Abendessen eingeladen und die Situation besprochen hatten, war Robby damit einverstanden gewesen, es wieder an der Oberfläche zu versuchen; und das nur unter der Voraussetzung, dass er jederzeit zu Tillie zurückkehren konnte, wenn er wollte. Er besuchte Tillie noch wenigstens einmal wöchentlich, und sie tauchte alle paar Monate aus ihrer »WG« auf, um bei Robbys neuer Familie zu Abend zu essen. Aber am Ende des Abends freute sie sich immer auf die Tunnels. »Zu kompliziert hier oben«, behauptete sie. »Man muss an zu viele Dinge denken, sich zu viele Sorgen machen.«

»Also?«, fragte Jeff den Kleinen, der an seinem Lutscher schleckte. »Sicher, dass du nicht hier einziehen willst?«

Randy schüttelte den Kopf. »Zu hässlich«, verkündete er.

»He! Ist das eine Art, über Jinx' Heim zu reden?«

»Der Junge hat einen guten Geschmack«, erklärte Jinx. »Gehen wir zum Lunch. Ich hab heut Nachmittag zwei Vorlesungen, und dann muss ich arbeiten gehen.«

»Machst du noch immer beide Jobs?«

Jinx zuckte mit den Schultern. »So wie ich es sehe, habe ich so lange überhaupt keine Jobs gehabt, dass jetzt Nachholbedarf besteht. Wenn ich Examen mache, werde ich vermutlich den Ausgleich geschafft haben, dann kann ich mich auf einen Job beschränken. Und der wird mir mehr einbringen als das Kellnern.«

Sie verließen das Apartment und gingen in das Restaurant, das Jeff immer das liebste gewesen war; dort suchten sie sich einen Tisch am Fenster, damit sie das Leben auf dem Broadway beobachten konnten. Die Vielfalt der Leute hatte sich nicht sehr verändert, seit Jeff in der Nachbarschaft gewohnt hatte – hauptsächlich Studenten, dazwischen Professoren und Universitätsangestellte. Es gab jedoch auch andere – Touristen und Kauflustige und Leute, die einfach die City durchstreiften.

Und immer die Obdachlosen.

Eine alte Frau – für einen oberflächlichen Beobachter kaum von Tillie zu unterscheiden – schob einen überquellenden Einkaufswagen, und ein Stück weiter saßen drei schäbig angezogene Männer auf dem Gehsteig und bettelten um Kleingeld.

Lange betrachteten Jinx und Jeff sie schweigend, und am Ende war es Jeff, der den Gedanken aussprach, den sie beide im Kopf hatten.

»Glaubst du, es geht noch immer weiter?«

Sekunden verstrichen, bevor Jinx etwas sagte, aber schließlich schüttelte sie den Kopf. »Es war Mrs. Harris. Sie war diejenige, die das Geld verteilt hat, denn ohne Geld hätte es nie funktioniert.«

»Hast du dich jemals gefragt, was aus ihr geworden ist?«

Jinx' Miene verfinsterte sich. »Ich bin ganz einfach froh, dass sie nicht mehr da ist.«

Eine halbe Stunde später standen Jeff und Randy wieder in der U-Bahnstation und warteten auf einen Zug, der sie nach Downtown zurückbrachte. »Wer ist Mrs. Harris?«, fragte Randy, zu seinem Vater aufsehend.

Jeff zögerte, dann sagte er: »Nur jemand, den wir vor langer, langer Zeit kannten.«

»War sie eine Freundin von Tantchen Jinx?«

Ein Zug Richtung Süden fuhr donnernd in die Station ein. Jeff hielt Randys Hand ganz fest, als die Menge um sie herumwirbelte, dann half er ihm beim Einsteigen. »Nein«, sagte er, während die Tür sich langsam schloss. »Sie war keine Freundin von Tantchen Jinx. Sie war von gar niemand die Freundin.«

Der Zug fuhr an, und Jeff griff mit der freien Hand nach dem Haltegriff über seinem Kopf. Eine flüchtige Sekunde lang sah er, dass jemand ihn vom Bahnsteig her durch das Fenster anstarrte.

Eine Frau, das Gesicht fast verborgen in den Falten eines zerlumpten Schals.

Er sah das Gesicht nur eine flüchtige Sekunde, und dennoch erschreckte es ihn. Es sah aus, als sei es misshandelt worden. Die Haut war voller tiefer Narben, die Züge entstellt und verzerrt. Es erinnerte ihn an die Tunnels und an die Zeit, die er dort verbracht hatte, und an die Menschen, die ihm dort begegnet waren; Menschen, die den Angriffen von anderen Menschen oder von Ratten oder Insekten ausgesetzt gewesen waren. Opfer von Alkohol und Drogen meistens oder einfach Leute, denen das Leben übel mitgespielt hatte.

Gesichtern wie diesem begegnete man auf Schritt und Tritt in den Tunnels.

Es waren die Augen, die er erkannte.

Es waren dieselben Augen, die ihn während des einen Moments angesehen hatten, in dem er glaubte, eine Fremde werde ihm helfen.

Und dann hatte diese Fremde sich abgewandt.

Jetzt, als der Zug anfuhr, war es Jeff, der sich von Eve Harris abwandte. Kurz darauf fragte ihn sein Sohn, ob er wisse, wer die Frau gewesen sei, doch er schüttelte nur den Kopf.

»Ich weiß es nicht«, sagte er. »Sie war niemand. Ich glaube nicht, dass überhaupt jemand dort war.«

Anmerkung des Autors

**Über die Menschen,
die im Untergrund von Manhattan leben.**

Eine genaue Zählung der Menschen, die *unter den Strassen Manhattans* leben, ist aus zwei simplen Gründen schwierig: Die Bewohner wechseln häufig, sind oft nur »Durchreisende«, und die meisten Volkszähler wollen nicht in die Tunnels hinuntersteigen. Die Schätzung schwankt wild zwischen einigen Hundert, einigen Tausend, bis hinauf zu Zehntausenden. Seit die Grand Central Station restauriert und die meisten öffentlichen Sitzgelegenheiten entfernt wurden, sind die Obdachlosen größtenteils aus dieser sehr leicht zugänglichen Einrichtung verschwunden, obwohl man sie noch immer in den Toiletten der unteren Ebenen antreffen kann, wo sie versuchen, sich zu säubern. Viele »Nester« über den Gleisen wurden geräumt, das bedeutet aber nicht, dass die Leute, die sie bewohnten, die Stadt verlassen haben; sie haben sich nur tiefer in die Tunnels vergraben, außer Reichweite des offiziellen New York.

Bis zum heutigen Tag gibt es keinen kompletten, allumfassenden Plan des Tunnelsystems unter der Stadt. Teilpläne gibt es: vom U-Bahnsystem, Wassersystem, den verschiedenen Versorgungseinrichtungen. Doch zusätzlich zu den Tunnels und Gängen und Regenabfallrohren, die noch in Betrieb sind, gibt es viele

Kilometer verlassener Tunnels, die längst vergessen sind. Vergessen zumindest von den meisten – nur nicht von jenen, die darin hausen.

Entgegen der vorherrschenden Meinung sind nicht alle, die unter den Straßen leben, Penner und Säufer. Viele von ihnen sind nützliche Mitglieder der Gesellschaft, haben Jobs und besuchen die Schule, geben für die Bürokratie, mit der sie es gelegentlich zu tun bekommen, falsche Adressen an der »Oberfläche« an. Einige Familien existieren im Untergrund, damit die Behörden ihnen nicht die Kinder wegnehmen. Viele dieser Leute betrachten sich nicht als »obdach«-, sondern nur als »wohnungslos«. Sie schließen sich zu Clans und Familiengruppen zusammen, stecken ihre Territorien unter der Stadt ab. Es heißt, je tiefer die Menschen unter der Stadt vegetieren, umso seltener kommen sie an die »Oberfläche«, und umso unwahrscheinlicher ist es, dass sie jemals wieder dort leben werden.

Viele der unterirdischen Bewohner leiden an mentalen Krankheiten und sind drogenabhängig, sodass sie oft nicht fähig sind, die sozialen Hilfen in Anspruch zu nehmen, die ihnen zur Verfügung stünden. Leise vor sich hinmurmelnd oder gegen unsichtbare Feinde zeternd, treiben sie durch unser Leben, bis sie endlich wieder im Untergrund verschwinden.

Im Untergrund – und aus unserem Bewusstsein.

Alle Charaktere und Ereignisse dieses Buches, an der Oberfläche und in den Tunnels, sind fiktiv. Zumindest hoffe ich das …

J. S.

Dank des Autors

Viele, viele Leute haben mir bei der Vorbereitung dieses Buches geholfen, besonders im Hinblick auf die Strafjustiz von New York City. Mein lieber Freund Elkan Abramowitz und sein Partner Bill McGuire haben mich mit allen richtigen Leuten in Verbindung gebracht und durch die verschiedenen Gerichtsabteilungen in New York City geschleust; Marvin Mitzner hat mir Zugang zum Büro des Bürgermeisters verschafft. Die Leute vom District Attorney's Office, vom Police Department und vom Department of Correction waren alle sehr kooperativ, zeigten mir ihre Einrichtungen, machten mich mit ihren Verfahrensweisen vertraut, beantworteten meine unzähligen Fragen. Was das District Attorney's Office betrifft, möchte ich mich ganz besonders bei Constance Cucchiara bedanken, die mich einen ganzen Vormittag durch die Gerichtssäle in 100 Centre Street führte und das Rätsel löste, warum es dort keine zwölfte Etage gibt. Vom Midtown South Precinct schulde ich Adam D'Amico großen Dank, der mich durch das Amtsgebäude des Bezirks führte und über die Prozeduren bei der Einweisung eines Verdächtigen instruierte. Ebenfalls besonderen Dank schulde ich Deborah Hamlor und Jo-Ona Danoise vom City of New York Department of Correction, die einen ganzen Tag mit mir verbrachten, als ich mich auf Rikers Island und im Manhattan Detention Center umsah. Sie haben mich nicht nur mit ganzen Bergen an Informationen versorgt, sondern waren auch unendlich geduldig mit mir. Andere, die mir ebenso großzügig Zeit und Informationen auf Rikers Island zur Verfügung stellten, waren das Büro von Captain Sheila Vaughn; der Chef von Special Transportation Brian Riordan und viele andere Beamte. Bei John Scudiero, Leiter des Manhattan Detention Complex, bedanke ich mich für die umfassende Aufklärung; es dauerte mehrere Stunden, mich über seine Einrichtung und ihr Verhältnis zu den New Yorker Gerichten ins Bild zu setzen; außerdem ermöglichte er mir eine Führung aus der Perspektive eines Gefangenen. Ich möchte auch den Richtern und Gerichtsbeamten danken, die nicht überrascht schienen, wenn sie mich plötzlich durch die Tür kommen sahen, die gewöhnlich für die Gefangenen reserviert ist. Meinen Dank auch an das Büro von Bürgermeister Giuliani, das mir den Zugang zu mehreren Stadtbezirken in Manhattan und zur Transportation Police ermöglichte, deren Beamte mich nicht behinderten, als ich endlos in U-Bahnstationen und in der Grand Central Station herumschnüffelte, fotografierte, in die Tunnels hineinschaute und mich ganz allgemein sehr verdächtig benahm.